中国现当代文学名作选析

常翠岩　王玉玲　主编

东南大学出版社
SOUTHEAST UNIVERSITY PRESS
·南京·

图书在版编目(CIP)数据

中国现当代文学名作选析/常翠岩,王玉玲主编.
南京:东南大学出版社,2024.9. -- ISBN 978-7-5766-
1531-9

Ⅰ. I206.6

中国国家版本馆 CIP 数据核字第 2024M1Q641 号

策划编辑:邹 垒　　责任编辑:褚　婧　　责任校对:张万莹
封面设计:王 玥　　责任印制:周荣虎

中国现当代文学名作选析
Zhongguo Xian-Dangdai Wenxue Mingzuo Xuanxi

主　　　编	常翠岩　王玉玲
出版发行	东南大学出版社
出 版 人	白云飞
社　　　址	南京市四牌楼2号　邮编:210096　电话:025-83793330
网　　　址	http://www.seupress.com
经　　　销	全国各地新华书店
印　　　刷	苏州市古得堡数码印刷有限公司
开　　　本	787 mm×1092 mm　1/16
印　　　张	15.75
字　　　数	360 千
版 印 次	2024 年 9 月第 1 版第 1 次印刷
书　　　号	ISBN 978-7-5766-1531-9
定　　　价	68.00 元

本社图书若有印装质量问题,请直接与营销部联系,电话:025-83791830。

引言

本教材可供汉语言文学及国际中文教育、戏剧影视文学、新闻学等相关专业的本专科学生使用,也是非中文背景的文学爱好者自主学习的优选读本。

中国现当代文学的教材,每年都有新作,但是本书作为一本用心选择作品、用心编排体例的教材,仍具有重要的创新和参考价值。这是一套实用性极强的教材,十分契合读者的鉴赏需求。在体例方面,我们的设想如下:

第一,作品展示。本教材所选作品基本属于一线教师的必讲篇目,也都是中国现当代文学史上的代表作家和代表作品。篇幅短小的作品,本教材选取了全篇内容,但是对于中长篇小说和戏剧等作品,仅附有故事梗概。故事梗概便于读者完成对中长篇内容的速读和了解,可以缩小本书的篇幅,充实本书的内容。

第二,作家介绍。对于耳熟能详的作家,简要的介绍足矣,并不去模仿文学史的作家研究思路。

第三,作品赏析。高质量的作品赏析是本教材的亮点所在,可以使读者深入掌握作品的精髓,有提纲挈领的效果。一般会从文学史的角度对作品进行高屋建瓴的总体评价,并对作品的艺术特色作有针对性的归纳总结。

第四,推荐阅读。本教材不仅会推荐同一作家的同类或者风格迥异的作品,还进一步列出权威的研究论著,满足有更高要求的读者的拓展阅读需求。

第五,思考题。本教材设计有针对性的思考题,有检查作品重要知识点的提示作用,也有促进思考、进行史料研究、作家研究和传播研究的引导作用。

第五,附录。附有十一届的茅盾文学奖获奖名单和中国现当代文学里常见的名词解释,方便读者进行知识拓展及关键词检索。

本教材的撰写从 2014 年始,至今才得以面世。编写组成员都是一线的教师,有着丰富的教学经验和研究经验,也了解学生在学习过程中存在的问题和难点,尽可能在简短的篇幅里完成尽可能多的信息传递。

感谢高俊林老师、徐翔老师、王丽丽老师、王玉玲老师的大力支持,他们为教材的编写提供了很多宝贵的意见。其中中国现代文学鲁迅小说部分和当代文学部分为常翠岩老师的呕心之作,共 20 万字有余;中国现代文学其余篇幅是王玉玲老师的沥血之作,共 15 万字有余。

虽几经努力,本教材得以最终面世,但是编者力所不逮的地方也在所难免,肯请读者与方家批评指正。

常翠岩

2024 年 2 月 28 日

敬告

  为了让读者更深入地学习中国现当代文学名作,与更多的文学大家对话,在本书的编写过程中,我们本着审慎的态度,严格遵循该主旨收录了一批堪称经典的名作。由于其中部分作品的作者相关信息不详,我们尚未能与其取得联系,敬请看到本书的这些作者联系我们。
  特此声明,并向所有慷慨授权本书使用其作品的著者及相关人士致以真挚的谢意!

目录

上篇　现代文学名作选析

小说篇

狂人日记	\ 003	家	\ 100
阿Q正传	\ 011	骆驼祥子	\ 104
在酒楼上	\ 033	边城	\ 117
铸剑	\ 039	呼兰河传	\ 120
伤逝	\ 050	倾城之恋	\ 126
沉沦	\ 061	围城	\ 128
缀网劳蛛	\ 082	小二黑结婚	\ 132
子夜	\ 094		

诗歌篇

蝴蝶	\ 142	死水	\ 152
凤凰涅槃（节选）	\ 144	雨巷	\ 155
沙扬娜拉（十八）	\ 148	我用残损的手掌	\ 157
再别康桥	\ 150	大堰河——我的保姆	\ 159

散文篇

故乡的野菜	\ 161	灯下漫笔	\ 170
给亡妇	\ 164	故都的秋	\ 175
影的告别	\ 168		

戏剧篇

话剧《雷雨》　　　＼ 178

下篇　当代文学名作选析

小说篇

青春之歌	＼ 185	游园惊梦	＼ 205
创业史	＼ 188	红高粱	＼ 207
浮躁	＼ 192	蛙	＼ 210
秦腔	＼ 197	长恨歌	＼ 212
现实一种	＼ 199	白鹿原	＼ 217
活着	＼ 202		

戏剧篇

茶馆	＼ 222	幸遇先生蔡	＼ 235
绝对信号	＼ 233		

附录一　当代文学名词浅释　　　＼ 237
附录二　历届茅盾文学奖获奖名单　　　＼ 242

上篇 现代文学名作选析

小说篇

狂人日记

鲁 迅

某君昆仲，今隐其名，皆余昔日在中学时良友；分隔多年，消息渐阙。日前偶闻其一大病；适归故乡，迂道往访，则仅晤一人，言病者其弟也。劳君远道来视，然已早愈，赴某地候补矣。因大笑，出示日记二册，谓可见当日病状，不妨献诸旧友。持归阅一过，知所患盖"迫害狂"之类。语颇错杂无伦次，又多荒唐之言；亦不著月日，惟墨色字体不一，知非一时所书。间亦有略具联络者，今撮录一篇，以供医家研究。记中语误，一字不易；惟人名虽皆村人，不为世间所知，无关大体，然亦悉易去。至于书名，则本人愈后所题，不复改也。七年四月二日识。

一

今天晚上，很好的月光。

我不见他，已是三十多年；今天见了，精神分外爽快。才知道以前的三十多年，全是发昏；然而须十分小心。不然，那赵家的狗，何以看我两眼呢？

我怕得有理。

二

今天全没月光，我知道不妙。早上小心出门，赵贵翁的眼色便怪：似乎怕我，似乎想害我。还有七八个人，交头接耳的议论我，又怕我看见。一路上的人，都是如此。其中最凶的一个人，张着嘴，对我笑了一笑；我便从头直冷到脚根，晓得他们布置，都已妥当了。

我可不怕，仍旧走我的路。前面一伙小孩子，也在那里议论我；眼色也同赵贵翁一样，脸色也都铁青。我想我同小孩子有什么仇，他也这样。忍不住大声说，"你告诉我！"他们可就跑了。

我想：我同赵贵翁有什么仇，同路上的人又有什么仇；只有廿年以前，把古久先生的陈年流水簿子,踹了一脚,古久先生很不高兴。赵贵翁虽然不认识他,一定也听到风声,代抱不平;约定路上的人,同我作冤对。但是小孩子呢?那时候,他们还没有出世,何以今天也睁着怪眼睛,似乎怕我,似乎想害我。这真教我怕,教我纳罕而且伤心。

我明白了。这是他们娘老子教的!

三

晚上总是睡不着。凡事须得研究,才会明白。

他们——也有给知县打枷过的,也有给绅士掌过嘴的,也有衙役占了他妻子的,也有老子娘被债主逼死的;他们那时候的脸色,全没有昨天这么怕,也没有这么凶。

最奇怪的是昨天街上的那个女人,打他儿子,嘴里说道,"老子呀!我要咬你几口才出气!"他眼睛却看着我。我出了一惊,遮掩不住;那青面獠牙的一伙人,便都哄笑起来。陈老五赶上前,硬把我拖回家中了。

拖我回家,家里的人都装作不认识我;他们的眼色,也全同别人一样。进了书房,便反扣上门,宛然是关了一只鸡鸭。这一件事,越教我猜不出底细。

前几天,狼子村的佃户来告荒,对我大哥说,他们村里的一个大恶人,给大家打死了;几个人便挖出他的心肝来,用油煎炒了吃,可以壮壮胆子。我插了一句嘴,佃户和大哥便都看我几眼。今天才晓得他们的眼光,全同外面的那伙人一模一样。

想起来,我从顶上直冷到脚跟。

他们会吃人,就未必不会吃我。

你看那女人"咬你几口"的话,和一伙青面獠牙人的笑,和前天佃户的话,明明是暗号。我看出他话中全是毒,笑中全是刀。他们的牙齿,全是白厉厉的排着,这就是吃人的家伙。

照我自己想,虽然不是恶人,自从踹了古家的簿子,可就难说了。他们似乎别有心思,我全猜不出。况且他们一翻脸,便说人是恶人。我还记得大哥教我做论,无论怎样好人,翻他几句,他便打上几个圈;原谅坏人几句,他便说"翻天妙手,与众不同"。我那里猜得到他们的心思,究竟怎样;况且是要吃的时候。

凡事总须研究,才会明白。古来时常吃人,我也还记得,可是不甚清楚。我翻开历史一查,这历史没有年代,歪歪斜斜的每叶上都写着"仁义道德"几个字。我横竖睡不着,仔细看了半夜,才从字缝里看出字来,满本都写着两个字是"吃人"!

书上写着这许多字,佃户说了这许多话,却都笑吟吟的睁着怪眼睛看我。

我也是人,他们想要吃我了!

四

早上,我静坐了一会。陈老五送进饭来,一碗菜,一碗蒸鱼;这鱼的眼睛,白而且硬,张着嘴,同那一伙想吃人的人一样。吃了几筷,滑溜溜的不知是鱼是人,便把他兜肚连肠的吐出。

我说,"老五,对大哥说,我闷得慌,想到园里走走。"老五不答应,走了;停一会,可就来开了门。

我也不动,研究他们如何摆布我;知道他们一定不肯放松。果然!我大哥引了一个老头子,慢慢走来;他满眼凶光,怕我看出,只是低头向着地,从眼镜横边暗暗看我。大哥说,"今天你仿佛很好。"我说,"是的。"大哥说:"今天请何先生来,给你诊一诊。"我说,"可以!"其实我岂不知道这老头子是刽子手扮的!无非借了看脉这名目,揣一揣肥瘠:因这功劳,也分一片肉吃。我也不怕;虽然不吃人,胆子却比他们还壮。伸出两个拳头,看他如何下手。老头子坐着,闭了眼睛,摸了好一会,呆了好一会;便张开他鬼眼睛说,"不要乱想。静静的养几天,就好了。"

不要乱想,静静的养!养肥了,他们是自然可以多吃;我有什么好处,怎么会"好了"?他们这群人,又想吃人,又是鬼鬼祟祟,想法子遮掩,不敢直捷下手,真要令我笑死。我忍不住,便放声大笑起来,十分快活。自己晓得这笑声里面,有的是义勇和正气。老头子和大哥,都失了色,被我这勇气正气镇压住了。

但是我有勇气,他们便越想吃我,沾光一点这勇气。老头子跨出门,走不多远,便低声对大哥说道,"赶紧吃罢!"大哥点点头。原来也有你!这一件大发见,虽似意外,也在意中:合伙吃我的人,便是我的哥哥!

吃人的是我哥哥!

我是吃人的人的兄弟!

我自己被人吃了,可仍然是吃人的人的兄弟!

五

这几天是退一步想:假使那老头子不是刽子手扮的,真是医生,也仍然是吃人的人。他们的祖师李时珍做的"本草什么"上,明明写着人肉可以煎吃;他还能说自己不吃人么?

至于我家大哥,也毫不冤枉他。他对我讲书的时候,亲口说过可以"易子而食";又一回偶然议论起一个不好的人,他便说不但该杀,还当"食肉寝皮"。我那时年纪还小,心跳了好半天。前天狼子村佃户来说吃心肝的事,他也毫不奇怪,不住的点头。可见心思是同从前一样狠。既然可以"易子而食",便什么都易得,什么人都吃得。我从前单听他讲道理,也胡涂过去;现在晓得他讲道理的时候,不但唇边还抹着人油,而且心里满装着吃人的意思。

六

黑漆漆的,不知是日是夜。赵家的狗又叫起来了。

狮子似的凶心,兔子的怯弱,狐狸的狡猾,……

七

　　我晓得他们的方法,直捷杀了,是不肯的,而且也不敢,怕有祸祟。所以他们大家连络,布满了罗网,逼我自戕。试看前几天街上男女的样子,和这几天我大哥的作为,便足可悟出八九分了。最好是解下腰带,挂在梁上,自己紧紧勒死;他们没有杀人的罪名,又偿了心愿,自然都欢天喜地的发出一种呜呜咽咽的笑声。否则惊吓忧愁死了,虽则略瘦,也还可以首肯几下。

　　他们是只会吃死肉的!——记得什么书上说,有一种东西,叫"海乙那"的,眼光和样子都很难看;时常吃死肉,连极大的骨头,都细细嚼烂,咽下肚子去,想起来也教人害怕。"海乙那"是狼的亲眷,狼是狗的本家。前天赵家的狗,看我几眼,可见他也同谋,早已接洽。老头子眼看着地,岂能瞒得我过。

　　最可怜的是我的大哥,他也是人,何以毫不害怕;而且合伙吃我呢?还是历来惯了,不以为非呢?还是丧了良心,明知故犯呢?

　　我诅咒吃人的人,先从他起头;要劝转吃人的人,也先从他下手。

八

　　其实这种道理,到了现在,他们也该早已懂得,……

　　忽然来了一个人;年纪不过二十左右,相貌是不很看得清楚,满面笑容,对了我点头,他的笑也不像真笑。我便问他,"吃人的事,对么?"他仍然笑着说,"不是荒年,怎么会吃人。"我立刻就晓得,他也是一伙,喜欢吃人的;便自勇气百倍,偏要问他。

　　"对么?"

　　"这等事问他什么。你真会……说笑话。……今天天气很好。"

　　天气是好,月色也很亮了。可是我要问你,"对么?"

　　他不以为然了。含含胡胡的答道,"不……"

　　"不对?他们何以竟吃?!"

　　"没有的事……"

　　"没有的事?狼子村现吃;还有书上都写着,通红斩新!"

　　他便变了脸,铁一般青。睁着眼说,"有许有的,这是从来如此……"

　　"从来如此,便对么?"

　　"我不同你讲这些道理;总之你不该说,你说便是你错!"

　　我直跳起来,张开眼,这人便不见了。全身出了一大片汗。他的年纪,比我大哥小得远,居然也是一伙;这一定是他娘老子先教的。还怕已经教给他儿子了;所以连小孩子,也都恶狠狠的看我。

九

　　自己想吃人，又怕被别人吃了，都用着疑心极深的眼光，面面相觑。……

　　去了这心思，放心做事走路吃饭睡觉，何等舒服。这只是一条门槛，一个关头。他们可是父子兄弟夫妇朋友师生仇敌和各不相识的人，都结成一伙，互相劝勉，互相牵掣，死也不肯跨过这一步。

十

　　大清早，去寻我大哥；他立在堂门外看天，我便走到他背后，拦住门，格外沉静，格外和气的对他说，

　　"大哥，我有话告诉你。"

　　"你说就是，"他赶紧回过脸来，点点头。

　　"我只有几句话，可是说不出来。大哥，大约当初野蛮的人，都吃过一点人。后来因为心思不同，有的不吃人了，一味要好，便变了人，变了真的人。有的却还吃，——也同虫子一样，有的变了鱼鸟猴子，一直变到人。有的不要好，至今还是虫子。这吃人的人比不吃人的人，何等惭愧。怕比虫子的惭愧猴子，还差得很远很远。

　　"易牙蒸了他儿子，给桀纣吃，还是一直从前的事。谁晓得从盘古开辟天地以后，一直吃到易牙的儿子；从易牙的儿子，一直吃到徐锡林；从徐锡林，又一直吃到狼子村捉住的人。去年城里杀了犯人，还有一个生痨病的人，用馒头蘸血舐。

　　"他们要吃我，你一个人，原也无法可想；然而又何必去入伙。吃人的人，什么事做不出；他们会吃我，也会吃你，一伙里面，也会自吃。但只要转一步，只要立刻改了，也就人人太平。虽然从来如此，我们今天也可以格外要好，说是不能！大哥，我相信你能说，前天佃户要减租，你说过不能。"

　　当初，他还只是冷笑，随后眼光便凶狠起来，一到说破他们的隐情，那就满脸都变成青色了。大门外立着一伙人，赵贵翁和他的狗，也在里面，都探头探脑的挨进来。有的是看不出面貌，似乎用布蒙着；有的是仍旧青面獠牙，抿着嘴笑。我认识他们是一伙，都是吃人的人。可是也晓得他们心思很不一样，一种是以为从来如此，应该吃；一种是知道不该吃，可是仍然要吃，又怕别人说破他，所以听了我的话，越发气愤不过，可是抿着嘴冷笑。

　　这时候，大哥也忽然显出凶相，高声喝道，

　　"都出去！疯子有什么好看！"

　　这时候，我又懂得一件他们的巧妙了。他们岂但不肯改，而且早已布置；预备下一个疯子的名目罩上我。将来吃了，不但太平无事，怕还会有人见情。佃户说的大家吃了一个恶人，正是这方法。这是他们的老谱！

　　陈老五也气愤愤的直走进来。如何按得住我的口，我偏要对这伙人说，

　　"你们可以改了，从真心改起！要晓得将来容不得吃人的人，活在世上。

"你们要不改,自己也会吃尽。即使生得多,也会给真的人除灭了,同猎人打完狼子一样!——同虫子一样!"

那一伙人,都被陈老五赶走了。大哥也不知那里去了。陈老五劝我回屋子里去。屋里面全是黑沉沉的。横梁和椽子都在头上发抖;抖了一会,就大起来,堆在我身上。

万分沉重,动弹不得;他的意思是要我死。我晓得他的沉重是假的,便挣扎出来,出了一身汗。可是偏要说,

"你们立刻改了,从真心改起!你们要晓得将来是容不得吃人的人,……"

十一

太阳也不出,门也不开,日日是两顿饭。

我捏起筷子,便想起我大哥;晓得妹子死掉的缘故,也全在他。那时我妹子才五岁,可爱可怜的样子,还在眼前。母亲哭个不住,他却劝母亲不要哭;大约因为自己吃了,哭起来不免有点过意不去。如果还能过意不去,……

妹子是被大哥吃了,母亲知道没有,我可不得而知。

母亲想也知道;不过哭的时候,却并没有说明,大约也以为应当的了。记得我四五岁时,坐在堂前乘凉,大哥说爷娘生病,做儿子的须割下一片肉来,煮熟了请他吃,才算好人;母亲也没有说不行。一片吃得,整个的自然也吃得。但是那天的哭法,现在想起来,实在还教人伤心,这真是奇极的事!

十二

不能想了。

四千年来时时吃人的地方,今天才明白,我也在其中混了多年;大哥正管着家务,妹子恰恰死了,他未必不和在饭菜里,暗暗给我们吃。

我未必无意之中,不吃了我妹子的几片肉,现在也轮到我自己,……

有了四千年吃人履历的我,当初虽然不知道,现在明白,难见真的人!

十三

没有吃过人的孩子,或者还有?

救救孩子……

一九一八年四月

作者简介

鲁迅(1881—1936),原名周树人,浙江绍兴人。本名樟寿,字豫山,后改字豫才,改名树人。1918年首次用"鲁迅"的笔名,发表中国现代文学史上第一篇白话小说《狂人

日记》。

鲁迅于五四运动前后,参加《新青年》杂志工作,成为五四新文化运动的主将。1909年,与其弟周作人一起合译《域外小说集》,开始介绍外国文学。1918年到1926年间,陆续创作出版了小说集《呐喊》《彷徨》《故事新编》,散文诗集《野草》,散文集《朝花夕拾》,杂文集《热风》《坟》《华盖集》《华盖集续编》等。1936年10月19日,因长期肺结核所致的胸膜炎,鲁迅病逝于上海,终年56岁。上海民众为他举行了隆重的葬礼,在他的灵柩上覆盖了一面绣着"民族魂"三个大字的挽幛。

作品赏析

《狂人日记》的主题是"暴露家族制度和礼教的弊害"(鲁迅语)。这个主题主要是通过对一个"迫害狂"患者的精神状态和心理活动的描写来表现的。小说通过十三则日记记录了狂人的所见、所闻、所感、所思的一切,运用第一人称"独语""自白"的叙述方式,塑造了一个反封建斗士的"迫害狂"形象。一方面,狂人是一个真实的迫害狂患者;另一方面,狂人的精神品格,又具有时代的先觉者、勇猛的反封建斗士和清醒的启蒙主义者的特征。

狂人作为一个被迫害致狂的思想先觉者,其身上体现了叛逆者和思想者两方面的特点。作为叛逆者,他必然不被本阶级所容纳,且往往被视为"异端"而受到迫害。如小说中写道:"自从把古久先生的陈年流水簿子踹了一脚,他们一翻脸,也就把他当恶人了。赵贵翁似乎怕他,似乎想害他。七八个人交头接耳的议论,其中最凶的,张着嘴,对他笑了一笑。"而作为思想者,由于他的思想极度敏感,神经始终处于高度紧张的状态,相对于那些迟钝麻木的苟活者来说,更容易成为精神病患者。

狂人之所以为"狂",不会单单只是生理上的现象,遗传学上的问题,他的狂病中暗含着深刻的社会文化内涵,这依赖于鲁迅对社会敏锐而清醒的认识。狂人在当时的社会中是具有普遍性的,他们不满于社会的传统观念和道德规范,所以遭到了强大的旧势力的攻击,这给他们带来了巨大的心理压力。另外,在封建势力面前,不只狂人是被黑暗社会所迫害的人,还包括勇于反抗封建制度的人。当时,许多具有革命倾向的进步分子,都曾被旧势力骂成"疯子"。狂人是现实性与象征性完美结合的独特艺术形象。狂人的确是一个精神病患者,他具有表象的真实性,有变态的心理、混乱的逻辑、虚妄的幻觉。作者用现实主义创作方法塑造人物形象,其言行无一不符合狂人的特点。例如,早上出门,他会说"今天全没月光";大哥请医生治病,按常理是出于关心,但在狂人看来,大哥和吃人者是"一伙",何先生是"刽子手扮的",把脉是"揣一揣肥瘠",以便"分一片肉吃";一拿起筷子,便想起妹子是被大哥吃的,自己也许也吃了妹子的肉,现在轮到自己被吃。狂人对周围的环境,包括狗在内,都相当的敏感。他的感觉癫狂,与常人有异,而且思路零碎、不连贯。鲁迅运用所学的医学知识,并受生活中的原型(姨表弟:阮久荪)启发,写出了一个真实的狂人。狂人的言行背后有着明显的深刻寓意,作者把"狂人"放在被吃的环境里,赋予了"狂人"复杂的精神状态,寄予了作者对中国历史和社会的深刻思考,将现实与历史结合起来,以狂人特有的敏感揭露了封建礼教吃人的本质。这正是其最精彩也是最具批判力的地方:"我翻开历史一查,这历史没有年代,歪歪斜斜的每叶上都写着'仁义道德'几个字。我横竖睡不着,仔细看了半夜,才从字缝里看出字来,满本都写着两个字是'吃人'!"

作为狂人,他可以更加肆无忌惮,更加尖锐泼辣,他不知利害,更不会顾及后果,别人不敢讲的他敢讲,他可以发人所不敢发,道人所未能道。鲁迅正是巧妙地利用了这一特点,把自己对中国几千年封建历史的考察,用象征的手法暗示给读者,借狂人之口说出了历史的真实面貌。而小说中的狂人,实质上显露出他"假狂人,真战士"的特点,是狂放与清醒的统一,是"虚"与"实"的完美结合。

鲁迅渗透在《狂人日记》里的杰出思想在于揭露了吃人的现实,挖掘了吃人的历史,将批判的锋芒指向了封建的家族制度和礼教;宣布了昏睡的中国人民开始觉醒,开始反抗,开始为勾销四千年的吃人的旧账去努力改变吃人者的本质;他呼吁"救救孩子",渴望拯救被吃的中国人民,这正是救国救民的一声痛心与期待的呐喊。

推荐阅读

1. 《论〈狂人日记〉的创作方法》(选自《论鲁迅的复调小说》),严家炎著,上海教育出版社,2002年。
2. 《外国文学对鲁迅〈狂人日记〉的影响》,温儒敏,《鲁迅研究》第8辑,1983年5月。
3. 《铁屋中的呐喊》,李欧梵著,岳麓书社,1999年。

思考题

1. 如何理解《狂人日记》中的"吃人"思想?
2. 结合作品评析为什么说《狂人日记》是现实主义与现代主义的结合?

阿 Q 正传

鲁 迅

第一章 序

我要给阿 Q 做正传,已经不止一两年了。但一面要做,一面又往回想,这足见我不是一个"立言"的人,因为从来不朽之笔,须传不朽之人,于是人以文传,文以人传——究竟谁靠谁传,渐渐的不甚了然起来,而终于归结到传阿 Q,仿佛思想里有鬼似的。

然而要做这一篇速朽的文章,才下笔,便感到万分的困难了。第一是文章的名目。孔子曰,"名不正则言不顺"。这原是应该极注意的。传的名目很繁多:列传,自传,内传,外传,别传,家传,小传……,而可惜都不合。"列传"么,这一篇并非和许多阔人排在"正史"里;"自传"么,我又并非就是阿 Q。说是"外传","内传"在那里呢?倘用"内传",阿 Q 又决不是神仙。"别传"呢,阿 Q 实在未曾有大总统上谕宣付国史馆立"本传"——虽说英国正史上并无"博徒列传",而文豪迭更司也做过《博徒别传》这一部书,但文豪则可,在我辈却不可的。其次是"家传",则我既不知与阿 Q 是否同宗,也未曾受他子孙的拜托;或"小传",则阿 Q 又更无别的"大传"了。总而言之,这一篇也便是"本传",但从我的文章着想,因为文体卑下,是"引车卖浆者流"所用的话,所以不敢僭称,便从不入三教九流的小说家所谓"闲话休题言归正传"这一句套话里,取出"正传"两个字来,作为名目,即使与古人所撰《书法正传》的"正传"字面上很相混,也顾不得了。

第二,立传的通例,开首大抵该是"某,字某,某地人也",而我并不知道阿 Q 姓什么。有一回,他似乎是姓赵,但第二日便模糊了。那是赵太爷的儿子进了秀才的时候,锣声镗镗的报到村里来,阿 Q 正喝了两碗黄酒,便手舞足蹈的说,这于他也很光采,因为他和赵太爷原来是本家,细细的排起来他还比秀才长三辈呢。其时几个旁听人倒也肃然的有些起敬了。那知道第二天,地保便叫阿 Q 到赵太爷家里去;太爷一见,满脸溅朱,喝道:

"阿 Q,你这浑小子!你说我是你的本家么?"

阿 Q 不开口。

赵太爷愈看愈生气了,抢进几步说:"你敢胡说!我怎么会有你这样的本家?你姓赵么?"

阿 Q 不开口,想往后退了;赵太爷跳过去,给了他一个嘴巴。

"你怎么会姓赵!——你那里配姓赵!"

阿 Q 并没有抗辩他确凿姓赵,只用手摸着左颊,和地保退出去了;外面又被地保训斥了一番,谢了地保二百文酒钱。知道的人都说阿 Q 太荒唐,自己去招打;他大约未必姓赵,即使真姓赵,有赵太爷在这里,也不该如此胡说的。此后便再没有人提起他的氏族来,所以我终于不知道阿 Q 究竟什么姓。

第三,我又不知道阿 Q 的名字是怎么写的。他活着的时候,人都叫他阿 Quei,死了以后,便没有一个人再叫阿 Quei 了,那里还会有"著之竹帛"的事。若论"著之竹帛",这篇文章要算第一次,所以先遇着了这第一个难关。我曾经仔细想:阿 Quei,阿桂还是阿贵呢?倘使他号叫月亭,或者在八月间做过生日,那一定是阿桂了;而他既没有号——也许有号,只是没有人知道他,——又未尝散过生日征文的帖子:写作阿桂,是武断的。又倘若他有一位老兄或令弟叫阿富,那一定是阿贵了;而他又只是一个人:写作阿贵,也没有佐证的。其余音 Quei 的偏僻字样,更加凑不上了。先前,我也曾问过赵太爷的儿子茂才先生,谁料博雅如此公,竟也茫然,但据结论说,是因为陈独秀办了《新青年》提倡洋字,所以国粹沦亡,无可查考了。我的最后的手段,只有托一个同乡去查阿 Q 犯事的案卷,八个月之后才有回信,说案卷里并无与阿 Quei 的声音相近的人。我虽不知道是真没有,还是没有查,然而也再没有别的方法了。生怕注音字母还未通行,只好用了"洋字",照英国流行的拼法写他为阿 Quei,略作阿 Q。这近于盲从《新青年》,自己也很抱歉,但茂才公尚且不知,我还有什么好办法呢。

第四,是阿 Q 的籍贯了。倘他姓赵,则据现在好称郡望的老例,可以照《郡名百家姓》上的注解,说是"陇西天水人也",但可惜这姓是不甚可靠的,因此籍贯也就有些决不定。他虽然多住未庄,然而也常常宿在别处,不能说是未庄人,即使说是"未庄人也",也仍然有乖史法的。

我所聊以自慰的,是还有一个"阿"字非常正确,绝无附会假借的缺点,颇可以就正于通人。至于其余,却都非浅学所能穿凿,只希望有"历史癖与考据癖"的胡适之先生的门人们,将来或者能够寻出许多新端绪来,但是我这《阿 Q 正传》到那时却又怕早经消灭了。

以上可以算是序。

第二章　优胜记略

阿 Q 不独是姓名籍贯有些渺茫,连他先前的"行状"也渺茫。因为未庄的人们之于阿 Q,只要他帮忙,只拿他玩笑,从来没有留心他的"行状"的。而阿 Q 自己也不说,独有和别人口角的时候,间或瞪着眼睛道:

"我们先前——比你阔的多啦!你算是什么东西!"

阿 Q 没有家,住在未庄的土谷祠里;也没有固定的职业,只给人家做短工,割麦便割麦,舂米便舂米,撑船便撑船。工作略长久时,他也或住在临时主人的家里,但一完就走了。所以,人们忙碌的时候,也还记起阿 Q 来,然而记起的是做工,并不是"行状";一闲空,连阿 Q 都早忘却,更不必说"行状"了。只是有一回,有一个老头子颂扬说:"阿 Q 真能做!"这时阿 Q 赤着膊,懒洋洋的瘦伶仃的正在他面前,别人也摸不着这话是真心还是讥笑,然而阿 Q 很喜欢。

阿 Q 又很自尊,所有未庄的居民,全不在他眼睛里,甚而至于对于两位"文童"也有以为不值一笑的神情。夫文童者,将来恐怕要变秀才者也;赵太爷钱太爷大受居民的尊敬,除有钱之外,就因为都是文童的爹爹,而阿Q在精神上独不表格外的崇奉,他想:我的儿子会阔得多啦!加以进了几回城,阿Q自然更自负,然而他又很鄙薄城里人,譬如用三尺长三寸宽的木板做成的凳子,未庄叫"长凳",他也叫"长凳",城里人却叫"条凳",他想:这是错的,可笑!油煎大头鱼,未庄都加上半寸长的葱叶,城里却加上切细的葱丝,他想:这也是错的,可笑!然而未庄人真是不见世面的可笑的乡下人呵,他们没有见过城里的煎鱼!

阿Q"先前阔",见识高,而且"真能做",本来几乎是一个"完人"了,但可惜他体质上还有一些缺点。最恼人的是在他头皮上,颇有几处不知起于何时的癞疮疤。这虽然也在他身上,而看阿Q的意思,倒也似乎以为不足贵的,因为他讳说"癞"以及一切近于"赖"的音,后来推而广之,"光"也讳,"亮"也讳,再后来,连"灯""烛"都讳了。一犯讳,不问有心与无心,阿Q便全疤通红的发起怒来,估量了对手,口讷的他便骂,气力小的他便打;然而不知怎么一回事,总还是阿Q吃亏的时候多。于是他渐渐的变换了方针,大抵改为怒目而视了。

谁知道阿Q采用怒目主义之后,未庄的闲人们便愈喜欢玩笑他。一见面,他们便假作吃惊的说:

"哙,亮起来了。"

阿Q照例的发了怒,他怒目而视了。

"原来有保险灯在这里!"他们并不怕。

阿Q没有法,只得另外想出报复的话来:

"你还不配……"这时候,又仿佛在他头上的是一种高尚的光荣的癞头疮,并非平常的癞头疮了;但上文说过,阿Q是有见识的,他立刻知道和"犯忌"有点抵触,便不再往底下说。

闲人还不完,只撩他,于是终而至于打。阿Q在形式上打败了,被人揪住黄辫子,在壁上碰了四五个响头,闲人这才心满意足的得胜的走了,阿Q站了一刻,心里想,"我总算被儿子打了,现在的世界真不像样……"于是也心满意足的得胜的走了。

阿Q想在心里的,后来每每说出口来,所以凡有和阿Q玩笑的人们,几乎全知道他有这一种精神上的胜利法,此后每逢揪住他黄辫子的时候,人就先一着对他说:

"阿Q,这不是儿子打老子,是人打畜生。自己说:人打畜生!"

阿Q两只手都捏住了自己的辫根,歪着头,说道:

"打虫豸,好不好?我是虫豸——还不放么?"

但虽然是虫豸,闲人也并不放,仍旧在就近什么地方给他碰了五六个响头,这才心满意足的得胜的走了,他以为阿Q这回可遭了瘟。然而不到十秒钟,阿Q也心满意足的得胜的走了,他觉得他是第一个能够自轻自贱的人,除了"自轻自贱"不算外,余下的就是"第一个"。状元不也是"第一个"么?"你算是什么东西"呢?!

阿Q以如是等等妙法克服怨敌之后,便愉快的跑到酒店里喝几碗酒,又和别人调笑一通,口角一通,又得了胜,愉快的回到土谷祠,放倒头睡着了。假使有钱,他便去押牌宝,一堆人蹲在地面上,阿Q即汗流满面的夹在这中间,声音他最响:

"青龙四百!"

"咳～～开～～啦!"桩家揭开盒子盖,也是汗流满面的唱。"天门啦～～角回啦～～!人和穿堂空在那里啦～～!阿Q的铜钱拿过来～～!"

"穿堂一百——一百五十!"

阿Q的钱便在这样的歌吟之下,渐渐的输入别个汗流满面的人物的腰间。他终于只好挤出堆外,站在后面看,替别人着急,一直到散场,然后恋恋的回到土谷祠,第二天,肿着眼睛去工作。

但真所谓"塞翁失马安知非福"罢,阿Q不幸而赢了一回,他倒几乎失败了。

这是未庄赛神的晚上。这晚上照例有一台戏,戏台左近,也照例有许多的赌摊。做戏的锣鼓,在阿Q耳朵里仿佛在十里之外;他只听得桩家的歌唱了。他赢而又赢,铜钱变成角洋,角洋变成大洋,大洋又成了叠。他兴高采烈得非常:

"天门两块!"

他不知道谁和谁为什么打起架来了。骂声打声脚步声,昏头昏脑的一大阵,他才爬起来,赌摊不见了,人们也不见了,身上有几处很似乎有些痛,似乎也挨了几拳几脚似的,几个人诧异的对他看。他如有所失的走进土谷祠,定一定神,知道他的一堆洋钱不见了。赶赛会的赌摊多不是本村人,还到那里去寻根柢呢?

很白很亮的一堆洋钱!而且是他的——现在不见了!说是算被儿子拿去了罢,总还是忽忽不乐;说自己是虫豸罢,也还是忽忽不乐:他这回才有些感到失败的苦痛了。

但他立刻转败为胜了。他擎起右手,用力的在自己脸上连打了两个嘴巴,热刺刺的有些痛;打完之后,便心平气和起来,似乎打的是自己,被打的是别一个自己,不久也就仿佛是自己打了别个一般,——虽然还有些热刺刺,——心满意足的得胜的躺下了。

他睡着了。

第三章　续优胜记略

然而阿Q虽然常优胜,却直待蒙赵太爷打他嘴巴之后,这才出了名。

他付过地保二百文酒钱,愤愤的躺下了,后来想:"现在的世界太不成话,儿子打老子……"于是忽而想到赵太爷的威风,而现在是他的儿子了,便自己也渐渐的得意起来,爬起身,唱着《小孤孀上坟》到酒店去。这时候,他又觉得赵太爷高人一等了。

说也奇怪,从此之后,果然大家也仿佛格外尊敬他。这在阿Q,或者以为因为他是赵太爷的父亲,而其实也不然。未庄通例,倘如阿七打阿八,或者李四打张三,向来本不算一件事,必须与一位名人如赵太爷者相关,这才载上他们的口碑。一上口碑,则打的既有名,被打的也就托庇有了名。至于错在阿Q,那自然是不必说。所以者何?就因为赵太爷是不会错的。但他既然错,为什么大家又仿佛格外尊敬他呢?这可难解,穿凿起来说,或者因为阿Q说是赵太爷的本家,虽然挨了打,大家也还怕有些真,总不如尊敬一些稳当。否则,也如孔庙里的太牢一般,虽然与猪羊一样,同是畜生,但既经圣人下箸,先儒们便不敢妄动了。

阿Q此后倒得意了许多年。

有一年的春天,他醉醺醺的在街上走,在墙根的日光下,看见王胡在那里赤着膊捉虱子,他忽然觉得身上也痒起来了。这王胡,又癞又胡,别人都叫他王癞胡,阿Q却删去了一个癞字,然而非常渺视他。阿Q的意思,以为癞是不足为奇的,只有这一部络腮胡子,实在太新奇,令人看不上眼。他于是并排坐下去了。倘是别的闲人们,阿Q本不敢大意坐下去。但这王胡旁边,他有什么怕呢?老实说:他肯坐下去,简直还是抬举他。

阿Q也脱下破夹袄来,翻检了一回,不知道因为新洗呢还是因为粗心,许多工夫,只捉到三四个。他看那王胡,却是一个又一个,两个又三个,只放在嘴里毕毕剥剥的响。

阿Q最初是失望,后来却不平了:看不上眼的王胡尚且那么多,自己倒反这样少,这是怎样的大失体统的事呵!他很想寻一两个大的,然而竟没有,好容易才捉到一个中的,恨恨的塞在厚嘴唇里,狠命一咬,劈的一声,又不及王胡响。

他癞疮疤块块通红了,将衣服摔在地上,吐一口唾沫,说:

"这毛虫!"

"癞皮狗,你骂谁?"王胡轻蔑的抬起眼来说。

阿Q近来虽然比较的受人尊敬,自己也更高傲些,但和那些打惯的闲人们见面还胆怯,独有这回却非常武勇了。这样满脸胡子的东西,也敢出言无状么?

"谁认便骂谁!"他站起来,两手叉在腰间说。

"你的骨头痒了么?"王胡也站起来,披上衣服说。

阿Q以为他要逃了,抢进去就是一拳。这拳头还未达到身上,已经被他抓住了,只一拉,阿Q跄跄踉踉的跌进去,立刻又被王胡扭住了辫子,要拉到墙上照例去碰头。

"'君子动口不动手'!"阿Q歪着头说。

王胡似乎不是君子,并不理会,一连给他碰了五下,又用力的一推,至于阿Q跌出六尺多远,这才满足的去了。

在阿Q的记忆上,这大约要算是生平第一件的屈辱,因为王胡以络腮胡子的缺点,向来只被他奚落,从没有奚落他,更不必说动手了。而他现在竟动手,很意外,难道真如市上所说,皇帝已经停了考,不要秀才和举人了,因此赵家减了威风,因此他们也便小觑了他么?

阿Q无可适从的站着。

远远的走来了一个人,他的对头又到了。这也是阿Q最厌恶的一个人,就是钱太爷的大儿子。他先前跑上城里去进洋学堂,不知怎么又跑到东洋去了,半年之后他回到家里来,腿也直了,辫子也不见了,他的母亲大哭了十几场,他的老婆跳了三回井。后来,他的母亲到处说,"这辫子是被坏人灌醉了酒剪去的。本来可以做大官,现在只好等留长再说了。"然而阿Q不肯信,偏称他"假洋鬼子",也叫作"里通外国的人",一见他,一定在肚子里暗暗的咒骂。

阿Q尤其"深恶而痛绝之"的,是他的一条假辫子。辫子而至于假,就是没有了做人的资格;他的老婆不跳第四回井,也不是好女人。

这"假洋鬼子"近来了。

"秃儿。驴……"阿Q历来本只在肚子里骂,没有出过声,这回因为正气忿,因为要报仇,便不由的轻轻的说出来了。

不料这秃儿却拿着一支黄漆的棍子——就是阿Q所谓哭丧棒——大踏步走了过来。阿Q在这刹那,便知道大约要打了,赶紧抽紧筋骨,耸了肩膀等候着,果然,拍的一声,似乎确凿打在自己头上了。

"我说他!"阿Q指着近旁的一个孩子,分辩说。

拍!拍拍!

在阿Q的记忆上,这大约要算是生平第二件的屈辱。幸而拍拍的响了之后,于他倒似乎完结了一件事,反而觉得轻松些,而且"忘却"这一件祖传的宝贝也发生了效力,他慢慢的走,将到酒店门口,早已有些高兴了。

但对面走来了静修庵里的小尼姑。阿Q便在平时,看见伊也一定要唾骂,而况在屈辱之后呢?他于是发生了回忆,又发生了敌忾了。

"我不知道我今天为什么这样晦气,原来就因为见了你!"他想。

他迎上去,大声的吐一口唾沫:

"咳,呸!"

小尼姑全不睬,低了头只是走。阿Q走近伊身旁,突然伸出手去摩着伊新剃的头皮,呆笑着,说:

"秃儿!快回去,和尚等着你……"

"你怎么动手动脚……"尼姑满脸通红的说,一面赶快走。

酒店里的人大笑了。阿Q看见自己的勋业得了赏识,便愈加兴高采烈起来:

"和尚动得,我动不得?"他扭住伊的面颊。

酒店里的人大笑了。阿Q更得意,而且为满足那些赏鉴家起见,再用力的一拧,才放手。

他这一战,早忘却了王胡,也忘却了假洋鬼子,似乎对于今天的一切"晦气"都报了仇;而且奇怪,又仿佛全身比拍拍的响了之后更轻松,飘飘然的似乎要飞去了。

"这断子绝孙的阿Q!"远远地听得小尼姑的带哭的声音。

"哈哈哈!"阿Q十分得意的笑。

"哈哈哈!"酒店里的人也九分得意的笑。

第四章　恋爱的悲剧

有人说:有些胜利者,愿意敌手如虎,如鹰,他才感得胜利的欢喜;假使如羊,如小鸡,他便反觉得胜利的无聊。又有些胜利者,当克服一切之后,看见死的死了,降的降了,"臣诚惶诚恐死罪死罪",他于是没有了敌人,没有了对手,没有了朋友,只有自己在上,一个,孤另另,凄凉,寂寞,便反而感到了胜利的悲哀。然而我们的阿Q却没有这样乏,他是永远得意的:这或者也是中国精神文明冠于全球的一个证据了。

看哪,他飘飘然的似乎要飞去了!

然而这一次的胜利,却又使他有些异样。他飘飘然的飞了大半天,飘进土谷祠,照例应该躺下便打鼾。谁知道这一晚,他很不容易合眼,他觉得自己的大拇指和第二指有点古怪:仿佛比平常滑腻些。不知道是小尼姑的脸上有一点滑腻的东西粘在他指上,还是他的指头在小尼姑脸上磨得滑腻了？……

"断子绝孙的阿Q！"

阿Q的耳朵里又听到这句话。他想：不错，应该有一个女人。断子绝孙便没有人供一碗饭，……应该有一个女人。夫"不孝有三无后为大"，而"若敖之鬼馁而"，也是一件人生的大哀，所以他那思想，其实是样样合于圣经贤传的，只可惜后来有些"不能收其放心"了。

"女人，女人！……"他想。

"……和尚动得……女人，女人！……女人！"他又想。

我们不能知道这晚上阿Q在什么时候才打鼾。但大约他从此总觉得指头有些滑腻，所以他从此总有些飘飘然；"女……"他想。

即此一端，我们便可以知道女人是害人的东西。

中国的男人，本来大半都可以做圣贤，可惜全被女人毁掉了。商是妲己闹亡的；周是褒姒弄坏的；秦……虽然史无明文，我们也假定他因为女人，大约未必十分错；而董卓可是的确给貂蝉害死了。

阿Q本来也是正人，我们虽然不知道他曾蒙什么明师指授过，但他对于"男女之大防"却历来非常严；也很有排斥异端——如小尼姑及假洋鬼子之类——的正气。他的学说是：凡尼姑，一定与和尚私通；一个女人在外面走，一定想引诱野男人；一男一女在那里讲话，一定要有勾当了。为惩治他们起见，所以他往往怒目而视，或者大声说几句"诛心"话，或者在冷僻处，便从后面掷一块小石头。

谁知道他将到"而立"之年，竟被小尼姑害得飘飘然了。这飘飘然的精神，在礼教上是不应该有的，——所以女人真可恶，假使小尼姑的脸上不滑腻，阿Q便不至于被蛊，又假使小尼姑的脸上盖一层布，阿Q便也不至于被蛊了，——他五六年前，曾在戏台下的人丛中拧过一个女人的大腿，但因为隔一层裤，所以此后并不飘飘然，——而小尼姑并不然，这也足见异端之可恶。

"女……"阿Q想。

他对于以为"一定想引诱野男人"的女人，时常留心看，然而伊并不对他笑。他对于和他讲话的女人，也时常留心听，然而伊又并不提起关于什么勾当的话来。哦，这也是女人可恶之一节：伊们全都要装"假正经"的。

这一天，阿Q在赵太爷家里舂了一天米，吃过晚饭，便坐在厨房里吸旱烟。倘在别家，吃过晚饭本可以回去的了，但赵府上晚饭早，虽说定例不准掌灯，一吃完便睡觉，然而偶然也有一些例外：其一，是赵大爷未进秀才的时候，准其点灯读文章；其二，便是阿Q来做短工的时候，准其点灯舂米。因为这一条例外，所以阿Q在动手舂米之前，还坐在厨房里吸旱烟。

吴妈，是赵太爷家里唯一的女仆，洗完了碗碟，也就在长凳上坐下了，而且和阿Q谈闲天：

"太太两天没有吃饭哩，因为老爷要买一个小的……"

"女人……吴妈……这小孤孀……"阿Q想。

"我们的少奶奶是八月里要生孩子了……"

"女人……"阿Q想。

阿Q放下烟管,站了起来。

"我们的少奶奶……"吴妈还唠叨说。

"我和你困觉,我和你困觉!"阿Q忽然抢上去,对伊跪下了。

一刹时中很寂然。

"阿呀!"吴妈楞了一息,突然发抖,大叫着往外跑,且跑且嚷,似乎后来带哭了。

阿Q对了墙壁跪着也发楞,于是两手扶着空板凳,慢慢的站起来,仿佛觉得有些糟。他这时确也有些忐忑了,慌张的将烟管插在裤带上,就想去舂米。蓬的一声,头上着了很粗的一下,他急忙回转身去,那秀才便拿了一支大竹杠站在他面前。

"你反了,……你这……"

大竹杠又向他劈下来了。阿Q两手去抱头,拍的正打在指节上,这可很有一些痛。他冲出厨房门,仿佛背上又着了一下似的。

"忘八蛋!"秀才在后面用了官话这样骂。

阿Q奔入舂米场,一个人站者,还觉得指头痛,还记得"忘八蛋",因为这话是未庄的乡下人从来不用,专是见过官府的阔人用的,所以格外怕,而印象也格外深。但这时,他那"女……"的思想却也没有了。而且打骂之后,似乎一件事也已经收束,倒反觉得一无挂碍似的,便动手去舂米。舂了一会,他热起来了,又歇了手脱衣服。

脱下衣服的时候,他听得外面很热闹,阿Q生平本来最爱看热闹,便即寻声走出去了。寻声渐渐的寻到赵太爷的内院里,虽然在昏黄中,却辨得出许多人,赵府一家连两日不吃饭的太太也在内,还有间壁的邹七嫂,真正本家的赵白眼,赵司晨。

少奶奶正拖着吴妈走出下房来,一面说:

"你到外面来,……不要躲在自己房里想……"

"谁不知道你正经,……短见是万万寻不得的。"邹七嫂也从旁说。

吴妈只是哭,夹些话,却不甚听得分明。

阿Q想:"哼,有趣,这小孤孀不知道闹着什么玩意儿了?"他想打听,走近赵司晨的身边。这时他猛然间看见赵大爷向他奔来,而且手里捏着一支大竹杠。他看见这一支大竹杠,便猛然间悟到自己曾经被打,和这一场热闹似乎有点相关。他翻身便走,想逃回舂米场,不图这支竹杠阻了他的去路,于是他又翻身便走,自然而然的走出后门,不多工夫,已在土谷祠内了。

阿Q坐了一会,皮肤有些起粟,他觉得冷了,因为虽在春季,而夜间颇有余寒,尚不宜于赤膊。他也记得布衫留在赵家,但倘若去取,又深怕秀才的竹杠。然而地保进来了。

"阿Q,你的妈妈的!你连赵家的用人都调戏起来,简直是造反。害得我晚上没有觉睡,你的妈妈的!……"

如是云云的教训了一通,阿Q自然没有话。临末,因为在晚上,应该送地保加倍酒钱四百文,阿Q正没有现钱,便用一顶毡帽做抵押,并且订定了五条件:

一 明天用红烛——要一斤重的——一对,香一封,到赵府上去赔罪。

二 赵府上请道士祓除缢鬼,费用由阿Q负担。

三 阿Q从此不准踏进赵府的门槛。

四　吴妈此后倘有不测,惟阿 Q 是问。
五　阿 Q 不准再去索取工钱和布衫。

阿 Q 自然都答应了,可惜没有钱。幸而已经春天,棉被可以无用,便质了二千大钱,履行条约。赤膊磕头之后,居然还剩几文,他也不再赎毡帽,统统喝了酒了。但赵家也并不烧香点烛,因为太太拜佛的时候可以用,留着了。那破布衫是大半做了少奶奶八月间生下来的孩子的衬尿布,那小半破烂的便都做了吴妈的鞋底。

第五章　生计问题

阿 Q 礼毕之后,仍旧回到土谷祠,太阳下去了,渐渐觉得世上有些古怪。他仔细一想,终于省悟过来:其原因盖在自己的赤膊。他记得破夹袄还在,便披在身上,躺倒了,待张开眼睛,原来太阳又已经照在西墙上头了。他坐起身,一面说道,"妈妈的……"

他起来之后,也仍旧在街上逛,虽然不比赤膊之有切肤之痛,却又渐渐的觉得世上有些古怪了。仿佛从这一天起,未庄的女人们忽然都怕了羞,伊们一见阿 Q 走来,便个个躲进门里去。甚而至于将近五十岁的邹七嫂,也跟着别人乱钻,而且将十一岁的女儿都叫进去了。阿 Q 很以为奇,而且想:"这些东西忽然都学起小姐模样来了。这娼妇们……"

但他更觉得世上有些古怪,却是许多日以后的事。其一,酒店不肯赊欠了;其二,管土谷祠的老头子说些废话,似乎叫他走;其三,他虽然记不清多少日,但确乎有许多日,没有一个人来叫他做短工。酒店不赊,熬着也罢了;老头子催他走,噜苏一通也就算了;只是没有人来叫他做短工,却使阿 Q 肚子饿:这委实是一件非常"妈妈的"的事情。

阿 Q 忍不下去了,他只好到老主顾的家里去探问,——但独不许踏进赵府的门槛,——然而情形也异样:一定走出一个男人来,现了十分烦厌的相貌,像回复乞丐一般的摇手道:

"没有没有!你出去!"

阿 Q 愈觉得稀奇了。他想,这些人家向来少不了要帮忙,不至于现在忽然都无事,这总该有些蹊跷在里面了。他留心打听,才知道他们有事都去叫小 Don。这小 D,是一个穷小子,又瘦又乏,在阿 Q 的眼睛里,位置是在王胡之下,谁料这小子竟谋了他的饭碗去。所以阿 Q 这一气,更与平常不同,当气愤愤的走着的时候,忽然将手一扬,唱道:

"我手执钢鞭将你打!……"

几天之后,他竟在钱府的照壁前遇见了小 D。"仇人相见分外眼明",阿 Q 便迎上去,小 D 也站住了。

"畜生!"阿 Q 怒目而视的说,嘴角上飞出唾沫来。

"我是虫豸,好么?……"小 D 说。

这谦逊反使阿 Q 更加愤怒起来,但他手里没有钢鞭,于是只得扑上去,伸手去拔小 D 的辫子。小 D 一手护住了自己的辫根,一手也来拔阿 Q 的辫子,阿 Q 便也将空着的一只手护住了自己的辫根。从先前的阿 Q 看来,小 D 本来是不足齿数的,但他近来挨了饿,又瘦又乏已经不下于小 D,所以便成了势均力敌的现象,四只手拔着两颗头,都弯了腰,在钱家粉墙上映出一个蓝色的虹形,至于半点钟之久了。

"好了，好了！"看的人们说，大约是解劝的。

"好，好！"看的人们说，不知道是解劝，是颂扬，还是煽动。

然而他们都不听。阿Q进三步，小D便退三步，都站着；小D进三步，阿Q便退三步，又都站着。大约半点钟，——未庄少有自鸣钟，所以很难说，或者二十分，——他们的头发里便都冒烟，额上便都流汗，阿Q的手放松了，在同一瞬间，小D的手也正放松了，同时直起，同时退开，都挤出人丛去。

"记着罢，妈妈的……"阿Q回过头去说。

"妈妈的，记着罢……"小D也回过头来说。

这一场"龙虎斗"似乎并无胜败，也不知道看的人可满足，都没有发什么议论，而阿Q却仍然没有人来叫他做短工。

有一日很温和，微风拂拂的颇有些夏意了，阿Q却觉得寒冷起来，但这还可担当，第一倒是肚子饿。棉被，毡帽，布衫，早已没有了，其次就卖了棉袄；现在有裤子，却万不可脱的；有破夹袄，又除了送人做鞋底之外，决定卖不出钱。他早想在路上拾得一注钱，但至今还没有见；他想在自己的破屋里忽然寻到一注钱，慌张的四顾，但屋内是空虚而且了然。于是他决计出门求食去了。

他在路上走着要"求食"，看见熟识的酒店，看见熟识的馒头，但他都走过了，不但没有暂停，而且并不想要。他所求的不是这类东西了；他求的是什么东西，他自己不知道。

未庄本不是大村镇，不多时便走尽了。村外多是水田，满眼是新秧的嫩绿，夹着几个圆形的活动的黑点，便是耕田的农夫。阿Q并不赏鉴这田家乐，却只是走，因为他直觉的知道这与他的"求食"之道是很辽远的。但他终于走到静修庵的墙外了。

庵周围也是水田，粉墙突出在新绿里，后面的低土墙里是菜园。阿Q迟疑了一会，四面一看，并没有人。他便爬上这矮墙去，扯着何首乌藤，但泥土仍然簌簌的掉，阿Q的脚也索索的抖；终于攀着桑树枝，跳到里面了。里面真是郁郁葱葱，但似乎并没有黄酒馒头，以及此外可吃的之类。靠西墙是竹丛，下面许多笋，只可惜都是并未煮熟的，还有油菜早经结子，芥菜已将开花，小白菜也很老了。

阿Q仿佛文童落第似的觉得很冤屈，他慢慢走近园门去，忽而非常惊喜了，这分明是一畦老萝卜。他于是蹲下便拔，而门口突然伸出一个很圆的头来，又即缩回去了，这分明是小尼姑。小尼姑之流是阿Q本来视若草芥的，但世事须"退一步想"，所以他便赶紧拔起四个萝卜，拧下青叶，兜在大襟里。然而老尼姑已经出来了。

"阿弥陀佛，阿Q，你怎么跳进园里来偷萝卜！……阿呀，罪过呵，阿唷，阿弥陀佛！……"

"我什么时候跳进你的园里来偷萝卜？"阿Q且看且走的说。

"现在……这不是？"老尼姑指着他的衣兜。

"这是你的？你能叫得他答应你么？你……"

阿Q没有说完话，拔步便跑；追来的是一匹很肥大的黑狗。这本来在前门的，不知怎的到后园来了。黑狗哼而且追，已经要咬着阿Q的腿，幸而从衣兜里落下一个萝卜来，那狗给一吓，略略一停，阿Q已经爬上桑树，跨到土墙，连人和萝卜都滚出墙外面了。只剩着黑狗还在对着桑树嗥，老尼姑念着佛。

阿 Q 怕尼姑又放出黑狗来，拾起萝卜便走，沿路又检了几块小石头，但黑狗却并不再出现。阿 Q 于是抛了石块，一面走一面吃，而且想道，这里也没有什么东西寻，不如进城去……

待三个萝卜吃完时，他已经打定了进城的主意了。

第六章　从中兴到末路

在未庄再看见阿 Q 出现的时候，是刚过了这年的中秋。人们都惊异，说是阿 Q 回来了，于是又回上去想道，他先前那里去了呢？阿 Q 前几回的上城，大抵早就兴高采烈的对人说，但这一次却并不，所以也没有一个人留心到。他或者也曾告诉过管土谷祠的老头子，然而未庄老例，只有赵太爷钱太爷和秀才大爷上城才算一件事。假洋鬼子尚且不足数，何况是阿 Q：因此老头子也就不替他宣传，而未庄的社会上也就无从知道了。

但阿 Q 这回的回来，却与先前大不同，确乎很值得惊异。天色将黑，他睡眼蒙胧的在酒店门前出现了，他走近柜台，从腰间伸出手来，满把是银的和铜的，在柜上一扔说，"现钱！打酒来！"穿的是新夹袄，看去腰间还挂着一个大搭连，沉钿钿的将裤带坠成了很弯很弯的弧线。未庄老例，看见略有些醒目的人物，是与其慢也宁敬的，现在虽然明知道是阿 Q，但因为和破夹袄的阿 Q 有些两样了，古人云，"士别三日便当刮目相待"，所以堂倌，掌柜，酒客，路人，便自然显出一种疑而且敬的形态来。掌柜既先之以点头，又继之以谈话：

"嚄，阿 Q，你回来了！"

"回来了。"

"发财发财，你是——在……"

"上城去了！"

这一件新闻，第二天便传遍了全未庄。人人都愿意知道现钱和新夹袄的阿 Q 的中兴史，所以在酒店里，茶馆里，庙檐下，便渐渐的探听出来了。这结果，是阿 Q 得了新敬畏。

据阿 Q 说，他是在举人老爷家里帮忙。这一节，听的人都肃然了。这老爷本姓白，但因为合城里只有他一个举人，所以不必再冠姓，说起举人来就是他。这也不独在未庄是如此，便是一百里方圆之内也都如此，人们几乎多以为他的姓名就叫举人老爷的了。在这人的府上帮忙，那当然是可敬的。但据阿 Q 又说，他却不高兴再帮忙了，因为这举人老爷实在太"妈妈的"了。这一节，听的人都叹息而且快意，因为阿 Q 本不配在举人老爷家里帮忙，而不帮忙是可惜的。

据阿 Q 说，他的回来，似乎也由于不满意城里人，这就在他们将长凳称为条凳，而且煎鱼用葱丝，加以最近观察所得的缺点，是女人的走路也扭得不很好。然而也偶有大可佩服的地方，即如未庄的乡下人不过打三十二张的竹牌，只有假洋鬼子能够叉"麻酱"，城里却连小乌龟子都叉得精熟的。什么假洋鬼子，只要放在城里的十几岁的小乌龟子的手里，也就立刻是"小鬼见阎王"。这一节，听的人都赧然了。

"你们可看见过杀头么？"阿 Q 说，"咳，好看。杀革命党。唉，好看好看，……"他摇摇头，将唾沫飞在正对面的赵司晨的脸上。这一节，听的人都凛然了。但阿 Q 又四面一看，忽然扬起右手，照着伸长脖子听得出神的王胡的后项窝上直劈下去道：

"嚓!"

王胡惊得一跳,同时电光石火似的赶快缩了头,而听的人又都悚然而且欣然了。从此王胡瘟头瘟脑的许多日,并且再不敢走近阿Q的身边;别的人也一样。

阿Q这时在未庄人眼睛里的地位,虽不敢说超过赵太爷,但谓之差不多,大约也就没有什么语病的了。

然而不多久,这阿Q的大名忽又传遍了未庄的闺中。虽然未庄只有钱赵两姓是大屋,此外十之九都是浅闺,但闺中究竟是闺中,所以也算得一件神异。女人们见面时一定说,邹七嫂在阿Q那里买了一条蓝绸裙,旧固然是旧的,但只化了九角钱。还有赵白眼的母亲,——一说是赵司晨的母亲,待考,——也买了一件孩子穿的大红洋纱衫,七成新,只用三百大钱九二串。于是伊们都眼巴巴的想见阿Q,缺绸裙的想问他买绸裙,要洋纱衫的想问他买洋纱衫,不但见了不逃避,有时阿Q已经走过了,也还要追上去叫住他,问道:

"阿Q,你还有绸裙么?没有?纱衫也要的,有罢?"

后来这终于从浅闺传进深闺里去了。因为邹七嫂得意之余,将伊的绸裙请赵太太去鉴赏,赵太太又告诉了赵太爷而且着实恭维了一番。赵太爷便在晚饭桌上,和秀才大爷讨论,以为阿Q实在有些古怪,我们门窗应该小心些;但他的东西,不知道可还有什么可买,也许有点好东西罢。加以赵太太也正想买一件价廉物美的皮背心。于是家族决议,便托邹七嫂即刻去寻阿Q,而且为此新辟了第三种的例外:这晚上也姑且特准点油灯。

油灯干了不少了,阿Q还不到。赵府的全眷都很焦急,打着呵欠,或恨阿Q太飘忽,或怨邹七嫂不上紧。赵太太还怕他因为春天的条件不敢来,而赵太爷以为不足虑:因为这是"我"去叫他的。果然,到底赵太爷有见识,阿Q终于跟着邹七嫂进来了。

"他只说没有没有,我说你自己当面说去,他还要说,我说……"邹七嫂气喘吁吁的走着说。

"太爷!"阿Q似笑非笑的叫了一声,在檐下站住了。

"阿Q,听说你在外面发财,"赵太爷踱开去,眼睛打量着他的全身,一面说。"那很好,那很好的。这个,……听说你有些旧东西,……可以都拿来看一看,……这也并不是别的,因为我倒要……"

"我对邹七嫂说过了。都完了。"

"完了?"赵太爷不觉失声的说,"那里会完得这样快呢?"

"那是朋友的,本来不多。他们买了些,……"

"总该还有一点罢。"

"现在,只剩了一张门幕了。"

"就拿门幕来看看罢。"赵太太慌忙说。

"那么,明天拿来就是,"赵太爷却不甚热心了。"阿Q,你以后有什么东西的时候,你尽先送来给我们看,……"

"价钱决不会比别家出得少!"秀才说。秀才娘子忙一瞥阿Q的脸,看他感动了没有。

"我要一件皮背心。"赵太太说。

阿Q虽然答应着,却懒洋洋的出去了,也不知道他是否放在心上。这使赵太爷很失望,气愤而且担心,至于停止了打呵欠。秀才对于阿Q的态度也很不平,于是说,这忘八蛋要提防,或者竟不如吩咐地保,不许他住在未庄。但赵太爷以为不然,说这也怕要结怨,况且做这路生意的大概是"老鹰不吃窝下食",本村倒不必担心的;只要自己夜里警醒点就是了。秀才听了这"庭训",非常之以为然,便即刻撤消了驱逐阿Q的提议,而且叮嘱邹七嫂,请伊万不要向人提起这一段话。

但第二日,邹七嫂便将那蓝裙去染了皂,又将阿Q可疑之点传扬出去了,可是确没有提起秀才要驱逐他这一节。然而这已经于阿Q很不利。最先,地保寻上门了,取了他的门幕去,阿Q说是赵太太要看的,而地保也不还,并且要议定每月的孝敬钱。其次,是村人对于他的敬畏忽而变相了,虽然还不敢来放肆,却很有远避的神情,而这神情和先前的防他来"嚓"的时候又不同,颇混着"敬而远之"的分子了。

只有一班闲人们却还要寻根究底的去探阿Q的底细。阿Q也并不讳饰,傲然的说出他的经验来。从此他们才知道,他不过是一个小脚色,不但不能上墙,并且不能进洞,只站在洞外接东西。有一夜,他刚才接到一个包,正手再进去,不一会,只听得里面大嚷起来,他便赶紧跑,连夜爬出城,逃回未庄来了,从此不敢再去做。然而这故事却于阿Q更不利,村人对于阿Q的"敬而远之"者,本因为怕结怨,谁料他不过是一个不敢再偷的偷儿呢?这实在是"斯亦不足畏也矣"。

第七章 革 命

宣统三年九月十四日——即阿Q将搭连卖给赵白眼的这一天——三更四点,有一只大乌篷船到了赵府上的河埠头。这船从黑魆魆中荡来,乡下人睡得熟,都没有知道;出去时将近黎明,却很有几个看见的了。据探头探脑的调查来的结果,知道那竟是举人老爷的船!

那船便将大不安载给了未庄,不到正午,全村的人心就很摇动。船的使命,赵家本来是很秘密的,但茶坊酒肆里却都说,革命党要进城,举人老爷到我们乡下来逃难了。惟有邹七嫂不以为然,说那不过是几口破衣箱,举人老爷想来寄存的,却已被赵太爷回复转去。其实举人老爷和赵秀才素不相能,在理本不能有"共患难"的情谊,况且邹七嫂又和赵家是邻居,见闻较为切近,所以大概该是伊对的。

然而谣言很旺盛,说举人老爷虽然似乎没有亲到,却有一封长信,和赵家排了"转折亲"。赵太爷肚里一轮,觉得于他总不会有坏处,便将箱子留下了,现就塞在太太的床底下。至于革命党,有的说是便在这一夜进了城,个个白盔白甲:穿着崇正皇帝的素。

阿Q的耳朵里,本来早听到过革命党这一句话,今年又亲眼见过杀掉革命党。但他有一种不知从那里来的意见,以为革命党便是造反,造反便是与他为难,所以一向是"深恶而痛绝之"的。殊不料这却使百里闻名的举人老爷有这样怕,于是他未免也有些"神往"了,况且未庄的一群鸟男女的慌张的神情,也使阿Q更快意。

"革命也好罢,"阿Q想,"革这伙妈妈的的命,太可恶!太可恨!……便是我,也要投降革命党了。"

阿Q近来用度窘,大约略略有些不平;加以午间喝了两碗空肚酒,愈加醉得快,一面想一面走,便又飘飘然起来。不知怎么一来,忽而似乎革命党便是自己,未庄人却都是他的俘虏了。他得意之余，禁不住大声的嚷道：

"造反了！造反了！"

未庄人都用了惊惧的眼光对他看。这一种可怜的眼光，是阿Q从来没有见过的，一见之下，又使他舒服得如六月里喝了雪水。他更加高兴的走而且喊道：

"好，……我要什么就是什么，我欢喜谁就是谁。

得得，锵锵！

悔不该，酒醉错斩了郑贤弟，

悔不该，呀呀呀……

得得，锵锵，得，锵令锵！

我手执钢鞭将你打……"

赵府上的两位男人和两个真本家，也正站在大门口论革命。阿Q没有见，昂了头直唱过去。

"得得，……"

"老Q，"赵太爷怯怯的迎着低声的叫。

"锵锵，"阿Q料不到他的名字会和"老"字联结起来，以为是一句别的话，与己无干，只是唱。"得，锵，锵令锵，锵！"

"老Q。"

"悔不该……"

"阿Q！"秀才只得直呼其名了。

阿Q这才站住，歪着头问道，"什么？"

"老Q，……现在……"赵太爷却又没有话，"现在……发财么？"

"发财？自然。要什么就是什么……"

"阿……Q哥，像我们这样穷朋友是不要紧的……"赵白眼惴惴的说，似乎想探革命党的口风。

"穷朋友？你总比我有钱。"阿Q说着自去了。

大家都怃然，没有话。赵太爷父子回家，晚上商量到点灯。赵白眼回家，便从腰间扯下搭连来，交给他女人藏在箱底里。

阿Q飘飘然的飞了一通，回到土谷祠，酒已经醒透了。这晚上，管祠的老头子也意外的和气，请他喝茶；阿Q便向他要了两个饼，吃完之后，又要了一支点过的四两烛和一个树烛台，点起来，独自躺在自己的小屋里。他说不出的新鲜而且高兴，烛火像元夜似的闪闪的跳，他的思想也迸跳起来了：

"造反？有趣，……来了一阵白盔白甲的革命党，都拿着板刀，钢鞭，炸弹，洋炮，三尖两刃刀，钩镰枪，走过土谷祠，叫道，'阿Q！同去同去！'于是一同去。……

"这时未庄的一伙鸟男女才好笑哩，跪下叫道，'阿Q，饶命！'谁听他！第一个该死的是小D和赵太爷，还有秀才，还有假洋鬼子，……留几条么？王胡本来还可留，但也不要了。……

"东西，……直走进去打开箱子来：元宝，洋钱，洋纱衫，……秀才娘子的一张宁式床先搬到土谷祠，此外便摆了钱家的桌椅，——或者也就用赵家的罢。自己是不动手的了，叫小 D 来搬,要搬得快,搬得不快打嘴巴。……

"赵司晨的妹子真丑。邹七嫂的女儿过几年再说。假洋鬼子的老婆会和没有辫子的男人睡觉,吓,不是好东西!秀才的老婆是眼胞上有疤的。……吴妈长久不见了,不知道在那里,——可惜脚太大。"

阿 Q 没有想得十分停当,已经发了鼾声,四两烛还只点去了小半寸,红焰焰的光照着他张开的嘴。

"荷荷!"阿 Q 忽而大叫起来,抬了头仓皇的四顾,待到看见四两烛,却又倒头睡去了。

第二天他起得很迟,走出街上看时,样样都照旧。他也仍然肚饿,他想着,想不起什么来;但他忽而似乎有了主意了,慢慢的跨开步,有意无意的走到静修庵。

庵和春天时节一样静,白的墙壁和漆黑的门。他想了一想,前去打门,一只狗在里面叫。他急急拾了几块断砖,再上去较为用力的打,打到黑门上生出许多麻点的时候,才听得有人来开门。

阿 Q 连忙捏好砖头,摆开马步,准备和黑狗来开战。但庵门只开了一条缝,并无黑狗从中冲出,望进去只有一个老尼姑。

"你又来什么事?"伊大吃一惊的说。

"革命了……你知道?……"阿 Q 说得很含胡。

"革命革命,革过一革的,……你们要革得我们怎么样呢?"老尼姑两眼通红的说。

"什么?……"阿 Q 诧异了。

"你不知道,他们已经来革过了!"

"谁?……"阿 Q 更其诧异了。

"那秀才和洋鬼子!"

阿 Q 很出意外,不由的一错愕;老尼姑见他失了锐气,便飞速的关了门,阿 Q 再推时,牢不可开,再打时,没有回答了。

那还是上午的事。赵秀才消息灵,一知道革命党已在夜间进城,便将辫子盘在顶上,一早去拜访那历来也不相能的钱洋鬼子。这是"咸与维新"的时候了,所以他们便谈得投机,立刻成了情投意合的同志,也相约去革命。他们想而又想,才想出静修庵里有一块"皇帝万岁万万岁"的龙牌,是应该赶紧革掉的,于是又立刻同到庵里去革命。因为老尼姑来阻挡,说了三句话,他们便将伊当作满政府,在头上很给了不少的棍子和栗凿。尼姑待他们走后,定了神来检点,龙牌固然已经碎在地上了,而且又不见了观音娘娘座前的一个宣德炉。

这事阿 Q 后来才知道。他颇悔自己睡着,但也深怪他们不来招呼他。他又退一步想道:

"难道他们还没有知道我已经投降了革命党么?"

第八章　不准革命

未庄的人心日见其安静了。据传来的消息,知道革命党虽然进了城,倒还没有什么大异样。知县大老爷还是原官,不过改称了什么,而且举人老爷也做了什么——这些名目,未庄人都说不明白——官,带兵的也还是先前的老把总。只有一件可怕的事是另有几个不好的革命党夹在里面捣乱,第二天便动手剪辫子,听说那邻村的航船七斤便着了道儿,弄得不像人样子了。但这却还不算大恐怖,因为未庄人本来少上城,即使偶有想进城的,也就立刻变了计,碰不着这危险。阿Q本也想进城去寻他的老朋友,一得这消息,也只得作罢了。

但未庄也不能说是无改革。几天之后,将辫子盘在顶上的逐渐增加起来了,早经说过,最先自然是茂才公,其次便是赵司晨和赵白眼,后来是阿Q。倘在夏天,大家将辫子盘在头顶上或者打一个结,本不算什么稀奇事,但现在是暮秋,所以这"秋行夏令"的情形,在盘辫家不能不说是万分的英断,而在未庄也不能说无关于改革了。

赵司晨脑后空荡荡的走来,看见的人大嚷说,

"嚄,革命党来了!"

阿Q听到了很羡慕。他虽然早知道秀才盘辫的大新闻,但总没有想到自己可以照样做,现在看见赵司晨也如此,才有了学样的意思,定下实行的决心。他用一支竹筷将辫子盘在头顶上,迟疑多时,这才放胆的走去。

他在街上走,人也看他,然而不说什么话,阿Q当初很不快,后来便很不平。他近来很容易闹脾气了;其实他的生活,倒也并不比造反之前反艰难,人见他也客气,店铺也不说要现钱。而阿Q总觉得自己太失意:既然革了命,不应该只是这样的。况且有一回看见小D,愈使他气破肚皮了。

小D也将辫子盘在头顶上了,而且也居然用一支竹筷。阿Q万料不到他也敢这样做,自己也决不准他这样做!小D是什么东西呢?他很想即刻揪住他,拗断他的竹筷,放下他的辫子,并且批他几个嘴巴,聊且惩罚他忘了生辰八字,也敢来做革命党的罪。但他终于饶放了,单是怒目而视的吐一口唾沫道"呸!"

这几日里,进城去的只有一个假洋鬼子。赵秀才本也想靠着寄存箱子的渊源,亲身去拜访举人老爷的,但因为有剪辫的危险,所以也就中止了。他写了一封"黄伞格"的信,托假洋鬼子带上城,而且托他给自己绍介绍介,去进自由党。假洋鬼子回来时,向秀才讨还了四块洋钱,秀才便有一块银桃子挂在大襟上了;未庄人都惊服,说这是柿油党的顶子,抵得一个翰林;赵太爷因此也骤然大阔,远过于他儿子初隽秀才的时候,所以目空一切,见了阿Q,也就很有些不放在眼里了。

阿Q正在不平,又时时刻刻感着冷落,一听得这银桃子的传说,他立即悟出自己之所以冷落的原因了:要革命,单说投降,是不行的;盘上辫子,也不行的;第一着仍然要和革命党去结识。他生平所知道的革命党只有两个,城里的一个早已"嚓"的杀掉了,现在只剩一个假洋鬼子。他除却赶紧去和假洋鬼子商量之外,再没有别的道路了。

钱府的大门正开着,阿Q便怯怯的蹩进去。他一到里面,很吃了惊,只见假洋鬼子正站在院子的中央,一身乌黑的大约是洋衣,身上也挂着一块银桃子,手里是阿Q曾经领教过的棍子,已经留到一尺多长的辫子都拆开了披在肩背上,蓬头散发的像一个刘海仙。对面挺直的站着赵白眼和三个闲人,正在必恭必敬的听说话。

阿Q轻轻的走近了,站在赵白眼的背后,心里想招呼,却不知道怎么说才好:叫他假洋鬼子固然是不行的了,洋人也不妥,革命党也不妥,或者就应该叫洋先生了罢。

洋先生却没有见他，因为白着眼睛讲得正起劲：

"我是性急的，所以我们见面，我总是说：洪哥！我们动手罢！他却总说道 No！——这是洋话，你们不懂的。否则早已成功了。然而这正是他做事小心的地方。他再三再四的请我上湖北，我还没有肯。谁愿意在这小县城里做事情。……"

"唔，……这个……"阿Q候他略停，终于用十二分的勇气开口了，但不知道因为什么，又并不叫他洋先生。

听着说话的四个人都吃惊的回顾他。洋先生也才看见：

"什么？"

"我……"

"出去！"

"我要投……"

"滚出去！"洋先生扬起哭丧棒来了。

赵白眼和闲人们便都吆喝道："先生叫你滚出去，你还不听么！"

阿Q将手向头上一遮，不自觉的逃出门外；洋先生倒也没有追。他快跑了六十多步，这才慢慢的走，于是心里便涌起了忧愁：洋先生不准他革命，他再没有别的路；从此决不能望有白盔白甲的人来叫他，他所有的抱负，志向，希望，前程，全被一笔勾销了。至于闲人们传扬开去，给小D王胡等辈笑话，倒是还在其次的事。

他似乎从来没有经验过这样的无聊。他对于自己的盘辫子，仿佛也觉得无意味，要侮蔑；为报仇起见，很想立刻放下辫子来，但也没有竟放。他游到夜间，赊了两碗酒，喝下肚去，渐渐的高兴起来了，思想里才又出现白盔白甲的碎片。

有一天，他照例的混到夜深，待酒店要关门，才踱回土谷祠去。

拍，吧！

他忽而听得一种异样的声音，又不是爆竹。阿Q本来是爱看热闹，爱管闲事的，便在暗中直寻过去。似乎前面有些脚步声；他正听，猛然间一个人从对面逃来了。阿Q一看见，便赶紧翻身跟着逃。那人转弯，阿Q也转弯，既转弯，那人站住了，阿Q也站住。他看后面并无什么，看那人便是小D。

"什么？"阿Q不平起来了。

"赵……赵家遭抢了！"小D气喘吁吁的说。

阿Q的心怦怦的跳了。小D说了便走；阿Q却逃而又停的两三回。但他究竟是做过"这路生意"的人，格外胆大，于是躄出路角，仔细的听，似乎有些嚷嚷，又仔细的看，似乎许多白盔白甲的人，络绎的将箱子抬出了，器具抬出了，秀才娘子的宁式床也抬出了，但是不分明，他还想上前，两只脚却没有动。

这一夜没有月，未庄在黑暗里很寂静，寂静到像羲皇时候一般太平。阿Q站着看到自己发烦，也似乎还是先前一样，在那里来来往往的搬，箱子抬出了，器具抬出了，秀才娘子的宁式床也抬出了，……抬得他自己有些不信他的眼睛了。但他决计不再上前，却回到自己的祠里去了。

土谷祠里更漆黑；他关好大门，摸进自己的屋子里。他躺了好一会，这才定了神，而且发出关于自己的思想来：白盔白甲的人明明到了，并不来打招呼，搬了许多好东西，又没有自己的份,——这全是假洋鬼子可恶,不准我造反,否则,这次何至于没有我的份呢?阿Q越想越气,终于禁不住满心痛恨起来,毒毒的点一点头:"不准我造反,只准你造反?妈妈的假洋鬼子,——好,你造反!造反是杀头的罪名呵,我总要告一状,看你抓进县里去杀头,——满门抄斩,——嚓!嚓!"

第九章　大团圆

赵家遭抢之后,未庄人大抵很快意而且恐慌,阿Q也很快意而且恐慌。但四天之后,阿Q在半夜里忽被抓进县城里去了。那时恰是暗夜,一队兵,一队团丁,一队警察,五个侦探,悄悄地到了未庄,乘昏暗围住土谷祠,正对门架好机关枪;然而阿Q不冲出。许多时没有动静,把总焦急起来了,悬了二十千的赏,才有两个团丁冒了险,踰垣进去,里应外合,一拥而入,将阿Q抓出来;直待擒出祠外面的机关枪左近,他才有些清醒了。

到进城,已经是正午,阿Q见自己被搀进一所破衙门,转了五六个弯,便推在一间小屋里。他刚刚一跄踉,那用整株的木料做成的栅栏门便跟着他的脚跟阖上了,其余的三面都是墙壁,仔细看时,屋角上还有两个人。

阿Q虽然有些忐忑,却并不很苦闷,因为他那土谷祠里的卧室,也并没有比这间屋子更高明。那两个也仿佛是乡下人,渐渐和他兜搭起来了,一个说是举人老爷要追他祖父欠下来的陈租,一个不知道为了什么事。他们问阿Q,阿Q爽利的答道,"因为我想造反。"

他下半天便又被抓出栅栏门去了,到得大堂,上面坐着一个满头剃得精光的老头子。阿Q疑心他是和尚,但看见下面站着一排兵,两旁又站着十几个长衫人物,也有满头剃得精光像这老头子的,也有将一尺来长的头发披在背后像那假洋鬼子的,都是一脸横肉,怒目而视的看他;他便知道这人一定有些来历,膝关节立刻自然而然的宽松,便跪了下去了。

"站着说!不要跪!"长衫人物都吆喝说。

阿Q虽然似乎懂得,但总觉得站不住,身不由己的蹲了下去,而且终于趁势改为跪下了。

"奴隶性!……"长衫人物又鄙夷似的说,但也没有叫他起来。

"你从实招来罢,免得吃苦。我早都知道了。招可以放你。"那光头的老头子看定了阿Q的脸,沉静的清楚的说。

"招罢!"长衫人物也大声说。

"我本来要……来投……"阿Q胡里胡涂的想了一通,这才断断续续的说。

"那么,为什么不来的呢?"老头子和气的问。

"假洋鬼子不准我!"

"胡说!此刻说,也迟了。现在你的同党在那里?"

"什么?……"

"那一晚打劫赵家的一伙人。"

"他们没有来叫我。他们自己搬走了。"阿Q提起来便愤愤。

"走到那里去了呢?说出来便放你了。"老头子更和气了。

"我不知道,……他们没有来叫我……"

然而老头子使了一个眼色,阿Q便又被抓进栅栏门里了。他第二次抓出栅栏门,是第二天的上午。

　　大堂的情形都照旧。上面仍然坐着光头的老头子,阿Q也仍然下了跪。

　　老头子和气的问道,"你还有什么话说么?"

　　阿Q一想,没有话,便回答说,"没有。"

　　于是一个长衫人物拿了一张纸,并一支笔送到阿Q的面前,要将笔塞在他手里。阿Q这时很吃惊,几乎"魂飞魄散"了:因为他的手和笔相关,这回是初次。他正不知怎样拿;那人却又指着一处地方教他画花押。

　　"我……我……不认得字。"阿Q一把抓住了笔,惶恐而且惭愧的说。

　　"那么,便宜你,画一个圆圈!"

　　阿Q要画圆圈了,那手捏着笔却只是抖。于是那人替他将纸铺在地上,阿Q伏下去,使尽了平生的力画圆圈。他生怕被人笑话,立志要画得圆,但这可恶的笔不但很沉重,并且不听话,刚刚一抖一抖的几乎要合缝,却又向外一耸,画成瓜子模样了。

　　阿Q正羞愧自己画得不圆,那人却不计较,早已掣了纸笔去,许多人又将他第二次抓进栅栏门。

　　他第二次进了栅栏,倒也并不十分懊恼。他以为人生天地之间,大约本来有时要抓进抓出,有时要在纸上画圆圈的,惟有圈而不圆,却是他"行状"上的一个污点。但不多时也就释然了,他想:孙子才画得很圆的圆圈呢。于是他睡着了。

　　然而这一夜,举人老爷反而不能睡:他和把总呕了气了。举人老爷主张第一要追赃,把总主张第一要示众。把总近来很不将举人老爷放在眼里了,拍案打凳的说道,"惩一儆百!你看,我做革命党还不上二十天,抢案就是十几件,全不破案,我的面子在那里?破了案,你又来迕。不成!这是我管的!"举人老爷窘急了,然而还坚持,说是倘若不追赃,他便立刻辞了帮办民政的职务。而把总却道,"请便罢!"于是举人老爷在这一夜竟没有睡,但幸而第二天倒也没有辞。

　　阿Q第三次抓出栅栏门的时候,便是举人老爷睡不着的那一夜的明天的上午了。他到了大堂,上面还坐着照例的光头老头子;阿Q也照例的下了跪。

　　老头子很和气的问道,"你还有什么话么?"

　　阿Q一想,没有话,便回答说,"没有。"

　　许多长衫和短衫人物,忽然给他穿上一件洋布的白背心,上面有些黑字。阿Q很气苦:因为这很像是带孝,而带孝是晦气的。然而同时他的两手反缚了,同时又被一直抓出衙门外去了。

　　阿Q被抬上了一辆没有篷的车,几个短衣人物也和他同坐在一处。这车立刻走动了,前面是一班背着洋炮的兵们和团丁,两旁是许多张着嘴的看客,后面怎样,阿Q没有见。但他突然觉到了:这岂不是去杀头么?他一急,两眼发黑,耳朵里嗡的一声,似乎发昏了。然而他又没有全发昏,有时虽然着急,有时却也泰然;他意思之间,似乎觉得人生天地间,大约本来有时也未免要杀头的。

　　他还认得路,于是有些诧异了:怎么不向着法场走呢?他不知道这是在游街,在示众。但即使知道也一样,他不过便以为人生天地间,大约本来有时也未免要游街要示众罢了。

他省悟了,这是绕到法场去的路,这一定是"嚓"的去杀头。他惘惘的向左右看,全跟着马蚁似的人,而在无意中,却在路旁的人丛中发现了一个吴妈。很久违,伊原来在城里做工了。阿Q忽然很羞愧自己没志气:竟没有唱几句戏。他的思想仿佛旋风似的在脑里一回旋:《小孤孀上坟》欠堂皇,《龙虎斗》里的"悔不该……"也太乏,还是"手执钢鞭将你打"罢。他同时想将手一扬,才记得这两手原来都捆着,于是"手执钢鞭"也不唱了。

"过了二十年又是一个……"阿Q在百忙中,"无师自通"的说出半句从来不说的话。

"好!!!"从人丛里,便发出豺狼的嗥叫一般的声音来。

车子不住的前行,阿Q在喝采声中,轮转眼睛去看吴妈,似乎伊一向并没有见他,却只是出神的看着兵们背上的洋炮。

阿Q于是再看那些喝采的人们。

这刹那中,他的思想又仿佛旋风似的在脑里一回旋了。四年之前,他曾在山脚下遇见一只饿狼,永是不近不远的跟定他,要吃他的肉。他那时吓得几乎要死,幸而手里有一柄斫柴刀,才得仗这壮了胆,支持到未庄;可是永远记得那狼眼睛,又凶又怯,闪闪的像两颗鬼火,似乎远远的来穿透了他的皮肉。而这回他又看见从来没有见过的更可怕的眼睛了,又钝又锋利,不但已经咀嚼了他的话,并且还要咀嚼他皮肉以外的东西,永是不远不近的跟他走。

这些眼睛们似乎连成一气,已经在那里咬他的灵魂。

"救命,……"

然而阿Q没有说。他早就两眼发黑,耳朵里嗡的一声,觉得全身仿佛微尘似的迸散了。

至于当时的影响,最大的倒反在举人老爷,因为终于没有追赃,他全家都号咷了。其次是赵府,非特秀才因为上城去报官,被不好的革命党剪了辫子,而且又破费了二十千的赏钱,所以全家也号咷了。从这一天以来,他们便渐渐的都发生了遗老的气味。

至于舆论,在未庄是无异议,自然都说阿Q坏,被枪毙便是他的坏的证据;不坏又何至于被枪毙呢?而城里的舆论却不佳,他们多半不满足,以为枪毙并无杀头这般好看;而且那是怎样的一个可笑的死囚呵,游了那么久的街,竟没有唱一句戏:他们白跟一趟了。

(原载 1921 年 12 月 4 日、11 日、18 日、25 日、1922 年 1 月 8 日、15 日、22 日、2 月 5 日、12 日《晨报副镌》,署名巴人)

作品赏析

《阿Q正传》是最早被介绍到国外的中国现代小说之一,是中国现代文学立足于世界文学之林的伟大代表。阿Q和一切不朽的文学典型一样,是说不尽道不完的。不同时代、不同民族、不同层次的读者从不同的角度接近它,都会有自己的发现与理解,从而也构成了一部阿Q形象接受史,这个历史过程没有终结且也不会终结。

鲁迅自己说,他之所以要写《阿Q正传》,是因为要"画出这样沉默的国民的魂灵来",并且说"我还怕我所看见的阿Q并非现代的前身,而是其后,或者竟是二三十年之后"。最初人们也都是这样去理解阿Q的:小说开始连载时,沈雁冰(茅盾)就指出,"阿Q是中国人品性的结晶",直到二十世纪三四十年代人们也依然强调"阿Q是中国精神文明的化身"。这就是说，无论是二十世纪二十年代的启蒙主义思潮，还是三四十年代的民族救亡思潮，都提出了"民族自我批判"的时代课题，阿Q也就自然成为"反省国民性弱点"的一面镜子。于是，人们关注"阿Q精神"的核心——精神胜利法，并且做了这样的阐释：尽管阿Q处于未庄社会的最底层，在与赵太爷、假洋鬼子，以至王胡、小D的冲突中，他都是永远的失败者，但他却对自己的失败命运与奴隶地位采取了令人难以置信的辩护与粉饰态度。或者"闭眼睛"，根本不承认自己的落后与被奴役的状态，沉醉于没有根据的自尊之中："我们先前——比你阔的多啦！你算是什么东西！"或者"忘却"：刚刚挨了假洋鬼子的哭丧棒，啪啪响了之后，就忘记一切而且"有些高兴了"。或者向更弱者（小尼姑之类）泄愤，在转嫁屈辱中得到满足。或者自轻自贱，甘居落后与被奴役："我是虫豸——还不放么？"在这些都失灵以后，就自欺欺人，在自我幻觉中将现实真实的失败变为精神上虚幻的胜利，说一声"我总算被儿子打了"，就"心满意足的得胜的走了"。甚至用力在自己脸上连打两个嘴巴，仿佛是自己打了别个一般，也就心平气和，天下太平。人们发现，阿Q的这种"精神胜利法"是中华民族觉醒与振兴的最严重的思想阻力之一，鲁迅的《阿Q正传》也正是对我们民族的自我批判。二十世纪五十年代至七十年代末，人们强调要对文学作品进行阶级分析，于是阿Q就被视为"落后的农民"（或"农民"）的典型，随之关注重心也发生了转移。首先强调的是阿Q是未庄第一个"造反者"，一位批评家这样分析阿Q"土谷祠的梦"："它虽然混杂着农民的原始的报复性，但他终究认识了革命是暴力"，"毫不犹豫地要把地主的私有财产变为农民的私有财产"，并且"破坏了统治了农民几千年的地主阶级的秩序和'尊严'"，这都表现了"本质上是农民的革命思想"。其次是小说后半部分对阿Q与辛亥革命关系的描写也引起了普遍重视。批评家认为鲁迅是"从被压迫的农民的观点"对资产阶级及其领导的辛亥革命进行了深刻的批判。毛泽东也多次提醒人们要吸取假洋鬼子"不许（阿Q）革命"的教训。在二十世纪八十年代初的思想解放运动中，人们又从《呐喊》《彷徨》是"中国反封建的思想革命的一面镜子"的观念出发，重读《阿Q正传》。尽管关注的重点并无变化，却给予了完全不同的意义解释，强调的是阿Q造反的负面："即使阿Q成了'革命'政权的领导者，他将以自己为核心重新组织起一个新的未庄封建等级结构"；辛亥革命的教训也被阐释为"政治革命行动脱离思想革命运动"，忽略了农民（国民）的精神改造。这样，阿Q再一次被确认为"国民性弱点"的典型。

近年来，在改革开放的大背景下，人们开始转向对"阿Q精神"的人类学内涵的探讨，并做出了另一种分析：阿Q作为一个"个体生命"的存在，几乎面临人的一切生存困境——基本生存欲求不能满足的生的困恼（生计问题）、无家可归的惶惑（恋爱的悲剧）、面对死亡的恐惧（大团圆），等等，而他的一切努力挣扎（从中兴到没路），包括投奔革命，都不免是一次绝望的轮回。如恩格斯所说："他们既然对物质上的解放感到绝望，就去追寻精神上的解放来代替，就去追寻思想上的安慰，以摆脱完全的绝望处境"，并借以维持自己的正常生存，在这个意义上，"精神胜利法"的选择几乎是无可非议的。但这种选择又确实丝毫没有改变人的失败的屈辱的生存状态，只会使人因为有了虚幻的"精神胜利"的补偿而心满意足，进而屈服于现实，成为现实的奴隶。这样，为摆脱绝望的生存环境而做出的"精神胜利"的选择，却使人坠入了更加绝望的深渊，于是，人的生存困境就是永远不能摆脱的。鲁迅正是通过对阿Q这一生存状态的正视，揭示了人类精神现象的一个重要侧面，人在面对生存困境时，都会自然而然地成为阿Q，从而使自己具有了超越时代、民族的意义与价值。

这篇小说的艺术特色在于：艺术描写的高度典型化，真实地再现了典型环境中的典型性格。未庄是辛亥革命前后中国农村社会的缩影。在这个封闭型的封建小王国里，地主赵太爷是土皇帝，对农民阿Q、小D等进行着专制统治和敲骨吸髓的榨取。这些描写，揭示了中国农村封建主义统治的根深蒂固。封建等级观念和正统思想，已形成一种强大的习惯势力。这是产生阿Q性格的典型环境，是造成阿Q悲剧的典型环境。阿Q是典型环境中的典型性格。作者采用"杂取种种，合成一个"的典型化方法，使人物具有深广的社会历史内涵。

白描艺术手法的运用。白描原本是中国画的一种技法，即用黑线条勾描物象，不用颜色表现。文学的白描，指用简洁的笔墨勾勒艺术形象。这就要求作家选取最能表现人物性格特征的细节和语言，寥寥数笔，就使人物栩栩如生，呼之欲出。鲁迅的白描手法就是如此传神。

独具批判与讽刺的特色。小说中不仅有头尾两部分的议论，而且其他许多地方也都穿插着议论成分。这些议论都具有批判与讽刺的特色，是凸显主题和人物形象的不可分割的一部分。如第四章恋爱的悲剧第一段中的议论，不仅直接批判了阿Q的麻木、糊涂、健忘，而且抨击了中国固有的封建主义思想，鲜明地表达了作者的爱憎及作品的中心思想。总之，作者诙谐而精辟的议论，给作品涂上了一层浓厚的思想批判色彩，显示了作者作为一个战斗的思想家的特色。

卓越的语言艺术。第一，表现在人物对话的性格化上，有时尽管是很简单的几句话，也能准确地表现人物的身份、教养和突出人物独特的精神面貌。第二，作品使用了不少古语，如"谁料博雅如此公""夫文童者，将来恐怕要变秀才者也""斯亦不足畏也矣"，等等，不仅言简意赅，富于表现力，而且给作品增添了一种特有的诙谐性与讽刺力，该作品可谓是古语活用的范例。第三，小说的语言饱含幽默感，并且好用反语，喜欢夸张。如"老Q""浅闺""田家乐""大团圆"，和关于动用众多的人马、枪炮捉拿阿Q的部分描写等。第四，小说使用了不少口语，如"儿子打老子""放倒头睡着了"等，直白易懂。第五，《阿Q正传》中的语言还具有准确、鲜明、生动与精练等特色。

推荐阅读

1. 《俄文译本〈阿Q正传〉序及著者自叙传略》，鲁迅著，人民文学出版社，2022年。
2. 《南腔北调集·我怎么做起小说来》，鲁迅著，人民文学出版社，2022年。
3. 《华盖集续编补编·〈阿Q正传〉的成因》，鲁迅著，人民文学出版社，2022年。

思考题

1. 如何理解阿Q的精神胜利法。
2. 阿Q的悲剧原因是什么？

在酒楼上

鲁　迅

　　我从北地向东南旅行,绕道访了我的家乡,就到 S 城。这城离我的故乡不过三十里,坐了小船,小半天可到,我曾在这里的学校里当过一年的教员。深冬雪后,风景凄清,懒散和怀旧的心绪联结起来,我竟暂寓在 S 城的洛思旅馆里了;这旅馆是先前所没有的。城圈本不大,寻访了几个以为可以会见的旧同事,一个也不在,早不知散到那里去了;经过学校的门口,也改换了名称和模样,于我很生疏。不到两个时辰,我的意兴早已索然,颇悔此来为多事了。

　　我所住的旅馆是租房不卖饭的,饭菜必须另外叫来,但又无味,入口如嚼泥土。窗外只有渍痕斑驳的墙壁,帖着枯死的莓苔;上面是铅色的天,白皑皑的绝无精采,而且微雪又飞舞起来了。我午餐本没有饱,又没有可以消遣的事情,便很自然的想到先前有一家很熟识的小酒楼,叫一石居的,算来离旅馆并不远。我于是立即锁了房门,出街向那酒楼去。其实也无非想姑且逃避客中的无聊,并不专为买醉。一石居是在的,狭小阴湿的店面和破旧的招牌都依旧;但从掌柜以至堂倌却已没有一个熟人,我在这一石居中也完全成了生客。然而我终于跨上那走熟的屋角的扶梯去了,由此径到小楼上。上面也依然是五张小板桌;独有原是木棂的后窗却换嵌了玻璃。

　　"一斤绍酒。——菜?十个油豆腐,辣酱要多!"

　　我一面说给跟我上来的堂倌听,一面向后窗走,就在靠窗的一张桌旁坐下了。楼上"空空如也",任我拣得最好的坐位:可以眺望楼下的废园。这园大概是不属于酒家的,我先前也曾眺望过许多回,有时也在雪天里。但现在从惯于北方的眼睛看来,却很值得惊异了:几株老梅竟斗雪开着满树的繁花,仿佛毫不以深冬为意;倒塌的亭子边还有一株山茶树,从暗绿的密叶里显出十几朵红花来,赫赫的在雪中明得如火,愤怒而且傲慢,如蔑视游人的甘心于远行。我这时又忽地想到这里积雪的滋润,著物不去,晶莹有光,不比朔雪的粉一般干,大风一吹,便飞得满空如烟雾。……

　　"客人,酒。……"

　　堂倌懒懒的说着,放下杯,筷,酒壶和碗碟,酒到了。我转脸向了板桌,排好器具,斟出酒来。觉得北方固不是我的旧乡,但南来又只能算一个客子,无论那边的干雪怎样纷飞,这里的柔雪又怎样的依恋,于我都没有什么关系了。我略带些哀愁,然而很舒服的呷一口酒。酒味很纯正;油豆腐也煮得十分好;可惜辣酱太淡薄,本来 S 城人是不懂得吃辣的。

大概是因为正在下午的缘故罢,这虽说是酒楼,却毫无酒楼气,我已经喝下三杯酒去了,而我以外还是四张空板桌。我看着废园,渐渐的感到孤独,但又不愿有别的酒客上来。偶然听得楼梯上脚步响,便不由的有些懊恼,待到看见是堂倌,才又安心了,这样的又喝了两杯酒。

　　我想,这回定是酒客了,因为听得那脚步声比堂倌的要缓得多。约略料他走完了楼梯的时候,我便害怕似的抬头去看这无干的同伴,同时也就吃惊的站起来。我竟不料在这里意外的遇见朋友了,——假如他现在还许我称他为朋友。那上来的分明是我的旧同窗,也是做教员时代的旧同事,面貌虽然颇有些改变,但一见也就认识,独有行动却变得格外迂缓,很不像当年敏捷精悍的吕纬甫了。

　　"阿,——纬甫,是你么?我万想不到会在这里遇见你。"

　　"阿阿,是你?我也万想不到……"

　　我就邀他同坐,但他似乎略略踌躇之后,方才坐下来。我起先很以为奇,接着便有些悲伤,而且不快了。细看他相貌,也还是乱蓬蓬的须发;苍白的长方脸,然而衰瘦了。精神很沉静,或者却是颓唐;又浓又黑的眉毛底下的眼睛也失了精采,但当他缓缓的四顾的时候,却对废园忽地闪出我在学校时代常常看见的射人的光来。

　　"我们,"我高兴的,然而颇不自然的说,"我们这一别,怕有十年了罢。我早知道你在济南,可是实在懒得太难,终于没有写一封信。……"

　　"彼此都一样。可是现在我在太原了,已经两年多,和我的母亲。我回来接她的时候,知道你早搬走了,搬得很干净。"

　　"你在太原做什么呢?"我问。

　　"教书,在一个同乡的家里。"

　　"这以前呢?"

　　"这以前么?"他从衣袋里掏出一支烟卷来,点了火衔在嘴里,看着喷出的烟雾,沉思似的说,"无非做了些无聊的事情,等于什么也没有做。"

　　他也问我别后的景况;我一面告诉他一个大概,一面叫堂倌先取杯筷来,使他先喝着我的酒,然后再去添二斤。其间还点菜,我们先前原是毫不客气的,但此刻却推让起来了,终于说不清那一样是谁点的,就从堂倌的口头报告上指定了四样菜:茴香豆,冻肉,油豆腐,青鱼干。

　　"我一回来,就想到我可笑。"他一手擎着烟卷,一只手扶着酒杯,似笑非笑的向我说。"我在少年时,看见蜂子或蝇子停在一个地方,给什么来一吓,即刻飞去了,但是飞了一个小圈子,便又回来停在原地点,便以为这实在很可笑,也可怜。可不料现在我自己也飞回来了,不过绕了一点小圈子。又不料你也回来了。你不能飞得更远些么?"

　　"这难说,大约也不外乎绕点小圈子罢。"我也似笑非笑的说。"但是你为什么飞回来的呢?"

　　"也还是为了无聊的事。"他一口喝干了一杯酒,吸几口烟,眼睛略为张大了。"无聊的。——但是我们就谈谈罢。"

　　堂倌搬上新添的酒菜来,排满了一桌,楼上又添了烟气和油豆腐的热气,仿佛热闹起来了;楼外的雪也越加纷纷的下。

"你也许本来知道,"他接着说,"我曾经有一个小兄弟,是三岁上死掉的,就葬在这乡下。我连他的模样都记不清楚了,但听母亲说,是一个很可爱念的孩子,和我也很相投,至今她提起来还似乎要下泪。今年春天,一个堂兄就来了一封信,说他的坟边已经渐渐的浸了水,不久怕要陷入河里去了,须得赶紧去设法。母亲一知道就很着急,几乎几夜睡不着,——她又自己能看信的。然而我能有什么法子呢?没有钱,没有工夫:当时什么法也没有。

"一直挨到现在,趁着年假的闲空,我才得回南给他来迁葬。"他又喝干一杯酒,看着窗外,说,"这在那边那里能如此呢?积雪里会有花,雪地下会不冻。就在前天,我在城里买了一口小棺材,——因为我豫料那地下的应该早已朽烂了,——带着棉絮和被褥,雇了四个土工,下乡迁葬去。我当时忽而很高兴,愿意掘一回坟,愿意一见我那曾经和我很亲睦的小兄弟的骨殖;这些事我生平都没有经历过。到得坟地,果然,河水只是咬进来,离坟已不到二尺远。可怜的坟,两年没有培土,也平下去了。我站在雪中,决然的指着他对土工说,'掘开来!'我实在是一个庸人,我这时觉得我的声音有些希奇,这命令也是一个在我一生中最为伟大的命令。但土工们却毫不骇怪,就动手掘下去了。待到掘着圹穴,我便过去看,果然,棺木已经快要烂尽了,只剩下一堆木丝和小木片。我的心颤动着,自去拨开这些,很小心的,要看一看我的小兄弟。然而出乎意外!被褥,衣服,骨骼,什么也没有。我想,这些都消尽了,向来听说最难烂的是头发,也许还有罢。我便伏下去,在该是枕头所在的泥土里仔仔细细的看,也没有。踪影全无!"

我忽而看见他眼圈微红了,但立即知道是有了酒意。他总不很吃菜,单是把酒不停的喝,早喝了一斤多,神情和举动都活泼起来,渐近于先前所见的吕纬甫了。我叫堂倌再添二斤酒,然后回转身,也拿着酒杯,正对面默默的听着。

"其实,这本已可以不必再迁,只要平了土,卖掉棺材,就此完事了的。我去卖棺材虽然有些离奇,但只要价钱极便宜,原铺子就许要,至少总可以捞回几文酒钱来。但我不这样,我仍然铺好被褥,用棉花裹了些他先前身体所在的地方的泥土,包起来,装在新棺材里,运到我父亲埋着的坟地上,在他坟旁埋掉了。因为外面用砖墎,昨天又忙了我大半天:监工。但这样总算完结了一件事,足够去骗骗我的母亲,使她安心些。——阿阿,你这样的看我,你怪我何以和先前太不相同了么?是的,我也还记得我们同到城隍庙里去拔掉神像的胡子的时候,连日议论些改革中国的方法以至于打起来的时候。但我现在就是这样了,敷敷衍衍,模模胡胡。我有时自己也想到,倘若先前的朋友看见我,怕会不认我做朋友了。——然而我现在就是这样。"

他又掏出一支烟卷来,衔在嘴里,点了火。

"看你的神情,你似乎还有些期望我,——我现在自然麻木得多了,但是有些事也还看得出。这使我很感激,然而也使我很不安:怕我终于辜负了至今还对我怀着好意的老朋友。……"他忽而停住了,吸几口烟,才又慢慢的说,"正在今天,刚在我到这一石居来之前,也就做了一件无聊事,然而也是我自己愿意做的。我先前的东边的邻居叫长富,是一个船户。他有一个女儿叫阿顺,你那时到我家里来,也许见过的,但你一定没有留心,因为那时她还小。后来她也长得并不好看,不过是平常的瘦瘦的瓜子脸,黄脸皮;独有眼睛非常大,睫毛也很长,眼白又青得如夜的晴天,而且是北方的无风的晴天,这里的就没有那么明净了。她很能干,十多岁没了母亲,招呼两个小弟妹都靠她;又得服侍父亲,事事都周到;也经济,家计倒渐渐的稳当起来了。邻居几乎没有一个不夸奖她,连长富也时常说些感激的话。这一次我动身回来的时候,我的母亲又记得她了,老年人记性真长久。她说她曾经知道顺姑因为看见谁的头上戴着红的剪绒花,自己也想有一朵,弄不到,哭了,哭了小半夜,就挨了她父亲的一顿打,后来眼眶还红肿了两三天。这种剪绒花是外省的东西,S城里尚且买不出,她那里想得到手呢?趁我这一次回南的便,便叫我买两朵去送她。

"我对于这差使倒并不以为烦厌,反而很喜欢;为阿顺,我实在还有些愿意出力的意思的。前年,我回来接我母亲的时候,有一天,长富正在家,不知怎的我和他闲谈起来了。他便要请我吃点心,荞麦粉,并且告诉我所加的是白糖。你想,家里能有白糖的船户,可见决不是一个穷船户了,所以他也吃得很阔绰。我被劝不过,答应了,但要求只要用小碗。他也很识世故,便嘱咐阿顺说,'他们文人,是不会吃东西的。你就用小碗,多加糖!'然而等到调好端来的时候,仍然使我吃一吓,是一大碗,足够我吃一天。但是和长富吃的一碗比起来,我的也确乎算小碗。我生平没有吃过荞麦粉,这回一尝,实在不可口,却是非常甜。我漫然的吃了几口,就想不吃了,然而无意中,忽然间看见阿顺远远的站在屋角里,就使我立刻消失了放下碗筷的勇气。我看她的神情,是害怕而且希望,大约怕自己调得不好,愿我们吃得有味。我知道如果剩下大半碗来,一定要使她很失望,而且很抱歉。我于是同时决心,放开喉咙灌下去了,几乎吃得和长富一样快。我由此才知道硬吃的苦痛,我只记得还做孩子时候的吃尽一碗拌着驱除蛔虫药粉的沙糖才有这样难。然而我毫不抱怨,因为她过来收拾空碗时候的忍着的得意的笑容,已尽够赔偿我的苦痛而有余了。所以我这一夜虽然饱胀得睡不稳,又做了一大串恶梦,也还是祝赞她一生幸福,愿世界为她变好。然而这些意思也不过是我的那些旧日的梦的痕迹,即刻就自笑,接着也就忘却了。

"我先前并不知道她曾经为了一朵剪绒花挨打,但因为母亲一说起,便也记得了荞麦粉的事,意外的勤快起来了。我先在太原城里搜求了一遍,都没有;一直到济南……"

窗外沙沙的一阵声响,许多积雪从被他压弯了的一枝山茶树上滑下去了,树枝笔挺的伸直,更显出乌油油的肥叶和血红的花来。天空的铅色来得更浓;小鸟雀啾唧的叫着,大概黄昏将近,地面又全罩了雪,寻不出什么食粮,都赶早回巢来休息了。

"一直到了济南,"他向窗外看了一回,转身喝干一杯酒,又吸几口烟,接着说。"我才买到剪绒花。我也不知道使她挨打的是不是这一种,总之是绒做的罢了。我也不知道她喜欢深色还是浅色,就买了一朵大红的,一朵粉红的,都带到这里来。

"就是今天午后,我一吃完饭,便去看长富,我为此特地耽搁了一天。他的家倒还在,只是看去很有些晦气色了,但这恐怕不过是我自己的感觉。他的儿子和第二个女儿——阿昭,都站在门口,大了。阿昭长得全不像她姊姊,简直像一个鬼,但是看见我走向她家,便飞奔的逃进屋里去。我就问那小子,知道长富不在家。'你的大姊呢?'他立刻瞪起眼睛,连声问我寻她什么事,而且恶狠狠的似乎就要扑过来,咬我。我支吾着退走了,我现在是敷敷衍衍……

"你不知道,我可是比先前更怕去访人了。因为我已经深知道自己之讨厌,连自己也讨厌,又何必明知故犯的去使人暗暗地不快呢?然而这回的差使是不能不办妥的,所以想了一想,终于回到就在斜对门的柴店里。店主的母亲,老发奶奶,倒也还在,而且也还认识

我,居然将我邀进店里坐去了。我们寒暄几句之后,我就说明了回到S城和寻长富的缘故。不料她叹息说:

"'可惜顺姑没有福气戴这剪绒花了。'

"她于是详细的告诉我,说是'大约从去年春天以来,她就见得黄瘦,后来忽而常常下泪了,问她缘故又不说;有时还整夜的哭,哭得长富也忍不住生气,骂她年纪大了,发了疯。可是一到秋初,起先不过小伤风,终于躺倒了,从此就起不来。直到咽气的前几天,才肯对长富说,她早就像她母亲一样,不时的吐红和流夜汗。但是瞒着,怕他因此要担心。有一夜,她的伯伯长庚又来硬借钱,——这是常有的事,——她不给,长庚就冷笑着说:你不要骄气,你的男人比我还不如!她从此就发了愁,又怕羞,不好问,只好哭。长富赶紧将她的男人怎样的挣气的话说给她听,那里还来得及?况且她也不信,反而说:好在我已经这样,什么也不要紧了。'

"她还说,'如果她的男人真比长庚不如,那就真可怕呵!比不上一个偷鸡贼,那是什么东西呢?然而他来送殓的时候,我是亲眼看见他的,衣服很干净,人也体面;还眼泪汪汪的说,自己撑了半世小船,苦熬苦省的积起钱来聘了一个女人,偏又死掉了。可见他实在是一个好人,长庚说的全是诳。只可惜顺姑竟会相信那样的贼骨头的诳话,白送了性命。——但这也不能去怪谁,只能怪顺姑自己没有这一份好福气。'

"那倒也罢,我的事情又完了。但是带在身边的两朵剪绒花怎么办呢?好,我就托她送了阿昭。这阿昭一见我就飞跑,大约将我当作一只狼或是什么,我实在不愿意去送她。——但是我也就送了她,对母亲只要说阿顺见了喜欢的了不得就是。这些无聊的事算什么?只要模模胡胡。模模胡胡的过了新年,仍旧教我的'子曰诗云'去。"

"你教的是'子曰诗云'么?"我觉得奇异,便问。

"自然。你还以为教的是ABCD么?我先是两个学生,一个读《诗经》,一个读《孟子》。新近又添了一个,女的,读《女儿经》。连算学也不教,不是我不教,他们不要教。"

"我实在料不到你倒去教这类的书,……"

"他们的老子要他们读这些;我是别人,无乎不可的。这些无聊的事算什么?只要随随便便,……"

他满脸已经通红,似乎很有些醉,但眼光却又消沉下去了。我微微的叹息,一时没有话可说。楼梯上一阵乱响,拥上几个酒客来:当头的是矮子,拥肿的圆脸;第二个是长的,在脸上很惹眼的显出一个红鼻子;此后还有人,一叠连的走得小楼都发抖。我转眼去看吕纬甫,他也正转眼来看我,我就叫堂倌算酒账。

"你借此还可以支持生活么?"我一面准备走,一面问。

"是的。——我每月有二十元,也不大能够敷衍。"

"那么,你以后豫备怎么办呢?"

"以后?——我不知道。你看我们那时豫想的事可有一件如意?我现在什么也不知道,连明天怎样也不知道,连后一分……"

堂倌送上账来,交给我;他也不像初到时候的谦虚了,只向我看了一眼,便吸烟,听凭我付了账。

我们一同走出店门,他所住的旅馆和我的方向正相反,就在门口分别了。我独自向着自己的旅馆走,寒风和雪片扑在脸上,倒觉得很爽快。见天色已是黄昏,和屋宇和街道都织在密雪的纯白而不定的罗网里。

一九二四年二月一六日

作品赏析

　　本篇小说通过老友邂逅这一事件和酒楼这一特定的场景,在有限的时空范围内表现世事人情的巨大变化。文中的吕纬甫是一个在辛亥革命时期充满革命热情,现在却意志消沉的知识分子的形象。吕纬甫形象的意义在于:反映了五四高潮以后知识分子苦闷、彷徨的思想状态;表现了他们在"躁动与安宁""创新与守旧"两极之间摇摆的生存困境。鲁迅探索以创作主体渗入小说的形式进行写作,《在酒楼上》的叙述者"我"与吕纬甫是自我的两个不同侧面,也可以说是内心矛盾的两个侧面的外化。全篇小说具有自我灵魂的对话与互相驳难的性质。吕纬甫的形象是不得不向现实妥协的知识分子的形象,他清醒地意识到自己如"蝇子"般"飞回了原点",自嘲自己是个庸人,因为命令别人,别人竟也服从,而敏感于自己发出掘坟命令的声音的不同,感觉自己下了一个"最伟大"的命令;他又是清醒的,甚至敏感于"我"的眼神,懂得了"我"的批评意味。这背后是妥协的无奈与清醒的自我愧疚,而这矛盾的自我突出表现了知识分子内疚、绝望的悲剧意味。所以这部小说被周作人认定为"最富鲁迅气氛的小说"。

　　从艺术特色来看,本篇小说并没有曲折的情节,但是鲁迅着意刻画的环境是"深冬雪后,风景凄清",无甚客人的酒馆,"窗外只有渍痕斑驳的墙壁,帖着枯死的莓苔,上面是铅色的天";人物也只有两个,一个是遇到挫折后,孤独、无聊的叙述者"我",一个是为了尊母命,迁座空坟、送剪绒花、教"子曰诗云"的吕纬甫。简短的一段对话,却是同样的有为青年两条不同道路的选择。

　　文中的情绪描写,明显带有意象性。"觉得北方固不是我的旧乡,但南来又只能算一个客子,无论那边的干雪怎样纷飞,这里的柔雪又怎样的依恋,于我都没有什么关系了。"作为"离开—归来—又离开"的典型游子的情绪,一方面抒发了作者离开故土,四处碰壁,回到故乡,却也再难融入的清醒的哀愁,同时也抒发了作者遗世独立的孤独与寂寥的情绪。

推荐阅读

　　1.《走近当代的鲁迅》,钱理群著,北京大学出版社,1999年。
　　2.《反抗绝望:鲁迅及其文学世界》,汪晖著,生活·读书·新知三联书店,2008年。
　　3.《鲁迅批判》,李长之著,北新书局,1936年。

思考题

　　1. 如何理解吕纬甫的前后思想变化。
　　2. "我"和吕纬甫精神上有何关联?

铸　剑

鲁　迅

一

　　眉间尺刚和他的母亲睡下,老鼠便出来咬锅盖,使他听得发烦。他轻轻地叱了几声,最初还有些效验,后来是简直不理他了,格支格支地径自咬。他又不敢大声赶,怕惊醒了白天做得劳乏,晚上一躺就睡着了的母亲。

　　许多时光之后,平静了;他也想睡去。忽然,扑通一声,惊得他又睁开眼。同时听到沙沙地响,是爪子抓着瓦器的声音。

　　"好!该死!"他想着,心里非常高兴,一面就轻轻地坐起来。

　　他跨下床,借着月光走向门背后,摸到钻火家伙,点上松明,向水瓮里一照。果然,一匹很大的老鼠落在那里面了;但是,存水已经不多,爬不出来,只沿着水瓮内壁,抓着,团团地转圈子。

　　"活该!"他一想到夜夜咬家具,闹得他不能安稳睡觉的便是它们,很觉得畅快。他将松明插在土墙的小孔里,赏玩着;然而那圆睁的小眼睛,又使他发生了憎恨,伸手抽出一根芦柴,将它直按到水底去。过了一会,才放手,那老鼠也随着浮了上来,还是抓着瓮壁转圈子。只是抓劲已经没有先前似的有力,眼睛也淹在水里面,单露出一点尖尖的通红的小鼻子,咻咻地急促地喘气。

　　他近来很有点不大喜欢红鼻子的人。但这回见了这尖尖的小红鼻子,却忽然觉得它可怜了,就又用那芦柴,伸到它的肚下去,老鼠抓着,歇了一回力,便沿着芦干爬了上来。待到他看见全身,——湿淋淋的黑毛,大的肚子,蚯蚓似的尾巴,——便又觉得可恨可憎得很,慌忙将芦柴一抖,扑通一声,老鼠又落在水瓮里,他接着就用芦柴在它头上捣了几下,叫它赶快沉下去。

　　换了六回松明之后,那老鼠已经不能动弹,不过沉浮在水中间,有时还向水面微微一跳。眉间尺又觉得很可怜,随即折断芦柴,好容易将它夹了出来,放在地面上。老鼠先是丝毫不动,后来才有一点呼吸;又许多时,四只脚运动了,一翻身,似乎要站起来逃走。这使眉间尺大吃一惊,不觉提起左脚,一脚踏下去。只听得吱的一声,他蹲下去仔细看时,只见口角上微有鲜血,大概是死掉了。

　　他又觉得很可怜,仿佛自己作了大恶似的,非常难受。他蹲着,呆看着,站不起来。

　　"尺儿,你在做什么?"他的母亲已经醒来了,在床上问。

"老鼠⋯⋯。"他慌忙站起,回转身去,却只答了两个字。

"是的,老鼠。这我知道。可是你在做什么?杀它呢,还是在救它?"

他没有回答。松明烧尽了;他默默地立在暗中,渐看见月光的皎洁。

"唉!"他的母亲叹息说,"一交子时,你就是十六岁了,性情还是那样,不冷不热地,一点也不变。看来,你的父亲的仇是没有人报的了。"

他看见他的母亲坐在灰白色的月影中,仿佛身体都在颤动;低微的声音里,含着无限的悲哀,使他冷得毛骨悚然,而一转眼间,又觉得热血在全身中忽然腾沸。

"父亲的仇?父亲有什么仇呢?"他前进几步,惊急地问。

"有的。还要你去报。我早想告诉你的了;只因为你太小,没有说。现在你已经成人了,却还是那样的性情。这教我怎么办呢?你似的性情,能行大事的么?"

"能。说罢,母亲。我要改过⋯⋯。"

"自然。我也只得说。你必须改过⋯⋯。那么,走过来罢。"

他走过去;他的母亲端坐在床上,在暗白的月影里,两眼发出闪闪的光芒。

"听哪!"她严肃地说,"你的父亲原是一个铸剑的名工,天下第一。他的工具,我早已都卖掉了来救了穷了,你已经看不见一点遗迹;但他是一个世上无二的铸剑的名工。二十年前,王妃生下了一块铁,听说是抱了一回铁柱之后受孕的,是一块纯青透明的铁。大王知道是异宝,便决计用来铸一把剑,想用它保国,用它杀敌,用它防身。不幸你的父亲那时偏偏入了选,便将铁捧回家里来,日日夜夜地锻炼,费了整三年的精神,炼成两把剑。

"当最末次开炉的那一日,是怎样地骇人的景象呵!哗拉拉地腾上一道白气的时候,地面也觉得动摇。那白气到天半便变成白云,罩住了这处所,渐渐现出绯红颜色,映得一切都如桃花。我家的漆黑的炉子里,是躺着通红的两把剑。你父亲用井华水慢慢地滴下去,那剑嘶嘶地吼着,慢慢转成青色了。这样地七日七夜,就看不见了剑,仔细看时,却还在炉底里,纯青的,透明的,正像两条冰。

"大欢喜的光采,便从你父亲的眼睛里四射出来;他取起剑,拂拭着,拂拭着。然而悲惨的皱纹,却也从他的眉头和嘴角出现了。他将那两把剑分装在两个匣子里。

"'你只要看这几天的景象,就明白无论是谁,都知道剑已炼就的了。'他悄悄地对我说。'一到明天,我必须去献给大王。但献剑的一天,也就是我命尽的日子。怕我们从此要长别了。'

"'你⋯⋯。'我很骇异,猜不透他的意思,不知怎么说的好。我只是这样地说:'你这回有了这么大的功劳⋯⋯。'

"'唉!你怎么知道呢!'他说。'大王是向来善于猜疑,又极残忍的。这回我给他炼成了世间无二的剑,他一定要杀掉我,免得我再去给别人炼剑,来和他匹敌,或者超过他。'

"我掉泪了。

"'你不要悲哀。这是无法逃避的。眼泪决不能洗掉运命。我可是早已有准备在这里了!'他的眼里忽然发出电火似的光芒,将一个剑匣放在我膝上。'这是雄剑。'他说。'你收着。明天,我只将这雌剑献给大王去。倘若我一去竟不回来了呢,那是我一定不再在人间了。你不是怀孕已经五六个月了么?不要悲哀;待生了孩子,好好地抚养。一到成人之后,你便交给他这雄剑,教他砍在大王的颈子上,给我报仇!'"

"那天父亲回来了没有呢?"眉间尺赶紧问。

"没有回来!"她冷静地说。"我四处打听,也杳无消息。后来听得人说,第一个用血来饲你父亲自己炼成的剑的人,就是他自己——你的父亲。还怕他鬼魂作怪,将他的身首分埋在前门和后苑了!"

眉间尺忽然全身都如烧着猛火,自己觉得每一枝毛发上都仿佛闪出火星来。他的双拳,在暗中捏得格格地作响。

他的母亲站起了,揭去床头的木板,下床点了松明,到门背后取过一把锄,交给眉间尺道:"掘下去!"

眉间尺心跳着,但很沉静的一锄一锄轻轻地掘下去。掘出来的都是黄土,约到五尺多深,土色有些不同了,似乎是烂掉的材木。

"看罢! 要小心!"他的母亲说。

眉间尺伏在掘开的洞穴旁边,伸手下去,谨慎小心地撮开烂树,待到指尖一冷,有如触着冰雪的时候,那纯青透明的剑也出现了。他看清了剑靶,捏着,提了出来。

窗外的星月和屋里的松明似乎都骤然失了光辉,惟有青光充塞宇内。那剑便溶在这青光中,看去好像一无所有。眉间尺凝神细视,这才仿佛看见长五尺余,却并不见得怎样锋利,剑口反而有些浑圆,正如一片韭叶。

"你从此要改变你的优柔的性情,用这剑报仇去!"他的母亲说。

"我已经改变了我的优柔的性情,要用这剑报仇去!"

"但愿如此。你穿了青衣,背上这剑,衣剑一色,谁也看不分明的。衣服我已经做在这里,明天就上你的路去罢。不要记念我!"她向床后的破衣箱一指,说。

眉间尺取出新衣,试去一穿,长短正很合式。他便重行叠好,裹了剑,放在枕边,沉静地躺下。他觉得自己已经改变了优柔的性情;他决心要并无心事一般,倒头便睡,清晨醒来,毫不改变常态,从容地去寻他不共戴天的仇雠。

但他醒着。他翻来覆去,总想坐起来。他听到他母亲的失望的轻轻的长叹。他听到最初的鸡鸣;他知道已交子时,自己是上了十六岁了。

二

当眉间尺肿着眼眶,头也不回的跨出门外,穿着青衣,背着青剑,迈开大步,径奔城中的时候,东方还没有露出阳光。杉树林的每一片叶尖,都挂着露珠,其中隐藏着夜气。但是,待到走到树林的那一头,露珠里却闪出各样的光辉,渐渐幻成晓色了。远望前面,便依稀看见灰黑色的城墙和雉堞。

和挑葱卖菜的一同混入城里,街市上已经很热闹。男人们一排一排的呆站着;女人们也时时从门里探出头来。她们大半也肿着眼眶;蓬着头;黄黄的脸,连脂粉也不及涂抹。

眉间尺预觉到将有巨变降临,他们便都是焦躁而忍耐地等候着这巨变的。

他径自向前走;一个孩子突然跑过来,几乎碰着他背上的剑尖,使他吓出了一身汗。转出北方,离王宫不远,人们就挤得密密层层,都伸着脖子。人丛中还有女人和孩子哭嚷的声音。他怕那看不见的雄剑伤了人,不敢挤进去;然而人们却又在背后拥上来。他只得宛转地退避；面前只看见人们的背脊和伸长的脖子。

忽然，前面的人们都陆续跪倒了；远远地有两匹马并着跑过来。此后是拿着木棍，戈，刀，弓弩，旌旗的武人，走得满路黄尘滚滚。又来了一辆四匹马拉的大车，上面坐着一队人，有的打钟击鼓，有的嘴上吹着不知道叫什么名目的劳什子。此后又是车，里面的人都穿画衣，不是老头子，便是矮胖子，个个满脸油汗。接着又是一队拿刀枪剑戟的骑士。跪着的人们便都伏下去了。这时眉间尺正看见一辆黄盖的大车驰来，正中坐着一个画衣的胖子，花白胡子，小脑袋；腰间还依稀看见佩着和他背上一样的青剑。

他不觉全身一冷，但立刻又灼热起来，像是猛火焚烧着。他一面伸手向肩头捏住剑柄，一面提起脚，便从伏着的人们的脖子的空处跨出去。

但他只走得五六步，就跌了一个倒栽葱，因为有人突然捏住了他的一只脚。这一跌又正压在一个干瘪脸的少年身上；他正怕剑尖伤了他，吃惊地起来看的时候，肋下就挨了很重的两拳。他也不暇计较，再望路上，不但黄盖车已经走过，连拥护的骑士也过去了一大阵了。

路旁的一切人们也都爬起来。干瘪脸的少年却还扭住了眉间尺的衣领，不肯放手，说被他压坏了贵重的丹田，必须保险，倘若不到八十岁便死掉了，就得抵命。闲人们又即刻围上来，呆看着，但谁也不开口；后来有人从旁笑骂了几句，却全是附和干瘪脸少年的。眉间尺遇到了这样的敌人，真是怒不得，笑不得，只觉得无聊，却又脱身不得。这样地经过了煮熟一锅小米的时光，眉间尺早已焦躁得浑身发火，看的人却仍不见减，还是津津有味似的。

前面的人圈子动摇了，挤进一个黑色的人来，黑须黑眼睛，瘦得如铁。他并不言语，只向眉间尺冷冷地一笑，一面举手轻轻地一拨干瘪脸少年的下巴，并且看定了他的脸。那少年也向他看了一会，不觉慢慢地松了手，溜走了；那人也就溜走了；看的人们也都无聊地走散。只有几个人还来问眉间尺的年纪，住址，家里可有姊姊。眉间尺都不理他们。

他向南走着；心里想，城市中这么热闹，容易误伤，还不如在南门外等候他回来，给父亲报仇罢，那地方是地旷人稀，实在很便于施展。这时满城都议论着国王的游山，仪仗，威严，自己得见国王的荣耀，以及俯伏得有怎么低，应该采作国民的模范等等，很像蜜蜂的排衙。直至将近南门，这才渐渐地冷静。

他走出城外，坐在一株大桑树下，取出两个馒头来充了饥；吃着的时候忽然记起母亲来，不觉眼鼻一酸，然而此后倒也没有什么。周围是一步一步地静下去了，他至于很分明地听到自己的呼吸。

天色愈暗，他也愈不安，尽目力望着前方，毫不见有国王回来的影子。上城卖菜的村人，一个个挑着空担出城回家去了。

人迹绝了许久之后，忽然从城里闪出那一个黑色的人来。

"走罢，眉间尺！国王在捉你了！"他说，声音好像鸱鸮。

眉间尺浑身一颤，中了魔似的，立即跟着他走；后来是飞奔。他站定了喘息许多时，才明白已经到了杉树林边。后面远处有银白的条纹，是月亮已从那边出现；前面却仅有两点燐火一般的那黑色人的眼光。

"你怎么认识我？……"他极其惶骇地问。

"哈哈！我一向认识你。"那人的声音说。"我知道你背着雄剑，要给你的父亲报仇，我也知道你报不成。岂但报不成；今天已经有人告密，你的仇人早从东门还宫，下令捕拿你了。"

眉间尺不觉伤心起来。

"唉唉，母亲的叹息是无怪的。"他低声说。

"但她只知道一半。她不知道我要给你报仇。"

"你么？你肯给我报仇么，义士？"

"阿，你不要用这称呼来冤枉我。"

"那么，你同情于我们孤儿寡妇？……"

"唉，孩子，你再不要提这些受了污辱的名称。"他严冷地说，"仗义，同情，那些东西，先前曾经干净过，现在却都成了放鬼债的资本。我的心里全没有你所谓的那些。我只不过要给你报仇！"

"好。但你怎么给我报仇呢？"

"只要你给我两件东西。"两粒磷火下的声音说。"那两件么？你听着：一是你的剑，二是你的头！"

眉间尺虽然觉得奇怪，有些狐疑，却并不吃惊。他一时开不得口。

"你不要疑心我将骗取你的性命和宝贝。"暗中的声音又严冷地说。"这事全由你。你信我，我便去；你不信，我便住。"

"但你为什么给我去报仇的呢？你认识我的父亲么？"

"我一向认识你的父亲，也如一向认识你一样。但我要报仇，却并不为此。聪明的孩子，告诉你罢。你还不知道么，我怎么地善于报仇。你的就是我的；他也就是我。我的魂灵上是有这么多的，人我所加的伤，我已经憎恶了我自己！"

暗中的声音刚刚停止，眉间尺便举手向肩头抽取青色的剑，顺手从后项窝向前一削，头颅坠在地面的青苔上，一面将剑交给黑色人。

"呵呵！"他一手接剑，一手捏着头发，提起眉间尺的头来，对着那热的死掉的嘴唇，接吻两次，并且冷冷地尖利地笑。

笑声即刻散布在杉树林中，深处随着有一群燐火似的眼光闪动，倏忽临近，听到咻咻的饿狼的喘息。第一口撕尽了眉间尺的青衣，第二口便身体全都不见了，血痕也顷刻舔尽，只微微听得咀嚼骨头的声音。

最先头的一匹大狼就向黑色人扑过来。他用青剑一挥，狼头便坠在地面的青苔上。别的狼们第一口撕尽了它的皮，第二口便身体全都不见了，血痕也顷刻舔尽，只微微听得咀嚼骨头的声音。

他已经掣起地上的青衣，包了眉间尺的头，和青剑都背在背脊上，回转身，在暗中向王城扬长地走去。

狼们站定了，耸着肩，伸出舌头，咻咻地喘着，放着绿的眼光看他扬长地走。

他在暗中向王城扬长地走去，发出尖利的声音唱着歌：

哈哈爱兮爱乎爱乎！

爱青剑兮一个仇人自屠。

夥颐连翩兮多少一夫。
一夫爱青剑兮呜呼不孤。
头换头兮两个仇人自屠。
一夫则无兮爱乎呜呼！
爱乎呜呼兮呜呼阿呼，
阿呼呜呼兮呜呼呜呼！

三

  游山并不能使国王觉得有趣；加上了路上将有刺客的密报，更使他扫兴而还。那夜他很生气，说是连第九个妃子的头发，也没有昨天那样的黑得好看了。幸而她撒娇坐在他的御膝上，特别扭了七十多回，这才使龙眉之间的皱纹渐渐地舒展。

  午后，国王一起身，就又有些不高兴，待到用过午膳，简直现出怒容来。

  "唉唉！无聊！"他打一个大呵欠之后，高声说。

  上自王后，下至弄臣，看见这情形，都不觉手足无措。白须老臣的讲道，矮胖侏儒的打诨，王是早已听厌的了；近来便是走索，缘竿，抛丸，倒立，吞刀，吐火等等奇妙的把戏，也都看得毫无意味。他常常要发怒；一发怒，便按着青剑，总想寻点小错处，杀掉几个人。

  偷空在宫外闲游的两个小宦官，刚刚回来，一看见宫里面大家的愁苦的情形，便知道又是照例的祸事临头了，一个吓得面如土色；一个却像是大有把握一般，不慌不忙，跑到国王的面前，俯伏着，说道：

  "奴才刚才访得一个异人，很有异术，可以给大王解闷，因此特来奏闻。"

  "什么?!"王说。他的话是一向很短的。

  "那是一个黑瘦的，乞丐似的男子。穿一身青衣，背着一个圆圆的青包裹；嘴里唱着胡诌的歌。人问他。他说善于玩把戏，空前绝后，举世无双，人们从来就没有看见过；一见之后，便即解烦释闷，天下太平。但大家要他玩，他却又不肯。说是第一须有一条金龙，第二须有一个金鼎。……"

  "金龙？我是的。金鼎？我有。"

  "奴才也正是这样想。……"

  "传进来！"

  话声未绝，四个武士便跟着那小宦官疾趋而出。上自王后，下至弄臣，个个喜形于色。他们都愿意这把戏玩得解愁释闷，天下太平；即使玩不成，这回也有了那乞丐似的黑瘦男子来受祸，他们只要能挨到传了进来的时候就好了。

  并不要许多工夫，就望见六个人向金阶趋进。先头是宦官，后面是四个武士，中间夹着一个黑色人。待到近来时，那人的衣服却是青的，须眉头发都黑；瘦得颧骨，眼圈骨，眉棱骨都高高地突出来。他恭敬地跪着俯伏下去时，果然看见背上有一个圆圆的小包袱，青色布，上面还画上一些暗红色的花纹。

  "奏来！"王暴躁地说。他见他家伙简单，以为他未必会玩什么好把戏。

  "臣名叫宴之敖者；生长汶汶乡。少无职业；晚遇明师，教臣把戏，是一个孩子的头。

这把戏一个人玩不起来,必须在金龙之前,摆一个金鼎,注满清水,用兽炭煎熬。于是放下孩子的头去,一到水沸,这头便随波上下,跳舞百端,且发妙音,欢喜歌唱。这歌舞为一人所见,便解愁释闷,为万民所见,便天下太平。"

"玩来!"王大声命令说。

并不要许多工夫,一个煮牛的大金鼎便摆在殿外,注满水,下面堆了兽炭,点起火来。那黑色人站在旁边,见炭火一红,便解下包袱,打开,两手捧出孩子的头来,高高举起。那头是秀眉长眼,皓齿红唇;脸带笑容;头发蓬松,正如青烟一阵。黑色人捧着向四面转了一圈,便伸手擎到鼎上,动着嘴唇说了几句不知什么话,随即将手一松,只听得扑通一声,坠入水中去了。水花同时溅起,足有五尺多高,此后是一切平静。

许多工夫,还无动静。国王首先暴躁起来,接着是王后和妃子,大臣,宦官们也都有些焦急,矮胖的侏儒们则已经开始冷笑了。王一见他们的冷笑,便觉自己受愚,回顾武士,想命令他们就将那欺君的莠民掷入牛鼎里去煮杀。

但同时就听得水沸声;炭火也正旺,映着那黑色人变成红黑,如铁的烧到微红。王刚又回过脸来,他也已经伸起两手向天,眼光向着无物,舞蹈着,忽地发出尖利的声音唱起歌来:

哈哈爱兮爱乎爱乎!
爱兮血兮兮谁乎独无。
民萌冥行兮一夫壶卢。
彼用百头颅,千头颅兮用万头颅!
我用一头颅兮而无万夫。
爱一头颅兮血乎呜呼!
血乎呜呼兮呜呼阿呼,
阿呼呜呼兮呜呼呜呼!

随着歌声,水就从鼎口涌起,上尖下广,像一座小山,但自水尖至鼎底,不住地回旋运动。那头即随水上上下下,转着圈子,一面又滴溜溜自己翻筋斗,人们还可以隐约看见他玩得高兴的笑容。过了些时,突然变了逆水的游泳,打旋子夹着穿梭,激得水花向四面飞溅,满庭洒下一阵热雨来。一个侏儒忽然叫了一声,用手摸着自己的鼻子。他不幸被热水烫了一下,又不耐痛,终于免不得出声叫苦了。

黑色人的歌声才停,那头也就在水中央停住,面向王殿,颜色转成端庄。这样的有十余瞬息之久,才慢慢地上下抖动;从抖动加速而为起伏的游泳,但不很快,态度很雍容。绕着水边一高一低地游了三匝,忽然睁大眼睛,漆黑的眼珠显得格外精采,同时也开口唱起歌来:

王泽流兮浩洋洋;
克服怨敌,怨敌克服兮,赫兮强!
宇宙有穷止兮万寿无疆。
幸我来也兮青其光!
青其光兮永不相忘。
异处异处兮堂哉皇!

堂哉皇哉兮嗳嗳唷,
嗟来归来,嗟来陪来兮青其光!

头忽然升到水的尖端停住;翻了几个筋斗之后,上下升降起来,眼珠向着左右瞥视,十分秀媚,嘴里仍然唱着歌:

阿呼呜呼兮呜呼呜呼,
爱乎呜呼兮呜呼阿呼!
血一头颅兮爱乎呜呼。
我用一头颅兮而无万夫!
彼用百头颅,千头颅……

唱到这里,是沉下去的时候,但不再浮上来了;歌词也不能辨别。涌起的水,也随着歌声的微弱,渐渐低落,像退潮一般,终至到鼎口以下,在远处什么也看不见。

"怎了?"等了一会,王不耐烦地问。

"大王,"那黑色人半跪着说。"他正在鼎底里作最神奇的团圆舞,不临近是看不见的。臣也没有法术使他上来,因为作团圆舞必须在鼎底里。"

王站起身,跨下金阶,冒着炎热立在鼎边,探头去看。只见水平如镜,那头仰面躺在水中间,两眼正看着他的脸。待到王的眼光射到他脸上时,他便嫣然一笑。这一笑使王觉得似曾相识,却又一时记不起是谁来。刚在惊疑,黑色人已经掣出了背着的青色的剑,只一挥,闪电般从后项窝直劈下去,扑通一声,王的头就落在鼎里了。

仇人相见,本来格外眼明,况且是相逢狭路。王头刚到水面,眉间尺的头便迎上来,很命在他耳轮上咬了一口。鼎水即刻沸涌,澎湃有声;两头即在水中死战。约有二十回合,王头受了五个伤,眉间尺的头上却有七处。王又狡猾,总是设法绕到他的敌人的后面去。眉间尺偶一疏忽,终于被他咬住了后项窝,无法转身。这一回王的头可是咬定不放了,他只是连连蚕食进去;连鼎外面也仿佛听到孩子的失声叫痛的声音。

上自王后,下至弄臣,骇得凝结着的神色也应声活动起来,似乎感到暗无天日的悲哀,皮肤上都一粒一粒地起粟;然而又夹着秘密的欢喜,瞪了眼,像是等候着什么似的。

黑色人也仿佛有些惊慌,但是面不改色。他从从容容地伸开那捏着看不见的青剑的臂膊,如一段枯枝;伸长颈子,如在细看鼎底。臂膊忽然一弯,青剑便蓦地从他后面劈下,剑到头落,坠入鼎中,澌的一声,雪白的水花向着空中同时四射。

他的头一入水,即刻直奔王头,一口咬住了王的鼻子,几乎要咬下来。王忍不住叫一声"阿唷",将嘴一张,眉间尺的头就乘机挣脱了,一转脸倒将王的下巴下死劲咬住。他们不但都不放,还用全力上下一撕,撕得王头再也合不上嘴。于是他们就如饿鸡啄米一般,一顿乱咬,咬得王头眼歪鼻塌,满脸鳞伤。先前还会在鼎里面四处乱滚,后来只能躺着呻吟,到底是一声不响,只有出气,没有进气了。

黑色人和眉间尺的头也慢慢地住了嘴,离开王头,沿鼎壁游了一匝,看他可是装死还是真死。待到知道了王头确已断气,便四目相视,微微一笑,随即合上眼睛,仰面向天,沉到水底里去了。

四

烟消火灭；水波不兴。特别的寂静倒使殿上殿下的人们警醒。他们中的一个首先叫了一声，大家也立刻迭连惊叫起来；一个迈开腿向金鼎走去，大家便争先恐后地拥上去了。有挤在后面的，只能从人脖子的空隙间向里面窥探。

热气还炙得人脸上发烧。鼎里的水却一平如镜，上面浮着一层油，照出许多人脸孔：王后，王妃，武士，老臣，侏儒，太监。……

"阿呀，天哪！咱们大王的头还在里面哪，哎哎哎！"第六个妃子忽然发狂似的哭嚷起来。

上自王后，下至弄臣，也都恍然大悟，仓皇散开，急得手足无措，各自转了四五个圈子。一个最有谋略的老臣独又上前，伸手向鼎边一摸，然而浑身一抖，立刻缩了回来，伸出两个指头，放在口边吹个不住。

大家定了定神，便在殿门外商议打捞办法。约略费去了煮熟三锅小米的工夫，总算得到一种结果，是：到大厨房去调集了铁丝勺子，命武士协力捞起来。

器具不久就调集了，铁丝勺，漏勺，金盘，擦桌布，都放在鼎旁边。武士们便揎起衣袖，有用铁丝勺的，有用漏勺的，一齐恭行打捞。有勺子相触的声音，有勺子刮着金鼎的声音；水是随着勺子的搅动而旋绕着。好一会，一个武士的脸色忽而很端庄了，极小心地两手慢慢举起了勺子，水滴从勺孔中珠子一般漏下，勺里面便显出雪白的头骨来。大家惊叫了一声；他便将头骨倒在金盘里。

"阿呀！我的大王呀！"王后，妃子，老臣，以至太监之类，都放声哭起来。但不久就陆续停止了，因为武士又捞起了一个同样的头骨。

他们泪眼模胡地四顾，只见武士们满脸油汗，还在打捞。此后捞出来的是一团糟的白头发和黑头发；还有几勺很短的东西，仿乎是白胡须和黑胡须。此后又是一个头骨。此后是三枝簪。

直到鼎里面只剩下清汤，才始住手；将捞出的物件分盛了三金盘：一盘头骨，一盘须发，一盘簪。

"咱们大王只有一个头。那一个是咱们大王的呢？"第九个妃子焦急地问。

"是呵……。"老臣们都面面相觑。

"如果皮肉没有煮烂，那就容易辨别了。"一个侏儒跪着说。

大家只得平心静气，去细看那头骨，但是黑白大小，都差不多，连那孩子的头，也无从分辨。王后说王的右额上有一个疤，是做太子时候跌伤的，怕骨上也有痕迹。果然，侏儒在一个头骨上发见了：大家正在欢喜的时候，另外的一个侏儒却又在较黄的头骨的右额上看出相仿的瘢痕来。

"我有法子。"第三个王妃得意地说，"咱们大王的龙准是很高的。"

太监们即刻动手研究鼻准骨，有一个确也似乎比较地高，但究竟相差无几；最可惜的是右额上却并无跌伤的瘢痕。

"况且，"老臣们向太监说，"大王的后枕骨是这么尖的么？"

"奴才们向来就没有留心看过大王的后枕骨……。"

王后和妃子们也各自回想起来,有的说是尖的,有的说是平的。叫梳头太监来问的时候,却一句话也不说。

当夜便开了一个王公大臣会议,想决定那一个是王的头,但结果还同白天一样。并且连须发也发生了问题。白的自然是王的,然而因为花白,所以黑的也很难处置。讨论了小半夜,只将几根红色的胡子选出;接着因为第九个王妃抗议,说她确曾看见王有几根通黄的胡子,现在怎么能知道决没有一根红的呢。于是也只好重行归并,作为疑案了。

到后半夜,还是毫无结果。大家却居然一面打呵欠,一面继续讨论,直到第二次鸡鸣,这才决定了一个最慎重妥善的办法,是:只能将三个头骨都和王的身体放在金棺里落葬。

七天之后是落葬的日期,合城很热闹。城里的人民,远处的人民,都奔来瞻仰国王的"大出丧"。天一亮,道上已经挤满了男男女女;中间还夹着许多祭桌。待到上午,清道的骑士才缓辔而来。又过了不少工夫,才看见仪仗,什么旌旗,木棍,戈戟,弓弩,黄钺之类;此后是四辆鼓吹车。再后面是黄盖随着路的不平而起伏着,并且渐渐近来了,于是现出灵车,上载金棺,棺里面藏着三个头和一个身体。

百姓都跪下去,祭桌便一列一列地在人丛中出现。几个义民很忠愤,咽着泪,怕那两个大逆不道的逆贼的魂灵,此时也和王一同享受祭礼,然而无法可施。

此后是王后和许多王妃的车。百姓看她们,她们也看百姓,但哭着。此后是大臣,太监,侏儒等辈,都装着哀戚的颜色。只是百姓已经不看他们,连行列也挤得乱七八糟,不成样子了。

一九二六年十月作

作品赏析

本篇小说的写作背景是"三一八"惨案后七个月,即1926年10月。

小说表现出"鲁迅式"的复仇主题,然而复仇之后思想的开掘同样意味深长。"以后"在鲁迅的思想中也许意味着真正的起点,与《补天》中的女娲补天"以后"、《射日》中的后羿射日"以后"、《理水》中的夏禹功业完成"以后"以及《野草》中的"死后"等有类似之处。当复仇者与被复仇者同归于尽,尸骨变得难解难分,大复仇最后变成大出丧,黑衣人与眉间尺不但身首异处,连仅余的头颅也要与敌人的头并置,被公开展览(表演)。而群众(鲁迅说他们永远是"戏剧的看客")则把大出丧变成了狂欢节。小说结束时,当百姓看王后、王妃,她们也看百姓,看客们自己表演起来时,复仇者与被复仇者,连同复仇本身,也就同时被遗忘与遗弃,复仇的崇高、神圣与诗意,终被消解为无。尽管鲁迅从感情上无疑倾心于复仇,但他仍以犀利的怀疑的眼光,将复仇面对愚昧的群众(看客)必然的失败、无效、无意义揭示给人们看:任何时候他都要正视真相,不肯自欺欺人。

本篇小说显然存在着两个调子:悲壮的与嘲讽的,崇高的与荒谬的。在小说前三节,嘲讽和荒谬仅作为一种时隐时现的不和谐的旋律,存在于悲壮而崇高的复仇之歌中(如第二节群众争看国王出巡的场面);到小说第四节,嘲讽、荒谬就上升为主调,直到最后占据着整个画面,象征着愚昧的看客他们(永远是复数存在)才是唯一的、永远的"胜利者"。

宴之敖者是"黑色家族"的成员之一,"黑色家族"的成员都深刻地体现着鲁迅的主体精神——彻底的不妥协地反传统的精神。

这群黑色族人对旧社会、旧势力的叛逆性极强,对社会的发展、民族的出路有着清醒的认识与冷静的思考,他们睥睨世俗,敢于向一切恶势力挑战,复仇精神决绝而勇猛,不计后果,有着一种置之死地而后生的果敢与反叛。同时,他们也都是孤独的复仇者。

推荐阅读

1. 《〈铸剑〉解说》(选自《走进鲁迅世界(小说卷)》),高远东编,北京工业大学出版社,1995年。
2. 《中国鲁迅学通史》,张梦阳著,广东教育出版社,2002年。
3. 《鲁迅杂文辞典》,薛绥之编,山东教育出版社,1986年。

思考题

1. 如何理解"黑衣人"的形象?
2. 如何理解文中体现的"反抗绝望"的精神?

伤 逝
——涓生的手记

鲁 迅

如果我能够，我要写下我的悔恨和悲哀，为子君，为自己。

会馆里的被遗忘在偏僻里的破屋是这样地寂静和空虚。时光过得真快，我爱子君，仗着她逃出这寂静和空虚，已经满一年了。事情又这么不凑巧，我重来时，偏偏空着的又只有这一间屋。依然是这样的破窗，这样的窗外的半枯的槐树和老紫藤，这样的窗前的方桌，这样的败壁，这样的靠壁的板床。深夜中独自躺在床上，就如我未曾和子君同居以前一般，过去一年中的时光全被消灭，全未有过，我并没有曾经从这破屋子搬出，在吉兆胡同创立了满怀希望的小小的家庭。

不但如此。在一年之前，这寂静和空虚是并不这样的，常常含着期待；期待子君的到来。在久待的焦躁中，一听到皮鞋的高底尖触着砖路的清响，是怎样地使我骤然生动起来呵！于是就看见带着笑涡的苍白的圆脸，苍白的瘦的臂膊，布的有条纹的衫子，玄色的裙。她又带了窗外的半枯的槐树的新叶来，使我看见，还有挂在铁似的老干上的一房一房的紫白的藤花。

然而现在呢，只有寂静和空虚依旧，子君却决不再来了，而且永远，永远地！……

子君不在我这破屋里时，我什么也看不见。在百无聊赖中，随手抓过一本书来，科学也好，文学也好，横竖什么都一样；看下去，看下去，忽而自己觉得，已经翻了十多页了，但是毫不记得书上所说的事。只是耳朵却分外地灵，仿佛听到大门外一切往来的履声，从中便有子君的，而且橐橐地逐渐临近，——但是，往往又逐渐渺茫，终于消失在别的步声的杂沓中了。我憎恶那不像子君鞋声的穿布底鞋的长班的儿子，我憎恶那太像子君鞋声的常常穿着新皮鞋的邻院的搽雪花膏的小东西！

莫非她翻了车么？莫非她被电车撞伤了么？……

我便要取了帽子去看她，然而她的胞叔就曾经当面骂过我。

蓦然，她的鞋声近来了，一步响于一步，迎出去时，却已经走过紫藤棚下，脸上带着微笑的酒窝。她在她叔子的家里大约并未受气；我的心宁帖了，默默地相视片时之后，破屋里便渐渐充满了我的语声，谈家庭专制，谈打破旧习惯，谈男女平等，谈伊孛生，谈泰戈尔，谈雪莱……她总是微笑点头，两眼里弥漫着稚气的好奇的光泽。壁上就钉着一张铜板的雪莱半身像，是从杂志上裁下来的，是他的最美的一张像。当我指给她看时，她却只草草一看,便低了头,似乎不好意思了。这些地方,子君就大概还未脱尽旧思想的束缚,——我后来也想,倒不如换一张雪莱淹死在海里的记念像或是伊孛生的罢;但也终于没有换,现在是连这一张也不知那里去了。

"我是我自己的,他们谁也没有干涉我的权利!"

这是我们交际了半年,又谈起她在这里的胞叔和在家的父亲时,她默想了一会之后,分明地,坚决地,沉静地说了出来的话。其时是我已经说尽了我的意见,我的身世,我的缺点,很少隐瞒;她也完全了解的了。这几句话很震动了我的灵魂,此后许多天还在耳中发响,而且说不出的狂喜,知道中国女性,并不如厌世家所说那样的无法可施,在不远的将来,便要看见辉煌的曙色的。

送她出门,照例是相离十多步远;照例是那鲇鱼须的老东西的脸又紧帖在脏的窗玻璃上了,连鼻尖都挤成一个小平面;到外院,照例又是明晃晃的玻璃窗里的那小东西的脸,加厚的雪花膏。她目不邪视地骄傲地走了,没有看见;我骄傲地回来。

"我是我自己的,他们谁也没有干涉我的权利!"这彻底的思想就在她的脑里,比我还透澈,坚强得多。半瓶雪花膏和鼻尖的小平面,于她能算什么东西呢?

我已经记不清那时怎样地将我的纯真热烈的爱表示给她。岂但现在,那时的事后便已模胡,夜间回想,早只剩了一些断片了;同居以后一两月,便连这些断片也化作无可追踪的梦影。我只记得那时以前的十几天,曾经很仔细地研究过表示的态度,排列过措辞的先后,以及倘或遭了拒绝以后的情形。可是临时似乎都无用,在慌张中,身不由己地竟用了在电影上见过的方法了。后来一想到,就使我很愧恧,但在记忆上却偏只有这一点永远留遗,至今还如暗室的孤灯一般,照见我含泪握着她的手,一条腿跪了下去……。

不但我自己的,便是子君的言语举动,我那时就没有看得分明;仅知道她已经允许我了。但也还仿佛记得她脸色变成青白,后来又渐渐转作绯红,——没有见过,也没有再见的绯红;孩子似的眼里射出悲喜,但是夹着惊疑的光,虽然力避我的视线,张皇地似乎要破窗飞去。然而我知道她已经允许我了,没有知道她怎样说或是没有说。

她却是什么都记得:我的言辞,竟至于读熟了的一般,能够滔滔背诵;我的举动,就如有一张我所看不见的影片挂在眼下,叙述得如生,很细微,自然连那使我不愿再想的浅薄的电影的一闪。夜阑人静,是相对温习的时候了,我常是被质问,被考验,并且被命复述当时的言语,然而常须由她补足,由她纠正,像一个丁等的学生。

这温习后来也渐渐稀疏起来。但我只要看见她两眼注视空中,出神似的凝想着,于是神色越加柔和,笑窝也深下去,便知道她又在自修旧课了,只是我很怕她看到我那可笑的电影的一闪。但我又知道,她一定要看见,而且也非看不可的。

然而她并不觉得可笑。即使我自己以为可笑,甚而至于可鄙的,她也毫不以为可笑。这事我知道得很清楚,因为她爱我,是这样地热烈,这样地纯真。

去年的暮春是最为幸福,也是最为忙碌的时光。我的心平静下去了,但又有别一部分和身体一同忙碌起来。我们这时才在路上同行,也到过几回公园,最多的是寻住所。我觉得在路上时时遇到探索,讥笑,猥亵和轻蔑的眼光,一不小心,便使我的全身有些瑟缩,只得即刻提起我的骄傲和反抗来支持。她却是大无畏的,对于这些全不关心,只是镇静地缓缓前行,坦然如入无人之境。

寻住所实在不是容易事,大半是被托辞拒绝,小半是我们以为不相宜。起先我们选择得很苛酷,——也非苛酷,因为看去大抵不像是我们的安身之所;后来,便只要他们能相容了。看了二十多处,这才得到可以暂且敷衍的处所,是吉兆胡同一所小屋里的两间南屋;主人是一个小官,然而倒是明白人,自住着正屋和厢房。他只有夫人和一个不到周岁的女孩子,雇一个乡下的女工,只要孩子不啼哭,是极其安闲幽静的。

我们的家具很简单,但已经用去了我的筹来的款子的大半;子君还卖掉了她唯一的金戒指和耳环。我拦阻她,还是定要卖,我也就不再坚持下去了;我知道不给她加入一点股分去,她是住不舒服的。

和她的叔子,她早经闹开,至于使他气愤到不再认她做侄女;我也陆续和几个自以为忠告,其实是替我胆怯,或者竟是嫉妒的朋友绝了交。然而这倒很清静。每日办公散后,虽然已近黄昏,车夫又一定走得这样慢,但究竟还有二人相对的时候。我们先是沉默的相视,接着是放怀而亲密的交谈,后来又是沉默。大家低头沉思着,却并未想着什么事。我也渐渐清醒地读遍了她的身体,她的灵魂,不过三星期,我似乎于她已经更加了解,揭去许多先前以为了解而现在看来却是隔膜,即所谓真的隔膜了。

子君也逐日活泼起来。但她并不爱花,我在庙会时买来的两盆小草花,四天不浇,枯死在壁角了,我又没有照顾一切的闲暇。然而她爱动物,也许是从官太太那里传染的罢,不一月,我们的眷属便骤然加得很多,四只小油鸡,在小院子里和房主人的十多只在一同走。但她们却认识鸡的相貌,各知道那一只是自家的。还有一只花白的叭儿狗,从庙会买来,记得似乎原有名字,子君却给它另起了一个,叫作阿随。我就叫它阿随,但我不喜欢这名字。

这是真的,爱情必须时时更新,生长,创造。我和子君说起这,她也领会地点点头。

唉唉,那是怎样的宁静而幸福的夜呵!

安宁和幸福是要凝固的,永久是这样的安宁和幸福。我们在会馆里时,还偶有议论的冲突和意思的误会,自从到吉兆胡同以来,连这一点也没有了;我们只在灯下对坐的怀旧谭中,回味那时冲突以后的和解的重生一般的乐趣。

子君竟胖了起来,脸色也红活了;可惜的是忙。管了家务便连谈天的工夫也没有,何况读书和散步。我们常说,我们总还得雇一个女工。

这就使我也一样地不快活,傍晚回来,常见她包藏着不快活的颜色,尤其使我不乐的是她要装作勉强的笑容。幸而探听出来了,也还是和那小官太太的暗斗,导火线便是两家的小油鸡。但又何必硬不告诉我呢?人总该有一个独立的家庭。这样的处所,是不能居住的。

我的路也铸定了,每星期中的六天,是由家到局,又由局到家。在局里便坐在办公桌前钞,钞,钞些公文和信件;在家里是和她相对或帮她生白炉子,煮饭,蒸馒头。我的学会了煮饭,就在这时候。

但我的食品却比在会馆里时好得多了。做菜虽不是子君的特长,然而她于此却倾注着全力;对于她的日夜的操心,使我也不能不一同操心,来算作分甘共苦。况且她又这样地终日汗流满面,短发都粘在脑额上;两只手又只是这样地粗糙起来。

况且还要饲阿随,饲油鸡,……都是非她不可的工作。

我曾经忠告她：我不吃，倒也罢了；却万不可这样地操劳。她只看了我一眼，不开口，神色却似乎有点凄然；我也只好不开口。然而她还是这样地操劳。

我所豫期的打击果然到来。双十节的前一晚，我呆坐着，她在洗碗。听到打门声，我去开门时，是局里的信差，交给我一张油印的纸条。我就有些料到了，到灯下去一看，果然，印着的就是：

> 奉
> 局长谕史涓生着毋庸到局办事
> 　　　　　秘书处启　十月九号

这在会馆里时，我就早已料到了，那雪花膏便是局长的儿子的赌友，一定要去添些谣言，设法报告的。到现在才发生效验，已经要算是很晚的了。其实这在我不能算是个打击，因为我早就决定，可以给别人去钞写，或者教读，或者虽然费力，也还可以译点书，况且《自由之友》的总编辑便是见过几次的熟人，两月前还通过信。但我的心却跳跃着。那么一个无畏的子君也变了色，尤其使我痛心；她近来似乎也较为怯弱了。

"那算什么。哼，我们干新的。我们……。"她说。

她的话没有说完；不知怎地，那声音在我听去却只是浮浮的；灯光也觉得格外黯淡。人们真是可笑的动物，一点极微末的小事情，便会受着很深的影响。我们先是默默地相视，逐渐商量起来，终于决定将现有的钱竭力节省，一面登"小广告"去寻求钞写和教读，一面写信给《自由之友》的总编辑，说明我目下的遭遇，请他收用我的译本，给我帮一点艰辛时候的忙。

"说做，就做罢！来开一条新的路！"

我立刻转身向了书案，推开盛香油的瓶子和醋碟，子君便送过那黯淡的灯来。我先拟广告；其次是选定可译的书，迁移以来未曾翻阅过，每本的头上都满漫着灰尘了；最后才写信。

我很费踌蹰，不知道怎样措辞好，当停笔凝思的时候，转眼去一瞥她的脸，在昏暗的灯光下，又很见得凄然。我真不料这样微细的小事情，竟会给坚决的、无畏的子君以这么显著的变化。她近来实在变得很怯弱了，但也并不是今夜才开始的。我的心因此更缭乱，忽然有安宁的生活的影像——会馆里的破屋的寂静，在眼前一闪，刚刚想定睛凝视，却又看见了昏暗的灯光。

许久之后，信也写成了，是一封颇长的信；很觉得疲劳，仿佛近来自己也较为怯弱了。于是我们决定，广告和发信，就在明日一同实行。大家不约而同地伸直了腰肢，在无言中，似乎又都感到彼此的坚忍崛强的精神，还看见从新萌芽起来的将来的希望。

外来的打击其实倒是振作了我们的新精神。局里的生活，原如鸟贩子手里的禽鸟一般，仅有一点小米维系残生，决不会肥胖；日子一久，只落得麻痹了翅子，即使放出笼外，早已不能奋飞。现在总算脱出这牢笼了，我从此要在新的开阔的天空中翱翔，趁我还未忘却了我的翅子的扇动。

小广告是一时自然不会发生效力的；但译书也不是容易事，先前看过，以为已经懂得的，一动手，却疑难百出了，进行得很慢。然而我决计努力地做，一本半新的字典，不到半月,边上便有了一大片乌黑的指痕,这就证明着我的工作的切实。《自由之友》的总编辑曾经说过,他的刊物是决不会埋没好稿子的。

可惜的是我没有一间静室,子君又没有先前那么幽静,善于体帖了,屋子里总是散乱着碗碟,弥漫着煤烟,使人不能安心做事,但是这自然还只能怨我自己无力置一间书斋。然而又加以阿随,加以油鸡们。加以油鸡们又大起来了,更容易成为两家争吵的引线。

加以每日的"川流不息"的吃饭;子君的功业,仿佛就完全建立在这吃饭中。吃了筹钱,筹来吃饭,还要喂阿随,饲油鸡;她似乎将先前所知道的全都忘掉了,也不想到我的构思就常常为了这催促吃饭而打断。即使在坐中给看一点怒色,她总是不改变,仍然毫无感触似的大嚼起来。

使她明白了我的作工不能受规定的吃饭的束缚,就费去五星期。她明白之后,大约很不高兴罢,可是没有说。我的工作果然从此较为迅速地进行,不久就共译了五万言,只要润色一回,便可以和做好的两篇小品,一同寄给《自由之友》去。只是吃饭却依然给我苦恼。菜冷,是无妨的,然而竟不够;有时连饭也不够,虽然我因为终日坐在家里用脑,饭量已经比先前要减少得多。这是先去喂了阿随了,有时还并那近来连自己也轻易不吃的羊肉。她说,阿随实在瘦得太可怜,房东太太还因此嗤笑我们了,她受不住这样的奚落。

于是吃我残饭的便只有油鸡们。这是我积久才看出来的,但同时也如赫胥黎的论定"人类在宇宙间的位置"一般,自觉了我在这里的位置:不过是叭儿狗和油鸡之间。

后来,经多次的抗争和催逼,油鸡们也逐渐成为肴馔,我们和阿随都享用了十多日的鲜肥;可是其实都很瘦,因为它们早已每日只能得到几粒高粱了。从此便清静得多。只有子君很颓唐,似乎常觉得凄苦和无聊,至于不大愿意开口。我想,人是多么容易改变呵!

但是阿随也将留不住了。我们已经不能再希望从什么地方会有来信,子君也早没有一点食物可以引它打拱或直立起来。冬季又逼近得这快,火炉就要成为很大的问题;它的食量,在我们其实早是一个极易觉得的很重的负担。于是连它也留不住了。

倘使插了草标到庙市去出卖,也许能得几文钱罢,然而我们都不能,也不愿这样做。终于是用包袱蒙着头,由我带到西郊去放掉了,还要追上来,便推在一个并不很深的土坑里。

我一回寓,觉得又清静得多多了;但子君的凄惨的神色,却使我很吃惊。那是没有见过的神色,自然是为阿随。但又何至于此呢?我还没有说起推在土坑里的事。

到夜间,在她的凄惨的神色中,加上冰冷的分子了。

"奇怪。——子君,你怎么今天这样儿了?"我忍不住问。

"什么?"她连看也不看我。

"你的脸色……"

"没有什么,——什么也没有。"

我终于从她言动上看出,她大概已经认定我是一个忍心的人。其实,我一个人,是容易生活的,虽然因为骄傲,向来不与世交来往,迁居以后,也疏远了所有旧识的人,然而只要能远走高飞,生路还宽广得很。现在忍受着这生活压迫的苦痛,大半倒是为她,便是放掉阿随,也何尝不如此。但子君的识见却似乎只是浅薄起来,竟至于连这一点也想不到了。

我拣了一个机会,将这些道理暗示她;她领会似的点头。然而看她后来的情形,她是没有懂,或者是并不相信的。

天气的冷和神情的冷,逼迫我不能在家庭中安身。但是,往那里去呢?大道上,公园里,虽然没有冰冷的神情,冷风究竟也刺得人皮肤欲裂。我终于在通俗图书馆里觅得了我的天堂。

那里无须买票;阅书室里又装着两个铁火炉。纵使不过是烧着不死不活的煤的火炉,但单是看见装着它,精神上也就总觉得有些温暖。书却无可看:旧的陈腐,新的是几乎没有的。

好在我到那里去也并非为看书。另外时常还有几个人,多则十余人,都是单薄衣裳,正如我,各人看各人的书,作为取暖的口实。这于我尤为合式。道路上容易遇见熟人,得到轻蔑的一瞥,但此地却决无那样的横祸,因为他们是永远围在别的铁炉旁,或者靠在自家的白炉边的。

那里虽然没有书给我看,却还有安闲容得我想。待到孤身枯坐,回忆从前,这才觉得大半年来,只为了爱,——盲目的爱,——而将别的人生的要义全盘疏忽了。第一,便是生活。人必生活着,爱才有所附丽。世界上并非没有为了奋斗者而开的活路;我也还未忘却翅子的扇动,虽然比先前已经颓唐得多……。

屋子和读者渐渐消失了,我看见怒涛中的渔夫,战壕中的兵士,摩托车中的贵人,洋场上的投机家,深山密林中的豪杰,讲台上的教授,昏夜的运动者和深夜的偷儿……。子君,——不在近旁。她的勇气都失掉了,只为着阿随悲愤,为着做饭出神;然而奇怪的是倒也并不怎样瘦损……。

冷了起来。火炉里的不死不活的几片硬煤,也终于烧尽了,已是闭馆的时候。又须回到吉兆胡同,领略冰冷的颜色去了。近来也间或遇到温暖的神情,但这却反而增加我的苦痛。记得有一夜,子君的眼里忽而又发出久已不见的稚气的光来,笑着和我谈到还在会馆时候的情形,时时又很带些恐怖的神色。我知道我近来的超过她的冷漠,已经引起她的忧疑来,只得也勉力谈笑,想给她一点慰藉。然而我的笑貌一上脸,我的话一出口,却即刻变为空虚,这空虚又即刻发生反响,回向我的耳里,给我一个难堪的恶毒的冷嘲。

子君似乎也觉得的。从此便失掉了她往常的麻木似的镇静,虽然竭力掩饰,总还是时时露出忧疑的神色来,但对我却温和得多了。

我要明告她,但我还没有敢,当决心要说的时候,看见她孩子一般的眼色,就使我只得暂且改作勉强的欢容。但是这又即刻来冷嘲我,并使我失却那冷漠的镇静。

她从此又开始了往事的温习和新的考验,逼我做出许多虚伪的温存的答案来,将温存示给她,虚伪的草稿便写在自己的心上。我的心渐被这些草稿填满了,常觉得难于呼吸。我在苦恼中常常想,说真实自然须有极大的勇气的;假如没有这勇气,而苟安于虚伪,那也便是不能开辟新的生路的人。不独不是这个,连这人也未尝有!

子君有怨色,在早晨,极冷的早晨,这是从未见过的,但也许是从我看来的怨色。我那时冷冷地气愤和暗笑了;她所磨练的思想和豁达无畏的言论,到底也还是一个空虚,而对于这空虚却并未自觉。她早已什么书也不看,已不知道人的生活的第一着是求生,向着这求生的道路,是必须携手同行,或奋身孤往的了,倘使只知道捶着一个人的衣角,那便是虽战士也难于战斗,只得一同灭亡。

我觉得新的希望就只在我们的分离；她应该决然舍去，——我也突然想到她的死，然而立刻自责，忏悔了。幸而是早晨，时间正多，我可以说我的真实。我们的新的道路的开辟，便在这一遭。

我和她闲谈，故意地引起我们的往事，提到文艺，于是涉及外国的文人，文人的作品：《诺拉》，《海的女人》。称扬诺拉的果决……。也还是去年在会馆的破屋里讲过的那些话，但现在已经变成空虚，从我的嘴传入自己的耳中，时时疑心有一个隐形的坏孩子，在背后恶意地刻毒地学舌。

她还是点头答应着倾听，后来沉默了。我也就断续地说完了我的话，连余音都消失在虚空中了。

"是的。"她又沉默了一会，说，"但是，……涓生，我觉得你近来很两样了。可是的？你，——你老实告诉我。"

我觉得这似乎给了我当头一击，但也立即定了神，说出我的意见和主张来：新的路的开辟，新的生活的再造，为的是免得一同灭亡。

临末，我用了十分的决心，加上这几句话：

"……况且你已经可以无须顾虑，勇往直前了。你要我老实说；是的，人是不该虚伪的。我老实说罢：因为，因为我已经不爱你了！但这于你倒好得多，因为你更可以毫无挂念地做事……。"

我同时豫期着大的变故的到来，然而只有沉默。她脸色陡然变成灰黄，死了似的；瞬间便又苏生，眼里也发了稚气的闪闪的光泽。这眼光射向四处，正如孩子在饥渴中寻求着慈爱的母亲，但只在空中寻求，恐怖地回避着我的眼。

我不能看下去了，幸而是早晨，我冒着寒风径奔通俗图书馆。

在那里看见《自由之友》，我的小品文都登出了。这使我一惊，仿佛得了一点生气。我想，生活的路还很多，——但是，现在这样也还是不行的。

我开始去访问久已不相闻问的熟人，但这也不过一两次；他们的屋子自然是暖和的，我在骨髓中却觉得寒冽。夜间，便蜷伏在比冰还冷的冷屋中。

冰的针刺着我的灵魂，使我永远苦于麻木的疼痛。生活的路还很多，我也还没有忘却翅子的扇动，我想。——我突然想到她的死，然而立刻自责，忏悔了。

在通俗图书馆里往往瞥见一闪的光明，新的生路横在前面。她勇猛地觉悟了，毅然走出这冰冷的家，而且，——毫无怨恨的神色。我便轻如行云，漂浮空际，上有蔚蓝的天，下是深山大海，广厦高楼，战场，摩托车，洋场，公馆，晴明的闹市，黑暗的夜……。

而且，真的，我豫感得这新生面便要来到了。

我们总算度过了极难忍受的冬天，这北京的冬天；就如蜻蜓落在恶作剧的坏孩子的手里一般，被系着细线，尽情玩弄，虐待，虽然幸而没有送掉性命，结果也还是躺在地上，只争着一个迟早之间。

写给《自由之友》的总编辑已经有三封信，这才得到回信，信封里只有两张书券：两角的和三角的。我却单是催，就用了九分的邮票，一天的饥饿，又都白挨给于己一无所得的空虚了。

然而觉得要来的事，却终于来到了。

这是冬春之交的事，风已没有这么冷，我也更久地在外面徘徊；待到回家，大概已经昏黑。就在这样一个昏黑的晚上，我照常没精打采地回来，一看见寓所的门，也照常更加丧气，使脚步放得更缓。但终于走进自己的屋子里了，没有灯火；摸火柴点起来时，是异样的寂寞和空虚！

正在错愕中，官太太便到窗外来叫我出去。

"今天子君的父亲来到这里，将她接回去了。"她很简单地说。

这似乎又不是意料中的事，我便如脑后受了一击，无言地站着。

"她去了么？"过了些时，我只问出这样一句话。

"她去了。"

"她，——她可说什么？"

"没说什么。单是托我见你回来时告诉你，说她去了。"

我不信；但是屋子里是异样的寂寞和空虚。我遍看各处，寻觅子君；只见几件破旧而黯淡的家具，都显得极其清疏，在证明着它们毫无隐匿一人一物的能力。我转念寻信或她留下的字迹，也没有；只是盐和干辣椒，面粉，半株白菜，却聚集在一处了，旁边还有几十枚铜元。这是我们两人生活材料的全副，现在她就郑重地将这留给我一个人，在不言中，教我借此去维持较久的生活。

我似乎被周围所排挤，奔到院子中间，有昏黑在我的周围；正屋的纸窗上映出明亮的灯光，他们正在逗着孩子玩笑。我的心也沉静下来，觉得在沉重的迫压中，渐渐隐约地现出脱走的路径：深山大泽，洋场，电灯下的盛筵，壕沟，最黑最黑的深夜，利刃的一击，毫无声响的脚步……。

心地有些轻松，舒展了，想到旅费，并且嘘一口气。

躺着，在合着的眼前经过的豫想的前途，不到半夜已经现尽；暗中忽然仿佛看见一堆食物，这之后，便浮出一个子君的灰黄的脸来，睁了孩子气的眼睛，恳托似的看着我。我一定神，什么也没有了。

但我的心却又觉得沉重。我为什么偏不忍耐几天，要这样急急地告诉她真话的呢？现在她知道，她以后所有的只是她父亲——儿女的债主——的烈日一般的严威和旁人的赛过冰霜的冷眼。此外便是虚空。负着虚空的重担，在严威和冷眼中走着所谓人生的路，这是怎么可怕的事呵！而况这路的尽头，又不过是——连墓碑也没有的坟墓。

我不应该将真实说给子君，我们相爱过，我应该永久奉献她我的说谎。如果真实可以宝贵，这在子君就不该是一个沉重的空虚。谎话当然也是一个空虚，然而临末，至多也不过这样地沉重。

我以为将真实说给子君，她便可以毫无顾虑，坚决地毅然前行，一如我们将要同居时那样。但这恐怕是我错误了。她当时的勇敢和无畏是因为爱。

我没有负着虚伪的重担的勇气，却将真实的重担卸给她了。她爱我之后，就要负了这重担，在严威和冷眼中走着所谓人生的路。

我想到她的死……。我看见我是一个卑怯者，应该被摈于强有力的人们，无论是真实者，虚伪者。然而她却自始至终，还希望我维持较久的生活……。

我要离开吉兆胡同，在这里是异样的空虚和寂寞。我想，只要离开这里，子君便如还在我的身边;至少,也如还在城中,有一天,将要出乎意表地访我,像住在会馆时候似的。

然而一切请托和书信,都是一无反响;我不得已,只好访问一个久不问候的世交去了。他是我伯父的幼年的同窗,以正经出名的拔贡,寓京很久,交游也广阔的。

大概因为衣服的破旧罢,一登门便很遭门房的白眼。好容易才相见,也还相识,但是很冷落。我们的往事,他全都知道了。

"自然,你也不能在这里了,"他听了我托他在别处觅事之后,冷冷地说,"但那里去呢?很难。——你那,什么呢,你的朋友罢,子君,你可知道,她死了。"

我惊得没有话。

"真的?"我终于不自觉地问。

"哈哈。自然真的。我家的王升的家,就和她家同村。"

"但是,——不知道是怎么死的?"

"谁知道呢。总之是死了就是了。"

我已经忘却了怎样辞别他,回到自己的寓所。我知道他是不说谎话的;子君总不会再来的了,像去年那样。她虽是想在严威和冷眼中负着虚空的重担来走所谓人生的路,也已经不能。她的命运,已经决定她在我所给与的真实——无爱的人间死灭了!

自然,我不能在这里了;但是,"那里去呢?"

四围是广大的空虚,还有死的寂静。死于无爱的人们的眼前的黑暗,我仿佛一一看见,还听得一切苦闷和绝望的挣扎的声音。

我还期待着新的东西到来,无名的,意外的。但一天一天,无非是死的寂静。

我比先前已经不大出门,只坐卧在广大的空虚里,一任这死的寂静侵蚀着我的灵魂。死的寂静有时也自己战栗,自己退藏,于是在这绝续之交,便闪出无名的,意外的,新的期待。

一天是阴沉的上午,太阳还不能从云里面挣扎出来,连空气都疲乏着。耳中听到细碎的步声和咻咻的鼻息,使我睁开眼。大致一看,屋子里还是空虚;但偶然看到地面,却盘旋着一匹小小的动物,瘦弱的,半死的,满身灰土的……。

我一细看,我的心就一停,接着便直跳起来。

那是阿随。它回来了。

我的离开吉兆胡同,也不单是为了房主人们和他家女工的冷眼,大半就为着这阿随。但是,"那里去呢?"新的生路自然还很多,我约略知道,也间或依稀看见,觉得就在我面前,然而我还没有知道跨进那里去的第一步的方法。

经过许多回的思量和比较,也还只有会馆是还能相容的地方。依然是这样的破屋,这样的板床,这样的半枯的槐树和紫藤,但那时使我希望,欢欣,爱,生活的,却全都逝去了,只有一个虚空,我用真实去换来的虚空存在。

新的生路还很多,我必须跨进去,因为我还活着。但我还不知道怎样跨出那第一步。有时,仿佛看见那生路就像一条灰白的长蛇,自己蜿蜒地向我奔来,我等着,等着,看看临近,但忽然便消失在黑暗里了。

初春的夜,还是那么长。长久的枯坐中记起上午在街头所见的葬式,前面是纸人纸马,后面是唱歌一般的哭声。我现在已经知道他们的聪明了,这是多么轻松简截的事。

然而子君的葬式却又在我的眼前,是独自负着虚空的重担,在灰白的长路上前行,而又即刻消失在周围的严威和冷眼里了。

我愿意真有所谓鬼魂，真有所谓地狱，那么，即使在孽风怒吼之中，我也将寻觅子君，当面说出我的悔恨和悲哀，祈求她的饶恕；否则，地狱的毒焰将围绕我，猛烈地烧尽我的悔恨和悲哀。

我将在孽风和毒焰中拥抱子君，乞她宽容，或者使她快意……。

但是，这却更虚空于新的生路；现在所有的只是初春的夜，竟还是那么长。我活着，我总得向着新的生路跨出去，那第一步，——却不过是写下我的悔恨和悲哀，为子君，为自己。

我仍然只有唱歌一般的哭声，给子君送葬，葬在遗忘中。

我要遗忘；我为自己，并且要不再想到这用了遗忘给子君送葬。

我要向着新的生路跨进第一步去，我要将真实深深地藏在心的创伤中，默默地前行，用遗忘和说谎做我的前导……。

一九二五年十月二十一日毕

作品赏析

《伤逝》采取涓生手记的形式叙述故事，这是极适宜于表现丰富复杂的内心活动的形式。作者不重事件过程的叙述，而把笔力集中于人物的心灵历程和感情波澜的抒写，展示主人公悲欢离合的情感世界。对涓生，采取心灵自剖的方法，曲折细致地表现他的思想感情及其变化，有时还捕捉人物一刹那的影像、幻觉，以深入挖掘人物隐蔽的内心活动。如失业之夜涓生的"会馆里的破屋的寂静"的"一闪"、给子君说"真实"时"疑心有一个隐形的坏孩子，在背后恶意地刻毒地学舌"，都暴露了涓生的深层心理。对子君，则多通过神态、动作、细节的描写，尤其是神态描写来表现心理。如涓生求爱时子君的神态，涓生说"我已经不爱你了"时子君的神态，都是绝妙地表现丰富、复杂、微妙的内心世界的肖像画。前者把一个出身旧家庭涉世甚浅的少女，在爱情追求得到实现将要进入一个未知的新生活天地时的悲喜、惊疑的复杂心情表现得很是充分。后者刻画了子君在突遭涓生离弃时，对于无爱的人间的绝望、恐怖而又稚气地怀着希求的微妙心情，使人们对这个被旧社会吞没的少女产生无限的怜惜和同情。

《伤逝》中人物的心理描写，由于采取涓生追忆往事、心灵自剖的方法，因而带有强烈的感情色彩，使作品具有浓烈的抒情色调。作者运用了多种抒情手法。或者寓情于景，情景交融，如作品开头，涓生又回到会馆，景物依旧，而爱人永逝，为全篇立下沉重哀伤的抒情调子。或者用复沓的手法，反复咏叹，层层递进，如子君回到旧家后的可怕处境："负着虚空的重担，在严威和冷眼中走着所谓人生的路"，在作品中出现三次，抒发了涓生沉重的悔恨之情，寄寓了对子君深切的同情，表现了对冷酷的旧社会的无限感愤。或者通过奇异的想象，把感情形象化，如涓生要在地狱中寻觅子君，让地狱的毒焰烧尽自己的悔恨和悲哀，在地狱的孽风和毒焰中乞求子君宽恕，为涓生最强烈最深切的悔恨悲哀之情，寻求到了最适切最形象的表现形式。阿随的弃而复归，也情意隽永，在涓生无名的新的期待中，女主人公的心爱之物回来了，但女主人公却永远回不来了，此情此景，感人至深；而历经折磨的瘦弱半死的阿随,不也象征着被现实撞击得心力交瘁的涓生自己吗?《伤逝》以诗的语言,出色地创造了意味隽永的诗的意境,不仅以深刻的思想启示读者,而且以情动人,似一首深沉、悲怆的抒情乐曲,饱含着感情力量震动读者的心弦。

子君是受到五四新文化影响的知识女青年,她所接受的主要是个性解放思想。在和涓生恋爱的那一段时间,涓生给她谈的诸如家庭专制、打破旧习惯、男女平等、伊孛生(易卜生)、诺拉(娜拉)等内容,主要就是个性解放,个性解放成为她争取婚姻自主的思想武器,她说:"我是我自己的,他们谁也没有干涉我的权利!"这确实可以说是五四运动后中国女性个性觉醒的宣言。子君勇敢地和封建旧家庭闹开,大无畏地对待那些讥笑和轻蔑的眼光,和涓生建立起由自由恋爱而结合的小家庭。这些描写表现了个性解放具有一定的反封建积极作用。

但是,子君是从肤浅的意义上接受个性解放思想的。她的奋斗目标只是婚姻自主,反对封建势力对自主婚姻的干涉、束缚。在婚姻自主的目标实现后,她就心安理得地做起家庭主妇来,以小家庭为唯一天地,把操持家务作为人生意义的全部内容,而没有了新的理想和追求。这样,她的生活和思想必然流于空虚、庸俗,性格也变得怯弱起来。她以喂油鸡、养阿随填补空虚,甚至为油鸡而和房东太太明争暗斗。空虚平庸的生活,必然使爱情也渐渐褪色。不仅涓生对子君逐渐冷漠,子君对涓生也没有先前的"善于体贴"了。她因为怕官太太取笑而把难得吃的羊肉喂阿随,使得涓生感到自己在家庭里的位置是在叭儿狗和油鸡之间。她为失去油鸡、阿随而颓唐、凄苦和无聊,并因此和涓生的感情产生裂痕,但又因为害怕失去涓生的爱而忧虑。婚前的勇敢和无畏在她身上已荡然无存。她当时的勇敢和无畏是因为爱,但个性解放的爱情小舟,是经不起社会风浪袭击的。

鲁迅曾写有《娜拉走后怎样》一文,指出娜拉在个性觉醒后离家出走到社会上去,但如果没有经济权,没有经济制度的改革,很可能只有两条路:回来或是堕落。子君是中国20世纪20年代条件下的娜拉。她因个性觉醒而从旧家庭出走,但却走进了小家庭。她不闻不问小家庭以外的广大天地,也不闻不问小家庭家务以外的广大社会生活。但是,没有整个社会的改革、解放,恋爱婚姻问题是不能真正解决的,个性解放思想是无法抵抗社会的压迫的。仅只一年,子君被迫又回到她所走出的旧家庭,在传统偏见的巨大精神压力下忧郁而死。鲁迅正是通过子君的悲剧,揭示了个性解放不是妇女解放的道路。

推荐阅读

1. 《鲁迅批判(增订本)》,李长之著,岳麓书社,2010年。
2. 《中国反封建思想革命的一面镜子:〈呐喊〉〈彷徨〉综论》,王富仁著,北京师范大学出版社,1986年。

思考题

1. 《伤逝》中主人公悲剧的根源是什么?
2. 子君的形象有什么内涵?

沉 沦

郁达夫

一

他近来觉得孤冷得可怜。

他的早熟的性情,竟把他挤到与世人绝不相容的境地去,世人与他的中间介在的那一道屏障,愈筑愈高了。

天气一天一天的清凉起来,他的学校开学之后,已经快半个月了。那一天正是九月的二十二日。

晴天一碧,万里无云,终古常新的皎日,依旧在她的轨道上,一程一程的在那里行走。从南方吹来的微风,同醒酒的琼浆一般,带着一种香气,一阵阵的拂上面来。在黄苍未熟的稻田中间,在弯曲同白线似的乡间的官道上面,他一个人手里捧了一本六寸长的Words-worth的诗集,尽在那里缓缓的独步。在这大平原内,四面并无人影:不知从何处飞来的一声两声的远吠声,悠悠扬扬的传到他的耳膜上来。他眼睛离开了书,同做梦似的向有犬吠声的地方看去,但看见了一丛杂树,几处人家,同鱼鳞似的屋瓦上,有一层薄薄的蜃气楼,同轻纱似的,在那里飘荡。

"Oh, you serene gossamer! You beautiful gossamer!"

这样的叫了一声,他的眼睛里就涌出了两行清泪来,他自己也不知道是什么缘故。

呆呆的看了好久,他忽然觉得背上有一阵紫色的气息吹来,"息索"的一响,道旁的一枝小草,竟把他的梦境打破了。他回转头来一看,那枝小草还是颠摇不已,一阵带着紫罗兰气息的和风,温微微的喷到他那苍白的脸上来。在这清和的早秋的世界里,在这澄清透明的以太(Ether)中,他的身体觉得同陶醉似的酥软起来。他好像是睡在慈母怀里的样子。他好像是梦到了桃花源里的样子。他好像是在南欧的海岸,躺在情人膝上,在那里贪午睡的样子。

他看看四边,觉得周围的草木,都在那里对他微笑。看看苍空,觉得悠久无穷的大自然,微微的在那里点头。一动也不动的向天看了一会,他觉得天空中,有一群小天神,背上插着了翅膀,肩上挂着了弓箭,在那里跳舞。他觉得乐极了,便不知不觉开了口,自言自语的说:

"这里就是你的避难所。世间的一般庸人都在那里妒忌你,轻笑你,愚弄你;只有这大自然,这终古常新的苍空皎日,这晚夏的微风,这初秋的清气,还是你的朋友,还是你的慈母,还是你的情人,你也不必再到世上去与那些轻薄的男女共处去,你就在这大自然的怀里,这纯朴的乡间终老了罢。"

这样地说了一遍,他觉得自家可怜起来,好像有万千哀怨,横亘在胸中,一口说不出来的样子。含了一双清泪,他的眼睛又看到他手里的书上去。

Behold her, single in the field,
You solitary Highland Lass!
Reaping and singing by herself;
Stop here, or gently pass!
Alone she cuts, and binds the grain,
And sings a melancholy strain;
Oh, listen! For the Vale profound
Is overflowing with the sound.

看了这一节之后,他又忽然翻过一张来,脱头脱脑的看到那第三节去。

Will no one tell me what she sings?
Perhaps the plaintive numbers flow
For old, unhappy, far-off things,
And battles long ago:
Or is it some more humble lay,
Familiar matter of today?
Some natural sorrow, loss, or pain,
That has been and may be again!

这也是他近来的一种习惯,看书的时候,并没有次序的。几百页的大书,更可不必说了,就是几十页的小册子,如爱美生的《自然论》(Emerson's On Nature),沙罗的《逍遥游》(Thoreau's Ex-cursion)之类,也没有完完全全从头至尾的读完一篇过。当他起初翻开一册书来看的时候,读了四行五行或一页二页,他每被那一本书感动,恨不得要一口气把那一本书吞下肚子里去的样子,到读了三页四页之后,他又生起一种怜惜的心来,他心里似乎说:

"像这样的奇书,不应该一口气就把它念完,要留着细细儿的咀嚼才好。一下子就念完了之后,我的热望也就不得不消灭,那时候我就没有好望,没有梦想了,怎么使得呢?"

他的脑里虽然有这样的想头,其实他的心里早有一些儿厌倦起来,到了这时候,他总把那本书收过一边,不再看下去。过几天或者过几个钟头之后,他又用了满腔的热忱,同初读那一本书的时候一样的,去读另外的书去;几日前或者几点钟前那样的感动他的那一本书,就不得不被他遗忘了。

放大了声音把渭迟渥斯的那两节诗读了一遍之后,他忽然想把这一首诗用中国文翻译出来。

"孤寂的高原刈稻者",他想想看,The solitary reaper,诗题只有如此的译法。

你看那个女孩儿,她只一个人在田里,

你看那边的那个高原的女孩儿,她只一个人,冷清清地!
她一边刈稻,一边在那儿唱着不已;
她忽而停了,忽儿又过去了,轻盈体态,风光细腻!
她一个人,刈了,又重把稻儿捆起,
她唱的山歌,颇有些儿悲凉的情味;
听呀听呀! 这幽谷深深,
全充满了她的歌唱的清音。

有人能说否,她唱的究是什么?
或者她那万千的痴话,
是唱的前代的哀歌,
或者是前朝的战事,千兵万马;
或者是些坊间的俗曲,
便是目前的家常闲说?
或者是些天然的哀怨,必然的丧苦,自然的悲楚,
这些事虽是过去的回思,将来想亦必有人指诉。

他一口气译了出来之后,忽又觉得无聊起来,便自嘲自骂的说道:
"这算是什么东西呀,岂不同教会里的赞美歌一样的乏味么?"
"英国诗是英国诗,中国诗是中国诗,又何必译来对去呢!"
这样地说了一句,他不知不觉便微微儿地笑起来。向四边一看,太阳已经打斜了;大平原的彼岸,西边的地平线上,有一座高山,浮在那里,饱受了一天残照,山的周围酝酿成一层朦朦胧胧的岚气,反射出一种紫不紫红不红的颜色来。

他正在那里出神呆看的时候,"喀"地咳嗽了一声,他的背后忽然来了一个农夫。回头一看,他就把他脸上的笑容装改了一副忧郁的面色,好像他的笑容是怕被人看见的样子。

二

他的忧郁症愈闹愈甚了。

他觉得学校里的教科书,真同嚼蜡一般,毫无半点生趣。天气清朗的时候,他每捧了一本爱读的文学书,跑到人迹罕至的山腰水畔,去贪那孤寂的深味去。在万籁俱寂的瞬间,在天水相映的地方,他看看草木虫鱼,看看白云碧落,便觉得自家是一个孤高傲世的贤人,一个超然独立的隐者。有时在山中遇着一个农夫,他便把自己当作了 Zarathustra,把 Zarathustra 所说的话,也在心里对那农夫讲了。他的 megalomania 也同他的 hypochondria 成了正比例,一天一天地增加起来。他竟有接连四五天不上学校去听讲的时候。

有时候到学校里去,他每觉得众人都在那里凝视他的样子。他避来避去想避他的同学,然而无论到了什么地方,他的同学的眼光,总好像怀了恶意,射在他的背脊上的样子。

上课的时候,他虽然坐在全班学生的中间,然而总觉得孤独得很;在稠人广众之中感

得的这种孤独,倒比一个人在冷清的地方,感得的那种孤独还更难受。看看他的同学,一个个都是兴高采烈的在那里听先生的讲义,只有他一个人身体虽然坐在讲堂里头,心思却同飞云逝电一般,在那里作无边无际的空想。

好容易下课的钟声响了!先生退去之后,他的同学说笑的说笑,谈天的谈天,个个都同春来的燕雀似的,在那里作乐;只有他一个人锁了愁眉,舌根好像被千钧的巨石锤住的样子,兀的不作一声。他也很希望他的同学来对他讲些闲话,然而他的同学却都自家管自家的去寻欢乐去,一见了他那一副愁容,没有一个不抱头奔散的,因此他愈加怨他的同学了。

"他们都是日本人,他们都是我的仇敌,我总有一天来复仇,我总要复他们的仇。"

一到了悲愤的时候,他总这样的想的,然而到了安静之后,他又不得不嘲骂自家说:

"他们都是日本人,他们对你当然是没有同情的,因为你想得他们的同情,所以你怨他们,这岂不是你自家的错误么?"

他的同学中的好事者,有时候也有人来向他说笑的,他心里虽然非常感激,想同哪一个人谈几句知心的话,然而口中总说不出什么话来;所以有几个解他的意的人,也不得不同他疏远了。

他的同学日本人在那里欢笑的时候,他总疑他们是在那里笑他,他就一霎时的红起脸来。他们在那里谈天的时候,若有偶然看他一眼的人,他又忽然红起脸来,以为他们是在那里讲他。他同他同学中间的距离,一天一天的远悖起来。他的同学都以为他是爱孤独的人,所以谁也不敢来近他的身。

有一天放课之后,他挟了书包,回到他的旅馆里来,有三个日本学生同他同路的。将要到他寄寓的旅馆的时候,前面忽然来了两个穿红裙的女学生。在这一区市外的地方,从没有女学生看见的,所以他一见了这两个女子,呼吸就紧缩起来。他们四个人同那两个女子擦过的时候,他的三个日本人的同学都问她们说:

"你们上那儿去?"

那两个女学生就作起娇声来回答说:

"不知道!"

"不知道!"

那三个日本学生都高笑起来,好像是很得意的样子;只有他一个人似乎是他自家同她们讲了话似的,匆匆跑回旅馆里来。进了他自家的房,把书包用力的向席上一丢,他就在席上躺下了——日本室内都铺的席子,坐也席地而坐,睡也睡在席上的——他的胸前还在那里乱跳,用了一只手枕着头,一只手按着胸口,他便自嘲自骂的说:

"你这卑怯者!"

"你既然怕羞,何以又要后悔?"

"既要后悔,何以当时你又没有那样的胆量?不同她们去讲一句话?"

"Oh, coward, coward!"

说到这里,他忽然想起刚才那两个女学生的眼波来了。那两双活泼泼的眼睛!

那两双眼睛里,确有惊喜的意思含在里头。然而再仔细想了一想,他又忽然叫起来说:

"呆人呆人！她们虽有意思，与你有什么相干？她们所送的秋波，不是单送给那三个日本人的么？唉！唉！她们已经知道了，已经知道我是支那人了，否则她们何以不来看我一眼呢！复仇复仇，我总要复她们的仇。"

说到这里，他那火热的颊上忽然滚了几颗冰冷的眼泪下来。他是伤心到极点了。这一天晚上，他记的日记说：

我何苦要到日本来，我何苦要求学问。既然到了日本，那自然不得不被他们日本人轻侮的。中国呀中国！你怎么不富强起来。我不能再隐忍过去了。

故乡岂不有明媚的山河，故乡岂不有如花的美女？我何苦要到这东海的岛国里来！

到日本来倒也罢了，我何苦又要进这该死的高等学校。他们留了五个月学回去的人，岂不在那里享荣华安乐么？这五六年的岁月，教我怎么能挨得过去。受尽了千辛万苦，积了十数年的学识，我回国去，难道定能比他们来胡闹的留学生更强么？

人生百岁，年少的时候，只有七八年的光景，这最纯最美的七八年，我就不得不在这无情的岛国里虚度过去，可怜我今年已经是二十一了。

槁木的二十一岁！

死灰的二十一岁！

我真还不如变了矿物质的好，我大约没有开花的日子了。

知识我也不要，名誉我也不要，我只要一个能安慰我体谅我的"心"。一副白热的心肠！从这一副心肠里生出来的同情！从同情而来的爱情！

我所要求的就是爱情！

若有一个美人，能理解我的苦楚，她要我死，我也肯的。

若有一个妇人，无论她是美是丑，能真心真意的爱我，我也愿意为她死的。

我所要求的就是异性的爱情！

苍天呀苍天，我并不要知识，我并不要名誉，我也不要那些无用的金钱，你若能赐我一个伊甸园内的"伊扶"，使她的肉体与心灵，全归我有，我就心满意足了。

三

他的故乡，是富春江上的一个小市，去杭州水程不过八九十里。这一条江水，发源安徽，贯流全浙，江形曲折，风景常新；唐朝有一个诗人赞这条江水说"一川如画"。他十四岁的时候，请了一位先生写了这四个字，贴在他的书斋里，因为他的书斋的小窗，是朝着江面的。虽则这书斋结构不大，然而风雨晦明，春秋朝夕的风景，也还抵得过滕王高阁。在这小小的书斋里过了十几个春秋，他才跟了他的哥哥到日本来留学。

他三岁的时候就丧了父亲，那时候他家里困苦得不堪。好容易他长兄在日本W大学卒了业，回到北京，考了一个进士，分发在法部当差，不上两年，武昌的革命起来了。那时候他已在县立小学堂卒了业，正在那里换来换去的换中学堂。他家里的人都怪他无恒性，说他的心思太活；然而依他自己讲来，他以为他一个人同别的学生不同，不能按部就班地同他们同在一处求学的。所以他进了K府中学之后，不上半年又忽然转到H府中学来；在H府中学住了三个月，革命就起来了。H府中学停学之后，他依旧只能回到他那小小的书斋里来。第二年的春天,正是他十七岁的时候,他就进了 H 大学的预科。这大学是在杭州城外,本来是美国长老会捐钱创办的,所以学校里浸润了一种专制的弊风,学生的自由,几乎被压缩得同针眼儿一般的小。礼拜三的晚上有什么祈祷会,礼拜日非但不准出去游玩,并且在家里看别的书也不准的,除了唱赞美诗祈祷之外,只许看新旧约书;每天早晨从九点钟到九点二十分,定要去做礼拜,不去做礼拜,就要扣分数记过。他虽然非常爱那学校近旁的山水景物,然而他的心里,总有些反抗的意思,因为他是一个爱自由的人,对那些迷信的管束,怎么也不甘心服从的。住不上半年,那大学里的厨子,托了校长的势,竟打起学生来。学生中间有几个不服的,便去告诉校长,校长反说学生不是。他看看这些情形,实在是太无道理了,就立刻去告了退,仍复回家,到那小小的书斋里去。那时候已经是六月初了。

在家里住了三个多月,秋风吹到富春江上,两岸的绿树,就快凋落的时候,他又坐了帆船,下富春江,上杭州去。却好那时候石牌楼的 W 中学正在那里招插班生,他进去见了校长 M 氏,把他的经历说给了 M 氏夫妻听,M 氏就许他插入最高的班里去。这 W 中学原来也是一个教会学校,校长 M 氏,也是一个糊涂的美国宣教师;他看看这学校的内容倒比 H 大学不如了。与一位很卑鄙的教务长——原来这一位先生就是 H 大学的卒业生——闹了一场,第二年的春天,他就出来了。出了 W 中学,他看看杭州的学校,都不能如他的意,所以他就打算不再进别的学校去。

正是这个时候,他的长兄也在北京被人排斥了。原来他的长兄为人正直得很,在部里办事,铁面无私,并且比一般部内的人物又多了一些学识,所以部内上下,都忌惮他。有一天某次长的私人,来问他要一个位置,他执意不肯,因此次长就同他闹起意见来,过了几天他就辞了部里的职,改到司法界去做司法官去了。他的二兄那时候正在绍兴军队里作军官,这一位二兄军人习气颇深,挥金如土,专喜结交侠少。他们弟兄三人,到这时候都不能如意之所为,所以那一小市镇里的闲人都说他们的风水破了。

他回家之后,便镇日镇夜的蛰居在他那小小的书斋里。他父祖及他长兄所藏的书籍,就做了他的良师益友。他的日记上面,一天一天地记起诗来。有时候他也用了华丽的文章做起小说来,小说里就把他自己当作了一个多情的勇士,把他邻近的一家寡妇的两个女儿,当作了贵族的苗裔,把他故乡的风物,全编作了田园的情景。有兴的时候,他还把他自家的小说,用单纯的外国文翻译起来。他的幻想,愈演愈大了,他的忧郁病的根苗,大约也就在这时候培养成功的。

在家里住了半年,到了七月中旬,他接到他长兄的来信说:

院内近有派予赴日本考察司法事务之意,予已许院长以东行,大约此事不日可见命令。渡日之先,拟返里小住。三弟居家,断非上策,此次当偕赴日本也。

他接到了这一封信之后,心中日日盼他长兄南来,到了九月下旬,他的兄嫂才自北京到家。住了一月,他就同他的长兄长嫂同到日本去了。

到了日本之后,他的 dreams of the romantic age 尚未醒悟,模模糊糊地过了半载,他就考入东京第一高等学校里去了。这正是他十九岁的秋天。

第一高等学校将开学的时候,他的长兄接到了院长的命令,要他回去。他的长兄便把他寄托在一家日本人的家里,几天之后,他的长兄长嫂和他的新生的侄女儿就回国去了。

东京第一高等学校里有一班预备班,是为中国学生特设的。

在这预科里预备一年,卒业之后,才能入各地高等学校的正科,与日本学生同学。他考入预科的时候,本来填的是文科,后来将在预科卒业的时候,他的长兄定要他改到医科去,他当时亦没有什么主见,就听了他长兄的话把文科改了。

预科卒业之后,他听说 N 市的高等学校是最新的,并且 N 市是日本产美人的地方,所以他就要求到 N 市的高等学校去。

四

他的二十岁的八月二十九日的晚上,他一个人从东京的中央车站乘了夜行车到 N 市去。

那一天大约刚是旧历的初三四的样子,同天鹅绒似的又蓝又紫的天空里,洒满了一天星斗。半痕新月,斜挂在西天角上,却似仙女的蛾眉,未加翠黛的样子。他一个人靠着了三等车的车窗,默默的在那里数窗外人家的灯火。火车在暗黑的夜气中间,一程一程的进去,那大都市的星星灯火,也一点一点的朦胧起来,他的胸中忽然生了万千哀感,他的眼睛里就忽然觉得热起来了。

"Sentimental, too sentimental!"

这样的叫了一声,把眼睛揩了一下,他反而自家笑起自家来。

"你也没有情人留在东京,你也没有弟兄知己住在东京,你的眼泪究竟是为谁洒的呀!或者是对于你过去的生活的伤感,或者是对你二年间的生活的余情,然而你平时不是说不爱东京的么?"

"唉,一年人住岂无情。"

"黄莺住久浑相识,欲别频啼四五声!"

胡思乱想的寻思了一会,他又忽然想到初次赴新大陆去的清教徒身上去。

"那些十字架下的流人,离开他故乡海岸的时候,大约也是悲壮淋漓,同我一样的。"

火车过了横滨,他的感情方才渐渐儿的平静起来。呆呆的坐了一忽,他就取了一张明信片出来,垫在海涅(Heine)的诗集上,用铅笔写了一首诗寄他东京的朋友。

峨眉月上柳梢初,又向天涯别故居。

四壁旗亭争赌酒,六街灯火远随车。

乱离年少无多泪,行李家贫只旧书,

夜后芦根秋水长,凭君南浦觅双鱼。

在朦胧的电灯光里,静悄悄地坐了一会,他又把海涅的诗集翻开来看了。

Ledet wohl, ihr glatten saele,

Glatte herren, glatte, Frauen!

Auf die berge will ich steigen,

Lac end auf euch niederschauen!

(Aus Heines *Buch der Lieder*)

浮薄的尘寰,无情的男女,

你看那隐隐的青山,我欲乘风飞去,

且住且住,

我将从那绝顶的高峰,笑看你终归何处。

单调的轮声,一声声连连续续的飞到他的耳膜上来,不上三十分钟他竟被这催眠的车轮声引诱到梦幻的仙境里去了。

早晨五点钟的时候,天空渐渐儿的明亮起来。在车窗里向外一望,他只见一线青天还被夜色包住在那里。探头出去一望,一层薄雾,笼罩着一幅天然的画图,他心里想了一想:

"原来今天又是清秋的好天气,我的福分真可算不薄了。"

过了一个钟头,火车就到了N市的停车场。

下了火车,在车站上遇见了一个日本学生;他看看那学生的制帽上也有两条白线,便知道他也是高等学校的学生。他走上前去,对那学生脱了一脱帽,问他说:

"第X高等学校是在什么地方的?"

那学生回答说:

"我们一路去罢。"

他就跟了那学生跑出火车站来;在火车站的前头,乘了电车。

时光还早得很,N市的店家都还未曾起来。他同那日本学生坐了电车,经过了几条冷清的街巷,就在鹤舞公园前面下了车。他问那日本学生说:

"学校还远得很么?"

"还有二里多路。"

穿过了公园,走到稻田中间的细路上的时候,他看看太阳已经起来了。稻上的露滴,还同明珠似的挂在那里。前面有一丛树林,树林荫里,疏疏落落地看得见几椽农舍。有两三条烟囱筒子,突出在农舍的上面,隐隐约约的浮在清晨的空气里。一缕两缕的青烟,同炉香似的在那里浮动,他知道农家已在那里炊早饭了。

到学校近边的一家旅馆去一问,他一礼拜前头寄出的几件行李,已经到那里。原来那一家人家是住过中国留学生的,所以主人待他也很殷勤。在那一家旅馆里住下了之后,他觉得前途好像有许多欢乐在那里等他的样子。

他的前途的希望,在第一天的晚上,就不得不被目前的实情嘲弄了。原来他的故里,也是一个小小的市镇。到了东京之后,在人山人海的中间,他虽然时常觉得孤独,然而东京的都市生活,同他幼时的习惯尚无十分龃龉的地方。如今到了这N市的乡下之后,他的旅馆,是一家孤立的人家,四面并无邻舍,左首门外便是一条如发的大道,前后都是稻田,西面是一方池水,并且因为学校还没有开课,别的学生还没有到来,这一间宽旷的旅馆里,只住了他一个客人。白天倒还可以支吾过去,一到了晚上,他开窗一望,四面都是沉沉的黑影,并且因N市的附近是一大平原,所以望眼连天,四面并无遮障之处,远远里有一点灯火,明灭无常,森然有些鬼气。天花板里,又有许多虫鼠,"息栗索落"地在那里争食。窗外有几株梧桐,微风动叶,飒飒地响得不已,因为他住在二层楼上,所以梧桐的叶战声,近在他的耳边。他觉得害怕起来,几乎要哭出来了。他对于都市的怀乡病(nostalgia)从未有比那一晚更甚的。

学校开了课,他朋友也渐渐儿地多起来。感受性非常强烈的他的性情,也同天空大地丛林野水融和了。不上半年,他竟变成了一个大自然的宠儿,一刻也离不了那天然的野趣了。

他的学校是在 N 市外,刚才说过 N 市的附近是一大平原,所以四边的地平线,界限广大得很。那时候日本的工业还没有十分发达,人口也还没有增加得同目下一样,所以他的学校的近边,还多是丛林空地,小阜低岗。除了几家与学生做买卖的文房具店及菜馆之外,附近并没有居民。荒野的中间,只有几家为学生而设的旅馆,同晓天的星影一般,散缀在麦田瓜地的中央。晚饭毕后,披了黑呢的缦斗(le manteau),拿了爱读的书,在迟迟不落的夕照中间,散步逍遥,是非常快乐的。他的田园趣味,大约也是在这 idyllic wanderings 的中间养成的。

在生活竞争不十分猛烈,逍遥自在,同中古时代一样的时候,在风气纯良,不与市井小人同处,清闲雅淡的地方,过日子正如做梦一般。他到了 N 市之后,转瞬之间,已经有半载多了。

熏风日夜的吹来,草色渐渐儿地绿起来。旅馆近旁麦田里的麦穗,也一寸一寸的长起来了。草木虫鱼都化育起来,他的从始祖传来的苦闷也一日一日的增长起来,他每天早晨,在被窝里犯的罪恶,也一次一次的加起来了。

他本来是一个非常爱高尚洁净的人,然而一到了这邪念发生的时候,他的智力也无用了,他的良心也麻痹了,他从小服膺的"身体发肤,不敢毁伤"的圣训,也不能顾全了。他犯了罪之后,每深自痛悔,切齿的说,下次总不再犯了,然而到了第二天的那个时候,种种幻想,又活泼泼地到他的眼前来。他平时所看见的"伊扶"的遗类,都赤裸裸的来引诱他。中年以后的 Madam 的形体,在他的脑里,比处女更有挑发他情动的地方。他苦闷一场,恶斗一场,终究不得不做她们的俘虏。这样的一次成了两次,两次之后,就成了习惯了。他犯罪之后,每到图书馆里去翻出医书来看,医书上都千篇一律的说,于身体最有害的就是这一种犯罪。从此之后,他的恐惧心也一天一天地增加起来。有一天他不知道从什么地方得来的消息,好像是一本书上说,俄国近代文学的创设者 Gogol 也犯这一宗病,他到死竟没有改过来。他想到了 Gogol 心里就宽了一宽,因为这《死了的灵魂》的著者,也是同他一样的。然而这不过自家对自家的宽慰而已,他的胸里,总有一种非常的忧虑存在那里。

因为他是非常爱洁净的,所以他每天总要去洗澡一次,因为他是非常爱惜身体的,所以他每天总要去吃几个生鸡子和牛乳;然而他去洗澡或吃牛乳鸡子的时候,他总觉得惭愧得很,因为这都是他的犯罪的证据。

他觉得身体一天一天地衰弱起来,记忆力也一天一天地减退了。他又渐渐儿地生了一种怕见人面的心思,见了女子的时候,他觉得更加难受。学校的教科书,他渐渐地嫌恶起来,法国自然派的小说,和中国那几本有名的诲淫小说,他念了又念,几乎记熟了。

有时候他忽然做出一首好诗来,他自家便喜欢得非常,以为他的脑力还没有破坏。那时候他每对着自家起誓说:

"我的脑力还可以使得,还能做得出这样的诗,我以后决不再犯罪了。过去的事实是没法,我以后总不再犯罪了。若从此自新,我的脑力,还是很可以的。"

然而到了紧迫的时候,他的誓言又忘了。

每礼拜四五,或每月的二十六七的时候,他索性尽意的贪起欢来。他的心里想,自下礼拜一或下月初一起,我总不犯罪了。有时候正合到礼拜六或月底的晚上,去剃头洗澡去,以为这就是改过自新的记号,然而过几天,他又不得不吃鸡子和牛乳了。

他的自责心同恐惧心,竟一日也不使他安闲,他的忧郁症也从此厉害起来了。这样的状态继续了一二个月,他的学校里就放了暑假。暑假的两个月内,他受的苦闷,更甚于平时;到了学校开课的时候,他的两颊的颧骨更高起来,他的青灰色的眼窝更大起来,他的一双灵活的瞳仁,变了同死鱼的眼睛一样了。

五

秋天又到了。浩浩的苍空,一天一天地高起来。他的旅馆旁边的稻田,都带起黄金色来。朝夕的凉风,同刀也似的刺到人的心骨里去,大约秋冬的佳日,也不远了。

一礼拜前的有一天午后,他拿了一本 Wordsworth 的诗集,在田塍路上逍遥漫步了半天。从那一天以后,他的循环性的忧郁症,尚未离他的身过。前几天在路上遇着的那两个女学生,常在他的脑里,不使他安静,想起那一天的事情,他还是一个人要红起脸来。

他近来无论上什么地方去,总觉得有坐立难安的样子。他上学校去的时候,觉得他的日本同学都似在那里排斥他。他的几个中国同学,也许久不去寻访了,因为去寻访了回来,他心里反觉得空虚。他的几个中国同学,怎么也不能理解他的心理。他去寻访的时候,总想得些同情回来的,然而谈了几句之后,他又不得不自悔寻访错了。有时候讲得投机,他就任了一时的热意,把他的内外的生活都讲了出来,然而到了归途,他又自悔失言,心理的责备,倒反比不去访友的时候,更加厉害。他的几个中国朋友,因此都说他是染了神经病了。他听了这话之后,对了那几个中国同学,也同对日本学生一样,起了一种复仇的心。他同他的几个中国同学,一日一日地疏远起来。虽在路上,或在学校里遇见的时候,他同那几个中国同学,也不点头招呼。中国留学生开会的时候,他当然是不去出席的。因此他同他的几个同胞,竟宛然成了两家仇敌。

他的中国同学的里边,也有一个很奇怪的人,因为他自家的结婚有些道德上的罪恶,所以他专喜讲人的丑事,以掩己之不善,说他是神经病,也是这一位同学说的。

他交游离绝之后,孤冷得几乎到将死的地步,幸而他住的旅馆里,还有一个主人的女儿,可以牵引他的心,否则他真只能自杀了。他旅馆的主人的女儿,今年正是十七岁,长方的脸儿,眼睛大得很,笑起来的时候,面上有两颗笑靥,嘴里有一颗金牙看得出来,因为她的笑容是非常可爱,所以她也时常在那里笑的。

他心里虽然非常爱她,然而她送饭来或来替他铺被的时候,他总装出一种兀不可犯的样子来。他心里虽想对她讲几句话,然而一见了她,他总不能开口。她进他房里来的时候,他的呼吸竟急促到吐气不出的地步。他在她的面前实在是受苦不起了,所以近来她进他的房里来的时候,他每不得不跑出房外去。然而他思慕她的心情,却一天一天地浓厚起来。有一天礼拜六的晚上,旅馆里的学生,都上 N 市去行乐去。他因为经济困难,所以吃了晚饭,上西面池上去走了一回,回到旅舍里枯坐。

回家来坐了一会,他觉得那空旷的二层楼上,只有他一个人在家。静悄悄的坐了半响,坐得不耐烦起来的时候,他又想跑出外面去。然而要跑出外面去,不得不由主人的房门口经过,因为主人和他女儿的房,就在大门的边上。他记得刚才进来的时候,主人和他的女儿正在那里吃饭。他一想到经过她面前的时候的苦楚,就把跑出外面去的心思丢了。

拿出了一本 G. Gissing 的小说来读了三四页之后,静寂的空气里,忽然传了几声沙沙的泼水声音过来。他静静儿的听了一听,呼吸又一霎时的急了起来,面色也涨红了。迟疑了一会,他就轻轻的开了房门,拖鞋也不拖,幽脚幽手的走下扶梯去。轻轻的开了便所的门,他尽兀兀的站在便所的玻璃窗口偷看。原来他旅馆里的浴室,就在便所的间壁,从便所的玻璃窗里看去,浴室里的动静了了可见。他起初以为看一看就可以走的,然而到了一看之后,他竟同被钉子钉住的一样,动也不能动了。

那一双雪样的乳峰!

那一双肥白的大腿!

这全身的曲线!

呼气也不呼,仔仔细细的看了一会,他面上的筋肉,都发起痉来。愈看愈颤得厉害,他那发颤的前额部竟同玻璃窗冲击了一下。被蒸气包住的那赤裸裸的"伊扶"便发了娇声问说:

"是谁呀……"

他一声也不响,急忙跳出了便所,就三脚两步的跑上楼上去了。

他跑到了房里,面上同火烧的一样,口也干渴了。一边他自家打自家的嘴巴,一边就把他的被窝拿出来睡了。他在被窝里翻来覆去,总睡不着,便立起了两耳,听起楼下的动静来。他听听泼水的声音也息了,浴室的门开了之后,他听见她的脚步声好像是走上楼来的样子。用被包着了头,他心里的耳朵明明告诉他说:

"她已经立在门外了。"

他觉得全身的血液,都往上奔注的样子。心里怕得非常,羞得非常,也喜欢得非常。然而若有人问他,他无论如何,总不肯承认说,这时候他是喜欢的。

他屏住了气息,尖着了两耳听了一会,觉得门外并无动静,又故意咳嗽了一声,门外亦无声响。他正在那里疑惑的时候,忽听见她的声音,在楼下同她的父亲在那里说话。他手里捏了一把冷汗,拼命想听出她的话来,然而无论如何总听不清楚。停了一会,她的父亲高声的笑了起来,他把被蒙头的一罩,咬紧了牙齿说:

"她告诉了他了!她告诉了他了!"

这一天的晚上,他一睡也不曾睡着。第二天的早晨,天亮的时候,他就惊心吊胆的走下楼来。洗了手面,刷了牙,趁主人和他的女儿还没有起来之先,他就同逃也似的出了那个旅馆,跑到外面来。

官道上的沙尘,染了朝露,还未曾干着。太阳已经起来了。

他不问皂白,便一直的往东走去。远远有一个农夫,拖了一车野菜慢慢的走来。那农夫同他擦过的时候,忽然对他说:

"你早啊!"

他倒惊了一跳,那清瘦的脸上,又起了一层红潮,胸前又乱跳起来,他心里想:

"难道这农夫也知道的么?"

无头无脑的跑了好久,他回转头来看看他的学校,已经远得很了。太阳也升高了。他摸摸表看,那银饼大的表,也不在身边。从太阳的角度看起来,大约已经是九点钟前后的样子。他虽然觉得饥饿得很,然而无论如何,总不愿意再回到那旅馆里去,同主人和他的女儿相见。想去买些零食充一充饥,然而他摸摸自家的袋看,袋里只剩了一角二分钱在那里。他到一家乡下的杂货店内,尽那一角二分钱,买了些零碎的食物,想去寻一处无人看见的地方去吃去。走到了一处两路交叉的十字路口,他朝南一望,只见与他的去路横交的那一条自北趋南的路上,行人稀少得很。那一条路是向南的斜低下去的,两面更有高壁在那里,他知道这路是从一条小山中开辟出来的。他刚才走来的那条大道,便是这山的岭脊,十字路当作了中心,与岭脊上的那条大道相交的横路,是两边低斜下去的。在十字路口迟疑了一会,他就取了那一条向南斜下的路走去。走尽了两面的高壁,他的去路就穿入大平原去,直通到彼岸的市内。平原的彼岸有一簇深林,划在碧空的心里,他心里想:

"这大约就是 A 神宫了。"

他走尽了两面的高壁,向左手斜面上一望,见沿高壁的那山面上有一道女墙,围住着几间茅舍,茅舍的门上悬着了"香雪海"三字的一方匾额。他离开了正路,走上几步,到那女墙的门前,顺手的向门一推,那两扇柴门竟自开了。他就随随便便的踏了进去。门内有一条曲径,自门口通过了斜面,直达到山上去的。曲径的两旁,有许多老苍的梅树种在那里,他知道这就是梅林了。顺了那一条曲径,往北的从斜面上走到山顶的时候,一片同图画似的平地,展开在他的眼前。这园自从山脚起,跨有朝南的半山斜面,同顶上的一块平地,布置得非常幽雅。

山顶平地的西面是千仞的绝壁,与隔岸的绝壁相对峙,两壁的中间,便是他刚走过的那一条自北趋南的通路。背临着了那绝壁,有一间楼屋,几间平屋造在那里。因为这几间屋,门窗都闭在那里,他所以知道这定是为梅花开日,卖酒食用的。楼屋的前面,有一块草地,草地中间,有几方白石,围成了一个花圈,圈子里,卧着一枝老梅,那草地的南尽头,山顶的平地正要向南斜下去的地方,有一块石碑立在那里,系记这梅林的历史的。他在碑前的草地上坐下之后,就把买来的零食拿出来吃了。

吃了之后,他兀兀的在草地上坐了一会。四面并无人声,远远的树枝上,时有一声两声的鸟鸣声飞来。他仰起头来看看澄清的碧空,同那皎洁的日轮,觉得四面的树枝房屋,小草飞禽,都一样的在和平的太阳光里,受大自然的化育。他那昨天晚上的犯罪的记忆,正同远海的帆影一般,不知消失到哪里去了。

这梅林的平地上和斜面上,叉来叉去的曲径很多。他站起来走来走去的走了一会,方晓得斜面上梅树的中间,更有一间平屋造在那里。从这一间房屋往东的走去几步,有眼古井,埋在松叶堆中。他摇摇井上的唧筒看,呷呷的响了几声,却抽不起水来。他心里想:

"这园大约只有梅花开的时候,开放一下,平时总没有人住的。"

想到这里他又自言自语的说:

"既然空在这里,我何妨去向园主人去借住借住。"

想定了主意,他就跑下山来,打算去寻园主人去。他将走到门口的时候,却好遇见一个五十来岁的农夫走进园来。他对那农夫道歉之后,就问他说:

"这园是谁的,你可知道?"

"这园是我经管的。"

"你住在什么地方的?"

"我住在路的那面。"

一边这样的说,一边那农民指着通路西边的一间小屋给他看。他向西一看,果然在两边的高壁尽头的地方,有一间小屋在那里。他点了点头,又问说:

"你可以把园内的那间楼屋租给我住住么?"

"可是可以的,你只一个人么?"

"我只一个人。"

"那你可不必搬来的。"

"这是什么缘故呢?"

"你们学校里的学生,已经有几次搬来过了,大约都因为冷静不过,住不上十天,就搬走的。"

"我可同别人不同,你但能租给我,我是不怕冷静的。"

"这样岂有不租的道理,你想什么时候搬来?"

"就是今天午后罢。"

"可以的,可以的。"

"请你就替我扫一扫干净,免得搬来之后着忙。"

"可以可以。再会!"

"再会!"

六

搬进了山上梅园之后,他的忧郁症(Hypochondria)又变起形状来了。

他同他的北京的长兄,为了一些儿细事,竟生起龃龉来。他发了一封长长的信,寄到北京,同他的长兄绝了交。

那一封信发出之后,他呆呆的在楼前草地上想了许多时候。他自家想想看,他便是世界上最不幸的人了。其实这一次的决裂,是发始于他的。同室操戈,事更甚于他姓之相争,自此之后,他恨他的长兄竟同蛇蝎一样。他被他人欺侮的时候,每把他长兄拿出来作比:

"自家的弟兄,尚且如此,何况他人呢!"

他每达到这一个结论的时候,必尽把他长兄待他苛刻的事情,细细回想出来。把各种过去的事迹列举出来之后,就把他长兄判决是一个恶人,他自家是一个善人。他又把自家的好处列举出来,把他所受的苦处,夸大的细数起来。他证明得自家是一个世界上最苦的人的时候,他的眼泪就同瀑布似的流下来。他在那里哭的时候,空中好像有一种柔和的声音在对他说:

"啊呀,哭的是你么?那真是冤屈了你了。像你这样的善人,受世人的那样的虐待,这可真是冤屈了你了。罢了罢了,这也是天命,你别再哭了,怕伤害了你的身体!"

他心里一听到这一种声音,就舒畅起来。他觉得悲苦的中间,也有无穷的甘味在那里。

他因为想复他长兄的仇,所以就把所学的医科丢弃了,改入文科里去。他的意思,以为医科是他长兄要他改的,仍旧改回文科,就是对他长兄宣战的一种明示。并且他由医科改入文科,在高等学校须迟卒业一年。他心里想,迟卒业一年,就是早死一岁,他若因此迟了一年,就到死可以对他长兄含一种敌意。因为他恐怕一二年之后,他们兄弟两人的感情,仍旧和好起来,所以这一次的转科,便是帮他永久敌视他长兄的一个手段。

气候渐渐儿的寒冷起来,他搬上山来之后,已经有一个月了。几日来天气阴郁,灰色的层云,天天挂在空中。寒冷的北风吹来的时候,梅林的树叶,已将凋落起来。

初搬来的时候,他卖了些旧书,买了许多烩饭的器具,自家烧了一个月饭,因为天冷了,他也懒得烧了。他每天的伙食,就一切包给了山脚下的园丁家包办,他近来只同退院的闲僧一样,除了怨人骂己之外,更没有别的事情了。

有一天早晨,他侵早的起来。把朝东的窗门开了之后,他看见前面的地平线上有几缕红云,在那里浮荡。东天半角,反照出一种银红的灰色。因为昨天下了一天微雨,所以他看了这清新的旭日,比平日更添了几分欢喜。他走到山的斜面上,从那古井里汲了水,洗了手面之后,觉得满身的气力,一霎时都回复了转来的样子。他便跑上楼去,拿了一本黄仲则的诗集下来,一边高声朗读,一边尽在那梅林的曲径里,跑来跑去地跑圈子。不多一会,太阳起来了。

从他住的山顶向南方看去,眼下看得出一大平原。平原里的稻田,都尚未收割起。金黄的谷色,以绀碧的天空作了背景,反映着一天太阳的晨光,那风景正同看密来(Millet)的田园清画一般。

他觉得自家好像已经变了几千年前的原始基督教徒的样子,对了这自然的默示,他不觉笑起自家的气量狭小起来。

"饶赦了!饶赦了!你们世人得罪于我的地方,我都饶赦了你们罢!来,你们来,都来同我讲和罢!"

手里拿着了那一本诗集,眼里浮着了两泓清泪,正对了那平原的秋色,呆呆的立在那里想这些事情的时候,他忽听见他的近边,有两人在那里低声的说:

"今晚上你一定要来的哩!"

这分明是男子的声音。

"我是非常想来的,但是恐怕……"

他听了这娇滴滴的女子的声音之后,好像是被电气贯穿了的样子,觉得自家的血液循环都停止了。原来他的身边有一丛长大的苇草生在那里,他立在苇草的右面,那一对男女,大约是在苇草的左面,所以他们两个还不晓得隔着苇草,有人站在那里。那男人又说:

"你心真好,请你今晚来吧,我们到如今还没在被窝里睡过觉。"

"……"

他忽然听见两人的嘴唇,灼灼的好像在那里吮吸的样子。他正同偷了食的野狗一样,就惊心吊胆的把身子屈倒去听了。

"你去死罢,你去死罢,你怎么会下流到这样的地步。"

他心里虽然如此的在那里痛骂自己,然而他那一双尖着的耳朵,却一言半语也不愿意遗漏,用了全副精神在那里听着。

地上的落叶"索息索息"地响了一下。

解衣带的声音。

男人嘶嘶的吐了几口气。

舌尖吮吸的声音。

女人半轻半重,断断续续的说:

"你!……你!……你快……快××罢。……别……别……别被人……被人看见了。"

他的面色,一霎时地变了灰色了。他的眼睛同火也似的红了起来。他的上颚骨同下颚骨呷呷的发起颤来。他再也站不住了。他想跑开去,但是他的两只脚,总不听他的话。他苦闷了一场,听听两人出去了之后,就同落水的猫狗一样,回到楼上房里去,拿出被窝来睡了。

七

他饭也不吃,一直在被窝里睡到午后四点钟的时候才起来。那时候夕阳洒满了远近。平原的彼岸的树林里,有一带苍烟,悠悠扬扬的笼罩在那里。他踉踉跄跄的走下了山,上了那一条自北趋南的大道,穿过了那平原,无头无绪的尽是向南的走去。走尽了平原,他已经到了Ａ神宫前的电车停留处了。那时候却恰好从南面有一乘电车到来,他不知不觉就乘了上去,既不知道他究竟为什么要乘电车,也不知道这电车是往什么地方去的。

走了十五六分钟,电车停了,运车的教他换车,他就换了一乘车。走了二三十分钟,电车又停了,他听见说是终点了,他就走了下来。他的面前就是筑港了。

前面一片汪洋的大海,横在午后的太阳光里,在那里微笑。超海而南有一发青山,隐隐的浮在透明的空气里。西边是一脉长堤,直驰到海湾的心里去。堤外有一处灯台,同巨人似的立在那里。几艘空船和几只舢板,轻轻地在系着的地方浮荡。海中近岸的地方,有许多浮标,饱受了斜阳,红红的,浮在那里。远处风来,带着几句单调的话声,既听不清楚是什么话,也不知道是从那里来的。

他在岸边上走来走去走了一会,忽听见那一边传过了一阵击磬的声来。他跑过去一看,原来是为唤渡船而发的。他立了一会,看有一只小火轮从对岸过来了。跟着了一个四五十岁的工人,他也进了那只小火轮去坐下了。

渡到东岸之后,上前走了几步,他看见靠岸有一家大庄子在那里。大门开得很大,庭内的假山花草,布置得楚楚可爱。他不问是非,就蹩了进去。走不上几步,他忽听得前面家中有女人的娇声叫他说:

"请进来吓!"

他不觉惊了一头,就呆呆的站住了。他心里想:

"这大约就是卖酒食的人家,但是我听见说,这样的地方,总有妓女在那里的。"

一想到这里,他的精神就抖擞起来,好像是一桶冷水浇上身来的样子。他的面色立时变了。要想进去又不能进去,要想出来又不得出来,可怜他那同兔儿似的小胆,同猿猴似的淫心,竟把他陷到一个大大的难境里去了。

"进来吓!请进来吓!"里面又娇滴滴的叫了起来,带着笑声。

"可恶东西,你们竟敢欺我胆小么?"

这样地怒了一下,他的面色更同火也似的烧了起来。咬紧了牙齿,把脚在地上轻轻的蹬了一蹬,他就捏了两个拳头向前进去,好像是对了那几个年轻的侍女宣战的样子。但是他那青一阵红一阵的面色,和他的面上微微儿在那里震动的筋肉,他总隐藏不过。他走到那几个侍女的面前的时候,几乎要同小孩似的哭出来了。

"请上来!"

"请上来!"

他硬了头皮,跟了一个十七八岁的侍女走上楼去,那时候他的精神已经有些镇静下来了。走了几步,经过一条暗暗的夹道的时候,一阵恼人的粉花香气,同日本女人特有的一种肉的香味,和头发上的香油气息合作了一处,扑上他的鼻孔里来。他立刻觉得头晕起来,眼睛里看见了几颗火星,向后边跌也似的退了一步。他再定睛一看,只见他的前面黑暗暗的中间,有一长圆形的女人的粉面,堆着了微笑在那里问他说:

"你!你还是上靠海的地方去呢?还是怎样?"

他觉得女人口里吐出来的气息,也热和和地喷上他的面来。他不知不觉把这气息深深的吸了一口。他的意识,感觉到他这行为的时候,他的面色又立刻红了起来。他不得已只能含含糊糊的答应她说:

"上靠海的房间去。"

进了一间靠海的小房间,那侍女便问他要什么菜。他就回答说:

"随便拿几样来罢。"

"酒要不要?"

"要的。"

那侍女出去之后,他就站起来推开了纸窗,从外边放了一阵空气进来。因为房里的空气沉浊得很,他刚才在夹道中闻过的那一阵女人的香味,还剩在那里,他实在是被这一阵气味压迫不过了。

一湾大海,静静的浮在他的面前。外边好像是起了微风的样子,一片一片的海浪,受了阳光的返照,同金鱼的鱼鳞似的,在那里微动。他立在窗前看了一会,低声的吟了一句诗出来:

"夕阳红上海边楼。"

他向西一望,见太阳离西南的地平线只有一丈多高了。呆呆的看了一会,他的心思怎么也离不开刚才的那个侍女。她的口里的头上的面上的和身体上的那一种香味,怎么也不容他的心思去想别的东西。他才知道他想吟诗的心是假的,想女人的肉体的心是真的了。

停了一会,那侍女把酒菜搬了进来,跪坐在他的面前,亲亲热热的替他上酒。他心里想仔仔细细的看她一看,把他的心里的苦闷都告诉了她,然而他的眼睛怎么也不敢平视她一眼,他的舌根,怎么也不能摇动一摇动。他不过同哑子一样,偷看着她那搁在膝上的一双纤嫩的白手,同衣缝里露出来的一条粉红的围裙角。

原来日本的妇人都不穿裤子,身上贴肉只围着一条短短的围裙。外边就是一件长袖的衣服,衣服上也没有钮扣,腰里只缚着一条一尺多宽的带子,后面结着一个方结。她们走路的时候,前面的衣服每一步一步的掀开来,所以红色的围裙,同肥白的腿肉,每能偷看。这是日本女子特别的美处。他在路上遇见女子的时候,注意的就是这些地方。他切齿的痛骂自己,畜生!狗贼!卑怯的人!也便是这个时候。

他看了那侍女的围裙角,心头便乱跳起来。愈想同她说话,他觉得愈讲不出话来。大约那侍女是看得不耐烦起来了,便轻轻的问他说:

"你府上是什么地方?"

一听了这一句话,他那清瘦苍白的面上,又起了一层红色;含含糊糊的回答了一声,他讷讷地总说不出话来。可怜他又站在断头台上了。

原来日本人轻视中国人,同我们轻视猪狗一样。日本人都叫中国人作"支那人",这"支那人"三字,在日本,比我们骂人的"贱贼"还更难听,如今在一个如花的少女前头,他不得不自认说"我是支那人"了。

"中国呀中国,你怎么不强大起来!"

他全身发起抖来,他的眼泪又快滚下来了。

那侍女看他发颤发得厉害,就想让他一个人在那里喝酒,好教他把精神安定安定,所以对他说:

"酒就快没有了,我再去拿一瓶来罢。"

停了一会,他听得那侍女的脚步声又走上楼来。他以为她是上他这里来的,所以就把衣服整了一整,姿势改了一改。但是他被她欺骗了。她原来是领了两三个另外的客人,上间壁的那一间房间里去的。那两三个客人都在那里对那侍女取笑,那侍女也娇滴滴的说:

"别胡闹了,间壁还有客人在那里。"

他听了就立刻发起怒来。他心里骂他们说:

"狗才!俗物!你们都敢来欺侮我么?复仇复仇,我总要复你们的仇。世间哪里有真心的女子!那侍女的负心东西,你竟敢把我丢了么?罢了罢了,我再也不爱女人了,我再也不爱女人了。我就爱我的祖国,我就把我的祖国当作了情人罢。"

他马上就想跑回去发愤用功。但是他的心里,却很羡慕那间壁的几个俗物。他的心里,还有一处地方在那里盼望那个侍女再回到他这里来。

他按住了怒,默默的喝干了几杯酒,觉得身上热起来。打开了窗门,他看看太阳就快要下山去了。又连饮了几杯,他觉得他面前的海景都朦胧起来。西面堤外的灯台的黑影,长大了许多。一层茫茫的薄雾,把海天融混作了一处。在这一层浑沌不明的薄纱影里,西方那将落不落的太阳,好像在那里惜别的样子。他看了一会,不知道是什么缘故,只觉得好笑。呵呵的笑了一回,他用手擦擦自家那火热的双颊,便自言自语的说:

"醉了醉了!"

那侍女果然进来了。见他红了脸,立在窗口在那里痴笑,便问他说:

"窗开了这样大,你不冷的么?"

"不冷不冷,这样好的落照,谁舍得不看呢?"

"你真是一个诗人呀!酒拿来了。"

"诗人!我本来是一个诗人。你去把纸笔拿了来,我马上写首诗给你看看。"

那侍女出去了之后,他自家觉得奇怪起来。他心里想:

"我怎么会变了这样大胆的?"

痛饮了几杯新拿来的热酒,他更觉得快活起来,又禁不得呵呵地笑了一阵。他听见间壁房间里的那几个俗物,高声的唱起日本歌来,他也放大了嗓子唱着说:

"醉拍阑干酒意寒,江湖寥落又冬残。

剧怜鹦鹉中州骨,未拜长沙太傅官。

一饭千金图报易,五噫几辈出关难。

茫茫烟水回头望,也为神州泪暗弹。"

高声地念了几遍,他就在席上醉倒了。

八

一醉醒来,他看看自家睡在一条红绸的被里,被上有一种奇怪的香气。这一间房间也不很大,但已不是白天的那一间房间了。房中挂着一张十烛光的电灯,枕头边上摆着了一壶茶,两只杯子。他倒了二三杯茶,喝了之后,就跟跟跄跄的走到房外去。他开了门,却好白天的那侍女也跑过来了。她问他说:

"你!你醒了么?"

他点了一点头,笑微微的回答说:

"醒了。厕所是在什么地方的?"

"我领你去罢。"

他就跟了她去。他走过日间的那道夹道的时候,电灯点得明亮得很。远近有许多歌唱的声音,三弦的声音,大笑的声音,传到他的耳朵里来。白天的情节,他都想了出来。一想到酒醉之后,他对那侍女说的那些话的时候,他觉得面上又发起烧来。

从厕所回到房里之后,他问那侍女说:

"这被是你的么?"

侍女笑着说:

"是的。"

"现在是什么时候了?"

"大约是八点四五十分的样子。"

"你去开了账来罢!"

"是。"

他付清了账,又拿了一张纸币给那侍女,他的手不觉微颤起来。那侍女说:

"我是不要的。"

他知道她是嫌少了。他的面色又涨红了,袋里摸来摸去,只有一张纸币了,他就拿了出来给她说:

"你别嫌少了,请你收了罢。"

他的手震动得更加厉害,他的话声也颤动起来了。那侍女对他看了一眼,就低声的说:

"谢谢!"

他一直的跑下了楼,套上了皮鞋,就走到外面来。

外面冷得非常,这一天大约是旧历的初八九的样子。半轮寒月,高挂在天空的左半边。淡青的圆形天盖里,也有几点疏星,散在那里。

他在海边上走了一回,看看远岸的渔灯,同鬼火似的在那里招引他。细浪中间,映着了银色的月光,好像是山鬼的眼波,在那里开闭的样子。不知是什么道理,他忽想跳入海里去死了。

他摸摸身边看,乘电车的钱也没有了。想想白天的事情看,他又不得不痛骂自己。

"我怎么会走上那样的地方去的?我已经变了一个最下等的人了。悔也无及,悔也无及。我就在这里死了罢。我所求的爱情,大约是求不到了。没有爱情的生涯,岂不同死灰一样么?唉,这干燥的生涯,这干燥的生涯,世上的人又都在那里仇视我,欺侮我,连我自家的亲弟兄,自家的手足,都在那里挤我出去到这世界外去。我将何以为生,我又何必生存在这多苦的世界里呢!"

想到这里,他的眼泪就连连续续的滴下来。他那灰白的面色,竟同死人没有分别了。他也不举起手来揩揩眼泪,月光射到他的面上,两条泪线,倒变了叶上的朝露一样放起光来。他回转头来,看看他自家的那又瘦又长的影子,不觉心痛起来。

"可怜你这清影,跟了我二十一年,如今这大海就是你的葬身地了。我的身子,虽然被人家欺辱,我可不该累你也瘦弱到这地步的。影子呀影子,你饶了我罢!"

他向西面一看,那灯台的光,一霎变了红一霎变了绿的,在那里尽它的本职。那绿的光射到海面上的时候,海面就现出一条淡青的路来。再向西天一看,他只见西方青苍苍的天底下,有一颗明星,在那里摇动。

"那一颗摇摇不定的明星的底下,就是我的故国。也就是我的生地。我在那一颗星的底下,也曾送过十八个秋冬。我的乡土吓,我如今再不能见你的面了。"

他一边走着,一边尽在那里自伤自悼的想这些伤心的哀话。走了一会,再向那西方的明星看了一眼,他的眼泪便同骤雨似的落下来。他觉得四边的景物,都模糊起来。把眼泪揩了一下,立住了脚,长叹了一声,他便断断续续的说:

"祖国呀祖国!我的死是你害我的!

"你快富起来,强起来罢!

"你还有许多儿女在那里受苦呢!"

一九二一年五月九日改作

作者简介

郁达夫(1896—1945),原名郁文,字达夫,浙江富阳人。他是才华横溢、情感恣肆的浪漫感伤型作家。1913年赴日留学,其在日本期间写的三篇小说《银灰色的死》《沉沦》《南迁》,都以留学生活为题材。1921年这三篇小说以"创造社丛书"的名义,以《沉沦》为名集结出版,这是作者的第一个短篇小说集,也是中国现代文学史上第一部现代白话短篇小说集。

其代表小说有《沉沦》《春风沉醉的晚上》《茑萝行》《迟桂花》《马缨花开的时候》等。他是自我抒情小说最重要的开创者之一。

作品赏析

本文的主人公是有着严重忧郁症的"零余者"。"零余者"意指五四时期一部分歧路彷徨的知识青年,他们是遭社会挤压而无力把握自己命运的小人物,是被压迫被损害的弱者。这些"零余者"同现实世界往往势不两立,宁愿穷困自戕,也不愿与黑暗势力同流合污。这些形象实际上是对自己精神困境的一种自述,并通过考问自己来探索五四知识分子的精神世界。"零余者"所表现出来的主要的特点:怀才不遇,有着报国无门的怨恨;时常失业,贫困的阴影一直伴着他们;有正义感,愤世嫉俗,然软弱无力;自卑颓唐,感伤忧郁,内向而多敏感,孤傲复又自卑,纵情酒色以致心理变态,有着感伤放荡且愤世嫉俗的二重性心理。

郁达夫塑造的这类青年知识分子形象,暴露了他们的弱点,对唤起他们去追求正确的道路,有着深刻的时代意义。比较复杂的是小说中病态性欲的描写,这是最容易遭到非议的。《沉沦》中,"他"由从小服膺的"身体发肤不敢毁伤"的圣训,到偷看少女洗澡,偷听青年情侣野合,再到进妓院,陷污泥而不能自拔,这些肮脏行为,使他自悔自恨,从而把他推向决心自杀的思想境地。郁达夫如此大胆地在作品中直接写"情欲",特别是病态性心理,也是在试图用一种新的态度,用民主与科学的眼光,剖析和表现人的生命中所包孕的情欲问题,如日记中写道:"知识我也不要,名誉我也不要,我只要一个安慰我体谅我的'心',一副白热的心肠!从这一副心肠里生出来的同情!从同情而来的爱情!"因而,这实际上也是对虚伪的传统道德以及国人矫饰习惯的一种挑战。郁达夫受西方人道主义特别是卢梭"返归自然"思想的影响,主张个性解放,主张人的一切合理欲求的自然发展,他认为"情欲"作为人的自然天性是应该在艺术中得以正视和表现的。作者还受到日本"私小说"的影响。"私小说"是日本近代小说的一种特殊形式,它以作家的身边事情作为题材,大胆地描写灵与肉的冲突。在日本写"私小说"的作家中,有一位带有世纪末情调的佐藤春夫对郁达夫的影响最大。所以,《沉沦》等作品发表后引起了强烈的社会反响。正如郭沫若在《郁达夫论》中说:"他的清新的笔调,在中国的枯槁的社会里面好像吹来了一股春风,立刻吹醒了当时的无数青年的心。他那大胆的自我暴露,对于深藏在千年万年背甲里面的士大夫的虚伪,完全是一种暴风雨式的闪击,把一些假道学、假才子们震惊得至于狂怒了。为什么?就因为有这露骨的直率,使他们感受着作假的困难。"

《沉沦》表现出浓厚的伤感抒情。抒情性就是以情感为主要表现对象,在郁达夫小说中,情节居于次要的地位,郁达夫不喜欢叙述外部的事件,他感兴趣的是人物内心丰富的世界。郁达夫的小说从结构而言偏向散文化。他的小说以抒情为中轴而轻视情节的营构,必然造就其小说的散文化倾向。同时,郁达夫的文笔流丽清新,写知识青年的"生的苦闷"和"性的苦闷",用大量内心独白似的话语描写多情敏感的情绪变化,语言贴合知识青年心境,又无欧式语言的拿腔拿调,有清新自然之感。

推荐阅读

1. 《一份率真,一份才情》(选自《郁达夫名作欣赏》),温儒敏主编,中国和平出版社,1998年。
2. 《郁达夫文集》,郁达夫著,花城出版社,1983年。
3. 《沉沦:她是一个弱女子》,郁达夫著,人民文学出版社,2023年.

思考题

1. 评析《沉沦》中的"零余者"形象。
2. 结合作品分析"自叙传抒情小说"的特点。

缀网劳蛛

许地山

"我像蜘蛛,
　　命运就是我的网。"
我把网结好,
　　还住在中央。

呀,我的网甚时节受了损伤!
　　这一坏,教我怎地生长?
生的巨灵说:"补缀补缀吧。
　　世间没有一个不破的网。"

我再结网时,
　　要结在玳瑁梁栋
　　珠玑帘栊;
或结在断井颓垣
　　荒烟蔓草中呢?
生的巨灵按手在我头上说:
　　"自己选择去吧,
　　你所在的地方无不兴隆、亨通。"
虽然,我再结的网还是像从前那么脆弱,
　　敌不过外力冲撞;
我网的形式还要像从前那么整齐——
　　平行的丝连成八角、十二角的形状么?
他把"生的万花筒"交给我,说:
"望里看吧,
　　你爱怎样,就结成怎样。"

呀,万花筒里等等的形状和颜色

仍与从前没有什么差别！
求你再把第二个给我，
　　我好谨慎地选择。
"咄咄！贪得而无智的小虫！
　　自而今回溯到濛鸿，
　　　　从没有人说过里面有个形式与前相同。
去吧，生的结构都由这几十颗'彩琉璃屑'幻成种种，
不必再看第二个生的万花筒。"

那晚上底月色格外明朗，只是不时来些微风把满园的花影移动得不歇地作响。素光从椰叶下来，正射在尚洁和她的客人史夫人身上。她们二人的容貌，在这时候自然不能认得十分清楚，但是二人对谈的声音却像幽谷底回响，没有一点模糊。

周围的东西都沉默着，像要让她们密谈一般：树上的鸟儿把喙插在翅膀底下；草里的虫儿也不敢做声；就是尚洁身边那只玉狸，也当主人所发的声音为催眠歌，只管躬躬地沉睡着。她用纤手抚着玉狸，目光注在她的客人身上，懒懒地说："夺魁嫂子，外间的闲话是听不得的。这事我全不计较——我虽不信定命的说法，然而事情怎样来，我就怎样对付，毋庸在事前预先谋定什么方法。"

她的客人听了这场冷静的话，心里很是着急，说："你对于自己的前程太不注意了！若是一个人没有长久的顾虑，就免不了遇着危险，外人的话虽不足信，可是你得把你底态度显示得明了一点，教人不疑惑你才是。"

尚洁索性把玉狸抱在怀里，低着头，只管摩弄。一会儿，她才冷笑了一声，说："吓吓，夺魁嫂子，你的话差了，危险不是顾虑所能闪避的。后一小时的事情，我们也不敢说准知道，哪里能顾到三四个月、三两年那么长久呢？你能保我待一会不遇着危险，能保我今夜里睡得平安么？纵使我准知道今晚上会遇着危险，现在的谋虑也未必来得及。我们都在云雾里走，离身二三尺以外，谁还能知道前途的光景呢？经里说：'不要为明日自夸，因为一日要生何事，你尚且不能知道。'这句话，你忘了么？唉，我们都是从渺茫中来，在渺茫中住，望渺茫中去。若是怕在这条云封雾锁的生命路程里走动，莫如止住你的脚步；若是你有漫游的兴趣，纵然前途和四围的光景暧昧，不能使你赏心快意，你也是要走的。横竖是往前走，顾虑什么？

"我们从前的事，也许你和一般侨寓此地的人都不十分知道。我不愿意破坏自己的名誉，也不忍教他出丑。你既是要我把态度显示出来，我就得略把前事说一点给你听，可是要求你暂时守这个秘密。

"论理，我也不是他的……"

史夫人没等她说完，早把身子挺起来，作很惊讶的样子，回头用焦急的声音说："什么？这又奇怪了！"

"这倒不是怪事，且听我说下去。你听这一点，就知道我的全意思了。我本是人家的童养媳，一向就不曾和人行过婚礼——那就是说，夫妇的名分，在我身上用不着。当时，我并不是爱他，不过要仗着他的帮助，救我脱出残暴的婆家。走到这个地方，依着时势的境

遇,使我不能不认他为夫……"

"原来你们的家有这样特别的历史。……那么,你对于长孙先生可以说没有精神的关系,不过是不自然的结合罢了。"

尚洁庄重地回答说:"你的意思是说我们没有爱情么?诚然,我从不曾在别人身上用过一点男女底爱情;别人给我的,我也不曾辨别过那是真的,这是假的。夫妇,不过是名义上的事;爱与不爱,只能稍微影响一点精神的生活,和家庭底组织是毫无关系的。

"他怎样想法子要奉承我,凡认识我的人都觉得出来。然而我却没有领他的情,因为他从没有把自己的行为检点一下。他的嗜好多,脾气坏,是你所知道的。我一到会堂去,每听到人家说我是长孙可望的妻子,就非常的惭愧。我常想着从不自爱的人所给的爱情都是假的。

"我虽然不爱他,然而家里的事,我认为应当替他做的,我也乐意去做。因为家庭是公的,爱情是私的。我们两人的关系,实在就是这样。外人说我和谭先生的事,全是不对的。我的家庭已经成为这样,我又怎能把它破坏呢?"

史夫人说:"我现在才看出你们的真相,我也回去告诉史先生,教他不要多信闲话。我知道你是好人,是一个纯良的女子,神必保佑你。"说着,用手轻轻地拍一拍尚洁的肩膀,就站立起来告辞。

尚洁陪她在花阴底下走着,一面说:"我很愿意你把这事的原委单说给史先生知道。至于外间传说我和谭先生有秘密的关系,说我是淫妇,我都不介意。连他也好几天不回来啦。我估量他是为这事生气,可是我并不辩白。世上没有一个人能够把真心拿出来给人家看;纵然能够拿出来,人家也看不明白,那么,我又何必多费唇舌呢?人对于一件事情一存了成见,就不容易把真相观察出来。凡是人都有成见,同一件事,必会生出歧异的评判,这也是难怪的。我不管人家怎样批评我,也不管他怎样疑惑我,我只求自己无愧,对得住天上底星辰和地下底蟪蚁便了。你放心吧,等到事情临到我身上,我自有方法对付。我的意思就是这样,若是有工夫,改天再谈吧。"

她送客人出门,就把玉狸抱到自己房里。那时已经不早,月光从窗户进来,歇在椅桌、枕席之上,把房里的东西染得和铅制的一般。她伸手向床边按了一按铃子,须臾,女佣妥娘就上来。她问:"佩荷姑娘睡了么?"妥娘在门边回答说:"早就睡了。消夜已预备好了,端上来不?"她说着,顺手把电灯拧着,一时满屋里都着上颜色了。

在灯光之下,才看见尚洁斜倚在床上。流动的眼睛,软润的颔颊,玉葱似的鼻,柳叶似的眉,桃绽似的唇,衬着蓬乱的头发……凡形体上各样的美都凑合在她头上。她的身体,修短也很合度。从她口里发出来的声音都合音节,就是不懂音乐的人,一听了她的话语,也能得着许多默感。她见妥娘把灯拧亮了,就说:"把它拧灭了吧。光太强了,更不舒服。方才我也忘了留史夫人在这里消夜。我不觉得十分饥饿,不必端上来,你们可以自己方便去。把东西收拾清楚,随着给我点一支洋烛上来。"

妥娘遵从她底命令,立刻把灯灭了,接着说:"相公今晚上也许又不回来,可以把大门扣上吗?"

"是,我想他永远不回来了。你们吃完,就把门关好,各自歇息去罢,夜很深了。"

尚洁独坐在那间充满月亮的房里,桌上一支洋烛已燃过三分之二,轻风频拂火焰,眼看那支发光的小东西要泪尽了。她于是起来,把烛火移到屋角一个窗户前头的小几上。那里有一个软垫,几上搁几本经典和祈祷文。她每夜睡前的功课就是跪在那垫上默记三两节经句,或是诵几句祷词。别的事情,也许她会忘记,惟独这圣事是她所不敢忽略的。她跪在那里冥想了许久,睁眼一看,火光已不知道在什么时候从烛台上逃走了。

她立起来,把卧具整理妥当,就躺下睡觉。可是她怎能睡着呢? 呀,月亮也循着宾客的礼,不敢相扰,慢慢地辞了她,走到园里和它的花草朋友、木石知交周旋去了!

月亮虽然辞去,她还不转眼地望着窗外的天空,像要诉她心中的秘密一般。她正在床上辗来转去,忽听园里"嚯嚯"一声,响得很厉害。她起来,走到窗边,往外一望,但见一重一重的树影和夜雾把园里盖得非常严密,教她看不见什么。于是她蹑步下楼,唤醒妥娘,命她到园里去察看那怪声底出处。妥娘自己一个人哪里敢出去;她走到门房把团哥叫醒,央他一同到围墙边察一察。团哥也就起来了。

妥娘去不多会,便进来回话。她笑着说:"你猜是什么呢? 原来是一个蹇运的窃贼摔倒在我们底墙根。他底腿已摔坏了,脑袋也撞伤了,流得满地都是血,动也动不得了。团哥拿着一枝荆条正在抽他哪。"

尚洁听了,一霎时前所有的恐怖情绪一时尽变为慈祥的心意。她等不得回答妥娘,便跑到墙根。团哥还在那里,"你这该死的东西……不知厉害的坏种! ……"一句一鞭,打骂得很高兴。尚洁一到,就止住他,还命他和妥娘把受伤的贼扛到屋里来。她吩咐让他躺在贵妃榻上。仆人们都显出不愿意的样子,因为他们想着一个贼人不应该受这么好的待遇。

尚洁看出他们底意思,便说:"一个人走到做贼的地步是最可怜悯的,若是你们不得着好机会,也许……"她说到这里,觉得有点失言,教她底佣人听了不舒服,就改过一句说话:"若是你们明白他的境遇,也许会体贴他。我见了一个受伤的人,无论如何,总得救护的。你们常常听见'救苦救难'的话,遇着忧患的时候,有时也会脱口地说出来,为何不从'他是苦难人'那方面体贴他呢? 你们不要怕他的血沾脏了那垫子,尽管扶他躺下罢。"团哥只得扶他躺下,口里沉吟地说:"我们还得为他请医生去么?"

"且慢,你把灯移近一点,待我来看一看。救伤的事,我还在行。妥娘,你上楼去把我们那个常备药箱,捧下来。"又对团哥说:"你去倒一盆清水来吧。"

仆人都遵命各自干事去了。那贼虽闭着眼,方才尚洁所说的话,却能听得分明。他心里的感激可使他自忘是个罪人,反觉他是世界里一个最能得人爱惜的青年。这样的待遇,也许就是他生平第一次得着的。他呻吟了一下,用低沉的声音说:"慈悲的太太,菩萨保佑慈悲的太太!"

那人的太阳边受的伤很重,腿部倒不十分厉害。她用药棉蘸水轻轻地把伤处周围的血迹涤净,再用绷带裹好。等到事情做得清楚,天早已亮了。

她正转身要上楼去换衣服,蓦听得外面敲门的声很急,就止步问说:"谁这么早就来敲门呢?"

"是警察吧。"

妥娘提起这四个字,叫她很着急。她说:"谁去告诉警察呢?"那贼躺在贵妃榻上,一听见警察要来,恨不能立刻起来跪在地上求恩。但这样的行动已从他那双劳倦的眼睛表白出来了。尚洁跑到他跟前,安慰他说:"我没有叫人去报警察……"正说到这里,那从门外来的脚步已经踏进来。

来的并不是警察,却是这家的主人长孙可望。他见尚洁穿着一件睡衣站在那里和一个躺着的男子说话,心里的无明怒火已从身上八万四千个毛孔里发射出来。他第一句就问:

"那人是谁?"

这个问题实在教尚洁不容易回答,因为她从不曾问过那受伤者的名字,也不便说他是贼。

"他……他是受伤的人……"

可望不等说完,便拉住她的手,说:"你办的事,我早已知道。我这几天不回来,正要侦察你的动静,今天可给我撞见了。我何尝辜负你呢?一同上去吧,我们可以慢慢地谈。"不由分说,拉着她就往上跑。

妥娘在旁边,看得情急,就大声嚷着:"他是贼!"

"我是贼,我是贼!"那可怜的人也嚷了两声。可望只对着他冷笑,说:"我明知道你是贼。不必报名,你且歇一歇吧。"

一到卧房里,可望就说:"我且问你,我有什么对你不起的地方?你要入学堂,我便立刻送你去;要到礼拜堂听道,我便特地为你预备车马。现在你有学问了,也入教了;我且问你,学堂教你这样做,教堂教你这样做么?"

他的话意是要诘问她为什么变心,因为他许久就听见人说尚洁嫌他鄙陋不文,要离弃他去嫁给一个姓谭的。夜间的事,他一概不知,他进门一看尚洁的神色,老以为她所做的是一段爱情把戏。在尚洁方面,以为他是不喜欢她这样待遇窃贼。她的慈悲性情是上天所赋,她也觉得这样办,于自己的信仰和所受的教育没有冲突,就回答说:"是的,学堂教我这样做,教会也教我这样做。你敢是……"

"是么?"可望喝了一声,猛将怀中小刀取出来向尚洁底肩膀上一击。这不幸的妇人立时倒在地上,那玉白的面庞已像溃在胭脂膏里一样。

她不说什么,但用一种沉静的和无抵抗的态度,就足以感动那愚顽的凶手。可望见此情景,心中恐怖的情绪已把凶猛的怒气克服了。他不再有什么动作,只站在一边出神。他看尚洁动也不动一下,估量她是死了;那时,他觉得自己的罪恶压住他,不许再逗留在那里,便溜烟似地往外跑。

妥娘见他跑了,知道楼上必有事故,就赶紧上来。她看尚洁那样子,不由得"啊,天公!"喊了一声,一面上去,要把她搀扶起来。尚洁这时,眼睛略略睁开,像要对她说什么,只是说不出。她指着肩膀示意,妥娘才看见一把小刀插在她肩上。妥娘的手便即酥软,周身发抖,待要扶她,也没有气力了。她含泪对着主妇说:"容我去请医生罢。"

"史……史……"妥娘知道她是要请史夫人来,便回答说:"好,我也去请史夫人来。"她教团哥看门,自己雇一辆车找救星去了。

医生把尚洁扶到床上,慢慢施行手术;赶到史夫人来时,所有的事情都弄清楚啦。医生对史夫人说:"长孙夫人的伤不甚要紧,保养一两个星期便可复元。幸而那刀从肩胛骨外面脱出来,没有伤到肺叶——那两个创口是不要紧的。"

医生辞去以后,史夫人便坐在床沿用法子安慰她。这时,尚洁的精神稍微恢复,就对她的知交说:"我不能多说话,只求你把底下那个受伤的人先送到公医院去;其余的,待我好了再给你说……唉,我的嫂子,我现在不能离开你,你这几天得和我同在一块儿住。"

史夫人一进门就不明白底下为什么躺着一个受伤的男子。妥娘去时,也没有对她详细地说。她看见尚洁这个样子,又不便往下问。但尚洁的颖悟性从不会被刀所伤,她早明白史夫人猜不透这个闷葫芦,就说:"我现在没有气力给你细说,你可以向妥娘打听去。就要速速去办,若是他回来,便要害了他的性命。"

史夫人照她所吩咐的去做;回来,就陪着她在房里,没有回家。那四岁的女孩佩荷更不知道这是怎么一回事,还是啼啼笑笑,过她的平安日子。

一个星期,两个星期,在她病中默默地过去。她也渐次复元了。她想许久没有到园里去,就央求史夫人扶着她慢慢走出来。她们穿过那晚上谈话的柳荫,来到园边一个小亭下,就歇在那里。她们坐的地方满开了玫瑰,那清静温香的景色委实可以消灭一切忧闷和病害。

"我已忘了我们这里有这么些好花,待一会,可以折几枝带回屋里。"

"你且歇歇,我为你选择几枝罢。"史夫人说时,便起来折花。尚洁见她脚下有一朵很大的花,就指着说:"你看,你脚下有一朵很大、很好看的,为什么不把它摘下?"

史夫人低头一看,用手把花提起来,便叹了一口气。

"怎么啦?"

史夫人说:"这花不好。"因为那花只剩地上那一半,还有一边是被虫伤了。她怕说出伤字,要伤尚洁的心,所以这样回答。但尚洁看的明明是一朵好花,直叫递过来给她看。

"夺魁嫂,你说它不好么?我在此中找出道理咧!这花虽然被虫伤了一半,还开得这么好看,可见人的命运也是如此——若不把他的生命完全夺去,虽然不完全,也可以得着生活上一部分的美满,你以为如何呢?"

史夫人知道她联想到自己的事情上头,只回答说:"那是当然的,命运的偃蹇和亨通,于我们的生活没有多大关系。"

谈话之间,妥娘领着史夺魁先生进来。他向尚洁和他的妻子问过好,便坐在她们对面一张凳上。史夫人不管她丈夫要说什么,头一句就问:"事情怎样解决呢?"

史先生说:"我正是为这事情来给长孙夫人一个信。昨天在会堂里有一个很激烈的纷争,因为有些人说可望的举动是长孙夫人迫他做成的,应当剥夺她赴圣筵的权利。我和我奉真牧师在席间极力申辩,终归无效。"他望着尚洁:"圣筵赴与不赴也不要紧。因为我们的信仰决不能为仪式所束缚;我们的行为,只求对得起良心就算了。"

"因为我没有把那可怜的人交给警察,便责罚我么?"

史先生摇头说:"不,不,现在的问题不在那事上头。前天可望寄一封长信到会里,说到你怎样对他不住,怎样想弃绝他去嫁给别人。他对于你和某人、某人往来的地点、时间都说出来。且说,他不愿意再见你的面;若不与你离婚,他永不回家。信他所说的人很多,我们怎样申辩也挽不过来。我们虽然知道事实不是如此,可是不能找出什么凭据来证明。我现在正要告诉你,若是要到法庭去的话,我可以帮你的忙。这里不像我们祖国,公庭上没有女人说话的地位。况且他的买卖起先都是你拿资本出来;要离异时,照法律,最少总得把财产分一半给你。……像这样的男子,不要他也罢了。"

尚洁说："那事实现在不必分辩,我早已对嫂子说明了。会里因为信条的缘故,说我的行为不合道理,便禁止我赴圣筵——这是他们所信的,我有什么可说的呢!"她说到末一句,声音便低下了。她底颜色很像为同会的人误解她和误解道理惋惜。

"唉,同一样道理,为何信仰的人会不一样?"

她听了史先生这话,便兴奋起来,说:"这何必问?你不常听见人说:'水是一样,牛喝了便成乳汁,蛇喝了便成毒液'吗?我管保我所得能化为乳汁,哪能干涉人家所得的变成毒液呢?若是到法庭去的话,倒也不必。我本没有正式和他行过婚礼,自毋须乎在法庭上公布离婚。若说他不愿意再见我的面,我尽可以搬出去。财产是生活的赘瘤,不要也罢,和他争什么?他赐给我的恩惠已是不少,留着给他……"

"可是你一把财产全部让给他,你立刻就不能生活。还有佩荷呢?"

尚洁沉吟半晌便说:"不妨,我私下也曾积聚些少,只不能支持到一年罢了。但不论如何,我总得自己挣扎。至于佩荷……"她又沉思了一会,才续下去说:"好吧,看他的意思怎样,若是他愿意把那孩子留住,我也不和他争。我自己一个人离开这里就是。"

他们夫妇二人深知道尚洁的性情,知道她很有主意,用不着别人指导。并且她在无论什么事情上头都用一种宗教的精神去安排。她的态度常显出十分冷静和沉毅,做出来的事,有时超乎常人意料。

史先生深信她能够解决自己将来的生活,一听了她的话,便不再说什么,只略略把眉头皱了一下而已。史夫人在这两三个星期间,也很为她费了些筹划。他们有一所别业在土华地方,早就想教尚洁到那里去养病;到现在她才开口说:"尚洁妹子,我知道你一定有更好的主意,不过你的身体还不甚复原,不能立刻出去做什么事情,何不到我们的别庄里静养一下,过几个月再行打算?"史先生接着对他妻子说:"这也好。只怕路途远一点,由海船去,最快也得两天才可以到。但我们都是惯于出门的人,海涛的颠簸当然不能制服我们。若是要去的话,你可以陪着去,省得寂寞了长孙夫人。"

尚洁也想找一个静养的地方,不意他们夫妇那么仗义,所以不待踌躇便应许了。她不愿意为自己的缘故教别人麻烦,因此不让史夫人跟着前去。她说:"寂寞的生活是我尝惯的。史嫂子在家里也有许多当办的事情,哪里能够和我同行?还是我自己去好一点。我很感谢你们二位的高谊,要怎样表示我的谢忱,我却不懂得;就是懂,也不能表示得万分之一。我只说一声'感激莫名'便了。史先生,烦你再去问他要怎样处置佩荷,等这事弄清楚,我便要动身。"她说着,就从方才摘下的玫瑰中间选出一朵好看的递给史先生,教他插在胸前的钮门上。不久,史先生也就起立告辞,替她办交涉去了。

土华在马来半岛的西岸,地方虽然不大,风景倒还幽致。那海里出的珠宝不少,所以住在那里的多半是搜宝之客。尚洁住的地方就在海边一丛棕林里。在她的门外,不时看见采珠的船往来于金的塔尖和银的浪头之间。这采珠的工夫赐给她许多教训。因为她这几个月来常想着人生就同入海采珠一样,整天冒险入海里去,要得着多少,得着什么,采珠者一点把握也没有。但是这个感想决不会妨害她的生命。她见那些人每天迷蒙蒙地搜求,不久就理会她在世间的历程也和采珠的工作一样。要得着多少,得着什么,虽然不在她的权能之下,可是她每天总得入海一遭,因为她的本分就是如此。

她对于前途不但没有一点灰心,且要更加奋勉。可望虽是剥夺她们母女的关系,不许佩荷跟着她，然而她仍不忍弃掉她的责任，每月要托人暗地里把吃的用的送到故家去给她女儿。

她现在已变主妇的地位为一个珠商的记室了。住在那里的人，都说她是人家的弃妇，就看轻她，所以她所交游的都是珠船里的工人。那班没有思想的男子在休息的时候，便因着她的姿色争来找她开心。但她的威仪常是调伏这班人的邪念，教他们转过心来承认她是他们的师保。

她一连三年，除干她的正事以外，就是教她那班朋友说几句英吉利语，念些少经文，知道些少常识。在她的团体里，使令、供养，无不如意。若说过快活日子，能像她这样，也就不劣了。

虽然如此，她还是有缺陷的。社会地位，没有她的分；家庭生活，也没有她的分；我们想想，她心里到底有什么感觉？前一项，于她是不甚重要的；后一项，可就缭乱她的衷肠了！史夫人虽常寄信给她，然而她不见信则已，一见了信，那种说不出来的伤感就加增千百倍。

她一想起她的家庭，每要在树林里徘徊，树上的蛸螂常要幻成她女儿的声音对她说："母思儿耶？母思儿耶？"这本不是奇迹，因为发声者无情，听音者有意；她不但对于那些小虫的声音是这样，即如一切的声音和颜色，偶一触着她的感官，便幻成她的家庭了。

她坐在林下，遥望着无涯的波浪，一度一度地掀到岸边，常觉得她的女儿踏着浪花踊跃而来，这也不止一次了。那天，她又坐在那里，手拿着一张佩荷的小照，那是史夫人最近给她寄来的。她翻来翻去地看，看得眼昏了。她猛一抬头，又得着常时所现的异象。她看见一个人携着她的女儿从海边上来，穿过林樾，一直走到跟前。那人说："长孙夫人，许久不见，贵体康健啊！我领你的女儿来找你哪。"

尚洁此时，展一展眼睛，才理会果然是史先生携着佩荷找她来。她不等回答史先生的话，便上前用力搂住佩荷，她的哭声从她爱心的深密处殷雷似地震发出来。佩荷因为不认得她，害怕起来，也放声哭了一场。史先生不知道感触了什么，也在旁边只尽管擦眼泪。

这三种不同情绪的哭泣止了以后，尚洁就呜咽地问史先生说："我实在喜欢。想不到你会来探望我，更想不到佩荷也能来！"她要问的话很多，一时摸不着头绪。只搂定佩荷，眼看着史先生出神。

史先生很庄重地说："夫人，我给你报好消息来了。"

"好消息！"

"你且镇定一下，等我细细地告诉你。我们一得着这消息，我的妻子就教我和佩荷一同来找你。这奇事，我们以前都不知道，到前十几天才听见我奉真牧师说的。我牧师自那年为你的事卸职后，他的生活，你已经知道了。"

"是，我知道。他不是白天做裁缝匠，晚间还做制饼师吗？我信得过，神必要帮助他，因为神的儿子说：'为义受逼迫的人是有福的。'他的事业还顺利吗？"

"倒没有什么过不去的地方。他不但日夜劳动，在合宜的时候，还到处去传福音哪。他现在不用这样地吃苦，因为他的老教会看他的行为，请他回国仍旧当牧师去，在前一个星期已经动身了。"

"是吗！谢谢神！他必不能长久地受苦。"

"就是因为我牧师回国的事，我才能到这里来。你知道长孙先生也受了他的感化么？这事详细地说起来，倒是一种神迹。我现在来，也是为告诉你这件事。

"前几天，长孙先生忽然到我家里找我。他一向就和我们很生疏，好几年也不过访一次，所以这次的来，教我们很诧异。他第一句就问你的近况如何，且诉说他的懊悔。他说这反悔是忽然的，是我牧师警醒他的。现在我就将他的话，照样地说一遍给你听——

"'在这两三年间，我牧师常来找我谈话，有时也请我到他的面包房里去听他讲道。我和他来往那么些次，就觉得他是我的好师傅。我每有难决的事情或疑虑的问题，都去请教他。我自前年生事，二人分离以后，每疑惑尚洁官的操守，又常听见家里佣人思念她的话，心里就十分懊悔。但我总想着，男人说话将军箭，事已做出，那里还有脸皮收回来？本是打算给它一个错到底的。然而日子越久，我就越觉得不对。到我牧师要走，最末次命我去领教训的时候，讲了一个章经，教我很受感动。散会后，他对我说，他盼望我做的是请尚洁官回来。他又念《马可福音》十章给我听，我自得着那教训以后，越觉得我很卑鄙、凶残、淫秽，很对不住婢。现在要求你先把佩荷带去见她，盼望她为女儿的缘故赦我。你们可以先走，我随后也要亲自前往。'

"他说懊悔的话很多，我也不能细说了。等他来时，容他自己对你细说罢。我很奇怪我牧师对于这事，以前一点也没有对我说过，到要走时，才略提一提；反教他来到我那里去，这不是神迹吗？"

尚洁听了这一席话，却没有显出特别愉悦的神色，只说："我的行为本不求人知道，也不是为要得人家的怜恤和赞美；人家怎样待我，我就怎样受，从来是不计较的。别人伤害我，我还饶恕，何况是他呢？他知道自己的鲁莽，是一件极可喜的事。——你愿意到我屋里去看一看吗？我们一同走走罢。"

他们一面走，一面谈。史先生问起她在这里的事业如何，她不愿意把所经历的种种苦处尽说出来，只说："我来这里，几年的工夫也不算浪费，因为我已找着了许多失掉的珠子了！那些灵性的珠子，自然不如入海去探求那么容易，然而我竟能得着二三十颗。此外，没有什么可以告诉你。"

尚洁把她事情结束停当，等可望不来，打算要和史先生一同回去。正要到珠船里和她的朋友们告辞，在路上就遇见可望跟着一个本地人从对面来。她认得是可望，就堆着笑容，抢前几步去迎他，说："可望君，平安哪！"可望一见她，也就深深地行了一个敬礼，说："可敬的妇人，我所做的一切事都是伤害我的身体，和你我二人的感情，此后我再不敢了。我知道我多多地得罪你，实在不配再见你的面，盼望你不要把我的过失记在心中。今天来到这里，为的是要表明我悔改的行为，还要请你回去管理一切所有的。你现在要到哪里去呢？我想你可以和史先生先行动身，我随后回来。"

尚洁见他那番诚恳的态度，比起从前，简直是两个人，心里自然满是愉快，且暗自谢她的神在他身上所显的奇迹。她说："呀！往事如梦中之烟，早已在虚幻里消散了，何必重新提起呢？凡人都不可积聚日间的怨恨、怒气和一切伤心的事到夜里，何况是隔了好几年的事？请你把那些事情搁在脑后罢。我本想到船里去，向我那班同工的人辞行。你怎样不和我们一起回去,还有别的事情要办么？史先生现时在他的别业——就是我住的地方——我们一同到那里去罢,待一会,再出来辞行。"

"不必,不必。你可以去你的,我自己去找他就可以。因为我还有些正当的事情要办。恐怕不能和你们一同回去,什么事,以后我才叫你知道。"

"那么,你教这土人领你去罢,从这里走不远就是。我先到船里,回头再和你细谈。再见哪！"

她从土华回来,先住在史先生家里,意思是要等可望来到,一同搬回她的旧房子去。谁知等了好几天,也不见他的影。她才知道可望在土华所说的话意有所含蓄。可是他到哪里去呢？去干什么呢？她正想着,史先生拿了一封信进来对她说:"夫人,你不必等可望了,明后天就搬回去罢。他寄给我这一封信说,他有许多对不起你的地方,都是出于激烈的爱情所致,因他爱你的缘故,所以伤了你。现在他要把从前邪恶的行为和暴躁的脾气改过来,且要偿还你这几年来所受的苦楚,故不得不暂时离开你。他已经到槟榔屿了。他不直接写信给你的缘故,是怕你伤心,故此写给我,教我好安慰你;他还说从前一切的产业都是你的,他不应独自霸占了许多,要求你尽量地享用,直等到他回来。"

"这样看来,不如你先搬回去,我这里派人去找他回来如何？唉,想不到他一会儿就能悔改到这步田地！"

她遇事本来很沉静,史先生说时,她的颜色从不曾显出什么变态,只说:"为爱情么？为爱而离开我么？这是当然的,爱情本如极利的斧子,用来剥削命运常比用来整理命运的时候多一些。他既然规定他自己的行程,又何必费工夫去寻找他呢？我是没有成见的,事情怎样来,我怎样对付就是。"

尚洁搬回来那天,可巧下了一点雨,好像上天使园里的花木特地沐浴得很妍净来迎接它们的旧主人一样。她进门时,妥娘正在整理厅堂,一见她来,便嚷着:"奶奶,你回来了！我们很想念你哪！你的房间乱得很,等我把各样东西安排好再上去。先到花园去看看罢,你手植各样的花木都长大了。后面那棵释迦头长得像罗伞一样,结果也不少,去看看罢。史夫人早和佩荷姑娘来了,他们现时也在园里。"

她和妥娘说了几句话,便到园里。一拐弯,就看见史夫人和佩荷坐在树荫底下一张凳上——那就是几年前,她要被刺那夜,和史夫人坐着谈话的地方。她走来,又和史夫人并肩坐在那里。史夫人说来说去,无非是安慰她的话。她像不信自己这样的命运不甚好,也不信史夫人用定命论的解释来安慰她,就可以使她满足。然而她一时不能说出合宜的话,教史夫人明白她心中毫无忧郁在内。她无意中一抬头,看见佩荷拿着树枝把结在玫瑰花上一个蜘蛛网撩破了一大部分。她注神许久,就想出一个意思来。

她说:"呀,我给这个比喻,你就明白我的意思。

"我像蜘蛛,命运就是我的网。蜘蛛把一切有毒无毒的昆虫吃入肚里,回头把网组织起来。它第一次放出来的游丝,不晓得要被风吹到多么远,可是等到粘着别的东西的时候,它的网便成了。

"它不晓得那网什么时候会破,和怎样破法。一旦破了,它还暂时安安然然地藏起来,等有机会再结一个好的。

"它的破网留在树梢上,还不失为一个网。太阳从上头照下来,把各条细丝映成七色;

有时粘上些少水珠,更显得灿烂可爱。

"人和他的命运,又何尝不是这样?所有的网都是自己组织得来,或完或缺,只能听其自然罢了。"

史夫人还要说时,妥娘来说屋子已收拾好了,请她们进去看看。于是,她们一面谈,一面离开那里。园里没人,寂静了许久。方才那只蜘蛛悄悄地从叶底出来,向着网的破裂处,一步一步,慢慢补缀。它补这个干什么?因为它是蜘蛛,不得不如此!

作者简介

许地山(1893—1941),名赞堃,字地山,笔名落华生。出生于台湾台南的一个知识分子家庭,日本占领台湾后,随家迁居大陆,成长于闽粤两地。1917年,考入燕京大学。1923—1926年,求学于美国哥伦比亚大学、英国牛津大学。回国后,先后在燕京大学、香港大学任教。他是现代文学史上一位别具一格的小说家、散文家,在学术研究上颇有建树,同时也是一位热心抗日的社会活动家。他还是五四新文化运动先驱者之一,曾和沈雁冰(茅盾)、叶圣陶、郑振铎、周作人等人共同创办了《小说月报》。许地山的主要作品有散文集《空山灵雨》、短篇小说集《缀网劳蛛》《危巢坠简》等。许地山是文学研究会中风格最为奇特的一位重要作家,茅盾称之为"独树一帜"。他小说最引人注目的特点首先是着意于异国(缅甸、印度、新加坡、马来西亚)情调和地方风物的描绘;其次是带有浓厚的宗教氛围;最后就是在情节上,几乎都贯穿着一条爱情的线索。

作品赏析

人生是什么?在这篇小说中许地山的回答是"生本不乐"。他在《空山灵雨·弁言》中说:"自入世以来,屡遭变难,四方流离,未尝宽怀就枕。"这虽然说的是个人遭遇,但也包含着广泛的社会人生内容。他以真挚深沉的笔触,在创作中表现了当时苦难的人生。

通过婚姻和家庭问题揭示人生苦难,是许地山前期(1927年以前)小说的主要内容。

面对苦难的人生,应该采取怎样的态度呢?许地山通过创作表现了自身难以统一的复杂的思想矛盾。首先是献身精神和无力济世的矛盾。在许地山的人生观中,有一种非常可贵的品质,那就是真诚的人道主义精神,这使他深刻地同情人民的苦难,希望尽全力帮助人民摆脱困境。但他在现实生存中又感到自己的渺小和理想的无力实现。

其次是顽强挣扎和乐天安命的矛盾。面对险恶、苦难的人生,许地山在作品中表现出了坚忍不拔、顽强挣扎的精神,他不安于命运的摆布,拼力与命运搏斗。但这种不安于命运摆布的人生态度又与他淡泊恬静、乐天安命的思想相表里,这明显地表现在尚洁的人生哲学中。尚洁把自己的命运比作蜘蛛织网,她说:"我像蜘蛛,命运就是我的网。"而这个命运之网,她认为不是从天而降,也不是别人恩赐,而是"自己组织得来",这表明她不受命运的束缚,但是她又认为,"那网什么时候会破,和怎样破法",人是无法知道的,"只能听其自然"而已,这又陷入了消极的宿命论中。许地山在《空山灵雨》中说:"人到无求,心自清宁,那时既无所造作,亦无所破坏。"这正好与他的积极挣扎的人生态度形成鲜明的对比。总之,在许地山早期的思想中,奋进与退缩,昂扬与消沉,坚韧与柔懦,乐观与迷惘,欢乐与厌世等两种相对立的思想因素是相互交融在作品之中的。

"蜘蛛哲学"是许地山在《缀网劳蛛》中所表达的一种独特而深刻的人生感悟。这种哲学表面看来有些悲观,但实则却是积极乐观的。它告诉人们应该像蜘蛛那样坚韧不拔地补缀个人命运之网,决不因网总被弄破而终止辛勤的劳作,这体现着一种面对困境所具有的积极的生命态度和坚韧不屈的内在精神。"蜘蛛哲学"蕴含着儒释道、基督教多种宗教文化。由于渗透进宗教文化的内涵,"蜘蛛哲学"更具有丰厚性和深邃性,不仅给当时失落颓唐的青年带来精神的鼓舞,同时也对今天浮躁脆弱的人们依然具有深刻的启示意义。

推荐阅读

1. 《论落花生》(选自《沈从文文集》),沈从文著,广州花城出版社,1984年。
2. 《许地山:由传奇到写实》(选自《中国现代小说史》第1卷),杨义著,人民文学出版社,1986年。
3. 《中国现代文学与基督教文化》,许正林,《文学评论》,1999年第5期。

思考题

1. 评析尚洁的性格。
2. 评析《缀网劳蛛》中的宗教色彩。

子　夜

茅　盾

作家简介

茅盾(1896—1981)，原名沈德鸿，字雁冰。浙江嘉兴桐乡人。中国现代著名作家、文学评论家、文化活动家以及社会活动家，五四新文化运动先驱者之一，我国革命文艺奠基人之一。1913年，茅盾考入北京大学预科第一类。预科毕业后，由于家庭经济的窘迫，便开始工作谋生。1916年8月，到上海商务印书馆编译所工作。1927年9月，发表《幻灭》，1928年6月，发表《动摇》《追求》，完成三部曲《蚀》的创作。1929年至1930年，完成了短篇小说集《野蔷薇》和长篇小说《虹》，返回上海后又投入左联的活动。1932年至1937年，是他创作的鼎盛时期。1933年《子夜》出版。"农村三部曲"(《春蚕》《秋收》《残冬》)以及《林家铺子》，是他最为优秀的短篇小说。茅盾在文学理论和文学批评上也有建树。1941年2月，茅盾至香港主编《笔谈》，1942年1月至重庆直至抗战胜利，其间创作了长篇小说《腐蚀》《霜叶红似二月花》等。1949年，他当选为中国文学艺术界联合会副主席和中国文学工作者协会主席；后担任中国文化部部长等职务。茅盾去世后，根据其遗愿，为鼓励优秀长篇小说创作，推动中国社会主义文学的繁荣，中国作家协会设立"茅盾文学奖"。

故事梗概

1930年5月，离上海二百里水路的双桥镇，"土匪"嚣张。邻省共产党红军又有燎原之势。25年从未跨出书斋半步的吴老太爷，不得不让三儿子吴荪甫把他接到上海。

为了入"魔窟"而不堕其"德行"，吴老太爷一路上手捧《太上感应篇》，心念文昌帝君"万恶淫为首，百善孝为先"的告诫。然而，大都市的一切都在无情地刺激着、冲压着他那朽弱的心灵，令他头昏、目眩、心跳……陪伴而来的四小姐蕙芳、七少爷阿萱这一对金童玉女，居然刚坐上汽车就变了，更使他神经炸裂。他憎恨、愤怒，刚进公馆就脑充血而死。

太爷故世，宾客如潮，吴公馆会集了中国社会的各种人物。他们中间有的谈论前方的胜败，有的关心公债的涨跌，有的不满于政府重重叠叠的捐税，有的则抱怨扼人咽喉的金融界，有的做交易，有的来与公馆主妇重温恋爱旧梦，只要可能，都不妨在鼓乐声中纵谈赤裸裸的肉感生活，在灵堂隔壁和交际花徐曼丽调笑戏谑。

公馆主人吴荪甫正值壮年，是工业界的大亨。他身材魁梧，举止威严，浓眉毛，大眼睛,紫酱色方脸上长着许多小疮。正当他忙于丧仪应酬时,家乡的吴府总管费小胡子拍来"四乡农民不稳,镇上兵力单薄,危在旦夕……"的急电,裕华丝厂账房不召自来,报告厂里工人怠工的严重事态;公债魔王赵伯韬和信托公司理事长尚仲礼急着拉他和他姐夫杜竹斋参加秘密多头公司,合股做公债生意;太平洋轮船公司总经理孙吉人和大兴煤矿公司总经理王和甫倡议办一个实业银行之类的机构,也来拉他参加。这一切都要他去权衡、去思考、去决定……事情繁复难理,以精明强干出名的吴荪甫,也禁不住狞笑着发出感叹:"简直是打仗的生活!脚底下全是地雷,随时会爆发起来,把你炸得粉碎!"

吴荪甫毕竟是一个游历过欧美的坚决果断之人。他有胆略,有气魄,也有手腕,他信心十足,当机立断,一方面电告费小胡子,让他安顿好现款,尽可能转移货物;另一方面和杜竹斋联名申请政府火速调保安队去双桥镇。他一面宣布太爷故世,放假半天,把聚众闹事的人分散开;一面命莫干丞等抓紧时间,到工人中去做破坏团结、防止罢工的工作。他要查办有走漏消息嫌疑的小职员屠维岳,却发现这人很有才干,于是立即破格提拔,让他专干收买人心、离间工人、破坏工运的勾当。

吴荪甫认为,虽然自己的目标在实业界,但要发展工业,就要摆脱金融资本的控制。所以,他不仅立即答应和赵伯韬搞多头公司,而且马上和唐云山、孙吉人、王和甫等筹划组织益中信托公司。他不同意让徒有招牌而没有势力的朱吟秋、陈君宜等参加公司,却建议把某一批款放给他们,为吞并他们打下基础。

私下,吴荪甫通过杜竹斋做介绍人,借十五万块钱给朱吟秋,但要朱以干茧作抵押,押期一个月。他期望一个月后挤出朱的干茧,几个月内吞并朱的意大利新式机器。

吴荪甫同时跨上三条火线,急需现款,费小胡子却来报,双桥镇失陷,劫后残余财产只剩六成。吴不在乎损失,但要费连夜赶回去收拾残局,把现款全调到上海来。

公债市场,危机四伏。以美国作后台的金融资本,打算在工业方面发展势力,进而支配工业资本,马上就要由政府用救济实业的名义发一笔数目可观的实业公债。吴荪甫清醒了,弱者不免被强者吞并,自己想吞并较弱的朱吟秋,其实,自己也有被吞并的危险,心情不免暗淡。听说干这样引狼入室勾当的人正是尚仲礼和赵伯韬,吴荪甫进一步断定,什么"公债多头公司",全是圈套,自己上当了。他极为愤怒,想报复,急于知道失败到何种程度,在失败的废墟上建立反攻的阵势。

转眼之间,通过重用屠维岳收买工人,搞破坏工人团结的动作,初见成效,工厂的工潮解决了,吴荪甫去掉了后顾之忧。公债市场,涨风突起,得了个开市大吉。本来就没有绝望的吴荪甫,信心又鼓起来了。

然而,在赵伯韬设下圈套的这场公债仗里,有名的"笑面虎""长线放远鹞"盘剥者冯云卿,惨跌一跤,损失八万多元。何慎庵"十年宦囊尽付东流",李壮飞也和他同病相怜。冯云卿眼见钱囊已空,田产无望,故意纵容自己的独生女儿去做赵伯韬的姘头,以捞取情报。遗憾的是,冯眉卿小姐一心追求个人享乐,连什么是多头、空头都不懂,全然不理解自己的使命,害得冯云卿把"神圣的"一万两银子——眉卿的垫箱钱——也断送在做多头上。

赵伯韬不满于吴荪甫不和他商量就搞益中信托公司,一反前言,要给朱吟秋解决押款问题,除非吴答应让尚仲礼加入公司,当总经理。他还断言,吴荪甫三个月后就会在钱上兜不转,吴荪甫不让步,双方处于僵持状态。居中调解的李玉亭逐渐倒向赵伯韬,认为吴的刚愎自用是祸根,私下怂恿杜竹斋"大义灭亲",对吴施加压力,实现吴赵妥协。

吴荪甫在艰难中实现了吞并朱吟秋的愿望,总资产在两个月内飞跃增加了二十万以上。但堆栈里干茧搁下十多万,丝价狂跌不忍抛售,搁下十多万,家乡也平白搁下十多万,加上新厂旧厂都得付钱,吴荪甫感到从未有过的现款吃紧。益中又做公债,又要办九个厂,资本不够周转,也缺十万多,骑虎难下,吴荪甫多方运作,还是摆布不了。

赵伯韬一放空气,贪利而胆小的杜竹斋,见势不妙,不管吴荪甫怎样拉拢劝说,坚持拆股退出益中信托公司。许多老存户也纷纷来提款,宁愿不要利息。赵的经济封锁,正在变为事实。军阀混战又将开始,公债有猛跌趋势,很可能要遭受更大的损失。

尽管如此,吴荪甫仍然不乏信心地在危机中拼搏:他希望一面利用赵伯韬的姘头徐曼丽卖给自己的情报,在公债上获胜;一面加快整顿工厂的步伐,通过裁减工人、延长工时、扣减工资等一切手段,从工厂里榨取可能在交易里损失的数目。

不料,一切都不顺心。工厂一动就闹罢工,很难收拾;刘玉英、韩孟翔两头取巧,害益中信托公司一下子又损失七八万元;家乡不仅收入全无,还来电求援;弟妹开始反抗自己,自己的妻子似乎也不和自己一条心,有着自己的算盘。姐夫反过来算计自己,赵伯韬又追上来要求再次合作……眼看众叛亲离,资金越来越周转不开,时局和平无望,工厂维持一天就亏本一天,一心发展民族工业的吴荪甫从最有胆量、最有办法的人变得一筹莫展、毫无办法了,他不仅同意把益中八个厂都顶了出去,而且把自己的裕华丝厂和公馆都押了出去,拼上血本,要在公债场上决一死战。

在这个关键时刻,乘虚而入的不是别人,而正是完全了解内幕的杜竹斋。这一打击非同小可,气得吴荪甫差一点举枪自杀。大势已去,前途无望,他连夜带着妻子,逃也似的上庐山避暑去了。

作品赏析

子夜,即半夜子时,十一点到一点的深夜。这个书名暗示了小说所写的故事发生在中国黎明前最黑暗的年代。《子夜》中大规模地描写了20世纪30年代初期的中国社会现象,作品以上海的工业、金融为中心,在1930年5月至7月的历史背景下,呈现出中国社会的急剧变化和时代风貌。

小说共19章,以吴荪甫的活动为中心,以吴荪甫和赵伯韬的矛盾冲突为主线来展开情节。前3章为情节的开端,其中第1章为序幕,引出主人公并交代了背景。第2章是提挈全书的总纲,让作品中的主要人物同时登场,且把作品的主要线索、次要线索都提了出来。第3章承上收束,集中写吴荪甫等人办实业这条主线,由此开拓以下情节。第4~16章为情节的发展部分,写了吴荪甫在各条线索中的初次告捷,吴荪甫与赵伯韬矛盾的酿成,吴荪甫为摆脱赵伯韬的控制而尽力挣扎,以及因此引起的工人风潮;与此同时,在情节发展的过程中,作品还以穿插的形式写了与主线有关的其他内容,诸如双桥镇的农民运动,一群资产阶级少男少女的活动,逃亡地主、官吏的生活等。第17章为情节的高潮,写吴荪甫与赵伯韬的谈判,亦即二人的短兵相接。在赵伯韬的威逼下,吴荪甫精神的堤坝坍塌,由此走上破产的末路。第18、19章为情节的结局,写吴荪甫等作最后的挣扎,背水一战,结果彻底失败,只得破产出走。

《子夜》是一部深刻且广泛地反映20世纪30年代初期社会生活的长篇巨著,写于1931年10月至1932年12月,1933年1月由开明书店出版。这正是无产阶级领导的左翼文学深入发展的历史阶段。它的问世,标志着茅盾的创作已经走向了成熟。他继承了鲁迅所奠定的现实主义传统,把长篇小说创作推向了一个新的发展里程。正如冯雪峰所说:"《子夜》一方面是普罗革命文学里的一部重要著作,另一方面就是五四后的先进的、社会的、现实主义的文学传统之产物与发展。"瞿秋白则肯定道:"这是中国第一部写实主义的成功的长篇小说。""一九三三年在将来的文学史上,没有疑问的要记录《子夜》的出版。"在中国现代小说家中,茅盾是以社会剖析见长的,因此,他被称为"社会剖析派"的代表作家。然而,"人"是他始终关注的中心,只是他所侧重的是历史制约下的人,或者说,他很注重在时代、社会、家庭以及复杂的人际关系中加以塑造。在《子夜》中茅盾塑造"资本家群像",最引人瞩目的有四种类型:吴荪甫式的实业家,赵伯韬式的买办资产阶级,冯云卿式的地主阶级,还有穿梭来往于吴荪甫和赵伯韬之间的面目不一,但本质相同的高级食客与帮闲。

《子夜》所描写的九十多个人物中,民族工业资本家吴荪甫是贯穿全书的中心人物,也是一个描写得最生动、最成功的民族资本家的典型。作者把他放在盘根错节的矛盾中来表现,既描写他发展中国民族工业的进步性,也描写他镇压工农群众运动的反动性,更突出他在同买办资产阶级斗争中的软弱性和妥协性。

吴荪甫是中国现代社会出现的"新人"——与旧的封建地主阶级完全不同的民族资产阶级,他在精神上无疑是西方资产阶级的兄弟。茅盾称他为"二十世纪机械工业时代的英雄、骑士和王子",他有着发展中国独立的民族工业的雄才大略,有着活跃的生命力,刚毅、果断的铁腕魄力,更有着现代科学管理的经营之才。

首先,作者从外貌、声音、举止等方面来刻画吴的性格。外形上,吴荪甫很有特点,紫酱色的一张方脸,浓眉毛,圆眼睛,脸上有许多小疮;四十多岁了,身材魁梧,举止威严,一望而知是颐指气使惯了的"大亨"。从这种特质来看,作者写他的声音,特别注重一个基调是"斩钉截铁"。他总显得不容人,语气中带着肯定、强调或命令,诸如"立刻""一定""要"等词语。如"维岳,'不一定',我不要听,我要的是'一定'!"对姐夫杜竹斋也是如此,如"不行!竹斋!不能那么消极!"他鄙视账房先生莫干丞只会奉承上级,不会开拓视野。他欣赏的是屠维岳那样聪明能干、奸诈、阴险的人物。当然,这也说明他精管理、善用人的一面。他幻想自己爬上垄断资本家的地位,"高大的烟囱如林,在吐着黑烟;轮船在乘风破浪,汽车在驶过原野。"

其次,作者通过描写吴荪甫的行动,来刻画吴性格狠毒阴险的一面。在蚕食鲸吞他人企业时,他总是毫无怜悯地要将他们打倒。把他们手里的企业,拿到自己的"铁腕"里来。他和孙吉人、王和甫和杜竹斋组成益中信托公司,以五六万元的廉价收盘了价值三十万元的八个日用品制造厂。还用狠毒的手段吞并朱吟秋的丝厂和陈君宜的绸厂。同时他为发展资本,同赵生死搏斗,他转嫁危机、延长工时、削减工资、豢养走狗、收买工贼、破坏工人罢工手段。他对农运极端仇视,听到双桥镇被起义的农民占领的消息,他狞起眼睛望着空中,忽然转为愤怒:"我恨极了,那班混账东西!他们干什么的?有一营人呢,两架机关枪!他们都是不开杀戒的吗?嘿!……"这一切都表现出吴性格的贪婪、专断与残酷。

再次,作者在描写吴性格的发展变化时,尤其是在与强有力的对手赵伯韬较量时表现得最为充分。赵伯韬是美国金融资本的掮客,是公债市场上的魔王,他扒进各式各样的公债,也"扒过"各式各样的女人。就是这样的一个人物,可以操纵公债市场的行情,可以以三十万两银子,买通西北军故意后退三十里,他能使做过县太爷的何慎庵"十年宦囊,尽付东流",能使冯云卿半世积累一朝化为乌有,还赔上女儿给他作玩物。他控制一切,操纵一切,他早已套好了绞索,步步紧逼吴荪甫就范,最后张开血盆大口,一口吞掉吴全部资本。吴与这样一个魔王斗争,时时感到自己在政治、经济上的软弱无力。这种软弱性投影在他的心灵、性格上,就形成了他本质上软弱的一面,在表面的果决善断背后是他的狐疑惶惑;在充满自信的背后是悲观绝望;在遇事胸有成竹的背后是张皇失措,最后导致了精神上的崩溃。

最后,小说还从家庭、社会关系上影射吴复杂多样的性格特点。如写吴终日埋头于发展资本事业,把生活过得像"打仗"似的,对弟妹冷漠专横,平时不沉湎于酒色,却也不顾妻子的精神痛苦。但当他事业遭到挫折时,则变态反常,奸污女佣,夜游黄浦江,寻欢作乐。因此,虚弱、寂寞、孤独之感常向他袭来。为排遣内心的郁积,他"迁怒着一切眼所见耳所闻的",想"挑选什么人出来咬一口""想破坏什么东西",于是他纵欲,追求享受和刺激,这充分暴露了他性格丑恶的一面。

总之,吴的性格既复杂又统一。他自信、求实,但利欲熏心、贪婪、刚愎,他运筹决策,胆识过人,但又疯狂、脆弱。这些真实体现了一个民族资产阶级中有识之士的典型性格。然而,吴的惨败不是他本人的过失,而是无法抗拒的社会和历史的必然。

艺术上,茅盾不仅创造了典型人物,而且创造了供典型人物活动的典型环境。小说所写的故事发生在1930年5月至7月间,作者选取了当时一些重大的事件,作为小说的背景。在表现主要人物吴荪甫在三条线上拼死突围、挣扎时,作者选取了上海这个"十里洋场"的大都市,而且通过丝厂去联系城市和乡村,形成了一个环绕着众多人物并促使他们活动的典型环境。显然,作者所要描写的上海,不仅是一个花花绿绿、醉生梦死的上海,在作者的笔下,上海更是一个"冒险家的乐园",是一个殖民地化的国际买办市场。作为人物活动的具体场所,作者选择了三个主要地点:吴公馆、交易所、裕华丝厂。这三个地点的安排,一方面基于作者的生活经验,一方面也是适应着艺术表现的要求。例如,交易所的特点是多变,有利于展开矛盾斗争,有利于表现各方面的关系,像军阀混战与投机市场的微妙关系、民族工业资本家与买办金融资本家的矛盾等。另外作者选择丝厂,一方面他对丝厂比较熟悉,另一方面丝厂可以联系农村与城市。1928—1929年丝价大跌,城市与农村均遭受到经济的危机。

推荐阅读

1. 《从牯岭到东京》,茅盾,《小说月报》,1928 年第 19 卷第 10 期。
2. 《〈蚀〉和〈子夜〉的比较分析》,乐黛云,《文学评论》,1981 年第 1 期。
3. 《茅盾的文学道路》,邵伯周著,长江文艺出版社,1959 年。

思考题

1. 评析《子夜》的艺术特色。
2. 分析吴荪甫的形象。

家

巴 金

作家简介

巴金(1904—2005),原名李尧棠,字芾甘,四川成都人,祖籍浙江嘉兴。现代文学家、出版家、翻译家,同时也被誉为五四新文化运动以来最有影响力的作家之一,是20世纪中国杰出的文学大师、中国当代文坛的巨匠。1922年肄业于成都外语专门学校,1927年至1928年赴法国留学,回国后,从事文学创作。曾任多届中国作协主席。1927年完成了第一部中篇小说《灭亡》,1929年在《小说月报》发表后引起强烈反响。主要作品有《死去的太阳》《新生》《砂丁》《索桥的故事》《萌芽》和著名的《激流三部曲》(《家》《春》《秋》),1931年在《时报》上连载著名的《爱情的三部曲》(《雾》《雨》《电》)。

故事梗概

20世纪20年代初的一个风雪之夜,觉民、觉慧兄弟从学校回到他们的家——堂皇而又龌龊的高公馆。

琴早已在此等候多时,她听说表哥觉民所在的"外专"学堂明年要开放女禁,十分高兴。然而她想起进男学堂必将遇到的麻烦时,心情不觉沉重起来。觉民兄弟极力安慰、鼓励她。望着琴逐渐开朗起来的美丽面庞,觉慧想起自己心爱的鸣凤,一个自幼被卖到高公馆,聪明、温柔而又从不诉苦的十七岁婢女。由此,觉慧又联想到眼前这个家的无数罪恶,决心反抗它、改变它,却又一时不知从何做起。

觉新是高家的长房长孙。父亲亡故后,管理大家族的事务、侍奉继母周氏、培养弟妹的沉重担子,全压在他的肩上。他自幼聪颖,富有上进心,但生性极为懦弱,因而在待人处世上,常常显示出他的双重人格:既痛恨旧势力,又往往在旧势力面前唯唯诺诺;既真诚地关心弟妹的幸福,又时时提防他们的言行出轨。因此,高家的长辈敢随心所欲地支使、捉弄甚至斥骂他,觉民、觉慧兄弟也常对这位大哥表示不满。面对这一切,他坦然地忍受着、挣扎着。觉新的这种逆来顺受的性格,一定程度上还导致了他的爱情生活的不幸:他曾深沉地爱着自小青梅竹马的梅表姐,双方情投意合。然而,梅表姐的母亲因为在牌桌上输给了觉新家里,便赌气把梅另许他人。他们的爱情就被"母亲之命"断送了。觉新毫无反抗,忍受了这个打击,默默地服从长辈的安排,根据抓阄娶了现在的妻子瑞珏。不久,梅出嫁了,觉新深深沉溺于端庄美丽的妻子瑞珏的温存与抚爱之中。

觉慧因为与同学们一起向督军请愿,被高老太爷训斥了一顿,不许他再出门。这天,他在花园里遇到了鸣凤,两人互诉衷情。他真诚地声称将来一定娶她为妻,鸣凤惊惶地以手蒙其嘴,凄然地说,她害怕梦做得太好了不会长久。

当晚三更,觉民、觉慧在天井里散步。一阵如泣如诉的箫声随风飘来。他们明白,梅表姐出嫁不到一年就守了寡。婆家对她又极不好,最近孤身一人回到省城娘家。觉新知道后,接连几晚都这样吹箫。觉民担心大哥和梅的悲剧会在自己和琴之间重演,觉慧安慰他说,时代不同了,只要自己有主见,决不会重走大哥的老路!当夜,他还决定要反抗祖父的命令,过两天就公然走出门去,看他怎么办!只有觉新看到觉慧出门,会左右为难,而觉民和觉慧却不以为然。

大年里,高公馆很是热闹了一阵。高老太爷望着满堂子孙,特别是觉新的儿子海臣,因为"四世同堂"夙愿的实现,脸上浮起了难得的满意笑容。然而,大门外,讨饭的小孩正在饥寒交迫中哀哀哭泣;花园的楼房里,觉新为了梅有意避开他而伤心;在琴的房中,梅对着知己诉说自己的凄苦心境,感叹无论时代如何变化,她都只能依靠回忆来填补心灵的空虚;觉慧兄弟因为梅的悲剧而对旧势力更加深恶痛绝。

元宵节刚过,军阀重开战,大炮轰进了市区,闹得人心惶惶。梅随着琴,来到高公馆避难,躲进花园里。景物依然,往事历历,无不唤起梅的痛苦回忆。这时,瑞珏牵着海臣走来。交谈之后,瑞珏忽然觉得自己很喜欢梅。

第二天,觉新在花园里遇到梅,梅又避开。觉新不自觉地追上前,请求梅宽恕。梅早已泪流满面,追悔、同情和爱怜吞噬着觉新的心,他情不自禁地用手帕替梅拭泪。两人互诉着几年来的相思之情。瑞珏看到了这一幕。

数日来,瑞珏完全清楚了觉新与梅的爱情悲剧,以及觉新为何特别喜欢梅花的缘故。她主动找梅倾谈,梅也坦率地向她倾诉自己的遭际和内心的委屈,话中荡漾着女子不幸的悲哀,又充满着无可奈何的凄凉。瑞珏闻言泣不成声。真诚的同情与对命运的叹息,使两个女人都谅解了对方。

战争结束后,觉慧瞒着家人,甚至瞒着觉新参加了某周报的工作,撰文介绍新文化运动,抨击旧制度旧思想。琴打算将头发剪短,其母以将她早日嫁人相威胁。琴似乎看见了一条几千年前就修好的路,上面躺满了年轻女子的尸体。她几乎窒息了,下定决心要选择一条新路!

同一个夜晚,高老太爷吩咐下来,要鸣凤给六十多岁的孔教会会长冯乐山做小老婆。鸣凤苦苦哀求,但老太爷作出的决定,谁也无法更改。深知无望的鸣凤只好向觉慧求救,无奈他这几天忙着撰写文章,很少在家,鸣凤五内俱焚。到了期限的最后一天,鸣凤不顾一切地冲进觉慧的房间。觉慧正忙得不可开交,做梦也不会料到他心爱的人正面临着人生的最后抉择,因此没有听到鸣凤的哀诉就把她遣走了。片刻之后,觉民告诉觉慧事情的真相,觉慧几乎发疯了,立即四处寻找鸣凤。然而已经迟了。绝望的鸣凤早已带着她那十七年的痛苦投湖自尽。觉慧被悲哀压倒了,他只有无尽的自责和对以祖父为代表的旧势力的无比仇恨。

高老太爷六十六岁寿辰,高家大加庆祝。梅来过之后,回家就病倒了。觉新在极端痛苦中告诉觉民,冯乐山欲将其侄女许给他,高老太爷已表示同意。觉民当即表示坚决不从,觉新左右为难。觉慧鼓励二哥反抗。因此,当高老太爷一意孤行之时,觉民只好逃婚。高老太爷闻讯无比震怒。然而,无论高家实际的家长、三房的克明以及觉新怎样劝说,觉慧声明,如不取消冯家的婚事,他坚决拒绝说出觉民的地址。当觉慧看到觉新在这件事上又实行无抵抗主义时,忍不住骂他是"懦夫"!这时,觉民也写信给觉新,表示坚决不让琴扮演第二个梅的角色。觉新不断受到良心的谴责。然而,当他壮着胆到祖父面前为觉民解说时,却遭到祖父狂怒谴责,并扬言觉民跑掉就要觉慧顶替,觉新只好又回过头来,要觉慧劝说觉民屈服。正当觉慧怒不可遏之际,消息传来,梅表姐去世!觉新闻讯吐了血,还是硬挺着赶去帮忙料理梅的后事。向灵柩告别时,觉慧表示,他恨不能将梅从棺材里挖出来,让觉新睁眼看个明白,她是如何被人杀死的!

五房的克定、四房的克安在外玩女人的事,终于被高老太爷知道了。老头责罚他们之后,首次感到失望、幻灭和黑暗。从此,他一病不起。弥留之际,他似乎明白了什么,要求觉慧将觉民找回来,冯家婚事再不提起。与此同时,琴的母亲从梅的悲剧中也悟出了某种道理,转而支持女儿婚姻自主。至此,觉民的抗婚行动得到了彻底的胜利。

瑞珏临产的日子越来越近,高家长辈都认为老太爷的灵柩停在家里,应避"血光之灾",因此要求瑞珏到城外生育,觉新又一次毫无抵抗地接受了这个荒唐的主张。四天后,瑞珏在难产中痛苦挣扎,不久便在呻吟与惨叫声中死去。按高家的规矩,觉新不能在服丧期间与难产死者照面,懦弱的觉新只好绝望地跪倒在产房门前。此时,他突然明白了,是整个制度、礼教、迷信,夺走了他最心爱的两个女人。同时他也明白,他是不能抵抗这一切的。他真正伤心地哭了。然而,这时的他不是在哭别人,而是在痛哭自己。

一张张死去的年轻女人的面容,压得觉慧几乎喘不过气来。他告诉觉新,他再也难以在这个"吃人"的家中待下去了,他决心远走高飞!觉新内心感到无比的悲凉,他知道觉慧是强留不住的,犹豫再三,终于答应暗中支持弟弟的行动。

一个难得的黎明。在觉新、觉民、琴以及周刊社的同仁支持下,觉慧瞒着高家的其他人登上了驶向上海的航船。新的生活在前面等待着他。

作品赏析

《家》描写的是五四运动之后,成都地区一个封建大家庭走向崩溃的故事。故事集中在1920年冬到1921年秋的八九个月时间里,揭露了封建专制制度的罪恶,撕开了温情关系掩盖下的大家庭的钩心斗角,暴露了所谓"诗礼传家"的封建大家庭的荒淫无耻,也描写了新思潮所唤醒的一代青年的觉醒和反抗,从而宣告了这个封建大家庭必然崩溃的命运。高老太爷是这个大家庭的统治者,高老太爷的儿子克安、克定们过着奢靡、堕落的生活。孙辈主要写觉新、觉民、觉慧三兄弟的婚姻、爱情与生活。觉新屈服于封建专制制度,没有反抗意识。觉民为与琴结婚,敢于反抗封建专制制度。梅喜欢觉新,但屈服于封建专制制度,最后因伤心而病故。鸣凤内心渴望爱情,最后却投湖自尽。觉慧最具反叛精神,最后离家出走。《家》是巴金20世纪30年代创作的"激流三部曲"中的第一部,它从1933年问世至今,一直以其特有的反封建的思想光辉和动人的艺术魅力吸引着广大读者,在中国现代文学史上占有重要的地位。

小说描写了高家四代人的生活,并将他们设置为新旧两大阵营。一边是以高老太爷、冯乐山、高克明、高克安、高克定为代表的老一辈统治者,他们专横颠顶,虚伪顽固,是儒家伦理道德的化身以及小说中所有不幸的制造者,而以高觉民、高觉慧为代表的年轻一代则以叛逆者的形象构成与父(祖)辈的尖锐对立。以觉慧为代表的青年一代与以高老太爷为代表的封建腐朽势力的激烈斗争,反映了当时的社会面貌,揭露了封建社会和家族制度的腐败与黑暗,控诉了大家族和旧礼教、旧道德的罪恶及其吃人的本质,并且揭示其灭亡的历史命运。作品还激情歌颂了青年知识分子的觉醒、抗争以及与罪恶的封建家庭的决裂。

从艺术的角度来说,本小说具有三个特点。一是缜密的情节结构。《家》所反映的主要矛盾是以觉慧为代表的民主革命力量同以高老太爷为首的反动封建势力之间的矛盾冲突。小说中觉慧的"戏"占据主要地位与篇幅,而情节与人物的描写,既是小说主题的必要展开,又是对觉慧性格描写的补充。二是细腻的心理描写。作者使用了间接的心理描写,即用人物的动作、对话、肖像、神态、环境的描写来烘托人物的心境,使潜在的抽象的心理内容变为可感的外在形象;同时还使用了直接的心理描写,即人物的内心独白、直觉、梦幻、日记和作者的叙述等方法,来直接展现人物的心理活动和思想性格。如梅和瑞珏两人的倾心低诉、鸣凤投湖前的心理描写。三是浓郁的抒情色彩。巴金的语言富有热情。热情是小说抒情色彩的基础,作者是带着强烈的感情色彩来描写、控诉和揭露的,这构成了巴金风格的现实主义。作者极端憎恨旧制度、旧家庭,热情歌颂敢于反抗旧势力的新生力量。强烈的爱憎感情渗透于小说当中,使其具有浓烈的抒情色彩。

《家》的主要缺点是通篇缺乏艺术锤炼。总体来说,这部小说描写和叙述参半,"难以下咽"多在叙述的部分。许多对话,太急于表达思想,而失去口语的活气和韵味,读来好像听演讲。巴金自己曾经也说:"《家》自然不是成功的作品。但是我请求今天的读者宽容地对待这本27岁的年轻人写的小说。我自己很喜欢它,因为它至少告诉我一件事情:青春是美丽的东西。我始终记住:青春是美丽的东西。而且这一直是我的鼓舞的泉源。"

推荐阅读

1. 《论巴金的小说》,王瑶,《文学研究》,1957年第4期。
2. 《重读巴金的〈家〉》,曼生,《光明日报》,1980年1月16日。
3. 《论巴金小说创作中的"家族情结"》,曹书文,《学术论坛》,2001年第5期。

思考题

1. 比较觉慧与觉新的性格特点。
2. 分析《家》在艺术上的优缺点。

骆驼祥子

老 舍

一

我们所要介绍的是祥子,不是骆驼,因为"骆驼"只是个外号;那么,我们就先说祥子,随手儿把骆驼与祥子那点关系说过去,也就算了。

北平的洋车夫有许多派:年轻力壮,腿脚灵利的,讲究赁漂亮的车,拉"整天儿",爱什么时候出车与收车都有自由;拉出车来,在固定的"车口"或宅门一放,专等坐快车的主儿;弄好了,也许一下子弄个一块两块的;碰巧了,也许白耗一天,连"车份儿"也没着落,但也不在乎。这一派哥儿们的希望大概有两个:或是拉包车;或是自己买上辆车,有了自己的车,再去拉包月或散座就没大关系了,反正车是自己的。

比这一派岁数稍大的,或因身体的关系而跑得稍差点劲的,或因家庭的关系而不敢白耗一天的,大概就多数的拉八成新的车;人与车都有相当的漂亮,所以在要价儿的时候也还能保持住相当的尊严。这派的车夫,也许拉"整天",也许拉"半天"。在后者的情形下,因为还有相当的精气神,所以无论冬天夏天总是"拉晚儿"。夜间,当然比白天需要更多的留神与本事;钱自然也多挣一些。

年纪在四十以上,二十以下的,恐怕就不易在前两派里有个地位了。他们的车破,又不敢"拉晚儿",所以只能早早的出车,希望能从清晨转到午后三四点钟,拉出"车份儿"和自己的嚼谷。他们的车破,跑得慢,所以得多走路,少要钱。到瓜市,果市,菜市,去拉货物,都是他们;钱少,可是无须快跑呢。

在这里,二十岁以下的——有的从十一二岁就干这行儿——很少能到二十岁以后改变成漂亮的车夫的,因为在幼年受了伤,很难健壮起来。他们也许拉一辈子洋车,而一辈子连拉车也没出过风头。那四十以上的人,有的是已拉了十年八年的车,筋肉的衰损使他们甘居人后,他们渐渐知道早晚是一个跟头会死在马路上。他们的拉车姿式,讲价时的随机应变,走路的抄近绕远,都足以使他们想起过去的光荣,而用鼻翅儿扇着那些后起之辈。可是这点光荣丝毫不能减少将来的黑暗,他们自己也因此在擦着汗的时节常常微叹。不过,以他们比较另一些四十上下岁的车夫,他们还似乎没有苦到了家。这一些是以前决没想到自己能与洋车发生关系,而到了生和死的界限已经不甚分明,才抄起车把来的。被撤差的巡警或校役,把本钱吃光的小贩,或是失业的工匠,到了卖无可卖,当无可当的时候,咬着牙,含着泪,上了这条到死亡之路。这些人,生命最鲜壮的时期已经卖掉,现在再把窝窝头变成的血汗滴在马路上。没有力气,没有经验,没有朋友,就是在同行的当中也得不到好气儿。他们拉最破的车,皮带不定一天泄多少次气;一边拉着人还得一边儿央求人家原谅,虽然十五个大铜子儿已经算是甜买卖。

此外,因环境与知识的特异,又使一部分车夫另成派别。生于西苑海甸的自然以走西山,燕京,清华,较比方便;同样,在安定门外的走清河,北苑;在永定门外的走南苑……这是跑长趟的,不愿拉零座;因为拉一趟便是一趟,不屑于三五个铜子的穷凑了。可是他们还不如东交民巷的车夫的气儿长,这些专拉洋买卖的讲究一气儿由交民巷拉到玉泉山,颐和园或西山。气长也还算小事,一般车夫万不能争这项生意的原因,大半还是因为这些吃洋饭的有点与众不同的知识,他们会说外国话。英国兵,法国兵,所说的万寿山,雍和宫,"八大胡同",他们都晓得。他们自己有一套外国话,不传授给别人。他们的跑法也特别,四六步儿不快不慢,低着头,目不旁视的,贴着马路边儿走,带出与世无争,而自有专长的神气。因为拉着洋人,他们可以不穿号坎,而一律的是长袖小白褂,白的或黑的裤子,裤筒特别肥,脚腕上系着细带;脚上是宽双脸千层底青布鞋;干净,利落,神气。一见这样的服装,别的车夫不会再过来争座与赛车,他们似乎是属于另一行业的。

有了这点简单的分析,我们再说祥子的地位,就像说——我们希望——一盘机器上的某种钉子那么准确了。祥子,在与"骆驼"这个外号发生关系以前,是个较比有自由的洋车夫,这就是说,他是属于年轻力壮,而且自己有车的那一类:自己的车,自己的生活,都在自己手里,高等车夫。

这可绝不是件容易的事。一年,二年,至少有三四年;一滴汗,两滴汗,不知道多少万滴汗,才挣出那辆车。从风里雨里的咬牙,从饭里茶里的自苦,才赚出那辆车。那辆车是他的一切挣扎与困苦的总结果与报酬,像身经百战的武士的一颗徽章。在他赁人家的车的时候,他从早到晚,由东到西,由南到北,像被人家抽着转的陀螺;他没有自己。可是在这种旋转之中,他的眼并没有花,心并没有乱,他老想着远远的一辆车,可以使他自由,独立,像自己的手脚的那么一辆车。有了自己的车,他可以不再受拴车的人们的气,也无须敷衍别人;有自己的力气与洋车,睁开眼就可以有饭吃。

他不怕吃苦,也没有一般洋车夫的可以原谅而不便效法的恶习,他的聪明和努力都足以使他的志愿成为事实。假若他的环境好一些,或多受着点教育,他一定不会落在"胶皮团"里,而且无论是干什么,他总不会辜负了他的机会。不幸,他必须拉洋车;好,在这个营生里他也证明出他的能力与聪明。他仿佛就是在地狱里也能作个好鬼似的。生长在乡间,失去了父母与几亩薄田,十八岁的时候便跑到城里来。带着乡间小伙子的足壮与诚实,凡是以卖力气就能吃饭的事他几乎全作过了。可是,不久他就看出来,拉车是件更容易挣钱的事;作别的苦工,收入是有限的;拉车多着一些变化与机会,不知道在什么时候与地点就会遇到一些多于所希望的报酬。自然,他也晓得这样的机遇不完全出于偶然,而必须人与车都得漂亮精神,有货可卖才能遇到识货的人。想了一想,他相信自己有那个资格:他有力气,年纪正轻;所差的是他还没有跑过,与不敢一上手就拉漂亮的车。但这不是不能胜过的困难,有他的身体与力气作基础,他只要试验个十天半月的,就一定能跑得有个样子,然后去赁辆新车,说不定很快的就能拉上包车,然后省吃俭用的一年二年,即使是三四年,他必能自己打上一辆车,顶漂亮的车!看着自己的青年的肌肉,他以为这只是时间的问题,这是必能达到的一个志愿与目的,绝不是梦想!

他的身量与筋肉都发展到年岁前边去;二十来的岁,他已经很大很高,虽然肢体还没被年月铸成一定的格局,可是已经像个成人了——一个脸上身上都带出天真淘气的样子的大人。看着那高等的车夫,他计划着怎样杀进他的腰去,好更显出他的铁扇面似的胸,与直硬的背;扭头看看自己的肩,多么宽,多么威严!杀好了腰,再穿上肥腿的白裤,裤脚用鸡肠子带儿系住,露出那对"出号"的大脚!是的,他无疑的可以成为最出色的车夫;傻子似的他自己笑了。

他没有什么模样,使他可爱的是脸上的精神。头不很大,圆眼,肉鼻子,两条眉很短很粗,头上永远剃得发亮。腮上没有多余的肉,脖子可是几乎与头一边儿粗;脸上永远红扑扑的,特别亮的是颧骨与右耳之间一块不小的疤——小时候在树下睡觉,被驴啃了一口。他不甚注意他的模样,他爱自己的脸正如同他爱自己的身体,都那么结实硬棒;他把脸仿佛算在四肢之内,只要硬棒就好。是的,到城里以后,他还能头朝下,倒着立半天。这样立着,他觉得,他就很像一棵树,上下没有一个地方不挺脱的。

他确乎有点像一棵树,坚壮,沉默,而又有生气。他有自己的打算,有些心眼,但不好向别人讲论。在洋车夫里,个人的委屈与困难是公众的话料,"车口儿"上,小茶馆中,大杂院里,每人报告着形容着或吵嚷着自己的事,而后这些事成为大家的财产,像民歌似的由一处传到一处。祥子是乡下人,口齿没有城里人那么灵便;设若口齿灵利是出于天才,他天生来的不愿多说话,所以也不愿学着城里人的贫嘴恶舌。他的事他知道,不喜欢和别人讨论。因为嘴常闲着,所以他有工夫去思想,他的眼仿佛是老看着自己的心。只要他的主意打定,他便随着心中所开开的那条路儿走;假若走不通的话,他能一两天不出一声,咬着牙,好似咬着自己的心!

他决定去拉车,就拉车去了。赁了辆破车,他先练练腿。第一天没拉着什么钱。第二天的生意不错,可是躺了两天,他的脚脖子肿得像两条瓠子似的,再也抬不起来。他忍受着,不管是怎样的疼痛。他知道这是不可避免的事,这是拉车必须经过的一关。非过了这一关,他不能放胆的去跑。

脚好了之后,他敢跑了。这使他非常的痛快,因为别的没有什么可怕的了:地名他很熟习,即使有时候绕点远也没大关系,好在自己有的是力气。拉车的方法,以他干过的那些推,拉,扛,挑的经验来领会,也不算十分难。况且他有他的主意:多留神,少争胜,大概总不会出了毛病。至于讲价争座,他的嘴慢气盛,弄不过那些老油子们。知道这个短处,他干脆不大到"车口儿"上去;哪里没车,他放在哪里。在这僻静的地点,他可以从容的讲价,而且有时候不肯要价,只说声:"坐上吧,瞧着给!"他的样子是那么诚实,脸上是那么简单可爱,人们好像只好信任他,不敢想这个傻大个子是会敲人的。即使人们疑心,也只能怀疑他是新到城里来的乡下老儿,大概不认识路,所以讲不出价钱来。及至人们问到,"认识呀?"他就又像装傻,又像耍俏的那么一笑,使人们不知怎样才好。

两三个星期的工夫,他把腿溜出来了。他晓得自己的跑法很好看。跑法是车夫的能力与资格的证据。那撇着脚,像一对蒲扇在地上扇乎的,无疑的是刚由乡间上来的新手。那头低得很深,双脚蹭地,跑和走的速度差不多,而颇有跑的表示的,是那些五十岁以上的老者们。那经验十足而没什么力气的却另有一种方法:胸向内含,度数很深;腿抬得很高,一走一探头；这样，他们就带出跑得很用力的样子，而在事实上一点也不比别人快；他们仗着"作派"去维持自己的尊严。祥子当然决不采取这几种姿态。他的腿长步大，腰里非常的稳，跑起来没有多少响声，步步都有些伸缩，车把不动，使座儿觉到安全，舒服。说站住，不论在跑得多么快的时候，大脚在地上轻蹭两蹭，就站住了；他的力气似乎能达到车的各部分。脊背微俯，双手松松拢住车把，他活动，利落，准确；看不出急促而跑得很快，快而没有危险。就是在拉包车的里面，这也得算很名贵的。

他换了新车。从一换车那天，他就打听明白了，像他赁的那辆——弓子软，铜活地道，雨布大帘，双灯，细脖大铜喇叭——值一百出头；若是漆工与铜活含忽一点呢，一百元便可以打住。大概的说吧，他只要有一百块钱，就能弄一辆车。猛然一想，一天要是能剩一角的话，一百元就是一千天，一千天！把一千天堆到一块，他几乎算不过来这该有多么远。但是，他下了决心，一千天，一万天也好，他得买车！第一步他应当，他想好了，去拉包车。遇上交际多，饭局多的主儿，平均一月有上十来个饭局，他就可以白落两三块的车饭钱。加上他每月再省出个块儿八角的，也许是三头五块的，一年就能剩起五六十块！这样，他的希望就近便多多了。他不吃烟，不喝酒，不赌钱，没有任何嗜好，没有家庭的累赘，只要他自己肯咬牙，事儿就没有个不成。他对自己起下了誓，一年半的工夫，他——祥子——非打成自己的车不可！是现打的，不要旧车见过新的。

他真拉上了包月。可是，事实并不完全帮助希望。不错，他确是咬了牙，但是到了一年半他并没还上那个愿。包车确是拉上了，而且谨慎小心的看着事情；不幸，世上的事并不是一面儿的。他自管小心他的，东家并不因此就不辞他；不定是三两个月，还是十天八天，吹了！他得另去找事。自然，他得一边儿找事，还得一边儿拉散座；骑马找马，他不能闲起来。在这种时节，他常常闹错儿。他还强打着精神，不专为混一天的嚼谷，而且要继续着积储买车的钱。可是强打精神永远不是件妥当的事：拉起车来，他不能专心一志的跑，好像老想着些什么，越想便越害怕，越气不平。假若老这么下去，几时才能买上车呢？为什么这样呢？难道自己还算个不要强的？在这么乱想的时候，他忘了素日的谨慎。皮轮子上了碎铜烂磁片，放了炮；只好收车。更严重一些的，有时候碰了行人，甚至有一次因急于挤过去而把车轴盖碰丢了。设若他是拉着包车，这些错儿绝不能发生；一搁下了事，他心中不痛快，便有点楞头磕脑的。碰坏了车，自然要赔钱；这更使他焦躁，火上加了油；为怕惹出更大的祸，他有时候懊睡一整天。及至睁开眼，一天的工夫已白白过去，他又后悔，自恨。还有呢，在这种时期，他越着急便越自苦，吃喝越没规则；他以为自己是铁作的，可是敢情他也会病。病了，他舍不得钱去买药，自己硬挺着；结果，病越来越重，不但得买药，而且得一气儿休息好几天。这些个困难，使他更咬牙努力，可是买车的钱数一点不因此而加快的凑足。

整整的三年，他凑足了一百块钱！

他不能再等了。原来的计划是买辆最完全最新式最可心的车，现在只好按着一百块钱说了。不能再等；万一出点什么事再丢失几块呢！恰巧有辆刚打好的车（定作而没钱取货的）跟他所期望的车差不甚多；本来值一百多，可是因为定钱放弃了，车铺愿意少要一点。祥子的脸通红，手哆嗦着，拍出九十六块钱来："我要这辆车！"铺主打算挤到个整数，说了不知多少话，把他的车拉出去又拉进来，支开棚子，又放下，按按喇叭，每一个动作都伴着一大串最好的形容词;最后还在钢轮条上踢了两脚,"听听声儿吧,铃铛似的!拉去吧,你就是把车拉碎了,要是钢条软了一根,你拿回来,把它摔在我脸上!一百块,少一分咱们吹!"祥子把钱又数了一遍:"我要这辆车,九十六!"铺主知道是遇见了一个心眼的人,看看钱,看看祥子,叹了口气:"交个朋友,车算你的了;保六个月;除非你把大箱碰碎,我都白给修理;保单,拿着!"

  祥子的手哆嗦得更厉害了,揣起保单,拉起车,几乎要哭出来。拉到个僻静地方,细细端详自己的车,在漆板上试着照照自己的脸!越看越可爱,就是那不尽合自己的理想的地方也都可以原谅了,因为已经是自己的车了。把车看得似乎暂时可以休息会儿了,他坐在了水簸箕的新脚垫儿上,看着车把上的发亮的黄铜喇叭。他忽然想起来,今年是二十二岁。因为父母死得早,他忘了生日是在哪一天。自从到城里来,他没过一次生日。好吧,今天买上了新车,就算是生日吧,人的也是车的,好记,而且车既是自己的心血,简直没什么不可以把人与车算在一块的地方。

  怎样过这个"双寿"呢?祥子有主意:头一个买卖必须拉个穿得体面的人,绝对不能是个女的。最好是拉到前门,其次是东安市场。拉到了,他应当在最好的饭摊上吃顿饭,如热烧饼夹爆羊肉之类的东西。吃完,有好买卖呢就再拉一两个;没有呢,就收车;这是生日!

  自从有了这辆车,他的生活过得越来越起劲了。拉包月也好,拉散座也好,他天天用不着为"车份儿"着急,拉多少钱全是自己的。心里舒服,对人就更和气,买卖也就更顺心。拉了半年,他的希望更大了:照这样下去,干上二年,至多二年,他就又可以买辆车,一辆,两辆……他也可以开车厂子了!

  可是,希望多半落空,祥子的也非例外。

  ············

六

  ············

  平日帮她办惯了事,他只好服从。但是今天她和往日不同,他很想要思索一下;楞在那里去想,又怪僵得慌;他没主意,把车拉了进去。看看南屋,没有灯光,大概是都睡了;或者还有没收车的。把车放好,他折回到她的门前。忽然,他的心跳起来。

  "进来呀,有话跟你说!"她探出头来,半笑半恼的说。

  他慢慢走了进去。

  桌上有几个还不甚熟的白梨,皮儿还发青。一把酒壶,三个白磁酒盅。一个头号大盘子,摆着半只酱鸡,和些熏肝酱肚之类的吃食。

  "你瞧,"虎姑娘指给他一个椅子,看他坐下了,才说:"你瞧,我今天吃犒劳,你也吃点!"说着,她给他斟上一杯酒;白干酒的辣味,混合上熏酱肉味,显着特别的浓厚沉重。"喝吧,吃了这个鸡;我已早吃过了,不必让!我刚才用骨牌打了一卦,准知道你回来,灵不灵?"

  "我不喝酒!"祥子看着酒盅出神。

"不喝就滚出去；好心好意，不领情是怎着？你个傻骆驼！辣不死你！连我还能喝四两呢。不信，你看看！"她把酒盅端起来，灌了多半盅，一闭眼，哈了一声。举着盅儿："你喝！要不我揪耳朵灌你！"

祥子一肚子的怨气，无处发泄；遇到这种戏弄，真想和她瞪眼。可是他知道，虎姑娘一向对他不错，而且她对谁都是那么直爽，他不应当得罪她。既然不肯得罪她，再一想，就爽性和她诉诉委屈吧。自己素来不大爱说话，可是今天似乎有千言万语在心中憋闷着，非说说不痛快。这么一想，他觉得虎姑娘不是戏弄他，而是坦白的爱护他。他把酒盅接过来，喝干。一股辣气慢慢的，准确的，有力的，往下走，他伸长了脖子，挺直了胸，打了两个不十分便利的嗝儿。

虎妞笑起来。他好容易把这口酒调动下去，听到这个笑声，赶紧向东间那边看了看。

"没人，"她把笑声收了，脸上可还留着笑容。"老头子给姑妈作寿去了，得有两三天的耽误呢；姑妈在南苑住。"一边说，一边又给他倒满了盅。

听到这个，他心中转了个弯，觉出在哪儿似乎有些不对的地方。同时，他又舍不得出去；她的脸是离他那么近，她的衣裳是那么干净光滑，她的唇是那么红，都使他觉到一种新的刺激。她还是那么老丑，可是比往常添加了一些活力，好似她忽然变成另一个人，还是她，但多了一些什么。他不敢对这点新的什么去详细的思索，一时又不敢随便的接受，可也不忍得拒绝。他的脸红起来。好像为是壮壮自己的胆气，他又喝了口酒。刚才他想对她诉诉委屈，此刻又忘了。红着脸，他不由的多看了她几眼。越看，他心中越乱；她越来越显出他所不明白的那点什么，越来越有一点什么热辣辣的力量传递过来，渐渐的她变成一个抽象的什么东西。他警告着自己，须要小心；可是他又要大胆。他连喝了三盅酒，忘了什么叫作小心。迷迷忽忽的看着她，他不知为什么觉得非常痛快，大胆，极勇敢的要马上抓到一种新的经验与快乐。平日，他有点怕她；现在，她没有一点可怕的地方了。他自己反倒变成了有威严与力气的，似乎能把她当作个猫似的，拿到手中。

屋内灭了灯。天上很黑。不时有一两个星刺入了银河，或划进黑暗中，带着发红或发白的光尾，轻飘的或硬挺的，直坠或横扫着，有时也点动着，颤抖着，给天上一些光热的动荡，给黑暗一些闪烁的爆裂。有时一两个星，有时好几个星，同时飞落，使静寂的秋空微颤，使万星一时迷乱起来。有时一个单独的巨星横刺入天角，光尾极长，放射着星花；红，渐黄；在最后的挺进，忽然狂悦似的把天角照白了一条，好像刺开万重的黑暗，透进并逗留一些乳白的光。余光散尽，黑暗似晃动了几下，又包合起来，静静懒懒的群星又复了原位，在秋风上微笑。地上飞着些寻求情侣的秋萤，也作着星样的游戏。

第二天，祥子起得很早，拉起车就出去了。头与喉中都有点发痛，这是因为第一次喝酒，他倒没去注意。坐在一个小胡同口上，清晨的小风吹着他的头，他知道这点头疼不久就会过去。可是他心中另有一些事儿，使他憋闷得慌，而且一时没有方法去开脱。昨天夜里的事教他疑惑，羞愧，难过，并且觉着有点危险。

他不明白虎姑娘是怎么回事。她已早不是处女，祥子在几点钟前才知道。他一向很敬重她，而且没有听说过她有什么不规矩的地方；虽然她对大家很随便爽快，可是大家没在背地里讲论过她；即使车夫中有说她坏话的，也是说她厉害，没有别的。那么，为什么有昨夜那一场呢？

这个既显着胡涂，祥子也怀疑了昨晚的事儿。她知道他没在车厂里，怎能是一心一意的等着他？假若是随便哪个都可以的话……祥子把头低下去。他来自乡间，虽然一向没有想到娶亲的事，可是心中并非没有个算计；假若他有了自己的车，生活舒服了一些，而且愿意娶亲的话，他必定到乡下娶个年轻力壮，吃得苦，能洗能作的姑娘。像他那个岁数的小伙子们，即使有人管着，哪个不偷偷的跑"白房子"？祥子始终不肯随和，一来他自居为要强的人，不能把钱花在娘儿们身上；二来他亲眼得见那些花冤钱的傻子们——有的才十八九岁——在厕所里头顶着墙还撒不出尿来。最后，他必须规规矩矩，才能对得起将来的老婆，因为一旦要娶，就必娶个一清二白的姑娘，所以自己也得像那么回事儿。可是现在，现在……想起虎妞，设若当个朋友看，她确是不错；当个娘们看，她丑，老，厉害，不要脸！就是想起抢去他的车，而且几乎要了他的命的那些大兵，也没有像想起她这可恨可厌！她把他由乡间带来的那点清凉劲儿毁尽了，他现在成了个偷娘们的人！

再说，这个事要是吵嚷开，被刘四知道了呢？刘四晓得不晓得他女儿是个破货呢？假若不知道，祥子岂不独自背上黑锅？假若早就知道而不愿意管束女儿，那么他们父女是什么东西呢？他和这样人搀合着，他自己又是什么东西呢？就是他们父女都愿意，他也不能要她；不管刘老头子是有六十辆车，还是六百辆，六千辆！他得马上离开人和厂，跟他们一刀两断。祥子有祥子的本事，凭着自己的本事买上车，娶上老婆，这才正大光明！想到这里，他抬起头来，觉得自己是个好汉子，没有可怕的，没有可虑的，只要自己好好的干，就必定成功。

让了两次座儿，都没能拉上。那点别扭劲儿又忽然回来了。不愿再思索，可是心中堵得慌。这回事似乎与其他的事全不同，即使有了解决的办法，也不易随便的忘掉。不但身上好像粘上了点什么，心中也仿佛多了一个黑点儿，永远不能再洗去。不管怎样的愤恨，怎样的讨厌她，她似乎老抓住了他的心，越不愿再想，她越忽然的从他心中跳出来，一个赤裸裸的她，把一切丑陋与美好一下子，整个的都交给了他，像买了一堆破烂那样，碎铜烂铁之中也有一二发光的有色的小物件，使人不忍得拒绝。他没和任何人这样亲密过，虽然是突乎其来，虽然是个骗诱，到底这样的关系不能随便的忘记，就是想把它放在一旁，它自自然然会在心中盘绕，像生了根似的。这对他不仅是个经验，而也是一种什么形容不出来的扰乱，使他不知如何是好。他对她，对自己，对现在与将来，都没办法，仿佛是碰在蛛网上的一个小虫，想挣扎已来不及了。

迷迷糊糊的他拉了几个买卖。就是在奔跑的时节，他的心中也没忘了这件事，并非清清楚楚的，有头有尾的想起来，而是时时想到一个什么意思，或一点什么滋味，或一些什么感情，都是渺茫，而又亲切。他很想独自去喝酒，喝得人事不知，他也许能痛快一些，不能再受这个折磨！可是他不敢去喝。他不能为这件事毁坏了自己。他又想起买车的事来。但是他不能专心的去想，老有一点什么拦阻着他的心思；还没想到车，这点东西已经偷偷的溜出来，占住他的心，像块黑云遮住了太阳，把光明打断。到了晚间，打算收车，他更难过了。他必须回车厂，可是真怕回去。假如遇上她呢，怎办？他拉着空车在街上绕，两三次已离车厂不远，又转回头来往别处走，很像初次逃学的孩子不敢进家门那样。

奇怪的是，他越想躲避她，同时也越想遇到她，天越黑，这个想头越来得厉害。一种明知不妥，而很愿试试的大胆与迷惑紧紧的捉住他的心，小的时候去用竿子捅马蜂窝就是这样,害怕,可是心中跳着要去试试,像有什么邪气催着自己似的。渺茫的他觉到一种比自己还更有力气的劲头儿,把他要揉成一个圆球,抛到一团烈火里去;他没法阻止住自己的前进。

他又绕回西安门来,这次他不想再迟疑,要直入公堂的找她去。她已不是任何人,她只是个女子。他的全身都热起来。刚走到门脸上,灯光下走来个四十多岁的男人,他似乎认识这个人的面貌态度,可是不敢去招呼。几乎是本能的,他说了声:"车吗?"那个人楞了一楞:"祥子?"

"是呀,"祥子笑了。"曹先生?"

曹先生笑着点了点头。"我说祥子,你要是没在宅门里的话,还上我那儿来吧?我现在用着的人太懒,他老不管擦车,虽然跑得也怪麻利的;你来不来?"

"还能不来,先生!"祥子似乎连怎样笑都忘了,用小毛巾不住的擦脸。"先生,我几儿上工呢?"

"那什么,"曹先生想了想,"后天吧。"

"是了,先生!"祥子也想了想:"先生,我送回你去吧?"

"不用;我不是到上海去了一程子吗,回来以后,我不在老地方住了。现今住在北长街;我晚上出来走走。后天见吧。"曹先生告诉了祥子门牌号数,又找补了一句:"还是用我自己的车。"

祥子痛快得要飞起来,这些日子的苦恼全忽然一齐铲净,像大雨冲过的白石路。曹先生是他的旧主人,虽然在一块没有多少日子,可是感情顶好;曹先生是非常和气的人,而且家中人口不多,只有一位太太,和一个小男孩。

他拉着车一直奔了人和厂去。虎姑娘屋中的灯还亮着呢。一见这个灯亮,祥子猛的木在那里。

立了好久,他决定进去见她;告诉她他又找到了包月;把这两天的车份儿交上;要出他的储蓄;从此一刀两断——这自然不便明说,她总会明白的。

他进去先把车放好,而后回来大着胆叫了声刘姑娘。

"进来!"

他推开门,她正在床上斜着呢,穿着平常的衣裤,赤着脚。依旧斜着身,她说:"怎样?吃出甜头来了是怎着?"

祥子的脸红得像生小孩时送人的鸡蛋。楞了半天,他迟迟顿顿的说:"我又找好了事,后天上工。人家自己有车……"

她把话接了过来:"你这小子不懂好歹!"她坐起来,半笑半恼的指着他:"这儿有你的吃,有你的穿;非去出臭汗不过瘾是怎着?老头子管不了我,我不能守一辈女儿寡!就是老头子真犯牛脖子,我手里也有俩体己,咱俩也能弄上两三辆车,一天进个块儿八毛的,不比你成天满街跑臭腿去强?我哪点不好?除了我比你大一点,也大不了多少!我可是能护着你,疼你呢!"

"我愿意去拉车!"祥子找不到别的辩驳。

"地道窝窝头脑袋!你先坐下,咬不着你!"她说完,笑了笑,露出一对虎牙。

祥子青筋蹦跳的坐下。"我那点钱呢?"

"老头子手里呢;丢不了,甭害怕;你还别跟他要,你知道他的脾气? 够买车的数儿,你再要,一个小子儿也短不了你的;现在要,他要不骂出你的魂来才怪! 他对你不错! 丢不了,短一个我赔你俩! 你个乡下脑颏! 别让我损你啦!"

祥子又没的说了,低着头掏了半天,把两天的车租掏出来,放在桌上:"两天的。"临时想起来:"今儿个就算交车,明儿个我歇一天。"他心中一点也不想歇息一天;不过,这样显着干脆;交了车,以后再也不住人和厂。

虎姑娘过来,把钱抓在手中,往他的衣袋里塞:"这两天连车带人都白送了! 你这小子有点运气! 别忘恩负义就得了!"

…………

说完,她一转身把门倒锁上。

二十四

…………

入了秋,祥子的病已不允许他再拉车,祥子的信用已丧失得赁不出车来。他作了小店的照顾主儿。夜间,有两个铜板,便可以在店中躺下。白天,他去作些只能使他喝碗粥的劳作。他不能在街上去乞讨,那么大的个子,没有人肯对他发善心。他不会在身上作些彩,去到庙会上乞钱,因为没受过传授,不晓得怎么把他身上的疮化装成动人的不幸。作贼,他也没那套本事,贼人也有团体与门路啊。只有他自己会给自己挣饭吃,没有任何别的依赖与援助。他为自己努力,也为自己完成了死亡。他等着吸那最后的一口气,他是个还有口气的死鬼,个人主义是他的灵魂。这个灵魂将随着他的身体一齐烂化在泥土中。

北平自从被封为故都,它的排场,手艺,吃食,言语,巡警……已慢慢的向四外流动,去找那与天子有同样威严的人和财力的地方去助威。那洋化的青岛也有了北平的涮羊肉;那热闹的天津在半夜里也可以听到低悲的"硬面——饽饽";在上海,在汉口,在南京,也都有了说京话的巡警与差役,吃着芝麻酱烧饼;香片茶会由南而北,在北平经过双熏再往南方去;连抬杠的杠夫也有时坐上火车到天津或南京去抬那高官贵人的棺材。

北平本身可是渐渐的失去原有的排场,点心铺中过了九月九还可以买到花糕,卖元宵的也许在秋天就下了市,那二三百年的老铺户也忽然想起作周年纪念,借此好散出大减价的传单……经济的压迫使排场去另找去路,体面当不了饭吃。

不过,红白事情在大体上还保存着旧有的仪式与气派,婚丧嫁娶仿佛到底值得注意,而多少要些排场。婚丧事的执事,响器,喜轿与官罩,到底还不是任何都市所能赶上的。出殡用的松鹤松狮,纸扎的人物轿马,娶亲用的全份执事,与二十四个响器,依旧在街市上显出官派大样,使人想到那太平年代的繁华与气度。

祥子的生活多半仗着这种残存的仪式与规矩。有结婚的,他替人家打着旗伞;有出殡的,他替人家举着花圈挽联;他不喜,也不哭,他只为那十几个铜子,陪着人家游街。穿上杠房或喜轿铺所预备的绿衣或蓝袍,戴上那不合适的黑帽,他暂时能把一身的破布遮住,稍微体面一些。遇上那大户人家办事,教一干人等都剃头穿靴子,他便有了机会使头上脚下都干净利落一回。脏病使他迈不开步,正好举着面旗,或两条挽联,在马路边上缓缓的蹭。

可是,连作这点事,他也不算个好手。他的黄金时代已经过去了,既没从洋车上成家立业,什么事都随着他的希望变成了"那么回事"。他那么大的个子,偏争着去打一面飞虎旗,或一对短窄的挽联;那较重的红伞与肃静牌等等,他都不肯去动。和个老人,小孩,甚于至妇女,他也会去争竞。他不肯吃一点亏。

打着那么个小东西,他低着头,弯着背,口中叼着个由路上拾来的烟卷头儿,有气无力的慢慢的蹭。大家立定,他也许还走;大家已走,他也许多站一会儿;他似乎听不见那施号发令的锣声。他更永远不看前后的距离停匀不停匀,左右的队列整齐不整齐,他走他的,低着头像作着个梦,又像思索着点高深的道理。那穿红衣的锣夫,与拿着绸旗的催押执事,几乎把所有的村话都向他骂去:"孙子!我说你呢,骆驼!你他妈的看齐!"他似乎还没有听见。打锣的过去给了他一锣锤,他翻了翻眼,朦胧的向四外看一下。没管打锣的说了什么,他留神的在地上找,看有没有值得拾起来的烟头儿。

体面的,要强的,好梦想的,利己的,个人的,健壮的,伟大的,祥子,不知陪着人家送了多少回殡;不知道何时何地会埋起他自己来,埋起这堕落的,自私的,不幸的,社会病胎里的产儿,个人主义的末路鬼!

作者简介

老舍(1898—1966),原名舒庆春,字舍予。北京人,满族。1922年秋,在天津南开中学任教。1923年开始发表白话小说。1924年赴英国伦敦大学亚非学院任讲师。1930年春到上海,后到济南齐鲁大学任教。1934年夏去青岛,任山东大学教授。1936年夏后专事创作。1946年3月,赴美讲学。1949年10月回国。新中国成立后任全国文联副主席、作家协会副主席等职。1951年12月获"人民艺术家"称号。1966年8月24日含冤逝世。他在四十年的创作生涯中,写了近70部作品。主要长篇小说有《老张的哲学》《赵子曰》《离婚》《骆驼祥子》《四世同堂》等,话剧有《方珍珠》《龙须沟》《茶馆》等。

故事梗概

祥子本来生活在农村,18岁时,不幸失去了父母和几亩薄田,便跑到北平城来赚钱谋生。他既年轻又有力气,不吸烟赌钱。他认定拉车是最好挣钱的活儿。他咬牙苦干了3年,终于凑足了100块钱,买了一辆新车。自从有了这辆车,他的生活过得越来越起劲。他幻想着照这样苦干下去,再买上一辆、两辆……就可以开车厂了。

祥子每天放胆地跑,对于什么时候出车也不大考虑,兵荒马乱的时候,他照样出去拉车。有一天,仅仅只是为了多赚一点儿钱,他竟然冒险把车拉到了清华,结果在抄便道的途中连车带人被十来个兵捉住,给大兵们干活,连车都给兵营收了。他自食其力的理想第一次破灭了。后来大兵吃了败仗,夜里祥子趁乱混出了军营,并且顺手牵走了部队丢下的3匹骆驼。天亮时,他以35块大洋把3匹骆驼卖给了一个老头儿。从此,他就得了一个外号,叫"骆驼祥子"。回城的路上,祥子突然病倒了,等祥子病好后,便进城向原来租车的人和车厂走去。

人和车厂的老板刘四爷是快70岁的人了,只有一个三十七八岁的女儿叫虎妞。虎妞长得虎头虎脑,像个男人一样。祥子把30元钱交给刘四爷保管,希望攒够后再买一辆车。祥子没有轻易忘记自己的车被抢的事。他恨不得马上就能买上一辆新车。为此,他不惜和别人抢生意。祥子在杨先生家拉包月,受了气,只待了四天就离开了杨家。心事重重的祥子回到车厂已经是晚上11点多,被虎妞酒后引诱。醒后的祥子感到羞愧、难过。他决定离开人和车厂,跟刘四爷一刀两断。

于是祥子去了曹先生家去拉车,曹先生对他很好。一天,虎妞告诉祥子她怀孕了,祥子非常吃惊,虎妞把祥子存在刘四爷那里的30元钱还给他,并要求他腊月二十七给刘四爷拜寿,讨老头子喜欢,再设法让刘四爷招他为女婿。祥子并不愿意,他觉得自己像掉进陷阱里了。

祥子在街上拉车时,遇到了老马,他没钱给孙子买包子,只能让孙子饿肚子,于是祥子便买了几个包子给了老马,老马对他很感激。老马感叹,一辈子做车夫就是死路一条,穷人活该死,再要强也没用。一个下雪的晚上,祥子拉着曹先生由西城回家,一个侦探骑自行车尾随他们。曹先生吩咐祥子把车拉到他好朋友左先生家,又叫祥子坐汽车回家把太太少爷送出来。祥子刚到曹宅,便被孙侦探抓住,孙侦探是当初抓祥子的乱兵排长,他骗走了祥子所有的钱,使祥子买车的希望又一次成了泡影。不久,曹先生一家离开了北平。第二天祥子只得回到人和车厂。刘四爷的生日很热闹,由于心里不痛快,他指桑骂槐,把不满倾泻在祥子和虎妞身上,于是虎妞忍不住生气,告诉刘四爷她怀孕了,孩子是祥子的。刘四爷不愿把女儿嫁给祥子,害怕祥子继承他的产业,要祥子离开。虎妞并不买父亲的账,和祥子在一个大杂院里租房子成了亲。祥子坚持要出去拉车。虎妞拗不过他,只得同意。如今的"人和车厂"已变为"仁和车厂"。刘四爷把一部分车卖出去,剩下的全卖给了另一家车主,自己带着钱享福去了。这令虎妞非常绝望,于是虎妞给祥子100元钱,买下了同院二强子的一辆车。夏天下大雨的一天,祥子拉车大病了一场,他想到拉车的痛苦,没有过去那样充满希望和幻想了。

虎妞后来真的怀孕了,怀孕的虎妞不爱活动、爱吃零食,导致胎儿过大,结果难产死去。为了给虎妞办丧事,祥子卖掉了车。邻居二强子的女儿小福子表示愿意跟他一起过日子。祥子从内心喜欢小福子,但又苦于无力养活他们全家。只好狠心离开并许下承诺,将来接她出去。

祥子又去拉包月,不幸被女主人夏姨太太引诱,得了淋病,花了钱也没有治好,仍继续拉车,可是性格大大地变了,他吸烟、喝酒、自私、偷懒,脾气也越来越坏。

一天祥子拉客人,发现那客人是刘四爷,祥子骂了他几句后便走,自己感觉吐了一口恶气,心里舒畅了许多。他又去曹先生家应允拉包月,曹先生允许用小福子做女仆,还答应让出一间屋子给他们住,谁知回到四合院却见不到小福子,后来得知她去了"白房子"。小福子不能忍受屈辱,最后上吊自尽。祥子最后的希望落空,开始走上自我堕落的道路,再也没有回到曹先生那里去,他觉得活下去就是一切,再也无须想干什么,成了行尸走肉。

作品赏析

作品通过三次买车的非人折磨与打击,来刻画祥子的性格及其变化。无情的生活耗尽了祥子的血和泪,它不但毁灭了祥子健壮的体质,而且也毁掉了他身上的美好品质。尤其在他所爱的小福子自缢后,他"认了命",成了截然不同的另一个人,他吃、喝、嫖、赌,他懒惰、狡猾、搞坏、打架、占便宜,成了洋车夫中的"刺头儿",为了六十块钱,他告发了革命者阮明。总之,他成为自暴自弃、自我戕害的"末路鬼"。俗话说"哀莫大于心死"就是这个道理。作者在故事的结尾写道:"体面的,要强的,好梦想的,利己的,个人的,健壮的,伟大的,祥子,不知陪着人家送了多少回殡;不知道何时何地会埋起他自己来,埋起这堕落的,自私的,不幸的,社会病胎里的产儿,个人主义的末路鬼!"这是对祥子性格特征及其血泪一生的总结,也是对祥子堕落的痛惜,对黑暗社会的悲愤控诉!

祥子的悲剧形象是有深刻的社会意义的。首先,它有力地控诉了半封建半殖民地的旧社会吃人的罪恶,它不仅吞噬人的肉体,还毁灭人的灵魂。正如作者所悲愤指出的:"人把自己从野兽中提拔出,可是到现在人还把自己的同类驱逐到野兽里去。祥子还在那文化之城,可是变成了走兽。"透过祥子从人变成"走兽"这一形象的过程,我们可以看到一个包围他、逼迫他、扭曲他的罪恶的旧社会。那抢他车的大兵,不给仆人饭吃的杨太太,欺骗他压迫他的虎妞,轻看他的刘四,诈他钱的孙侦探,愚弄他的陈二奶奶,诱惑他的夏太太……正是这些兵匪特务、社会渣滓和吸血鬼,夺走了祥子的车,毁灭了他的理想,使他堕落成行尸走肉般的无业游民。发生在祥子身上的惊人变化,完全是社会造成的。作家安排祥子这样一个悲惨的结局,正是一个严肃的现实主义作家真实地反映生活、深刻地剖析社会本质的表现。通过祥子的悲剧,作品揭示了旧世界的残忍与腐败。

其次,祥子的悲剧,也是对个人奋斗道路的有力批判。祥子是城市个体劳动者,他所谓的要强与好胜,其实只是他那个体小生产者狭隘心胸的表现;他的挣扎与反抗,只是孤立无援的个人奋斗。被孙侦探敲诈,还不解自问"我招谁惹谁了?!"一旦理想破灭,被碰得头破血流的祥子,便把满腔的仇恨掷向周围的一切,从而陷入盲目的、带有疯狂性的报复,而这种报复,首先毁灭的不是别人,而是自己!作家把祥子称为"个人主义的末路鬼",并且说:"为个人努力的也知道怎么毁灭个人,这是个人主义的两端。"这正是对祥子小生产者奋斗的思想、性格悲剧的深刻概括。这样,《骆驼祥子》中对城市个体劳动者性格弱点的批判,也就纳入了老舍小说"批判国民性弱点"这一总主题中。

总之,祥子的形象,是五四以来长篇小说创作领域中一个新的典型,是中国现代文学史上第一个成功的城市个体劳动者的典型形象。它的成功,标志着老舍在现实主义创作道路上新的重大发展。

《骆驼祥子》包含着多层意蕴。从社会层面来看,通常认为这部小说反映旧中国城市底层人民的苦难生活,祥子的悲剧中主要体现社会批判包括国民性批判的内涵。从文明与人性关系的层面来看,一个纯朴的农民与现代城市文明相对立所产生的道德堕落与心灵腐蚀的故事,含有对城市文明病与人性关系的思考。老舍试图揭示文明失范如何引发城市中人性的污浊,对病态的城市文明给人性带来的伤害深深忧虑。老舍这类探索现代文明病源的作品,在20世纪30年代是很独特的。

《骆驼祥子》的艺术特色是结构方法的独特。该作品继承了我国传统小说的结构方法，以祥子的希望、挣扎、毁灭为主线，交织成一幅相互关联的军阀统治下的社会图景，联结各种不同阶级、不同地位、不同命运的家庭和人物，反映了当时的现实。人物描写方面着力刻画其心理状态。对人物内心世界的剖视，是很成功的。并且，老舍写人的内心世界，总是通过叙述去写，使人看去这仿佛不是在描写，而是在叙说，这是他写人物心理状态的独特之处。语言特色是本文的亮点。小说用的是道地的北京话，简洁又朴素，基本克服了早期作品中为引人发笑而出现的油嘴贫舌。同时，也创造性地融化了欧化句法，形成了一种自然朴实、俗而能雅的小说语言，较为典型地代表了老舍俗白的文体风格。

推荐阅读

1. 《北京：城与人》，赵园著，上海人民出版社，1991年。
2. 《论〈骆驼祥子〉的现实主义——纪念老舍先生八十诞辰》，樊骏，《文学评论》，1979年第1期。
3. 《认识老舍（上、下）》，樊骏，《文学评论》，1996年第5~6期。

思考题

1. 评析《骆驼祥子》中祥子悲剧的多重含义。
2. 分析老舍作品"京味"形成的主要因素。

边 城

沈从文

作家简介

沈从文(1902—1988),原名沈岳焕,湖南凤凰人,有苗、汉、土家族血统。少年从军,在千里沅水流域看遍多种"人生形式"后进京求学,从事文学创作。1926年出版作品集《鸭子》,1934年发表代表作《边城》,1938年发表长篇小说《长河》。尔后辗转多所高等学府任教,执掌天津《大公报》文艺副刊,成为北方京派作家群体的代表作家和组织者。抗日战争爆发后他任西南联大教授,抗战胜利后,为北京大学教授。新中国成立后他曾在历史博物馆为展品写标签,后从事文物研究,著有《中国古代服饰研究》等。

故事梗概

《边城》写于1934年,先后被译为多种外文。这部小说问世后,曾有"震动中外文坛"之誉。这虽然是溢美之词,但它受到不少国内外读者的喜爱却是事实,因为作者以独特的个人风格为人们提供了别人还未曾提供的反映湘西人民生活的艺术品。

这部作品讲述了湘西边境茶峒地方,老船总顺顺的两个儿子天保和傩送同时爱上了摆渡老船夫的孙女翠翠而引起的一场复杂的爱情纠葛。

翠翠的母亲,老船夫的独生女,十七年前同一个屯防军人相爱,背着父亲发生了暧昧关系,有了孩子,后结婚不成,军人服毒自杀,女儿等生下孩子也故意多喝冷水而死。于是祖孙相依为命,共守渡口,怡然自乐。但待到翠翠长大,老船夫带着对孙女命运的隐忧,开始关注她的婚姻。但他并不了解孙女的心事,同意大佬天保的求婚,当征求翠翠意见时,翠翠又羞于直接表态(其实心中钟情于二佬傩送),以致造成了一系列误会,最终酿成悲剧。

大佬天保不知弟弟傩送已经爱上翠翠,在征得父亲的同意后,托人先向老船夫求亲,得到了一个希望,但仍不很明确,老船夫的意思还是翠翠自己定主意。兄弟俩了解了彼此的心事,并没有采取茶峒的规矩——来一次流血的挣扎,因为兄弟俩情深义重。然而茶峒的风俗不兴"情人奉礼",所以他们相约用向翠翠对歌的方式,看谁能得到翠翠的青睐,让命运来选择。傩送知道哥哥唱歌不及自己,就表示愿意代兄先唱。天保也明白万难唱赢弟弟,但也不愿让弟弟代唱。而且因为自己托人说媒占了先,这次无论如何不肯开腔,傩送无奈只得先唱。天保听了傩送的歌后,觉得自己确实不是弟弟的对手,于是也就承认了失败,不再唱了。为了不干扰弟弟与翠翠的婚事,天保怀着失败的伤心和颓丧,乘坐一条下水货船默默地走了,可是,不久消息传来,这个本是"水鸭子"的天保竟在急流中翻船淹死了。这都表现了他对翠翠真诚的爱,也显示了他刚烈、鲁莽的性格。

二佬傩送有着"岳云"般的漂亮仪表,竹雀般的歌喉,还有一颗水晶般的纯真心灵。他毅然拒绝用一座崭新碾坊作陪嫁的王团总为其女儿的求婚,一心钟情于老船夫的孙女,准备一辈子同翠翠共守渡口。在他的心灵的天平上,爱情高于一切,可是天保的死使他很难过,并且和父亲一样,心里对老船夫有了"疙瘩"。但是他对翠翠的爱并没有丝毫的变化。所以当顺顺由于天保之死,不愿要翠翠做儿媳妇,主张迎娶王团总女儿时,傩送同父亲发生争吵,也负气坐船下桃源了。小说没有安排大团圆的结局:"这个人也许永远不回来了,也许明天回来!"这种生死未卜的结尾,使小说增添了悲剧气氛,也易引起读者对这对年轻人结局的遐想。傩送远行桃源之后,老船夫得知顺顺决定娶王团总女儿做儿媳,而且误听了傩送已同意的消息,产生对孙女婚姻的忧虑,在一个大雷雨之夜溘然长逝。老船夫去世后,孤老马夫杨总兵自愿担负起保护照料翠翠的责任,守在渡口,等待傩送的归期。

作品赏析

《边城》表现了沈从文小说的独特风格。第一,以"叙事抒情诗"的手法描绘了一幅湘西风景、风俗画,具有鲜明的边地少数民族地方色彩。作品一开始就描写了"边城"优美的自然环境和淳朴的风尚,白塔、小溪、塔下住着的人家;这里"溪流如弓背,山路如弓弦""两山多竹篁,翠色逼人而来""近水人家多在桃杏花里,春天时只需注意,凡有桃花处必有人家,凡有人家处必可沽酒"。淡淡几笔,就把湘西的人与自然诗化了。接着叙述了人们在"自然"面前坦然处之的态度。作品几次写到"边城"端午节赛船,泅水捉鸭子的风俗。作者的笔端浸透着诗意,饱含着感情,赞美了湘西自然美景、古朴风俗与美好人性合而为一的美,寄托了作者返归自然的理想。

第二,细腻的心理刻画。作者擅长将人物的语言、行动描写与心理描写结合起来,揭示人物的个性特征和丰富的内心世界。尤其对翠翠的描写,作者静观默察、敏感揣摩少女在青春发育期性心理所表现的各种情态,通过粗线条的外部刻画与细腻入微的心理描写,把翠翠羞涩、娴静、温柔的个性惟妙惟肖地突现出来。如同样写她摆渡,见到傩送时,用"抿着嘴儿,不声不响""很自负地拉缆"等几个动作的勾勒,便把她见到恋人时羞涩而又自矜、激动而又自尊、温柔而又娇气的形象生动地刻画了出来;而给新娘子摆渡,却写她"站在船头,懒懒的攀引缆索,让船缓缓的过去",这里把翠翠对自己将来做新娘的那种纯情的遐想、幸福的憧憬,描绘得含蓄而传神。

第三,文字新奇活泼。沈从文很讲究文字之美,《边城》显示出他在语言文字运用上的独特与高超。他在湘西口语的基础上,吸收书面语、文言文之长,形成了自己独特而鲜明的语言风格。

推荐阅读

1.《又读〈边城〉》,汪曾祺,《沈从文名作欣赏》,中国和平出版社,1993年。

2. 《从边城走向世界》,凌宇著,岳麓书社,2006年。
3. 《走出凤凰》,王安忆,《沈从文名作欣赏》,中国和平出版社,1993年。

思考题

1. 评析《边城》的艺术特色。
2. 结合具体作品,比较评析写湘西与写都市这两副笔墨的文化内涵。

呼兰河传

萧 红

第二章

三

　　野台子戏也是在河边上唱的。也是秋天,比方这一年秋收好,就要唱一台子戏,感谢天地。若是夏天大旱,人们戴起柳条圈来求雨,在街上几十人,跑了几天,唱着,打着鼓。求雨的人不准穿鞋,龙王爷可怜他们在太阳下边把脚烫得很痛,就因此下了雨了。一下了雨,到秋天就得唱戏的,因为求雨的时候许下了愿。许愿就得还愿,若是还愿的戏就更非唱不可了。

　　一唱就是三天。

　　在河岸的沙滩上搭起了台子来。这台子是用杆子绑起来的,上边搭上了席棚,下了一点小雨也不要紧,太阳则完全可以遮住的。

　　戏台搭好了之后,两边就搭看台。看台还有楼座。坐在那楼座上是很好的,又风凉,又可以远眺。不过,楼座是不大容易坐得到的,除非当地的官、绅,别人是不大坐得到的。既不卖票,哪怕你就是有钱,也没有办法。

　　只搭戏台,就搭三五天。

　　台子的架一竖起来,城里的人就说:

　　"戏台竖起架子来了。"

　　一上了棚,人就说:

　　"戏台上棚了。"

　　戏台搭完了就搭看台,看台是顺着戏台的左边搭一排,右边搭一排,所以是两排平行而相对的。一搭要搭出十几丈远去。

　　眼看台子就要搭好了,这时候,接亲戚的接亲戚,唤朋友的唤朋友。

　　比方嫁了的女儿,回来住娘家,临走(回婆家)的时候,做母亲的送到大门外,摆着手还说:

　　"秋天唱戏的时候,接你回来看戏。"

　　坐着女儿的车子走远了,母亲含着眼泪还说:

　　"看戏的时候接你回来。"

　　所以一到了唱戏的时候,可并不是简单的看戏,而是接姑娘唤女婿,热闹得很。

东家的女儿长大了,西家的男孩子也该成亲了,说媒的这个时候,就走上门来。约定两家的父母在戏台底下,第一天或是第二天,彼此相看。也有只通知男家而不通知女家的。这叫做"偷看"。这样的看法,成与不成,没有关系,比较的自由,反正那家的姑娘也不知道。

所以看戏去的姑娘,个个都打扮得漂亮。都穿了新衣裳,擦了胭脂涂了粉,刘海剪得并排齐。头辫梳得一丝不乱,扎了红辫根,绿辫梢。也有扎了水红的,也有扎了蛋青的。走起路来像客人,吃起瓜子来,头不歪眼不斜的,温文尔雅,都变成了大家闺秀。有的着蛋青市布长衫,有的穿了藕荷色的,有的银灰的。有的还把衣服的边上压了条,有的蛋青色的衣裳压了黑条,有的水红洋纱的衣裳压了蓝条,脚上穿了蓝缎鞋,或是黑缎绣花鞋。

鞋上有的绣着蝴蝶,有的绣着蜻蜓,绣着莲花的,绣着牡丹的各样的都有。

手里边拿着花手巾,耳朵上戴了长钳子,土名叫做"带穗钳子"。这带穗钳子有两种,一种是金的,翠的;一种是铜的,琉璃的。有钱一点的戴金的,少微差一点的戴琉璃的。反正都很好看,在耳朵上摇来晃去。黄忽忽,绿森森的。再加上满脸矜持的微笑,真不知这都是谁家的闺秀。

那些已嫁的妇女,也是照样的打扮起来,在戏台下边,东邻西舍的姊妹们相遇了,好互相的品评。

谁的模样俊,谁的鬓角黑。谁的手镯是福泰银楼的新花样,谁的压头簪又小巧又玲珑。谁的一双绛紫缎鞋,真是绣得漂亮。

老太太虽然不穿什么带颜色的衣裳,但也个个整齐,人人利落,手拿长烟袋,头上撇着大扁方。慈祥,温静。

戏还没有开台,呼兰河城就热闹不得了了,接姑娘的,唤女婿的,有一个很好的童谣:

"拉大锯,扯大锯,老爷(外公)门口唱大戏。接姑娘,唤女婿,小外孙也要去。……"

于是乎不但小外孙,三姨二姑也都聚在了一起。

每家如此,杀鸡买酒,笑语迎门,彼此谈着家常,说着趣事,每夜必到三更,灯油不知浪费了多少。

某村某村,婆婆虐待媳妇。那家那家的公公喝了酒就耍酒疯。又是谁家的姑娘出嫁了刚过一年就生了一对双生。又是谁的儿子十三岁就定了一家十八岁的姑娘做妻子。

烛火灯光之下,一谈谈了个半夜,真是非常的温暖而亲切。

一家若有几个女儿,这几个女儿都出嫁了,亲姊妹,两三年不能相遇的也有。平常是一个住东,一个住西,不是隔水的就是离山,而且每人有一大群孩子,也各自有自己的家务,若想彼此过访,那是不可能的事情。

若是做母亲的同时把几个女儿都接来了,那她们的相遇,真仿佛已经隔了三十年了。相见之下,真是不知从何说起,羞羞惭惭,欲言又止,刚一开口又觉得不好意思,过了一刻工夫,耳脸都发起烧来,于是相对无语,心中又喜又悲。过了一袋烟的工夫,等那往上冲的血流落了下去,彼此都逃出了那种昏昏恍恍的境界,这才来找几句不相干的话来开头;或是:"你多咱来的?"

或是:

"孩子们都带来了?"

关于别离了几年的事情,连一个字也不敢提。

从表面上看来,她们并不像是姊妹,丝毫没有亲热的表现。面面相对的,不知道她们两个人是什么关系,似乎连认识也不认识,似乎从前她们两个并没有见过,而今天是第一次的相见,所以异常的冷落。

但是这只是外表,她们的心里,就早已沟通着了。甚至于在十天或半月之前,她们的心里就早已开始很远地牵动起来,那就是当着她们彼此都接到了母亲的信的时候。

那信上写着要接她们姊妹都回来看戏的。

从那时候起,她们就把要送给姐姐或妹妹的礼物规定好了。

一双黑大绒的云子卷,是亲手做的。或者就在她们的本城和本乡里,有一个出名的染缸房,那染缸房会染出来很好的麻花布来。于是送了两匹白布去,嘱咐他好好地加细地染着。一匹是白地染蓝花,一匹是蓝地染白花。蓝地的染的是刘海戏金蟾,白地的染的是蝴蝶闹莲花。

一匹送给大姐姐,一匹送给三妹妹。

现在这东西,就都带在箱子里边。等过了一天二日的,寻个夜深人静的时候,轻轻的从自己的箱底把这等东西取出来,摆在姐姐的面前,说:

"这麻花布被面,你带回去吧!"

只说了这么一句,看样子并不像是送礼物,并不像今人似的,送一点礼物很怕邻居左右看不见,是大嚷大吵着的,说这东西是从什么山上,或是什么海里得来的哪怕是小河沟子的出品,也必要连那小河沟子的身份也提高,说河沟子是怎样地不凡,是怎样地与众不同,可不同别的河沟子。

这等乡下人,糊里糊涂的,要表现的,无法表现,什么也说不出来,只是把东西递过去就算了事。

至于那受了东西的,也是不会说什么,连声道谢也不说,就收下了。也有的稍微推辞了一下,也就收下了。

"留着你自己用吧!"

当然那送礼物的是加以拒绝。一拒绝,也就收下了。

每个回娘家看戏的姑娘,都零零碎碎的带来一大批东西。送父母的,送兄嫂的,送侄女的,送三亲六故的。带了东西最多的,是凡见了长辈或晚辈都多少有点东西拿得出来,那就是谁的人情最周到。

这一类的事情,等野台子唱完,拆了台子的时候,家家户户才慢慢的传诵。

每个从娘家回婆家的姑娘,也都带着很丰富的东西,这些都是人家送给她的礼品。东西丰富得很,不但有用的,也有吃的,母亲亲手制的咸肉,姐姐亲手晒的干鱼,哥哥上山打猎,打了一只雁来腌上,至今还有一只雁大腿,这个也给看戏的姑娘带回去,带回去给公公去喝酒吧。

于是乌三八四的,离走的前一天晚上,真是忙了个不休,就要分散的姊妹们连说个话儿的工夫都没有了。大包小包的包了一大堆。

....

第七章

六

  冯歪嘴子,没有上吊,没有自刎,还是好好的活着。过了一年,他的孩子长大了。
  过年我家杀猪的时候,冯歪嘴子还到我家里来帮忙的,帮着刮猪毛。到了晚上他吃了饭,喝了酒之后,临回去的时候,祖父说,让他带了几个大馒头回去。他把馒头挟在腰里就走了。
  人们都取笑着冯歪嘴子,说:
  "冯歪嘴子有了大少爷了。"
  冯歪嘴子平常给我家做一点小事,磨半斗豆子做小豆腐,或是推二斗上好的红黏谷,撒黏糕吃,祖父都是招呼他到我家里来吃饭的。就在饭桌上,当着众人,老厨子就说:
  "冯歪嘴子少吃两个馒头吧,留着馒头带给大少爷去吧……"
  冯歪嘴子听了也并不难为情,也不觉得这是嘲笑他的话,他很庄严的说:
  "他在家里有吃的,他在家里有吃的。"
  等吃完了,祖父说:
  "还是带上几个吧!"
  冯歪嘴子拿起几个馒头来,往那儿放呢?放在腰里,馒头太热,放在袖筒里怕掉了。
  于是老厨子说:
  "你放在帽兜子里呵!"
  于是冯歪嘴子用帽兜着馒头回家去了。
  东邻西舍谁家若是办了红白喜事,冯歪嘴子若也在席上的话,肉丸子一上来,别人就说:
  "冯歪嘴子,这肉丸子你不能吃,你家里有大少爷的是不是?"
  于是人们说着,就把冯歪嘴子应得的那一份的两个肉丸子,用筷子夹出来,放在冯歪嘴子旁边的小碟里。来了红烧肉,也是这么照办,来了干果碟也是这么照办。
  冯歪嘴子一点也不感到羞耻,等席散之后,用手巾包着,带回家来,给他的儿子吃了。
  …………

一九四〇年十二月廿日香港完稿

作家简介

  萧红(1911—1942),原名张迺莹,笔名悄吟等。中国现代著名女作家,"民国四大才女"之一。1933年与萧军自费出版第一本作品合集《跋涉》。在鲁迅的帮助和支持下,1935年出版了成名作《生死场》(开始使用笔名萧红)。1936年,为摆脱精神上的苦恼东渡日本,在东京写下了散文《孤独的生活》、长篇组诗《砂粒》等。1940年与端木蕻良同抵香港,之后发表了中篇小说《马伯乐》《小城三月》和著名长篇小说《呼兰河传》。1942年在香港逝世。

故事梗概

《呼兰河传》从一个小女孩的视角观察古老的呼兰河畔的种种人和事,是一部回忆性的自传体小说。它再次打破了以人物为中心的传统小说模式,而以呼兰城的公众生活和环境为中心,辐射出生活的种种方面,正如书名所示,它是为整个小城的人情风貌作传。

小说写出了呼兰河的自然风光以及它的卑琐平凡的实际生活;也写出当地人们"精神上的盛举"——风俗民情;写作者的幼年生活,她的慈祥的祖父以及左邻右舍;写呼兰河不同人的生活悲剧:天真活泼的小团圆媳妇的死,孤苦无依的有二伯遭受凌辱,贫困的磨倌冯歪嘴子的不幸。整部小说既充满诗意,又充满旷远的苍凉之感。

作品赏析

《呼兰河传》是萧红的巅峰之作,相较之被作为抗日文学奠基之作的《生死场》,《呼兰河传》因为其中出彩的东北乡间的景色描写、小人物的悲剧命运、一系列农民形象的塑造、故乡的眷恋之情、儿童视角和"稚拙"的笔法、女性主义视角、自传体例等让评论家对它一直兴趣浓厚。

茅盾认为"它是一篇叙事诗,一幅多彩的风土画,一串凄婉的歌谣"。也从侧面说明,这部小说不太像小说,小说要素里最重要的情节、人物,在《呼兰河传》里都显得零碎而微不足道。可是在萧红的笔下,呼兰河,这个让她度过了衣食无忧,却又缺乏父母之爱,只有祖父寄予了她童年慰藉的故乡,即是她笔下的主人公;那"火烧云"的黄昏,那"跳大神"的热闹,那"后花园"的花草和"看大戏"的习俗,那片水土与那里的风俗,还有那片水土上生生不息的"冯歪嘴子"们、"小团圆媳妇"们,就是活灵活现的主人公。

可是《呼兰河传》里确实没有连贯的情节,七个章节,各自都可以独自成章,每个章节都有自己独特的主题,可是七个章节放一起,又是相通的;如第一章节里写呼兰河城的概况,有横亘街道里的大泥坑,有借着泥坑吃瘟猪肉的人们,有卖豆芽菜的偶尔发疯的王寡妇,死过人的染房和造纸的纸房,可是作者却写道:"算不了什么,也就不说他了",用这种淡漠的口吻模拟出当地人对生命的淡漠。扎彩铺是给死人扎各种阴宅用的东西,扎彩匠人却从来没有为自己糊过一座阴宅,他到了阴间,"再开扎彩铺,怕是又要租人家的房子了"。活着的人,活得千辛万苦,却给已死的人做着各种奢华纸糊的阴宅,但是扎彩匠人连给自己糊阴宅的想法都没有,这些人麻木地活,麻木地死,一点儿反抗的意识都没有。写卖麻花的和买麻花的人的争吵,写孩子们争麻花的打闹,写贫困的人们吃豆腐都是一种奢侈的念想,写尽了底层人生活的艰辛、平庸与无聊。作者既写"火烧云"的美景,也写人们冻疮贴膏药的"结实、耐用",人们在"风霜雨雪,受得住的就过去了,受不住的,就寻求着自然的结果,那自然的结果不大好,把一个人默默地一声不响地就拉着离开了这人间的世界了。至于那还没有被拉去的,就风霜雨雪,仍旧在人间被吹打着"。作者用她细致的笔,以貌似轻松的态度写着故乡的一草一木,但是读者不难从中读出鲁迅的味道来。

有着大泥坑的呼兰河城和未庄、鲁镇何其相似,那偶尔发疯的王寡妇和祥林嫂何其相似,那自欺欺人地吃着瘟猪肉的人们与"阿Q坏,被枪毙便是他的坏的证据;不坏又何至于被枪毙呢?"这些愚昧、自欺欺人的未庄人又何其相似。因着对童年记忆的描述,所以《呼兰河传》里也可以看到《百草园》中的童趣。在作者儿童视角的叙事中,对国民性的深刻挖掘,有一种外松内紧的,看似轻松实则沉重的效果。这也是萧红在香港深陷贫病交织的寂寞中对故乡最深的思念与眷恋,是作者离开故土远距离的审视与批判,也是作者在鲁迅影的响与照拂下对乡土文学的继承。

身为女性,女性的爱情、婚姻与家庭生活,也是作者格外关注与书写的对象。健康、黝黑、乐观的小团圆媳妇,却被婆家虐待而死,仅仅因为她虽只有12岁,却格外高大,对外说是14岁了,也显得高大。到了婆家也不知羞,第一次吃饭就吃了三碗饭。婆婆自己打破了碗,也会把小团圆媳妇拉过来打一顿。婆婆为了证明自己没有虐待小团圆媳妇,不惜一遍又一遍地请人跳大神,把自己的辛苦钱给骗子送去。小团圆媳妇终于在众目睽睽之下被烫水浇洗,洗得昏了过去,醒转了又洗,最后终于死了。无论是小团圆媳妇还是她的婆婆,都是那个时代无知又可怜的农村女性,尤其是她的婆婆,她们中没有真正的坏人,可是她们是"被吃"的人,也是"吃人"的人。

作者用散文化的笔法、诗化的语言完成了往事的回忆。病中的作者用她特有的"稚拙"的笔,回忆她那"荒凉"的家,家中慈爱的祖父是作者唯一的温暖与爱的源泉,与父亲的拳脚和咎詈、祖母扎手指的针、母亲的打形成鲜明的对比。寂寞的作者回忆家里的住客,包括脾气古怪的有二伯,有着深深的奴性,也会因为偷东西被打而几次三番假装自杀,会骂主家;磨坊里的磨倌冯歪嘴子等。他们卑微而忙碌,却顽强地活着,这些人和小团圆媳妇一样,他们的命运里不乏麻木的看客,本身即使有健康的人性与体魄,也会慢慢浸染奴性、愚昧与麻木,最终卑微地活、卑微地死。

《呼兰河传》最为人所津津乐道的就是不似小说的小说样式。打破小说、诗歌、散文的界限,这不能不说是萧红大胆的创新,而"大泥坑"的象征主义,呼兰河风景的印象派技法,"小团圆媳妇"命运的女性主义,郁达夫式的自传体式,鲁迅的"看"与"被看"的模式,凡此种种都被作者糅合在《呼兰河传》中,所以这部作品被认为是作者的巅峰作品,实在不为过。

推荐阅读

1. 《萧红评传》,葛浩文著,北方文艺出版社,2019年。
2. 《论萧红小说兼及中国现代小说的散文特征》,选自赵园《论小说十家》,浙江文艺出版社,1987年。
3. 《论〈呼兰河传〉中的儿童视角》,张宇凌,《中国现代文学研究丛刊》,1997年1期。

思考题

1. 如何理解萧红语言的"生疏"与"新鲜"?
2. 评析萧红作品中所展示的儿童视角。

倾城之恋

张爱玲

作家简介

张爱玲(1920—1995),1920年出生在一个没落的贵族家庭,是李鸿章的曾外孙女。

张爱玲的父亲是一个纨绔子弟,吸大烟,逛妓院;张爱玲的母亲却是一个思想开放的新女性,学钢琴、外语,出国留学。母亲所受的西方教育和父亲的遗少积习对她有双重的影响。少年时父母离异给她的生活蒙上了挥之不去的阴影。

1943年,张爱玲的小说《茉莉香片》《倾城之恋》《金锁记》等相继发表,她的创作从一开始就达到高潮期,形成自己的艺术峰巅。张爱玲主要有小说集《传奇》和散文集《流言》,中篇小说《小艾》,长篇小说《十八春》《秧歌》《赤地之恋》《怨女》和评论集《红楼梦魇》等。

故事梗概

《倾城之恋》是张爱玲最脍炙人口的中篇小说之一,创作于1943年,是她的成名作与代表作,最早收录于她1944年出版的小说集《传奇》中。故事发生在香港。上海白家小姐白流苏,经历了一次失败的婚姻,带着一些钱财回家后,那些钱也被哥哥嫂嫂骗去投资,他们失败后使她身无分文,且在亲戚间备受冷嘲热讽,看尽世态炎凉。家里给妹妹介绍了黄金单身汉范柳原,可是大嫂却非要带上自己十几岁的女儿也去与范柳原相亲。妹妹赌气带上了白流苏。白流苏善于低头的传统女性的美,吸引了海外流浪多年的范柳原。为了给自己寻个出路,白流苏便拿自己当作赌注,远赴香港,博取范柳原的爱情,争取一个合法的婚姻地位。两个情场高手斗法的场地在浅水湾酒店。范柳原不愿被一个女人束缚在婚姻里,但在范柳原即将离开香港时,日军开始轰炸浅水湾,范柳原折回保护白流苏,在生死攸关之时,两人得以真心相见,最后得到了世俗男女结婚的结局。

作品赏析

《倾城之恋》在出版之初,并不被业内重视,傅雷认为其"华彩胜过了骨干",是一个关于"调情"的故事。但是张爱玲却认为"从腐旧家庭里走出来的流苏,香港之战的洗礼并不曾将她感化成为革命女性",而这对当时的女性是"较近事实的"描写。(张爱玲《自己的文章》)

从女性主义视域分析白流苏的形象,她是一个旧式包办婚姻里,敢于因为丈夫外遇就离婚的女子,带有明显的现代女性的烙印。离婚后的白流苏,在当时的环境中无法外出就业,在娘家却被哥嫂以各种名目侵吞了财产,又被哥嫂嘲讽嫌弃,因生存所迫必须离开娘家。而后她与范柳原的种种试探与"调情",是当时女子的生存之道——成为"太太"。虽然她用尽手段,可是范柳原却只愿意给她一个"情妇"的头衔,她被迫接受这个结果。不承想香港的沦陷成就了她,范柳原被迫回到香港,与她正式结婚了。她终于挣到了"太太"的地位。但是范柳原却不再给她说情话,而是把情话留给了别人。这使得她的第一次离婚显得滑稽可笑,而这却是当时有了新思想包装,可是无力改变生活环境的众多女性的投射,也是"娜拉出走"之后的结局之一:回来。

从女性主义视域解读范柳原,他是一个意外获得巨额财产的私生子,一改过去被人忽略的存在,成为众多丈母娘心目中的新贵。他欣赏白流苏,是因他在海外流浪多年,被白流苏善于低头的温婉形象所打动,相邀其在香港相聚,不断试探她是否"物有所值"。他一方面清醒地知道白流苏不是因为爱情选择自己,一方面又担心白流苏要用爱情婚姻拴住自己,限制自己的自由,在两人极限拉扯中,他慢慢让白流苏接受了作为"情妇"的身份和自己在一起,这是当时男权社会的男性的红利,女性不过是玩物,并不是一个对等的人。白流苏的今天何尝不是他母亲的曾经?她们这样的女性的命运在重复,那么势必也有他一样的男性的命运在循环,幸运者获得财产,成为既得利益者,不幸的话,被忽略,在乱世中默默无闻地生存或者死去。

张爱玲用一种中式的语言在言情小说的模式下,用西式的写作技巧写金钱与欲望的较量,描摹旧时代衰败的悲凉,表达她对人性脆弱的体悟,书写那个时代女性的天地:爱情、婚姻、家庭。没有一个女性可以做得了主,没有一处对女性而言不荒凉。

推荐阅读

1. 《为市民画像的高等画师》,黄修己,《博览群书》,1996年第3期。
2. 《论张爱玲》(选自《中国文学史话》),胡兰成著,中国长安出版社,2013年。
3. 《浮出历史地表——现代妇女文学研究》,孟悦、戴锦华著,河南人民出版社,1989年。

思考题

1. 分析白流苏和范柳原的爱情心理。
2. 如何理解张爱玲作品中的苍凉意蕴?

围 城

钱锺书

作家简介

钱锺书(1910—1998),字默存,号槐聚,江苏无锡人,中国现代著名作家、文学研究家。10岁入东林小学,后在苏州桃坞中学、无锡辅仁中学接受中学教育,19岁被清华大学破格录取。1933年于清华大学外国语言文学系毕业后,在上海光华大学任教。主要著作有散文集《写在人生边上》(1941)、短篇小说集《人·兽·鬼》(1946)、长篇小说《围城》(1947)、诗词集《槐聚诗存》(1995)、学术著作《管锥编》(1979)、《谈艺录》(1948)、《七缀集》(1985)、《宋诗选注》(1958)等。曾为《毛泽东选集》英文版翻译小组成员。晚年就职于中国社会科学院,任副院长。钱锺书在文学、国故、比较文学、文化批评等领域均取得巨大成就,推崇者甚至冠以"钱学"之名。

故事梗概

方鸿渐是江南小县一个前清举人的儿子,虽已27岁了,也订了婚,却还没有恋爱的经验。大学毕业之前,他由父母作主,与一个姓周的女子结为秦晋,可虽已定聘,鸿渐却只见过这个未婚妻的一张照片,除此之外,别无其他印象了。眼见同窗之中,多少情男痴女,依偎亲热,自己却孑然寂寞,方鸿渐于是逐渐产生了怨愤之心,恨不能解脱这个过早的婚约。

转眼到了大学第四年,一天方鸿渐突然收到父亲来信,说是周家女子为庸医所误,不幸夭折了,安慰鸿渐要敛悲自珍,并令其给丈人家去信吊唁。鸿渐初接信时,有如犯人蒙赦,继而又不免替周家感到哀悯,于是果真写了封感情真挚的吊唁信寄出。周家开银行,周先生收信后,觉得自己选了一个不坏的女婿,便把原打算陪嫁的钱和方家的聘金共两万元换成外币,供方鸿渐毕业后出洋深造。

方鸿渐来到了欧洲。他既不抄敦煌卷子又不访《永乐大典》,更不学蒙古文,只是一味游乐,四年换了三个大学,逛遍了伦敦、巴黎、柏林,成了个名副其实的"游学生"。到了银行存款只剩下四万镑的时节,方、周两家都来信问询有关学位的事,鸿渐这才慌乱起来。幸好这时有一些冒牌的文凭贩子,所要的钱也不多,于是他花了点钱,买了一张"克莱登大学博士"的文凭,又上相馆拍了张博士照,然后启程回国了。此时乃是民国二十六年(即公元1937年)。

苏文纨小姐与方鸿渐是大学同学。她也到法国留学,新近授了博士,正好与鸿渐结伴回国。苏小姐是大户闺秀,自高而孤傲,在大学里是瞧不上方鸿渐的,可是近来她突然发现自己韶华已逝,以往的做法未免不近现实,又苦于一时找不到更好的朋友,便颇有意地利用这次航程,与方鸿渐有一个亲热的机会。

可是方鸿渐却始终感到苏小姐凛然不可亲,因此他在船上找到了一个水性杨花的鲍小姐鬼混。船到香港,鲍小姐走了,苏小姐这才得以和方鸿渐一起。她几乎是竭尽全力地讨方鸿渐的欢心,然而方鸿渐却依然无法与她亲近。

船泊上海,方、苏二人分手了。方鸿渐回到乡里,受到隆重欢迎。车才到站,便有本埠记者抢拍"方博士回乡"的镜头,继而有本县省立中学校长来做讲演,搞得方鸿渐窘迫不堪,出了许多洋相。

紧跟着来的淞沪战事,才使得方鸿渐的笑话成了过去。日本人的飞机,一天近似一天地炸来了,方鸿渐接到周家来信,先到上海。而后方老先生也举家避居上海租界,一路上遇到溃兵的劫掠,钱没了,连脚上的羊毛袜子、绒棉鞋也被抢了。

在上海住了一段时间后,方鸿渐感到无聊,忽又想到苏文纨,于是到了苏家。此时苏小姐身旁已有几位企慕者,一个是留美博士生、苏家世交赵辛楣,还有一个自称是"新古典主义"诗人曹元朗。赵辛楣以为鸿渐前来争宠,妒火中烧。苏小姐却有意使二者相斗,不过心里还是偏向方鸿渐的。可是方鸿渐却看上了苏小姐的表妹,年轻貌美的唐晓芙。待到苏小姐发觉自己失算,便把方鸿渐以往的劣迹如数搬弄给唐小姐听,于是方鸿渐失去了唐晓芙。

方鸿渐"失恋"以后,生活又不免有些懒散,因此逐渐得罪了周家太太。周家太太自恃出过钱,有权过问鸿渐的私事,如今见他对自己傲慢无比,不禁肝气大发。方鸿渐觉得这样住下去自讨没趣,就搬回家中,而且辞去了在丈人开的银行中担任的差事。正当方为失业所苦之际,突然接到赵辛楣邀请"同情兄"的柬子。原来苏小姐遭到方鸿渐冷淡,一怒之下宣布与平素最瞧不起的曹元朗订婚,赵辛楣由是感到自己和方鸿渐一样是受愚弄者,所以称之为"同情兄"。此时湖南平成正筹办一个国立大学,名叫"三闾大学",校长高松年与赵辛楣有旧,聘赵为政治系主任,赵向高举荐了方鸿渐,学校果真来电表示同意请方同去。

与赵、方同行的还有三人:聘定为中文系主任的李梅亭、历史系副教授顾尔谦以及刚从大学出来的孙柔嘉小姐。九月下旬,这五个未来的正副教授、助教们坐着意大利公司的班船到了宁波,再折陆路转内地。一路上舟楫车马,带的行李太多,钱却太少,自然苦不堪言。好不容易勒紧裤带到了平成,众人心想从此可以喘息一阵子,过一段安宁的日子了,没想到又开始了一个更难应付的角逐生涯。方鸿渐原被聘为教授,可是自己开的学历中不敢写学位,到校后改为副教授;李梅亭一路上以中文系主任自居,不料这儿已有个汪处厚先生捷足先登了,李、汪二人因此有隙;方鸿渐无意之中发现历史系主任韩学愈的博士文凭与自己的同属于子虚乌有的"克莱登大学",不禁深恨自己撒谎又胆子太小,而韩学愈也从此处处提防和暗算方鸿渐;汪太太热心做月下老,为赵辛楣和方鸿渐介绍婚姻不成,使得赵、方反得罪了一些人;韩学愈希望自己的洋太太能在外文系当上教授,而外文系主任刘东方则想让妹妹在历史系当助教,于是二人既合作又斗争。最后赵辛楣因为汪太太得罪了汪处厚和高松年,不得不离开了。而方鸿渐不久也因为一本小册子,被认为"思想危险",被辞退了。随方离去的还有孙柔嘉小姐,她已和方鸿渐订了婚。

方鸿渐和孙小姐订了婚之后,才发现孙小姐并非幼稚的小女孩,而是个很有见地、很有心思的女人,订婚才一个月,方鸿渐就仿佛有了个女主人。二人到香港后,方在赵辛楣的劝说之下草草结了婚。不久他们在赵家邂逅了苏小姐,受到苏的奚落,而方竟一词不答,孙柔嘉因此对方大为不满。到了上海,方鸿渐靠赵辛楣的力量,在一家报社当了资料主任,孙柔嘉在一家工厂干活,本可以过个安稳生活了,不料方家不断以一些繁文缛节来打乱他们的平静,更难以忍受的是方鸿渐的两个弟媳,庸俗而又小心眼,时常中伤和她们不属于同一阶层的孙小姐,而方鸿渐也受到孙柔嘉一个有钱姑母的冷遇,因此夫妇间常生龃龉。最后,方鸿渐因为报社内部的斗争,自动辞去职务,孙柔嘉不允,二人又爆发一场口角,终至动起手来,方鸿渐把孙柔嘉推倒在桌旁,孙柔嘉顺手抓起牙梳打中方鸿渐的额头,方鸿渐麻木地走出房门,漫无目的地转了一周,回到家时,只见成堆的箱子少了一只——孙柔嘉上姑母家去住了。

作品赏析

《围城》是一部采用西方"流浪汉"小说模式的作品。"流浪汉"小说以主人公的"冒险"经历为主线,其他的人物和情节随着主人公的经历而安排,不像一般小说那样逻辑严密、故事连贯。《围城》的浅层主线就是主人公方鸿渐的恋爱婚姻史。

全书共9章,可以划分为4个部分:前4章是第一部分,第5章是第二部分,第6～8章是第三部分,最后一章为第四部分。第一部分从小说主人公方鸿渐1937年自欧洲留学回国的故事开始,接着是他在上海和家乡无锡的短暂经历。先是在归国邮轮上,方鸿渐经不住鲍小姐的引诱而一夜风流,体验了"遭欺骗的情欲"。到上海后,他被动地卷入了与他并不喜欢的留法博士苏文纨的恋爱游戏,而他主动追求的则是政治系大学生唐晓芙,在他主观看来,唐是纯洁而可爱的理想中的姑娘,却可望而不可即,并在似乎将要成功之时遭到了苏小姐的彻底破坏。第二部分的中心内容是去三闾大学途中的种种风俗风景,主人公以及同行者所遭受的种种磨难,以及他们的种种表现。这时出现了本书的女主人公孙柔嘉,以及其他一些漫画式的人物。第三部分写他在三闾大学期间的经历,极其生动而辛辣地表现了学术圈中伪文化人的面目,而方鸿渐也在不知不觉中糊里糊涂地落入了孙柔嘉的情网。第四部分写方鸿渐与孙柔嘉一起返回上海,在谋生的困厄和夫妻琐屑的矛盾中,最终导致了夫妻"不离而散"的结局。

书评家夏志清先生认为小说《围城》是"中国近代文学中最有趣、最用心经营的小说,可能是最伟大的一部"。《围城》是钱锺书唯一一部长篇小说。在这部小说里,作者运用幽默的语言和毫不留情的讽刺手法,描写了主人公方鸿渐颠沛流离、无家可归的人生境遇。《围城》向人们揭示了这样一个主题:围在城里的人想逃出来,城外的人想冲进去,对婚姻也罢,职业也罢,人生的愿望大都如此。《围城》是一部社会价值和文学价值都很高的传世佳作,中国文学史上难得的优秀作品。《围城》后来被搬上了电视屏幕,受到了观众的欢迎。

这部小说被誉为新"儒林外史"。小说对韩学愈、高松年、汪处厚等知识分子群像进行了讽刺。钱锺书在《围城》的"序"中表示:"在这本书里,我想写现代中国某一部分社会、某一类人物。写这类人,我没有忘记他们是人类,只是人类,具有无毛两足动物的基本根性。"这是作品的表层结构与深层结构所共同完成的人物。表层与深层结构意义的吻合是普通读者与专业研究者在对作品的感受上殊途同归的重要原因,丰富的意旨与有趣的形式使得这本学者小说同样畅销。

《围城》最大的艺术特点是讽刺,古今中外的警句妙喻、典故、名人轶事,随手拈来织成充满智慧的讽刺文章。

推荐阅读

1. 《〈围城〉的三层意蕴》,温儒敏,《中国现代文学研究丛刊》,1989年第1期。
2. 《记钱锺书与〈围城〉》,杨绛著,湖南人民出版社,1986年。
3. 《钱锺书的风格与魅力——读〈围城〉〈人·兽·鬼〉〈写在人生边上〉》,柯灵,《读书》,1983年第1期。

思考题

1. 评析方鸿渐的性格特点。
2. 如何理解《围城》展示的多重意蕴?

小二黑结婚

赵树理

一、神仙的忌讳

刘家峧有两个神仙,邻近各村无人不晓:一个是前庄上的二诸葛,一个是后庄上的三仙姑。二诸葛原来叫刘修德,当年做过生意,抬脚动手都要论一论阴阳八卦,看一看黄道黑道。三仙姑是后庄于福的老婆,每月初一十五都要顶着红布摇摇摆摆装扮天神。

二诸葛忌讳"不宜栽种",三仙姑忌讳"米烂了"。这里边有两个小故事:有一年春天大旱,直到阴历五月初三才下了四指雨。初四那天大家都抢着种地,二诸葛看了看历书,又掐指算了一下说:"今日不宜栽种。"初五日是端午,他历年就不在端午这天做什么,又不曾种;初六倒是个黄道吉日,可惜地干了,虽然勉强把他的四亩谷子种上了,却没有出够一半。后来直到十五才又下雨,别人家都在地里锄苗,二诸葛却领着两个孩子在地里补空子。邻家有个后生,吃饭时候在街上碰上二诸葛便问道:"老汉!今天宜栽种不宜?"二诸葛翻了他一眼,扭转头返回去了,大家就嘻嘻哈哈传为笑谈。

三仙姑有个女孩叫小芹。一天,金旺他爹到三仙姑那里问病,三仙姑坐在香案后唱,金旺他爹跪在香案前听。小芹那年才九岁,响午做捞饭,把米下进锅里了,听见她娘哼哼得很中听,站在桌前听了一会,把做饭也忘了。一会,金旺他爹出去小便,三仙姑趁空子向小芹说:"快去捞饭!米烂了!"这句话却不料就叫金旺他爹听见,回去就传开了。后来有些好玩笑的人,见了三仙姑就故意问别人:"米烂了没有?"

二、三仙姑的来历

三仙姑下神,足足有三十年了。那时三仙姑才十五岁,刚刚嫁给于福,是前后庄上第一个俊俏媳妇。于福是个老实后生,不多说一句话,只会在地里死受。于福的娘早死了,只有个爹,父子两个一上了地,家里就只留下新媳妇一个人。村里的年轻人们觉着新媳妇太孤单,就慢慢自动地来跟新媳妇做伴,不几天就集合了一大群,每天嘻嘻哈哈,十分红火。于福他爹看见不像个样子,有一天发了脾气,大骂一顿,虽然把外人挡住了,新媳妇却跟他闹起来。新媳妇哭了一天一夜,头也不梳,脸也不洗,饭也不吃,躺在炕上,谁也叫不起来,父子两个没了办法。邻家有个老婆替她请了一个神婆子,在她家下了一回神,说是三仙姑跟上她了,她也哼哼唧唧自称吾神长吾神短,从此以后每月初一十五就下起神来,别人也给她烧起香来求财问病,三仙姑的香案便从此设起来了。

青年们到三仙姑那里去,要说是去问神,还不如说是去看圣像。三仙姑也暗暗猜透大家的心事,衣服穿得更新鲜,头发梳得更光滑,首饰擦得更明,官粉搽得更匀,不由青年们不跟着她转来转去。

这是三十来年前的事。当时的青年,如今都已留下胡子,家里大半又都是子媳成群,所以除了几个老光棍,差不多都没有那些闲情到三仙姑那里去了。三仙姑却和大家不同,虽然已经四十五岁,却偏爱当个老来俏,小鞋上仍要绣花,裤腿上仍要镶边,顶门上的头发脱光了,用黑手帕盖起来,只可惜官粉涂不平脸上的皱纹,看起来好像驴粪蛋上下上了霜。

老相好都不来了,几个老光棍不能叫三仙姑满意,三仙姑又团结了一伙孩子们,比当年的老相好更多、更俏皮。

三仙姑有什么本领能团结这伙青年呢?这秘密在她女儿小芹身上。

三、小芹

三仙姑前后共生过六个孩子,就有五个没有成人,只落了一个女儿,名叫小芹。小芹当两三岁时候,就非常伶俐乖巧,三仙姑的老相好们,这个抱过来说是"我的",那个抱起来说是"我的",后来小芹长到五六岁,知道这不是好话,三仙姑教她说:"谁再这么说,你就说'是你的姑姑'。"说了几回,果然没有人再提了。

小芹今年十八了,村里的轻薄人说,比她娘年轻时候好得多。青年小伙子们,有事没事,总想跟小芹说句话。小芹去洗衣服,马上青年们也都去洗;小芹上树采野菜,马上青年们也都去采。

吃饭时候,邻居们端上碗爱到三仙姑那里坐一会,前庄上的人来回一里路,也并不觉得远。这已经是三十年来的老规矩,不过小青年们也这样热心,却是近二三年来才有的事。三仙姑起先还以为自己仍有勾引青年的本领,日子长了,青年们并不真正跟她接近,她才慢慢看出门道来,才知道人家来了为的是小芹。

不过小芹却不跟三仙姑一样:表面上虽然也跟大家说说笑笑,实际上却不跟人乱来,近二三年,只是跟小二黑好一点。前年夏天,有一天前晌,于福去地,三仙姑去串门,家里只留下小芹一个人。金旺来了,嬉皮笑脸向小芹说:"这会可算是个空子吧?"小芹板起脸来说:"金旺哥!咱们以后说话要规矩些!你也是娶媳妇大汉了!"金旺撇撇嘴说:"咦!装什么假正经?小二黑一来管保你就软了!有便宜大家讨点开点,没事;要正经除非自己锅底没有黑!"说着就拉住小芹的胳膊悄悄说:"不用装模作样了!"不料小芹大声喊道:"金旺!"金旺赶紧放手跑出来。一边还咄念道:"等得住你!"说着就悄悄溜走了。

四、金旺兄弟

提起金旺来,刘家峧没有人不恨他,只有他一个本家兄弟名叫兴旺跟他对劲。

金旺他爹虽是个庄稼人,却是刘家峧一只虎,当过几十年老社首,捆人打人是他的拿手好戏。金旺长到十七八岁,就成了他爹的好帮手,兴旺也学会了帮虎吃食,从此金旺他爹想要捆谁,就不用亲自动手,只要下个命令,自有金旺兴旺代办。

抗战初年,汉奸敌探溃兵土匪到处横行,那时金旺他爹已经死了,金旺兴旺弟兄两个,给一支溃兵作了内线工作,引路绑票,讲价赎人,又做巫婆又做鬼,两头出面装好人。后来八路军来,打垮溃兵土匪,他两人才又回到刘家峧。

山里人本来就胆子小,经过几个月大混乱,死了许多人,弄得大家更不敢出头了。别的大村子都成立了村公所、妇救会、武委会,刘家峧却除了县府派来一个村长以外,谁也不愿意当干部。不久,县里派人来刘家峧工作,要选举村干部,金旺跟兴旺两个人看出这又是掌权的机会,大家也巴不得有人愿干,就把兴旺选为武委会主任,把金旺选为村政委员,连金旺老婆也被选为妇救会主席,其他各干部,硬捏了几个老头子出来充数。只有青抗先队长,老头子充不得。兴旺看见小二黑这个小孩子漂亮好玩,随便提了一下名就通过了,他爹二诸葛虽然不愿,可是惹不起金旺,也没有敢说什么。

村长是外来的,对村里情形不十分了解,从此金旺兴旺比前更厉害了,只要瞒住村长一个人,村里人不论哪个都得由他两个调遣。这几年来,村里别的干部虽然调换了几个,而他两个却好像铁桶江山。大家对他两个虽是恨之入骨,可是谁也不敢说半句话,都恐怕扳不倒他们,自己吃亏。

五、小二黑

小二黑,是二诸葛的二小子,有一次反"扫荡"打死过两个敌人,曾得到特等射手的奖励。说到他的漂亮,那不只在刘家峧有名,每年正月扮故事,不论去到哪一村,妇女们的眼睛都跟着他转。

小二黑没有上过学,只是跟着他爹识了几个字。当他六岁时候,他爹就教他识字。识字课本既不是五经四书,也不是常识国语,而是从天干、地支、五行、八卦、六十四卦名等学起,进一步便学些《百中经》《玉匣记》《增删卜易》《麻衣神相》《奇门遁甲》《阴阳宅》等书。小二黑从小就聪明,像那些算属相、卜六壬课、念大小流年或"甲子乙丑海中金"等口诀,不几天就弄熟了,二诸葛也常把他引在人前卖弄。因为他长得伶俐可爱,大人们也都爱跟他玩;这个说:"二黑,算一算十岁属什么?"那个说:"二黑,给我卜一课!"后来二诸葛因为说"不宜栽种"误了种地,老婆也埋怨,大黑也埋怨,庄上人也都传为笑谈,小二黑也跟着这事受了许多奚落。那时候小二黑十三岁,已经懂得好歹了,可是大人们仍把他当成小孩来玩弄,好跟二诸葛开玩笑的,一到了家,常好对着二诸葛问小二黑道:"二黑!算算今天宜不宜栽种?"和小二黑年纪相仿的孩子们,一跟小二黑生了气,就连声喊道:"不宜栽种不宜栽种……"小二黑因为这事,好几个月见了人躲着走,从此就和他娘商量成一气,再不信他爹的鬼八卦。

小二黑跟小芹相好已经二三年了。那时候他才十六七,原不过在冬天夜长时候,跟着些闲人到三仙姑那里凑热闹,后来跟小芹混熟了,好像是一天不见面也不能行。后庄上也有人愿给小二黑跟小芹做媒人,二诸葛不愿意,不愿意的理由有三:第一小二黑是金命,小芹是火命,恐怕火克金;第二小芹生在十月,是个犯月;第三是三仙姑的声名不好。恰巧在这时候彰德府来了一伙难民,其中有个老李带来个八九岁的小姑娘,因为没有吃的,愿意把姑娘送给人家逃个活命。二诸葛说是个便宜,先问了一下生辰八字,掐算了半天说:"千里姻缘使线牵。"就替小二黑收作童养媳。

虽然二诸葛说是千合适万合适,小二黑却不认账。父子俩吵了几天,二诸葛非养不行,小二黑说:"你愿意养你就养着,反正我不要!"结果虽把小姑娘留下了,却到底没有说清楚算什么关系。

六、斗争会

金旺自从碰了小芹的钉子以后,每日怀恨,总想设法报一报仇。有一次武委会训练村干部,恰巧小二黑发疟疾没有去。训练完毕之后,金旺就向兴旺说:"小二黑是装病,其实是被小芹勾引住了,可以斗争他一顿。"兴旺就是武委会主任,从前也碰过小芹一回钉子,自然十分赞成金旺的意见,并且又叫金旺回去和自己的老婆说一下,发动妇救会也斗争小芹一番。金旺老婆现任妇救会主席,因为金旺好到小芹那里去,早就恨得小芹了不得。现在金旺回去跟她说要斗争小芹,这才是巴不得的机会,丢下活计,马上就去布置。第二天,村里开了两个斗争会,一个是武委会斗争小二黑,一个是妇救会斗争小芹。

小二黑自己没有错,当然不承认,嘴硬到底。兴旺就下命令,把他捆起来送交政权机关处理。幸而村长脑筋清楚,劝兴旺说:"小二黑发疟是真的,不是装病,至于跟别人恋爱,不是犯法的事,不能捆人家。"兴旺说:"他已是有了女人的。"村长说:"村里谁不知道小二黑不承认他的童养媳。人家不承认是对的:男不过十六女不过十五,不到订婚年龄。十来岁小姑娘,长大也不会来认这笔账。小二黑满有资格跟别人恋爱,谁也不能干涉。"兴旺没话说了,小二黑反要问他:"无故捆人犯法不犯?"经村长双方劝解,才算放了完事。

兴旺还没有离村公所,小芹拉着妇救会主席也来找村长,她一进门就说:"村长!捉贼要赃,捉奸要双,当了妇救会主席就不说理了?"兴旺见拉着金旺的老婆,生怕说出这事与自己有关,赶紧溜走。后来村长问了问情由,费了好大一会唇舌,才给她们调解开。

七、三仙姑许亲

两个斗争会开过以后,事情包也包不住了,小二黑也知道这事是合理合法的了,索性就跟小芹公开商量起来。

三仙姑却着了急。她跟小芹虽是母女,近几年来却不对劲。三仙姑爱的是青年们,青年们爱的是小芹。小二黑这个孩子,在三仙姑看来好像鲜果,可惜多一个小芹,就没了自己的份儿。她本想早给小芹找个婆家推出门去,可是因为自己声名不正,差不多都不愿意跟她结亲。开罢斗争会以后,风言风语都说小二黑要跟小芹自由结婚,她想要真是那样的话,以后想跟小二黑说句笑话都不能了,那是多么可惜的事,因此托东家求西家要给小芹找婆家。

"插起招军旗,就有吃粮人。"有个吴先生是在阎锡山部下当过旅长的退职军官,家里很富,才死了老婆。他在奶奶庙大会上见过小芹一面,愿意续她,媒人向三仙姑一说,三仙姑当然愿意。不几天过了礼帖,就算定了,三仙姑以为了却一宗心事。

小芹已经和小二黑商量得差不多了,如何肯听她娘的话?过礼那一天,小芹跟她娘闹起来,把吴先生送来的首饰绸缎扔下一地。媒人走后,小芹跟她娘说:"我不管!谁收了人家的东西谁跟人家去!"

三仙姑愁住了,睡了半天,晚饭以后,说是神上了身,打了两个呵欠就唱起来。她起先责备于福管不了家,后来说小芹跟吴先生是前世姻缘,还唱些什么"前世姻缘由天定,不顺天意活不成……"于福跪在地下哀求,神非教他马上打小芹一顿不可。小芹听了这话,知道跟这个装神弄鬼的娘说不出什么道理来,干脆躲了出去,让她娘一个人胡说。

小芹一个人悄悄跑到前庄上去找小二黑,恰在路上碰上小二黑去找她,两个就悄悄拉着手到一个大窑里去商量对付三仙姑的法子。

八、拿双

小芹把她娘怎样主婚怎样装神,唱些什么,从头至尾细细向小二黑说了一遍,小二黑说:"不用理她!我打听过区上的同志,人家说只要男女本人愿意,就能到区上登记,别人谁也做不了主……"说到这里,听见外边有脚步声,小二黑伸出头来一看,黑影里站着四五个人,有一个说:"拿双拿双!"他两人都听出是金旺的声音,小二黑起了火,大叫道:"拿?没有犯了法!"兴旺也来了,下命令道:"捉住捉住!我就看你犯法不犯法,给你操了好几天心了!"小二黑说:"你说去哪里咱就去哪里,到边区政府你也不能把谁怎么样!走!"

兴旺说:"走?便宜了你!把他捆起来!"小二黑挣扎了一会,无奈没有他们人多,终于被他们七手八脚打了一顿捆起来了。兴旺说:"里边还有个女的,也捆起来!捉奸要双,这是她自己说的!"说着就把小芹也捆起来了。

前庄上的人都还没有睡,听见有人吵架,有些人就跑出来看,麻秆火把下看见捆着的两个人,大家不问就都知道了八九分。二诸葛也出来了,见小二黑被人家捆起来,就跪在兴旺面前哀求道:"兴旺!咱两家没有什么仇!看在我老汉面上,请你们诸位高高手……"兴旺说:"这事情,我们管不了,送给上级再说吧!"小二黑说:"爹!你不用管!送到哪里也不犯法!我不怕他!"兴旺说:"好小子!要硬你就硬到底!"又逼住三个民兵说:"带他们走!"一个民兵问:"带到村公所?"兴旺说:"还到村公所干什么?上一回不是村长放了的?送给区武委会主任按军法处理!"说着就把他两个人拥上走了。

九、二诸葛的神课

邻居们见是兴旺弟兄们捆人,也没有人敢给小二黑讲情,直等到他们走后,才把二诸葛招呼回家。

二诸葛连连摇头说:"唉!我知道这几天要出事啦:前天早上我上地去,才上到岭上,碰上个骑驴媳妇,穿了一身孝,我就知道坏了。我今年是罗睺星照运,要谨防戴孝的冲了运气,因此哪里也不敢去,谁知躲也躲不过?昨天晚上二黑他娘梦见庙里唱戏。今天早上一个老鸦落在东房上叫了十几声……唉!反正是时运,躲也躲不过。"他啰哩啰嗦念了一大堆,邻居们听了有些厌烦,又给他说了一会宽心话,就都散了。

有事人哪里睡得着？人散了之后，二诸葛家里除了童养媳之外，三个人谁也没有睡。二诸葛摸了摸脸，取出三个制钱占了一卦，占出之后吓得他面色如土。他说："了不得呀了不得！丑土的父母动出午火的官鬼，火旺于夏，恐怕有些危险了。唉！人家把他选成青年队长，我就说过不叫他当，小杂种硬要充人物头！人家说要按军法处理，要不当队长哪里犯得了军法？"老婆也拍手跺脚道："小爹呀！谁知道你要闯这么大的事啦？"大黑劝道："甭怕！事已经出下了，由他去吧！我想这又不是人命事，也犯不了什么大罪！既然他们送到区上了，我先到区上打听打听！你们都睡吧！"说着点了个灯笼就走了。

二诸葛打发大黑去后，仍然低头细细研究方才占的那一卦。停了一会，远远听着有个女人哭，越哭越近，不大一会就来到窗下，一推门就进来了。二诸葛还没有看清是谁，这女人就一把把他拉住，带哭带闹说："刘修德！还我闺女！你的孩子把我的闺女勾引到哪里了？还我……"二诸葛老婆正气得死去活来，一看见来的是三仙姑，正赶上出气，从炕上跳下来拉住她道："你来了好！省得我去找你！你母女两个好生生把我个孩子勾引坏，你倒有脸来找我！咱两人就也到区上说说理！"两个女人滚成一团，二诸葛一人拉也拉不开，也再顾不上研究他的卦。三仙姑见二诸葛老婆已经不顾了命，自己先胆怯了几分，不敢恋战，少闹了一会挣脱出来就走了。二诸葛老婆追出门来，被二诸葛拦回去，还骂个不休。

十、恩典恩典

二诸葛一夜没有睡，一遍一遍念："大黑怎么还不回来，大黑怎么还不回来。"第二天天不明就起程往区上走，走到半路，远远看见大黑、三个民兵已都回来了，还来了区上一个助理员、一个交通员。他远远就喊叫道："大黑！怎么样？要紧不要紧？"大黑说："没有事！不怕！"说着就走到跟前，助理员跟三个民兵先走了。大黑告交通员说："这就是我爹！"又向二诸葛说："区上添传你跟于福老婆。你去吧，没有事！二黑跟小芹两个人，一到区上就放开了。区上早就听说兴旺跟金旺两个人不是东西，已经把他两个人押起来了，还派助理员到咱村开大会调查他们横行霸道的证据。我赶到那里人家就问罢了，听说区上还许咱二黑跟小芹结婚。"二诸葛说："不犯罪就好，结婚可不行，命相不对！你没有听说添传我做什么？"大黑说："不知道，大约也没有什么大事。你去吧，我先回去告我娘去。"交通员说："老汉！这就算见了你了！你去吧，我再传那一个去！"说了就跟大黑相跟着走了。

二诸葛到了区上，看见小二黑跟小芹坐在一条板凳上，他就指着小二黑骂道："闯祸东西！放了你你还不快回去？你把老子吓死了！不要脸！"区长道："干什么？区公所是骂人的地方？"二诸葛不说话了。区长问："你就是刘修德？"二诸葛答："是！"问："你给刘二黑收了个童养媳？"答："是！"问："今年几岁了？"答："属猴的，十二岁了。"区长说："女不过十五岁不能订婚，把人家退回娘家去，刘二黑已经跟于小芹订婚了！"二诸葛说："她只有个爹，也不知逃难逃到哪里去，退也没处退。女不过十五不能订婚，那不过是官家规定，其实乡间七八岁订婚的多着哩。请区长恩典恩典就过去了……"区长说："凡是不合法的订婚，只要有一方面不愿意都得退！"二诸葛说："我这是两家情愿！"区长问小二黑道："刘二黑！你愿意不愿意？"小二黑说："不愿意！"二诸葛的脾气又上来了，瞪了小二黑一眼道："由你啦？"区长道："给他订婚不由他，难道由你啦？老汉！如今是婚姻自主，由不得你了，你家

中国现当代文学名作选析

养的那个小姑娘,要真是没有娘家,就算成你的闺女好了。"二诸葛道:"那也可以,不过还得请区长恩典恩典,不能叫他跟于福这闺女订婚!"区长说:"这你就管不着了!"二诸葛发急道:"千万请区长恩典恩典,命相不对,这是一辈子的事!"又向小二黑道:"二黑!你不要糊涂了!这是你一辈子的事!"区长道:"老汉!你不要糊涂了;强逼着你十九岁的孩子娶上个十二岁的小姑娘,恐怕要生一辈子气!我不过是劝一劝你,其实只要人家两个人愿意,你愿意不愿意都不相干。回去吧!童养媳没处退就算成你的闺女!"二诸葛还要请区长"恩典恩典",一个交通员把他推出来了。

十一、看看仙姑

三仙姑去寻二诸葛,一来为的是逗逗闹气的本领,二来为的是遮遮外人的耳目,其实让小芹吃一吃亏她很高兴,所以跟二诸葛老婆闹了一阵之后,回去就睡了。第二天早上,她起得很迟,于福虽比她着急,可是自己既没有主意,又不敢叫醒她,只好自己先去做饭,饭快成的时候,三仙姑慢慢起来梳妆,于福问她道:"不去打听打听小芹?"她说:"打听她做甚啦?她的本领多大啦?"于福也再没有敢说什么,把饭菜做成了放在炉边等,直等到她梳妆罢了才开饭。

饭还没有吃罢,区上的交通员来传她。她好像很得意,嗓子拉得长长地说:"闺女大了咱管不了,就去请区长替咱管教管教!"她吃完了饭,换上新衣服、新手帕、绣花鞋、镶边裤,又擦了一次粉,加了几件首饰,然后叫于福给她备上驴,她骑上,于福给她赶上,往区上去。

到了区上。交通员把她引到区长房子里,她趴下就磕头,连声叫道:"区长老爷,你可要给我做主!"区长正伏在桌上写字,见她低着头跪在地下,头上戴了满头银首饰,还以为是前两天跟婆婆生了气的那个年轻媳妇,便说道:"你婆婆不是有保人吗?为什么不找保人?"三仙姑莫名其妙,抬头看了看区长的脸。区长见是个擦着粉的老太婆,才知道是认错人了。交通员道:"认错人了!这就是于小芹的娘!"区长打量了她一眼道:"你就是小芹的娘呀?起来!不要装神作鬼!我什么都清楚!起来!"三仙姑站起来了。区长问:"你今年多大岁数?"三仙姑说:"四十五。"区长说:"你自己看看你打扮得像个人不像?"门边站着老乡一个十来岁的小闺女嘻嘻嘻笑了。交通员说:"到外边耍!"小闺女跑了。区长问:"你会下神是不是?"三仙姑不敢答话。区长问:"你给你闺女找了个婆家?"三仙姑答:"找下了!"问:"使了多少钱?"答:"三千五!"问:"还有些什么?"答:"有些首饰布匹!"问:"跟你闺女商量过没有?"答:"没有!"问:"你闺女愿意不愿意?"答:"不知道!"区长道:"我给你叫来你亲自问问她!"又向交通员道:"去叫于小芹!"

刚才跑出去那个小闺女,跑到外边一宣传,说有个打官司的老婆,四十五了,擦着粉,穿着花鞋。邻近的女人们都跑来看,挤了半院,唧唧哝哝说:"看看!四十五了!""看那裤腿!""看那鞋!"三仙姑半辈没有脸红过,偏这会撑不住气了,一道道热汗在脸上流。交通员领着小芹来了,故意说:"看什么?人家也是个人吧,没有见过?闪开路!"一伙女人们哈哈大笑。

把小芹叫来,区长说:"你问问你闺女愿意不愿意!"三仙姑只听见院里人说"四十五""穿花鞋",羞得只顾擦汗,再也开不得口。院里的人们忽然又转了话头,都说"那是人家的闺女""闺女不如娘会打扮",也有人说"听说还会下神",偏又有个知道底细的断断续续讲"米烂了"的故事；这时三仙姑恨不得一头碰死。

区长说："你不问我替你问！于小芹，你娘给你找的婆家你愿意跟人家结婚不愿意？"小芹说："不愿意！我知道人家是谁？"区长向三仙姑道："你听见了吧？"又给她讲了一会婚姻自主的法令，说小芹跟小二黑订婚完全合法，还吩咐她把吴家送来的钱和东西原封退了，让小芹跟小二黑结婚。她羞愧之下，一一答应了下来。

十二、怎么到底

三个民兵回到刘家峧，一说区上把兴旺金旺二人押起来，又派助理员来调查他们的罪恶，真是人人拍手称快。午饭后，庙里开一个群众大会，村长报告了开会宗旨，就请大家举他两个人的作恶事实。起先大家还怕扳不倒人家，人家再返回来报仇，老大一会没有人说话，有几个胆子太小的人，还悄悄劝大家说："忍事者安然。"有个被他两人作践垮了的年轻人说："我从前没有忍过？越忍越不得安然！你们不说我说！"他先从金旺领着土匪到他家绑票说起，一连说了四五款，才说道："我歇歇再说，先让别人也说几款！"他一说开了头，许多受过害的人也都抢着说起来：有给他们花过钱的，有被他们逼着上过吊的，也有产业被他们霸了的，老婆被他们奸淫过的。他两人还派上民兵给他们自己割柴，拨上民夫给他们自己锄地；浮收粮，私派款，强迫民兵捆人……你一宗他一宗，从晌午说到太阳落，一共说了五六十款。

区上根据这些罪状把他两人送到县里，县里把罪状一一证实之后，除叫他们赔偿大家损失外，又判了十五年徒刑。

经过这次大会之后，村里人也都敢出头了。不久，村干部又都经过大改选，村里人再也不敢乱投坏人的票了。这期间，金旺老婆自然也落了选。偏她还变了口吻，说："以后我也要进步了。"

两个神仙也有了变化：

三仙姑那天在区上被一伙妇女围住看了半天，实在觉着不好意思，回去对着镜子研究了一下，真有点打扮得不像话；又想到自己的女儿快要跟人结婚，自己还卖什么老俏？这才下了个决心，把自己的打扮从顶到底换了一遍，弄得像个当长辈人的样子，把三十年来装神弄鬼的那张香案也悄悄拆去。

二诸葛那天从区上回去，又向老婆提起二黑跟小芹的命相不对，他老婆道："把你的鬼八卦收起吧！你不是说二黑这回了不得吗？你一辈子放个屁也要卜一课，究竟抵了些什么事？我看小芹蛮不错，能跟咱二黑过就很好！什么命相对不对？你就不记得'不宜栽种'？"二诸葛见老婆都不信自己的阴阳，也就不好意思再到别人跟前卖弄他那一套了。

小芹和小二黑各回各家，见老人们的脾气都有些改变，托邻居们趁势和说和说，两位神仙也就顺水推舟同意他们结婚。后来两家都准备了一下，就过门。过门之后，小两口都十分得意，邻居们都说是村里第一对好夫妻。

夫妻俩在自己卧房里有时候免不了说玩话：小二黑好学三仙姑下神时候唱"前世姻缘由天定"，小芹好学二诸葛说"区长恩典，命相不对"。淘气的孩子们去听窗，学会了这两句话,就给两位神仙加了新外号:三仙姑叫"前世姻缘",二诸葛叫"命相不对"。

1943 年 5 月写于太行

作家简介

赵树理(1906—1970),原名赵树礼,山西沁水人。赵树理出生于贫苦农民家庭,从小喜爱各种民间文艺。1925 年考入长治第四师范,开始受到五四新思潮的影响。1926 年他因参加四师学生驱逐校长的运动,被开除,后不久又遭军阀阎锡山逮捕入狱。出狱后长期深入农村,曾做过乡村小学教师,并开始致力于文艺通俗化、大众化的工作。1933 年至 1936 年,他写了章回体长篇通俗小说《蟠龙峪》等作品,初步显示"文摊"文学的独特风采。1937 年,赵树理参加牺盟会,并加入中国共产党,利用民间戏剧、秧歌、小调进行抗日宣传。1939 年至 1940 年,先后编辑《黄河日报》太南版的副刊《山地》等。

毛泽东《在延安文艺座谈会上的讲话》发表后,赵树理于 1943 年 5 月创作出著名的短篇小说《小二黑结婚》,同年 12 月出版中篇小说《李有才板话》,1945 年底又写出长篇小说《李家庄的变迁》。这些作品在内容上深刻反映当时农村尖锐复杂的阶级斗争,在艺术形式上具有工农群众所喜爱的民族的大众风格,从而奠定了他在现代文学史上的重要地位。此后,他又写出了短篇小说《地板》(1944)、《福贵》(1946)、《小经理》(1948)、《传家宝》(1949)、《田寡妇看瓜》(1949)以及中篇小说《邪不压正》(1948)等。新中国成立后他创作的《三里湾》(1955)是第一部描写农业合作化的长篇小说。1958 年他又发表了著名短篇小说《锻炼锻炼》。

作品赏析

《小二黑结婚》是赵树理的成名作、代表作。它通过一对青年男女追求婚姻自由的故事,反映了革命根据地新一代农民在斗争中的成长,歌颂了忠贞的爱情和翻身农民对封建恶势力斗争的胜利,同时幽默地嘲讽了迷信思想和包办婚姻的愚昧可笑,并预示移风易俗的民主改革时代的到来。

这篇小说取材于太行山区的辽县(今左权县)一个农村民兵小队长岳冬至和俊姑娘智英祥的恋爱悲剧。由于已婚的村长和青救会秘书垂涎于这个俊姑娘,他们以岳冬至家有九岁的童养媳为理由,暗地开斗争会把他打死,被打死之后,男女双方的家庭还不认为他们的恋爱是正当的。赵树理在调查这个案件时,看到启发群众民主觉悟乃是一项迫切任务。因此,他创作出这篇小说。赵树理把自己的小说称作"问题小说",他说:"因为我写小说,都是我下乡工作中所碰到的问题,感到那个问题不解决会妨碍我们工作的进展,应该把它提出来。"这是他当时对于文艺要为政治服务的具体理解和实践。

《小二黑结婚》典型地体现了赵树理小说在民族化、通俗化方面所取得的杰出成就。

首先,从情节结构看,赵树理小说特别重视故事性,看重它的通俗明了。他的小说往往一开始就要把故事发生的时间、地点、人物的身份、简要经历交代得清清楚楚。《小二黑结婚》便是以一条爱情主线,将三对人物(两个"神仙"、"金旺兄弟"和"二小")、两组矛盾

(敌我矛盾和新旧矛盾)纠葛在一起,表现得十分晓畅、清晰和明白。在结构方式上,采取了滚动式、连环套,由小说开头的"神仙的忌讳"带出两个"神仙"的概况,由"三仙姑的来历"又带出小芹,由小芹引来金旺兄弟,由金旺兄弟再把小二黑引入矛盾圈内。这样由一个人物拽出另一个人物,直到小说要描写的矛盾三方的六个人物齐全,而后,从第六节"斗争会"起,将两组矛盾相互纠合,交错推进,引向高潮。最后在第十二节"怎样到底"中矛盾解体,把人物的最后结局一一作了交代:金旺兄弟受到应有的惩罚,两位"神仙"的思想开始转变,"二小"有情人终成眷属。整个故事单线发展,因果链环环相扣,井然有序。此外,作家为了适应群众欣赏习惯,还汲取了章回体小说和说唱文学中某些有效手法,如使用小标题,使眉目清楚,印象鲜明。运用"扣子",引起悬念,吸引读者,增强故事曲折性。

其次,从人物塑造来看,赵树理小说主要通过故事来展现人物性格。这是从我们广大农民群众欣赏习惯的需要出发的。为此,赵树理从不作静止的景物描写,也不作冗长烦琐的心理剖析,而主要借助于人物外部形态,包括行动和对话,由外而内地揭示人物精神世界的变化。为了增强人物的行动性,赵树理小说十分注重人物的矛盾冲突。

再次,从语言运用来看,赵树理小说尤其体现了鲜明的民族特色。《小二黑结婚》的语言朴实明快,风趣流畅。如二诸葛说的"不宜栽种""命相不对""恩典恩典",极具个性特征。赵树理的叙述语言简朴单纯,如同老农讲故事那样保持语言的本色。这主要得益于他大量运用了人民群众的口头语言,尤其是北方农民的口语,如"十分红火""看出门道""趁势和说一说",讽刺三仙姑的"老来俏""只可惜官粉涂不平脸上的皱纹,看起来好像驴粪蛋上下上了霜",用农民常见的落上霜的驴粪蛋,形容村野人物的面容,在挖苦中也散发着泥土味。

最后,赵树理小说汲取民间说唱文学的语汇语调,如"抬脚动手都要论一论阴阳八卦,看一看黄道黑道""引路绑票,讲价赎人,又做巫婆又做鬼,两头出面装好人",既通俗自然,又韵白相间,带有一定对仗成分,朗朗上口,富有节奏。

推荐阅读

1. 《赵树理研究资料》,黄修己编,北岳文艺出版社,1985年。
2. 《赵树理研究文集》,中国赵树理研究会编,中国文联出版公司,1996年。

思考题

1. 为什么说赵树理被认为是最认真贯彻执行毛泽东《在延安文艺座谈会上的讲话》的作家?
2. 结合《小二黑结婚》说说解放区文学特点。

诗歌篇

蝴　蝶

胡　适

两只黄蝴蝶,双双飞上天;
不知为什么,一个忽飞还。
剩下那一个,孤单怪可怜;
也无心上天,天上太孤单。

1916 年 8 月 23 日

作家简介

　　胡适(1891—1962),字适之,安徽绩溪人。中国现代思想家、文学家、哲学家。幼年时代接受传统的文化教育,少年时代到上海读书接受近代启蒙思想。1910 年赴美国留学,初学农科,后转入哥伦比亚大学哲学系,深受杜威实证主义哲学影响,1917 年获哲学博士学位。他与陈独秀、刘半农、钱玄同等人共同提倡白话文,1917 年在《新青年》上发表《文学改良刍议》一文,提出从改革旧文学的"八事"入手去实现文学的变革,在五四文学革命酝酿期产生重大的社会影响。1917 年 7 月回国任北京大学教授,提倡新文学,并率先在《新青年》上创作白话诗,成为五四新文化运动中有很大影响力的领袖人物之一。1918 年,胡适在《建设的文学革命论》中明确地提出要以"国语的文学""文学的国语"作为文学革命的宗旨。1922 年创办《努力周报》。1923 年创办《新月》月刊。1938—1942 年任国民政府驻美国大使,对抗战有所贡献。1945 年任北京大学校长。1962 年在台北病逝。

　　胡适是有世界声望的中国现代学者之一,他一生的学术活动主要在文学、哲学、史学、考据学、教育学、红学几个方面。其主要著作有《胡适文存》、《中国哲学史大纲》上册、《戴东源的哲学》、《白话文学史》上册、《胡适论学近著》、《中国章回小说考证》、《胡适文集》等。

作品赏析

　　这首诗是中国新文学革命发动之后发表的第一首白话新诗,初题为《朋友》,后改为《蝴蝶》。这首小诗是由一双蝴蝶由合而分、由双而单的客观景物引发的灵感写成的,抒发离群孤独寂寞的情怀。胡适以中国第一首白话新诗的创作实践表明:在生活中普通、点滴的感受,只要有一缕思绪、一丝情意、即情即景起兴,如实写下,都可成诗。胡适的这首诗虽然还带有旧体诗的一些痕迹,五言句式还是比较整齐的;但是它已经实现了现代诗的口语化,不用典、不用对仗、不用平仄,达到了"废律"的要求,语言明白如话,浅显易懂,押韵自然,代表了早期白话诗的优点。同时也反映了早期白话诗的不足之处:语言自然但散漫,缺乏锤炼;语句顺畅但缺少节奏感。

胡适主张"作诗如作文"。胡适在美国意象派诗歌的启发下,意识到必须"充分采用白话的字、白话的文法和白话的自然音节""做长短不一的诗",把"诗的散文化"与"诗的白话化"统一起来,才能跳出旧诗词的范围,实现"诗体的大解放"。因此,其《尝试集》确实从中国古典诗歌的形式传统中挣脱出来,被人们称为"沟通新旧两个艺术时代的桥梁"。

推荐阅读

1. 《胡适传》,白吉庵著,人民出版社,1993年。
2. 《胡适评说八十年》,子通主编,中国华侨出版社,2003年。
3. 《尝试集》,胡适著,人民文学出版社,2000年。

思考题

1. 胡适与五四新文化运动的关系如何?
2. 胡适的白话新诗在文学史上的地位如何?

凤凰涅槃（节选）

郭沫若

天方国古有神鸟名"菲尼克司"（Phoenix），满五百岁后，集香木自焚，再从死灰中更生，鲜美异常，不再死。

按此鸟殆即中国所谓凤凰：雄为凤，雌为凰。《孔演图》云：凤凰火精，生丹穴。《广雅》云："凤凰……雄鸣曰即即，雌鸣曰足足。"

序曲
除夕将近的空中，
飞来飞去的一对凤凰，
唱着哀哀的歌声飞去，
衔着枝枝的香木飞来，
飞来在丹穴山上。

山右有枯槁了的梧桐，
山左有消歇了的醴泉，
山前有浩茫茫的大海，
山后有阴莽莽的平原，
山上是寒风凛冽的冰天。

天色昏黄了，
香木集高了，
凤已飞倦了，
凰已飞倦了，
他们的死期将近了。

凤啄香木，
一星星的火点迸飞。
凰扇火星，
一缕缕的香烟上腾。

凤又啄，
凰又扇，
山上的香烟弥散，
山上的火光弥满。

夜色已深了，
香木已燃了，
凤已啄倦了，
凰已扇倦了，
他们的死期已近了！

啊啊！
哀哀的凤凰！
凤起舞，低昂！
凰唱歌，悲壮！

凤又舞，
凰又唱，
一群的凡鸟
自天外飞来观葬。

作家简介

郭沫若(1892—1978)是我国卓越的无产阶级文学家、诗人、剧作家、考古学家、思想家、古文字学家、历史学家、书法家和著名的革命家、社会活动家。

1892年，郭沫若出生于四川乐山沙湾的一个中等地主家庭。少时喜爱文学，先在乐山嘉定中学，后到成都求学，积极参加反对清廷的爱国运动，被推举为学生代表。

1914年，他赴日学医，接触了泰戈尔、惠特曼、歌德等人的著作，深受影响。五四革命运动激发了他的爱国热情，因此他写下许多热爱祖国、歌颂革命的诗篇，这些诗篇后收在《女神》中。《女神》是五四时代激越的战斗口号，开辟了一代诗风。五四时期，郭沫若的思想比较复杂，具有泛神论思想和初步的社会主义因素，但主导的是革命民主主义思想。

1921年，郭沫若曾回上海，与郁达夫、成仿吾等人组织"创造社"，出版《创造季刊》。五四时期高潮后，国家仍陷于半封建半殖民地命运，郭沫若为此苦闷不堪，诗集《星空》显示了这种思想情绪。不久，他重返日本，完成学业。

从1928年2月东渡日本后10年间，他运用马克思主义观点，进行中国古代史的研究，出版《中国古代社会研究》，为中国的历史学研究开拓了新道路。

1937年7月，他从日本回国，主持国民政府军委会政治部第三厅工作。1942年以后运用历史剧为武器，揭发国民党反动派消极抗日、积极反共的罪恶阴谋，先后写有《屈原》《棠棣之花》《虎符》等剧。

中华人民共和国成立后，他担负繁重的国家事务，还写了《新华颂》等诗篇，《蔡文姬》

等历史剧。

1978年6月12日,郭沫若病逝于北京。党和国家为他举行隆重的追悼大会,悼词中赞誉他"和鲁迅一样,是我国现代文化史上一位学识渊博、才华卓具的著名学者。他是继鲁迅之后,在中国共产党的领导下,在毛泽东思想指引下,我国文化战线上又一面光辉的旗帜"。

作品赏析

这首诗创作于1920年1月,是《女神》中最有代表性的一首抒情长诗。它借凤凰"集木自焚,复从死灰中更生"的神话故事,象征着旧中国以及诗人旧我的毁灭和新中国以及诗人新我的诞生。它体现了中国人民改造祖国和民族的伟大愿望,与五四革命运动前驱者的思想一致,具有鲜明的时代精神和深广的思想意义。

长诗共分为六章:序曲、凤歌、凰歌、凤凰同歌、群鸟歌、凤凰更生歌。

序曲:作者描绘的场景象征着无边阴冷的中国,渲染凤凰自我牺牲时的悲壮气氛,突出凤凰形象的壮美与崇高。凤歌:表现了诗人对黑暗社会的愤懑和否定。凰歌:表现了诗人与千百年来封建社会的决裂,显示出五四新一代思想的迅速觉醒。凤凰同歌:体现着诗人要把旧中国彻底改造为新中国的强烈愿望。在火中获得新生的不仅是凤凰,同时也象征着诗人自我。群鸟歌:通过给禽类中的群丑画像,对现实中那些横暴的统治者、贪婪的剥削者、庸俗的市侩、无耻的文人进行了无情的鞭挞。凤凰更生歌:本章是全诗的高潮,写东方黎明时分,春潮滚滚、生气勃勃的光明世界,这也是诗人对新中国的憧憬与展望。

这首诗的艺术成就表现在以下几个方面。第一,诗人运用革命浪漫主义方法,以神话题材来表达革命的理想。赋予古老神话以新的内容,使它为革命的现实服务,这是诗人艺术上的创新。第二,诗人用对比的方法显示美与丑,表现爱与憎。第三,叙事与抒情有机结合,长诗借叙事以抒情,沿着叙事的线索,读者可以清楚地看出抒情的层次。第四,自由诗的形式和语言的雄浑豪迈,是长诗语言表达方面的特点。

《凤凰涅槃》体现了诗集《女神》的浪漫主义特征。郭沫若的《女神》诗集57首诗中,所选的诗歌多为留学日本时所作,其中的《炉中煤》《天狗》《地球,我的母亲》等诗篇,运用中国传统神话题材,融汇中国传统文化、象征意象、羁旅游子深情,同时受美国诗人惠特曼泛神思想、雄浑诗风影响,突出"大我",气吞山河,抒发强烈的爱国激情。这毁灭一切、推翻一切、重新缔造新世界的气魄,那种昂扬向上、进取不息、呼唤光明的勇气,以及那种浓烈的浪漫主义表现手法等,都在《凤凰涅槃》中得到了最完整最突出的表现。因此,无论从思想上还是艺术上,《凤凰涅槃》都集中地体现了《女神》的特征。

推荐阅读

1.《郭沫若传》,龚济民,方仁念著,北京十月文艺出版社,1988年。
2.《女神》,郭沫若著,人民文学出版社,1977年。
3.《郭沫若全集》文学编(1—20卷),郭沫若著,人民文学出版社,1982年。

思考题

1. 试论郭沫若《女神》的自我抒情主人公形象。
2. 简评泛神论对郭沫若早期诗歌创作的影响,并说明郭诗如何代表五四时代的精神特征。
3. 《女神》的浪漫主义特点表现在哪些方面?
4. 《女神》的思想艺术特色是什么?

沙扬娜拉(十八)
——赠日本女郎

徐志摩

最是那一低头的温柔,
像一朵水莲花不胜凉风的娇羞,
道一声珍重,道一声珍重,
那一声珍重里有蜜甜的忧愁——
沙扬娜拉!

(原载《志摩的诗》,1925 年 8 月作者自费印行聚珍仿宋版线装本)

作者简介

徐志摩(1897—1931),浙江海宁人,中国现代著名诗人、散文家。原名章垿,字槱森,留学美国时改名志摩。曾经用过的笔名有南湖、诗哲、海谷、谷等。主要作品有诗集《志摩的诗》《翡冷翠的一夜》《猛虎集》《云游》等,散文集《落叶》《自剖》《秋》《巴黎的鳞爪》等。1915 年毕业于浙江一中,先后就读于上海沪江大学、天津北洋大学和北京大学。1918 年赴美国学习银行学和社会学。1921 年赴英国留学,入剑桥大学当特别生,研究政治经济学。在剑桥两年,他深受西方教育的熏陶及欧美浪漫主义和唯美派诗人的影响。1923 年参与发起成立新月社,并加入文学研究会;1924 年与胡适、陈西滢等创办《现代评论》周刊,任北京大学教授;1926 年主编《晨报·诗镌》,与闻一多等人开展新诗格律化运动;1927 年参加创立"新月书店";1928 年《新月》月刊创刊后任主编。1931 年与陈梦家、方玮德等创办《诗刊》季刊,被推选为笔会中国分会理事,时年 11 月 19 日,乘飞机由南京北上,因遇雾飞机失事,不幸罹难。

作品赏析

徐志摩这首只有 5 行 48 字的小诗《沙扬娜拉》自问世 90 多年以来,以其独特的魅力吸引着广大读者。关于这首诗蕴含的思想内容,一般人认为它是一首爱情诗,是写作者和一位日本少女的爱恋的;也有学者认为,《沙扬娜拉》是一首非常精妙绝伦的别离诗,或者说,《沙扬娜拉》是现代告别诗的绝唱。

诗的题目是《沙扬娜拉》,即日本语"再见"的意思。副标题是"赠日本女郎",内涵是多重的:其一赠别的对象是日本少女;其二赠别的地点是在日本;其三赠别的是几位少女,不是一位少女。1924 年印度诗人泰戈尔访问中国结束之后,又应邀到日本讲学,徐志摩陪同泰戈尔赴日访问,在离开日本前夕写了《沙扬娜拉十八首》,前十七首中有这样的句子:"我爱慕她们体态的轻盈""我爱慕她们颜色的调匀""她们流眄中有无限的殷勤""我餐不尽她们的笑靥与柔情"。这里至少透露出徐志摩在访日的短暂时间里已和日本人民结下了深厚的情谊。徐志摩是一位主情的诗人,离别时依依不舍之情自然会流淌而出。

  诗乃心之曲,情乃诗之根。离别诗是中国古代诗词中最常见的内容之一。尤其是唐代以来,更成为人们抒志写意、传递友情的普遍方式。就其格式而言,一般要交代告别的时间、地点、场景,还有叮嘱、祝愿、期盼的话语,等等。如李白《送孟浩然之广陵》:"故人西辞黄鹤楼,烟花三月下扬州。孤帆远影碧空尽,惟见长江天际流。"王维《送元二使安西》:"渭城朝雨浥轻尘,客舍青青柳色新。劝君更尽一杯酒,西出阳关无故人。"都是送别诗中脍炙人口之作。而徐志摩的《沙扬娜拉》则以瞬间把握永恒,以具体包容无限,写得情意绵绵,甜而不腻。诗人巧妙地捕捉了临别的一个特写镜头,抒写了刹那间的感受。这首诗的成功之处在于它对感情细腻入微的处理。我们常说"人间要好诗,人间要真情"。《沙扬娜拉》对主人与客人分别时难分难舍的种种细节、场面、景物,一概略去,不着一笔,48字却包含着十分丰富细致的内容。其中有动作、语言,有深情厚谊,更有人物内心世界的精确描绘,笔法简洁洗练,形象逼真生动,给读者留下了丰富的想象空间,真正做到了"幅短而神遥,墨稀而旨永",充分显示了诗人徐志摩绘态传神、以少胜多的艺术功力。

再别康桥

徐志摩

轻轻的我走了,
正如我轻轻的来;
我轻轻的招手,
作别西天的云彩。

那河畔的金柳,
是夕阳中的新娘;
波光里的艳影,
在我的心头荡漾。

软泥上的青荇,
油油的在水底招摇;
在康河的柔波里,
我甘心做一条水草!

那榆荫下的一潭,
不是清泉,是天上虹;

揉碎在浮藻间,
沉淀着彩虹似的梦。

寻梦?撑一支长篙,
向青草更青处漫溯;
满载一船星辉,
在星辉斑斓里放歌。

但我不能放歌,
悄悄是别离的笙箫;
夏虫也为我沉默,
沉默是今晚的康桥!

悄悄的我走了,
正如我悄悄的来;
我挥一挥衣袖,
不带走一片云彩。

1928 年 11 月 6 日,中国海上
(选自《猛虎集》,新月书店 1932 年版)

作品赏析

　　徐志摩在《猛虎集》序言里写道:"我只要你们记得有一种天教歌唱的鸟不到呕血不住口,它的歌里有它独自知道的别一个世界的愉快,也有它独自知道的悲哀与伤痛的鲜明;诗人也是一种痴鸟,他把他的柔软的心窝抵着蔷薇的花刺,口里不住的唱着星月的光辉与人类的希望,非到他的心血滴出来把白花染成大红他不住口。他的痛苦与快乐是浑成一片"。这一段话能很好地诠释诗人在写《再别康桥》时的心境。
　　诗人曾经于 1921 年至 1922 年在英国剑桥大学当特别生,在这里度过了珍贵的大学时光。首先,徐志摩因慕名罗素在剑桥任教,所以前往剑桥求学。等诗人到了剑桥,得知罗素已在 1916 年被剑桥辞退。满怀期待又失望的情愫在诗人心里已经投射了阴影。其次,诗人在剑桥可以随意选听课程,剑桥浓郁的学术环境、自由的课程体系、静谧的图书馆

以及剑桥(康桥)、康河周边的景物,使得诗人享受了作为学者文人最大的快乐,诗人在给父母的书信里这样形容这段时光:"儿尤喜与英国名士交接,得益备蓰,真所谓学不完的聪明。"再次,他在这期间认识了林徽因。总之,剑桥时光是他人生中最快意的时光,培养了诗人对于诗歌的热爱之情。

《再别康桥》写于 1928 年 11 月,诗人第三次欧洲游历后于归国船上所作,相较于第一次写的散文《我所知道的康桥》描写康桥的美景,与第二次写的诗歌《康桥再会罢》,这首《再别康桥》是用诗人与康桥挥手作别时的绵绵情思编织而成的。诗人把自己对康桥的深情,融化进了悄然离别时那些富有特色的意象和想象之中,既有重温旧梦的欣喜,又有好梦难圆的感伤,恋恋不舍的柔情和若有所失的怅惘相交织,使诗作在柔美的旋律中流露出一种淡淡的哀愁。全诗风格清新飘逸,节奏轻盈柔美。

徐志摩是贯穿新月派前后期的重要人物。他热烈地追求"爱""自由"和"美",追求人与自然的和谐,这与他那活泼好动、潇洒空灵的个性以及不羁的才华和谐地统一,形成了志摩诗特有的飞动飘逸的艺术风格。徐志摩的创作,丰富了新诗的艺术世界,以其美的艺术珍品提高着读者的审美力。

推荐阅读

1. 《志摩的诗》,徐志摩著,人民文学出版社,1983 年。
2. 《徐志摩自传》,徐志摩著,长江文艺出版社,2020 年。
3. 《徐志摩传》,韩石山著,人民文学出版社,2010 年。
4. 《评徐志摩的诗》,朱湘,《小说月报》,1926 年第 17 卷第 1 号。
5. 《徐志摩论》,茅盾,《现代》,1932 年第 2 卷第 4 期。

思考题

1. 结合徐志摩的诗歌,说一说他的诗歌理论主张。
2. 谈谈徐志摩诗歌的艺术特色。
3. 为什么说徐志摩是新月诗派的重镇?

死 水

闻一多

这是一沟绝望的死水，
清风吹不起半点漪沦。
不如多扔些破铜烂铁，
爽性泼你的剩菜残羹。

也许铜的要绿成翡翠，
铁罐上绣出几瓣桃花；
再让油腻织一层罗绮，
霉菌给他蒸出些云霞。

让死水酵成一沟绿酒，
漂满了珍珠似的白沫；
小珠们笑声变成大珠，
又被偷酒的花蚊咬破。

那么一沟绝望的死水，
也就夸得上几分鲜明。
如果青蛙耐不住寂寞，
又算死水叫出了歌声。

这是一沟绝望的死水，
这里断不是美的所在，
不如让给丑恶来开垦，
看他造出个什么世界。

一九二五年四月
（选自《死水》，新月书店，一九二八年一月版）

作家简介

闻一多（1899—1946），本名闻家骅，号友三，后改名一多，湖北浠水人。中国现代诗人、学者。主要作品有诗集《红烛》《死水》，学术著作有《楚辞校补》《神话与诗》《唐诗杂论》等。代表作有《死水》《发现》等。

闻一多自幼喜读古典诗词，爱好美术，接受传统经史教育和"新学"教育。1912年考入清华学校。1919年开始新诗创作。1920年，发表了第一首新诗《西岸》。1921年与梁实秋等人发起成立清华文学社，1922年3月，写成《律诗底研究》，同年7月赴美留学，年底出版了《〈冬夜〉〈草儿〉评论》，该作品代表了闻一多早期对新诗的看法。1923年，出版了第一部新诗集《红烛》。这一时期的诗歌深沉激越，不论是表达民族、爱国情感还是男女相思之情，无不深挚浓烈、情深意长。1925年回国后，任北京艺术专科学校教务长，次年参与创办《晨报·诗镌》，发表著名的论文《诗的格律》。1928年出版了第二本诗集《死水》，并任《新月》杂志编辑，后因观点不合而辞职。几年之间，诗人的各种人生经历，使得这一时期的诗歌由愤激转为沉静，更加老到深沉。抗战爆发后，闻一多任教于西南联大，且积极投身抗日运动，反独裁、争民主。1946年7月15日在悼念李公朴先生的大会上，他怒斥国民党当局，发表著名的《最后一次讲演》，当天下午即被国民党特务杀害。

闻一多对新诗格律和形式方面的探索,主要体现在要求诗歌要具有绘画美、建筑美、音乐美,从而使早期新诗摆脱"绝端的自由"的非诗化误区,为新诗发展提供新的探索方向。

作品赏析

《死水》是闻一多最重要的代表作,写于1925年4月,诗人归国后,目睹到军阀统治下的中国社会已经腐烂透顶,不可救药。因此,以"死水"作为象征,表达愤激之情,寄希望于未来一个翻天覆地的社会变化。鲁迅先生在《两地书》中,也曾把中国社会千奇百怪的腐朽与恶劣不堪,比作"黑色的染缸"。台湾杂文家柏杨曾将之比喻为"酱缸"。

第一诗段:以"绝望的死水"比喻旧中国的停滞落后和死气沉沉,一切革新的时代潮流,都不能引起丝毫变化,只能任帝国主义军阀反动派肆意践踏、掠夺、榨取。"不如""爽性"等字眼表达了诗人一种极度的愤慨。"这是一沟绝望的死水"点明了诗的中心,所以第四、五诗段中有重复、有呼应。

第二诗段:承接第一诗段中后两句的意思加以阐发,讥刺在反动统治下社会的变态畸形,以丑为美,美丑颠倒,开出种种"恶之花"。正如鲁迅讽刺复古主义者那样,把脓疮一般的"国粹",视为"红肿之处,艳若桃花,溃烂之时,美如乳酪"。旧中国殖民地半殖民地社会造成畸形"繁花",十里洋场,光怪陆离,无奇不有。

第三诗段:诗人展开想象,巧譬设喻,进一步写出"死水"中出现的腐败现象。在这腐败机体上的寄生虫们却以恶为美,在这里寻欢作乐,醉生梦死,令人更加恶心。化静为动,辛辣讽刺,表现诗人超凡的观察力和异乎寻常的想象力。

第四诗段:青蛙只是这个丑恶世界中的鼓手,但青蛙单调的叫声,恰恰反衬了"死水"的可怕沉寂,更让人有一种死寂般的窒息感。

第五诗段:最后的诗段,一反前面的敷衍法,而从正面来直接抒情,表达诗人对"死水"的本质认识和否定的评价。"断不是"三个字,力量千钧,语气斩钉截铁,促使诗意陡然转折。对于最后两句"不如让给丑恶来开垦/看他造出个什么世界",历来存在不同的理解。朱自清认为"这不是'恶之花'的赞颂,而是索性让'丑恶'早些'恶贯满盈','绝望'里有希望"。(《闻一多全集·序言》)这种解释是符合作者本意的。这两句是闻一多愤恨到极点时的诅咒,言有尽而意无穷,耐人咀嚼。

这首诗歌的艺术特点如下:首先,构思新颖独特,想象力奇妙、脱俗,以丑写美,以美讥丑。这种从反面写意,正面立论的抒写法,含蓄、凝重、深沉,具有独特的艺术效果。其次,熔象征性、暗示性、讽刺性于一炉。"死水"中蕴含火一样的激情,唤起人们的羞恶感、爱憎感,给人以悲愤、苍凉的情绪。闻一多曾致信臧克家,并反驳其说《死水》的作者只长于技巧,且对"说郭沫若有火,而不说我有火"表示不满。他说:"我只觉得自己是座没有爆发的火山,火烧得我痛,却始终没有能力(就是技巧)炸开那禁锢我的地壳,放射出光和热来。只有少数跟我很久的朋友(如梦家)才知道我有火,并且就在《死水》里感觉出我的火来。"(《臧克家先生的信》)最后,体现了格律体新诗的音乐美、绘画美、建筑美的"三美"主张。"音乐美"主要来源于节奏,而构成诗的节奏主要是音尺、平仄和韵脚。其中重点是"音尺"。《死水》每段四行，每行九字，每行的音节都包括一个"三字尺"和"二字尺"。错综交替，音节富于变化，收尾双音词，通篇押韵，韵脚和谐。"绘画美"主要指辞藻，闻一多认为诗画是相连的，他本人是学美术的，对色彩较敏感。他认为诗必须有"浓丽繁密而且具体的意象"(《冬夜评论》)，像《死水》中的"绿酒""白沫""罗绮""云霞"等。"建筑美"即节的匀称和句的均齐，我们的文字是象形的，鉴赏文艺至少一半靠眼睛传达，闻一多说："中国的艺术最大的一个特质是均齐，而这个特质在其建筑与诗中尤为显著。"(《律诗底研究》)因此他把节的匀称和句的均齐，作为诗的建筑美的重要条件。《死水》全诗五节，每节四行，每行都是九字句，被人称为方块诗，体现了"节的匀称和句的均齐"。

闻一多从新诗的漫无节制的现状中，认识到新诗也需要新的约束，提出了著名的"三美论"，《死水》正是被公认为闻一多"三美"格律诗的典型。正如他所说："越有魄力的作家，越是要戴着脚镣跳舞，才跳得痛快，跳得好。"(《诗的格律》)

推荐阅读

1. 《红烛：我的父亲闻一多》，闻立雕著，新华出版社，2009年。
2. 《闻一多传》，王康著，湖北出版社，1979年。
3. 《闻一多全集》，闻一多著，生活·读书·新知三联书店，1982年。
4. 《闻一多的诗》，苏雪林，《现代》，1934年第4卷第3期。
5. 《论闻一多的〈死水〉》，沈从文，《新月》月刊，1930年第3卷第2期。

思考题

1. 结合闻一多作品谈谈他的诗歌理论主张。
2. 新月诗派为什么提出"新诗格律化"？

雨 巷

戴望舒

撑着油纸伞,独自
彷徨在悠长,悠长
又寂寥的雨巷,
我希望逢着
一个丁香一样地
结着愁怨的姑娘。

她是有
丁香一样的颜色,
丁香一样的芬芳,
丁香一样的忧愁,
在雨中哀怨,
哀怨又彷徨。

她彷徨在这寂寥的雨巷,
撑着油纸伞
像我一样,
像我一样地
默默彳亍着,
冷漠,凄清,又惆怅。

她静默地走近
走近,又投出
太息一般的眼光,

她飘过
像梦一般地,
像梦一般地凄婉迷茫。

像梦中飘过
一枝丁香地,
我身旁飘过这女郎;
她静默地远了,远了,
到了颓圮的篱墙,
走尽这雨巷。

在雨的哀曲里,
消了她的颜色,
散了她的芬芳,
消散了,甚至她的
太息般的眼光,
丁香般的惆怅。

撑着油纸伞,独自
彷徨在悠长,悠长
又寂寥的雨巷,
我希望飘过
一个丁香一样地
结着愁怨的姑娘。

作家简介

戴望舒(1905—1950),笔名有戴梦鸥、江思、艾昂甫等,生于浙江杭州。中国现代著名诗人。

戴望舒于1922年开始创作新诗,早期诗歌受到新月诗派的影响。1923年,考入上海大学文学系。1925年,转入震旦大学法文班。在震旦期间读了象征派诗人魏尔伦、波德莱尔的诗,还翻译过一些法国象征主义的诗歌,此时他开始将象征派的一些手法吸收到自己的创作中。1926年同施蛰存、杜衡等人创办《璎珞》旬刊,在创刊号上发表诗作《凝泪出门》和翻译的魏尔伦的诗。1928年与施蛰存、杜衡、冯雪峰一起创办《文学工场》。1929年4月,第一本诗集《我的记忆》出版,其中《雨巷》成为传诵一时的名作,他也因此被称为"雨巷诗人"。

1932年赴法留学,1935年回上海,积极参加各种文学活动,1938年去香港主编积极宣传抗日的《星岛日报·星岛》副刊。1942年,日军占领香港后,他以抗日罪被捕,狱中受残酷迫害,不久被保释出狱,抗战胜利后重回上海。他出版的三部诗集分别是《我的记忆》(1929)、《望舒草》(1932)、《灾难的岁月》(1948)。

作品赏析

《雨巷》运用象征的手法,抒发诗人迷惘感伤的思想情绪。它反映了大革命失败后,渴求新的希望,但又看不到前途的小资产阶级知识分子彷徨苦闷的心情,表达的思想情绪是感伤低沉的。

由于运用了象征、暗示的手法,诗歌带有象征派音色交错、诗意朦胧的特点。这首诗像诗人的一种潜意识活动,整个画面的形象迷离恍惚,若即若离,诗所呈现的朦胧意境正是诗人情绪的生动写照。在雨巷中彷徨的"我"及"我"的思想情绪,正暗示了诗人的某种心境,某种情绪。诗歌并没有直接表现出来,而是借助象征、暗示使诗意含蓄朦胧,扩大了诗的想象空间。

人们在欣赏戴望舒的《雨巷》时,首先看到的是第一层次的外在形象:在"悠长/又寂寥的雨巷"中,一个"丁香一样"的姑娘,打着油纸伞,她静静地走来,又静静地远了,远了,一直"走尽这雨巷"。由这个外在形象,人们可能联想起追求爱情中所感到的迷茫与惆怅;如果深入一层的话,人们还可由"悠长/又寂寥的雨巷",联想到追求真理、理想道路的"寂寥"与"悠长",以及在理想破灭以后感到的迷茫、惆怅。联系写作的时代背景与作者的思想发展道路可知,第二层次是作者写作的主要意图。然而不同时代、不同生活经验的读者仍然能够对"雨巷"与"丁香"一样的姑娘的形象和含义作出属于自己的合理的想象与发挥。这是由于现代派诗人采用了象征、暗示的手法,扩大了诗的含量和情绪宽度,通过读者的审美再创造,打破了传统的单纯主题确定在单一形象中的简单化程式,而把不确定的复杂主题隐含在单纯的形象里,以简单的形式包含多层次的内容,这确实是诗歌艺术的一种进步。

这首诗音节整齐。全诗七节,每节六行,各行长短不一,但大体在一定的间隔重复一个韵。有些地方以复沓手法强化诗的旋律与节奏,读起来优美和谐,舒徐有致(回环反复),给人以回肠荡气之感。许多人都盛赞《雨巷》,朱湘说它"在音节上完美无疵",叶圣陶甚至说"替新诗的音节开了一个新纪元"。

我用残损的手掌

戴望舒

我用残损的手掌
摸索这广大的土地：
这一角已变成灰烬，
那一角只是血和泥；
这一片湖该是我的家乡，
（春天，堤上繁花如锦幛，
嫩柳枝折断有奇异的芬芳，）
我触到荇藻和水的微凉；
这长白山的雪峰冷到彻骨，
这黄河的水夹泥沙在指间滑出；
江南的水田，你当年新生的禾草
是那么细，那么软……现在只有蓬蒿；
岭南的荔枝花寂寞地憔悴，
尽那边，我蘸着南海没有渔船的苦水……
无形的手掌掠过无限的江山，
手指沾了血和灰，手掌沾了阴暗，
只有那辽远的一角依然完整，
温暖，明朗，坚固而蓬勃生春。
在那上面，我用残损的手掌轻抚，
像恋人的柔发，婴孩手中乳。
我把全部的力量运在手掌
贴在上面，寄与爱和一切希望，
因为只有那里是太阳，是春，
将驱逐阴暗，带来苏生，
因为只有那里我们不像牲口一样活，
蝼蚁一样死……那里，永恒的中国！

一九四二年七月三日

作品赏析

与诗人早期兼采中西诗艺精华的诗歌相比，这首《我用残损的手掌》属于诗人晚期沉郁深情的爱国诗歌。此诗选自诗人第四本诗集《灾难的岁月》，也是诗人的最后一本诗集。诗人婚姻不幸，又因爱国正义的活动进过监狱，诗风变化很大，增加了社会和时代的内容，有鲜明的现实主义特征和爱国思想，此诗和《狱中题壁》都是后期诗人在被日寇逮捕入狱后所作。

诗中"我"以残损的手掌抚摸着祖国的无限江山，感情悲怆却不悲观。诗人用"残损的手掌""摸索"沦落的家乡，一边是哀婉叹息，一边是饱含深情回忆曾经的美好河山，两种看似矛盾的情绪却被诗人糅合在一起。诗人也将自我想象成两个形象：一个是作为这受伤的国土的一员，手掌亦是残损的，经历了这片土地上的"血和泥"；另一个则是可以赋予"爱和一切希望"的中华不屈的灵魂，尽管国土不完整，但是只要有"一角依然完整"，就会"是太阳，是春"，那就是"永恒的中国"！不服输，不会被打倒，不屈的中国精神与残损的"手掌"相结合，能激起读者对始作俑者的痛恨，并萌生出守护这片国土的责任感。

诗人主张"诗的韵律不在字的抑扬顿挫上，而在诗的情绪的抑扬顿挫上，即在诗情的程度上"。而爱国之情就是贯穿这首诗歌中的诗情。无论繁花似锦，还是焦土如斯，诗人都如同热恋的人和依恋母亲的婴儿,幻想巨大的手掌抚过山河,沾上了"血和灰""沾了阴暗",最终将会"驱逐阴暗,带来苏生"。

推荐阅读

1. 《戴望舒传》,刘保昌著,湖北辞书出版社,2007年。
2. 《戴望舒诗集》,戴望舒著,四川人民出版社,1981年。
3. 《戴望舒全集》,戴望舒著,中国青年出版社,1999年。
4. 《戴望舒评传》,郑择魁、王文彬著,百花文艺出版社,1987年。

思考题

1. 结合具体的诗歌评析,论述戴望舒二十世纪二三十年代诗歌观念与诗艺诗风的衍变。
2. 戴望舒诗歌早期的艺术特点有哪些?

大堰河——我的保姆

艾　青

作家简介

艾青(1910—1996),原名蒋海澄,浙江金华人,出身于地主家庭。因出生时遭遇难产被认为命太"硬"会"克"父母而被寄养到一个贫苦农妇家里,5岁时才准许回到父母家中,而且只能叫父母"叔叔""婶婶",即如他的成名作《大堰河——我的保姆》所述,吃了农民的奶汁长大,精神上同他的佃农兄弟更亲密。这也成为他接近劳苦人民、热爱农村的起点,为他日后走上革命道路以及为他的诗歌创作打下坚实的基础。艾青自幼酷爱绘画,少年时代受到五四启蒙运动和文学革命的影响。1928年初中毕业后考入杭州国立西湖艺术院学绘画,次年赴法勤工俭学继续深造。在国外,他有较多机会接触了欧洲现代诗歌及苏俄小说,这对他后来转到文学创作领域产生了一定影响,并且他在美术方面的素养,也有助于他诗歌风格的形成。

作品赏析

《大堰河——我的保姆》是一首朴素无华但却震撼人们心灵的诗。艾青写这首诗不是站在怜悯的角度,而是出于儿子对母亲的赞颂。因此,这首诗情真意切,是发自心灵深处的感恩与赞美:"我是地主的儿子;/也是吃了大堰河的奶长大了的/大堰河的儿子。"

艾青出生在一个地主家庭里,他青少年时代的生活条件本应该是很好的。但是,艾青是难产儿,他的父亲请来的算命先生说艾青会"克"父母。因此,他便成为家里不受欢迎的人,一生下来就被送到一个贫苦老妇人大叶荷家里去哺养。"大叶荷"原来是一个村名,这个农妇本来没有名字,大家便以村庄的名字称呼她,"大堰河"是"大叶荷"的谐音。大叶荷生了两个孩子以后便死了丈夫,后来又改嫁。她把自己刚刚生下的第五个女孩投到尿桶里溺死了,然后用她的奶汁来哺育艾青:"大堰河以养育我而养育她的家,/而我,是吃了你的奶而被养育了的,/大堰河啊,我的保姆。"

艾青5岁时被领回自己的家,但是在家里仍然被歧视。家人怕他"克"父母,不许他叫爸爸、妈妈,只许叫叔叔和婶婶,这使艾青幼小的心灵受到严重创伤。艾青回忆说:"我是在一种冷漠的环境中生活的,只有在'大堰河'家里,我才感到温暖,得到宠爱。'大堰河'很爱我,我也很爱她。"他说写这首诗完全是出于一种感激和歌颂的心情。

诗人把对乳母的热爱和对地主家庭的憎恶融进了诗篇,正是"大堰河"和大堰河般的中国母亲,以高尚的美德陶冶了我们民族儿女的灵魂,给在1933年身陷囹圄的艾青的心灵带来了温暖和力量,发出了"给予这不公道的世界的咒语",立誓为改变"大堰河"们的命运而斗争。从此以后,诗人把自己的创作与祖国、人民的命运紧密联系在一起,为被凌辱、被压迫的人们歌唱,为我们古老而悲哀的国土歌唱。他含着忧郁的泪水倾诉人民所遭受的不幸与灾难,他满怀愤懑地诅咒那个黑暗而不公道的社会;他把自己的诗"呈给大地上一切的,/我的大堰河般的保姆和她们的儿子,/呈给爱我如爱她自己的儿子般的大堰河"。

这首诗的语言特色——散文美。诗人把散文的叙事手法和诗歌的激情融为一体,使得诗歌具有了散文的体量;对地主与农民生活的具体描写,增加了语言的形象性,也在日常生活的描摹中突出诗人对保姆的依恋,对地主父母的疏远,使得诗人的情感抒发有了寄托;重复与反复的交错运用,使韵律前后呼应,节奏有规律地发展,增加了语言的音乐性。散文化、形象性和音乐性的有机统一,构成了这首诗独特的风格。

推荐阅读

1. 《艾青传》,程光炜著,北京十月文艺出版社,1999年。
2. 《艾青诗选》,艾青著,人民文学出版社,2012年。

思考题

1. 试评析艾青诗歌独特的意象与主题。
2. 以《大堰河——我的保姆》为例,评析艾青有关诗的"散文美"的主张及其对自由体诗的形式创新。
3. 以新诗发展大的流向作为考察的背景,说明艾青的诗在中国新诗变迁中完成的是历史的"综合"任务。

散文篇

故乡的野菜

周作人

我的故乡不止一个,凡我住过的地方都是故乡。故乡对于我并没有什么特别的情分,只因钓于斯游于斯的关系,朝夕会面,遂成相识,正如乡村里的邻舍一样,虽然不是亲属,别后有时也要想念到他。我在浙东住过十几年,南京东京都住过六年,这都是我的故乡,现在住在北京,于是北京就成了我的家乡了。

日前我的妻往西单市场买菜回来,说起有荠菜在那里卖着,我便想起浙东的事来。荠菜是浙东人春天常吃的野菜,乡间不必说,就是城里只要有后园的人家都可以随时采食,妇女小儿各拿一把剪刀一只"苗篮",蹲在地上搜寻,是一种有趣味的游戏的工作。

那时小孩们唱道:"荠菜马兰头,姊姊嫁在后门头。"后来马兰头有乡人拿来进城售卖了,但荠菜还是一种野菜,须得自家去采。关于荠菜向来颇有风雅的传说,不过这似乎以吴地为主。《西湖游览志》云:"三月三日男女皆戴荠菜花。谚云:三春戴荠花,桃李羞繁华。"顾禄的《清嘉录》上亦说:"荠菜花俗呼野菜花,因谚有三月三蚂蚁上灶山之语,三日人家皆以野菜花置灶陉上,以厌虫蚁。侵晨村童叫卖不绝。或妇女簪髻上以祈清目,俗号眼亮花。"但浙东人却不很理会这些事情,只是挑来做菜或炒年糕吃罢了。

黄花麦果通称鼠曲草,系菊科植物,叶小微圆互生,表面有白毛,花黄色,簇生梢头。春天采嫩叶,捣烂去汁,和粉作糕,称黄花麦果糕。小孩们有歌赞美之云:

黄花麦果韧结结,
关得大门自要吃,
半块拿弗出,一块自要吃。

清明前后扫墓时,有些人家——大约是保存古风的人家——用黄花麦果作供,但不作饼状,做成小颗如指顶大,或细条如小指,以五六个作一攒,名曰茧果,不知是什么意思,或因蚕上山时设祭,也用这种食品,故有是称,亦未可知。自从十二三岁时外出不参与外祖家扫墓以后,不复见过茧果,近来住在北京,也不再见黄花麦果的影子了。日本称作"御形",与荠菜同为春天的七草之一,也采来做点心用,状如艾饺,名曰"草饼",春分前后多食之,在北京也有,但是吃去总是日本风味,不复是儿时的黄花麦果糕了。

扫墓时候所常吃的还有一种野菜,俗名草紫,通称紫云英。农人在收获后,播种田内,用作肥料,是一种很被贱视的植物,但采取嫩茎瀹食,味颇鲜美,似豌豆苗。花紫红色,数十亩接连不断,一片锦绣,如铺着华美的地毯,非常好看,而且花朵状若蝴蝶,又如鸡雏,尤为小孩所喜。间有白色的花,相传可以治痢,很是珍重,但不易得。日本《俳句大辞典》云:"此草与蒲公英同是习见的东西,从幼年时代便已熟识,在女人里边,不曾采过紫云英的人,恐未必有罢。"中国古来没有花环,但紫云英的花球却是小孩常玩的东西,这一层我还替那些小人们欣幸的。浙东扫墓用鼓吹,所以少年常随了乐音去看"上坟船里的姣姣";没有钱的人家虽没有鼓吹,但是船头上篷窗下总露出些紫云英和杜鹃的花束,这也就是上坟船的确实的证据了。

作家简介

周作人(1885—1967),原名周櫆寿(又名奎绶),字星杓,又名启明、启孟、起孟,笔名遐寿、仲密、岂明,号知堂、药堂、独应等。鲁迅(周树人)之弟,周建人之兄。浙江绍兴人。中国现代著名散文家、文学理论家、评论家、诗人、翻译家、思想家,中国民俗学开拓人,新文化运动的杰出代表。

1917年,周作人任北京大学教授,并加入《新青年》编辑部,成为五四新文化运动重要参与者和学者型作家,五四运动高潮之后,1924年与鲁迅等人一起创办《语丝》,1927年《语丝》被查禁之后,彻底脱离了新文学运动,一心"闭户读书"。1937年抗日战争全面爆发后,周作人在当时的沦陷区北平出任伪职,沦落为汉奸,后被判入狱。出狱后,致力于鲁迅研究。

作品赏析

《故乡的野菜》于1924年4月5日发表于《晨报副刊》,后收入《雨天的书》(1925年北新书局出版)。在这篇散文中,作者以浓郁的怀旧情绪,介绍其故乡常见的野菜:荠菜、马兰头、鼠曲草、紫云英等,它们的形状、颜色、用途,以及与其相关的浙东民俗。作者引经据典,并以东洋习俗同中国习俗相比较映照,将浙东民俗置于一个横向的文化比较剖面上和深厚的文化背景中。周作人的散文语言质朴平淡,风格从容平和,并且富有哲理。

《故乡的野菜》通过对故乡几种野菜的介绍,描绘了浙东乡间的民情风俗,表达了作者对故乡的念想和对童年的眷恋。

推荐阅读

1.《周作人评说80年》,程光炜著,中国华侨出版社,2005年。
2.《周作人自编集:艺术与生活》,周作人著,北京十月文艺出版社,2011年。

3.《周作人散文》,周作人著,人民文学出版社,2007年。
4.《周作人传(修订版)》,钱理群著,华文出版社,2023年。
5.《周作人的是非功过》,舒芜著,人民文学出版社,1993年。

思考题

1. 试评周作人的散文观。
2. 试评周作人小品散文的主要特色。

给亡妇

朱自清

　　谦，日子真快，一眨眼你已经死了三个年头了。这三年里世事不知变化了多少回，但你未必注意这些个，我知道。你第一惦记的是你几个孩子，第二便轮着我。孩子和我平分你的世界，你在日如此；你死后若还有知，想来还如此的。告诉你，我夏天回家来着：迈儿长得结实极了，比我高一个头。闰儿父亲说是最乖，可是没有先前胖了。采芷和转子都好。五儿全家夸她长得好看；却在腿上生了湿疮，整天坐在竹床上不能下来，看了怪可怜的。六儿，我怎么说好，你明白，你临终时也和母亲谈过，这孩子是只可以养着玩儿的，他左挨右挨到去年春天，到底没有挨过去。这孩子生了几个月，你的肺病就重起来了。我劝你少亲近他，只监督着老妈子照管就行。你总是忍不住，一会儿提，一会儿抱的。可是你病中为他操的那一份儿心也够瞧的。那一个夏天他病的时候多，你成天儿忙着，汤呀，药呀，冷呀，暖呀，连觉也没有好好儿睡过。哪里有一分一毫想着你自己。瞧着他硬朗点儿你就乐，干枯的笑容在黄蜡般的脸上，我只有暗中叹气而已。

　　从来想不到做母亲的要像你这样。从迈儿起，你总是自己喂乳，一连四个都这样。你起初不知道按钟点儿喂，后来知道了，却又弄不惯；孩子们每夜里几次将你哭醒了，特别是闷热的夏季。我瞧你的觉老没睡足。白天里还得做菜，照料孩子，很少得空儿。你的身子本来坏，四个孩子就累你七八年。到了第五个，你自己实在不成了，又没乳，只好自己喂奶粉，另雇老妈子专管她。但孩子跟老妈子睡，你就没有放过心；夜里一听见哭，就竖起耳朵听，工夫一大就得过去看。十六年初，和你到北京来，将迈儿，转子留在家里；三年多还不能去接他们，可真把你惦记苦了。你并不常提，我却明白。你后来说你的病就是惦记出来的；那个自然也有份儿，不过大半还是养育孩子累的。你的短短的十二年结婚生活，有十一年耗费在孩子们身上；而你一点不厌倦，有多少力量用多少，一直到自己毁灭为止。你对孩子一般儿爱，不问男的女的，大的小的。也不想到什么"养儿防老，积谷防饥"，只拼命的爱去。你对于教育老实说有些外行，孩子们只要吃得好玩得好就成了。这也难怪你，你自己便是这样长大的。况且孩子们原都还小，吃和玩本来也要紧的。你病重的时候最放不下的还是孩子。病的只剩皮包着骨头了，总不信自己不会好；老说："我死了，这一大群孩子可苦了。"后来说送你回家，你想着可以看见迈儿和转子，也愿意；你万不想到会一走不返的。我送车的时候，你忍不住哭了，说："还不知能不能再见？"可怜，你的心我知道，你满想着好好儿带着六个孩子回来见我的。谦，你那时一定这样想，一定的。

除了孩子,你心里只有我。不错,那时你父亲还在;可是你母亲死了,他另有个女人,你老早就觉得隔了一层似的。出嫁后第一年你虽还一心一意依恋着他老人家,到第二年上我和孩子可就将你的心占住,你再没有多少工夫惦记他了。你还记得第一年我在北京,你在家里。家里来信说你待不住,常回娘家去。我动气了,马上写信责备你。你教人写了一封复信,说家里有事,不能不回去。这是你第一次也可以说第末次的抗议,我从此就没给你写信。暑假时带了一肚子主意回去,但见了面,看你一脸笑,也就拉倒了。打这时候起,你渐渐从你父亲的怀里跑到我这儿。你换了金镯子帮助我的学费,叫我以后还你;但直到你死,我没有还你。你在我家受了许多气,又因为我家的缘故受你家里的气,你都忍着。这全为的是我,我知道。那回我从家乡一个中学半途辞职出走。家里人讽你也走。哪里走!只得硬着头皮往你家去。那时你家像个冰窖子,你们在窖里足足住了三个月。好容易我才将你们领出来了,一同上外省去。小家庭这样组织起来了。你虽不是什么阔小姐,可也是自小娇生惯养的,做起主妇来,什么都得干一两手;你居然做下去了,而且高高兴兴地做下去了。菜照例满是你做,可是吃的都是我们;你至多夹上两三筷子就算了。你的菜做得不坏,有一位老在行大大地夸奖过你。你洗衣服也不错,夏天我的绸大褂大概总是你亲自动手。你在家老不乐意闲着;坐前几个"月子",老是四五天就起床,说是躺着家里事没条没理的。其实你起来也还不是没条理;咱们家那么多孩子,哪儿来条理?在浙江住的时候,逃过两回兵难,我都在北平。真亏你领着母亲和一群孩子东藏西躲的;末一回还要走多少里路,翻一道大岭。这两回差不多只靠你一个人。你不但带了母亲和孩子们,还带了我一箱箱的书;你知道我是最爱书的。在短短的十二年里,你操的心比人家一辈子还多;谦,你那样身子怎么经得住!你将我的责任一股脑儿担负了去,压死了你;我如何对得起你!

你为我的捞什子书也费了不少神;第一回让你父亲的男佣人从家乡捎到上海去。他说了几句闲话,你气得在你父亲面前哭了。第二回是带着逃难,别人都说你傻子。你有你的想头:"没有书怎么教书?况且他又爱这个玩意儿。"其实你没有晓得,那些书丢了也并不可惜;不过教你怎么晓得,我平常从来没和你谈过这些个!总而言之,你的心是可感谢的。这十二年里你为我吃的苦真不少,可是没有过几天好日子。我们在一起住,算来也还不到五个年头。无论日子怎么坏,无论是离是合,你从来没对我发过脾气,连一句怨言也没有。——别说怨我,就是怨命也没有过。老实说,我的脾气可不大好,迁怒的事儿有的是。那些时候你往往抽噎着流眼泪,从不回嘴,也不号啕。不过我也只信得过你一个人,有些话我只和你一个人说,因为世上只你一个人真关心我,真同情我。你不但为我吃苦,更为我分苦;我之有我现在的精神,大半是你给我培养着的。这些年来我很少生病。但我最不耐烦生病,生了病就呻吟不绝,闹那伺候病的人。你是领教过一回的,那回只一两点钟,可是也够麻烦了。你常生病,却总不开口,挣扎着起来;一来怕搅我,二来怕没人做你那份儿事。我有一个坏脾气,怕听人生病,也是真的。后来你天天发烧,自己还以为南方带来的疟疾,一直瞒着我。明明躺着,听见我的脚步,一骨碌就坐起来。我渐渐有些奇怪,让大夫一瞧,这可糟了,你的一个肺已烂了一个大窟窿了!大夫劝你到西山去静养,你丢不下孩子,又舍不得钱;劝你在家里躺着,你也丢不下那份儿家务。越看越不行了,这才送你回去。明知凶多吉少,想不到只一个月工夫你就完了!本来盼望还见得着你,这一来可拉倒了。你也何尝想到这个？父亲告诉我，你回家独住着一所小住宅，还嫌没有客厅，怕我回去不便哪。

前年夏天回家，上你坟上去了。你睡在祖父母的下首，想来还不孤单的。只是当年祖父母的坟太小了，你正睡在圹底下。这叫做"抗圹"，在生人看来是不安心的；等着想办法吧。那时圹上圹下密密地长着青草，朝露浸湿了我的布鞋。你刚埋了半年多，只有圹下多出一块土，别的全然看不出新坟的样子。我和隐今夏回去，本想到你的坟上来；因为她病了，没来成。我们想告诉你，五个孩子都好，我们一定尽心教养他们，让他们对得起死了的母亲——你！谦，好好儿放心安睡吧，你。

1932年10月11日作
（原载于1933年1月1日《东方杂志》第30卷1号）

作者简介

朱自清(1898—1948)，原名朱自华，号秋实，后改名自清，字佩弦。原籍浙江绍兴，出生于江苏省东海县(今连云港市东海县平明镇)。现代杰出的散文家、诗人、学者、民主战士。1916年中学毕业并成功考入北京大学预科。1919年开始发表诗歌。1928年第一本散文集《背影》出版。1932年7月，任清华大学中国文学系主任。1934年出版《欧游杂记》，1936年出版散文集《你我》，1944年出版《伦敦杂记》。1948年8月12日病逝于北平，年仅50岁。

作品赏析

说起怀人散文，大家首先想到的应该是归有光的《项脊轩志》，而朱自清的这篇《给亡妇》也颇具特色。作为散文大家，朱自清的《背影》也是怀人散文中的佼佼者。

朱自清先生于1916年遵父母之命与扬州名医之独女武钟谦结婚，当时两人均为18岁，婚后感情甚好，但武钟谦于1929年因病长辞于世。《给亡妇》这篇散文就是在其妻子过世后的第三年创作的，全文充满了朱自清先生对妻子的缅怀与悲痛之情。

细读此文，作者在日常琐碎的描述中，将亡妇——谦生前作为女儿、作为妻子、作为儿媳，以及作为母亲，操劳而又短暂的一生完美呈现了出来。

首先，作者采用第二人称及与妻子对话的方式进行妻子的形象塑造，而这种如叙家常、口语化的语言风格充分体现了作者"清水出芙蓉"的语言功底。第二，作者在文中通过不断描述日常琐事，完成妻子形象的塑造。这是因为妻子本身的生活圈子就小，而看起来杂七杂八的琐事，却是作者对妻子的愧疚与无法弥补的遗憾，是作者不断的自省与对妻子的感激。第三，从文中可以看出谦的一生，是旧时代妇女一生的典型代表，在家从父，出嫁从夫。即使丈夫不在身边，她也努力孝顺公婆，照顾子女，一直默默地为家庭付出，忍受夫家的误会，也时常被丈夫迁怒，可是她都逆来顺受，爱孩子更是毫无保留，对丈夫是无限的崇拜和信赖。然而她非常不幸地过早离世了，通过作者充满感情的文字，人们对她短暂而又辛苦的一生有了深刻的了解。第四，文中的感情十分内敛，并不是澎湃倾泻而出的，而是蕴含在一些细节描写里。如:"你万不想到会一走不返的。"这哪里是妻子的想不到,也是作家"万不想到"妻子就真的会死了的推己及人的写法。自己的身体依赖妻子的调养才好起来,而妻子的坟位置不好,三年都没有改变。作者的自责与愧疚之情无以复加。最后,这篇散文在结构的设计上也是十分缜密的,构思精妙,且在结构技巧的运用上也极富多元化。

朱自清对怀人散文的理解,不论是在取材、构思,还是语言运用、情感表达上,都独树一帜,彰显质朴、纯真的美感,这在很大程度上对我国现当代文学产生了影响,为现代散文的发展作出了杰出的贡献。

推荐阅读

1. 《朱自清传》,陈孝全著,北京十月文艺出版社,1991年。
2. 《朱自清精选集》,朱自清著,北京燕山出版社,2010年。
3. 《朱自清全集》,朱自清著,江苏教育出版社,1990年。
4. 《中国现代散文十六家综论》,俞元桂著,华东师范大学出版社,1989年。
5. 《朱自清研究资料》,朱金顺著,北京师范大学出版社,1981年。

思考题

1. 结合所学分析朱自清散文特点。
2. 请总结朱自清怀人散文的特点。

影的告别

鲁 迅

人睡到不知道时候的时候,就会有影来告别,说出那些话——

有我所不乐意的在天堂里,我不愿去;有我所不乐意的在地狱里,我不愿去;有我所不乐意的在你们将来的黄金世界里,我不愿去。

然而你就是我所不乐意的。

朋友,我不想跟随你了,我不愿住。

我不愿意!

呜乎呜乎,我不愿意,我不如彷徨于无地。

我不过一个影,要别你而沉没在黑暗里了。然而黑暗又会吞并我,然而光明又会使我消失。

然而我不愿彷徨于明暗之间,我不如在黑暗里沉没。

然而我终于彷徨于明暗之间,我不知道是黄昏还是黎明。我姑且举灰黑的手装作喝干一杯酒,我将在不知道时候的时候独自远行。

呜乎呜乎,倘若黄昏,黑夜自然会来沉没我,否则我要被白天消失,如果现是黎明。

朋友,时候近了。

我将向黑暗里彷徨于无地。

你还想我的赠品。我能献你甚么呢? 无已,则仍是黑暗和虚空而已。但是,我愿意只是黑暗,或者会消失于你的白天;我愿意只是虚空,决不占你的心地。

我愿意这样,朋友——

我独自远行,不但没有你,并且再没有别的影在黑暗里。只有我被黑暗沉没,那世界全属于我自己。

一九二四年九月二十四日

(选自 1924 年 12 月 8 日《语丝》第 4 期)

作品赏析

在《野草·题辞》里鲁迅写到,"生命的泥委弃在地面上,不生乔木,只生野草……""野草,根本不深,花叶不美,然而吸取露,吸取水,吸取陈死人的血和肉,各各夺取它的生存,当生存时,还是将遭践踏,将遭删刈,直至死亡而朽腐。但我坦然,欣然。我将大笑,我将歌唱","我自爱我的野草"。由此可以理解,为什么作者说《野草》是写给自己的,并不适合青年人看。《野草》中的作品更深刻地反映了作者的内心世界。

  《影的告别》选自散文诗集《野草》。这部集子的形式和感情的独特与鲁迅当时的处境有莫大的关联。1923年8月与周作人失和后,鲁迅大病一场,1924年5月搬出与周作人同住的家,而《野草》大部分篇章是1924年到1926年完成的,这也是鲁迅一生中相当痛苦的时期,此时五四运动高潮已经低落,而且主持《新青年》的人们也开始分裂,鲁迅感觉自己像一个旧战场上徘徊的剩勇余卒,孤独、虚无、无所适从。所以《野草》中的作品是他黯淡的情绪、迷惘痛苦的感情、潜意识超现实的实验性文学作品。

  这篇文章充满象征、暗示与隐喻。在文章中,"影子"与"人"告别,列举了无论是圣人的"天堂"、恶人的"地狱",还是俗人的"黄金的世界",这些都不是"影子"的追求,影子也要离开"人",独自"彷徨于无地"。"人"在这里象征着随着时代前进的人,而"影"要告别"人","黑暗又会吞并我,然而光明又会使我消失",象征着作者的左右为难,处境痛苦。他选择"沉没在黑暗里",可是并不能如意。"我终于彷徨于明暗之间",象征着作者在夹缝中的痛苦和迷惘。结合时代和作者遭遇,可以看出作者假借梦境,表达自己的处境,两难的抉择,孤独的前行,却也一往无前,无所留恋。既表达了作者为了前进的人,选择自己独自面对黑暗和孤寂,有一种英雄从容前行的寂寥;也表达了作者与人的割裂,影是人的影,因为人而生,因为人而处于明暗之间的彷徨无地。而对于影的告别,人却要求赠别的礼物,影欲留给人的黑暗,会被白天击败,留下的虚空也不占心地,而独自远行,被黑暗沉没,而那个黑暗的世界,只有影子独自存在。相较于影的大义,人却是迷惘而无知的。

  短短的篇章里,作者融合天堂、地狱、黄金的世界、光明、黑暗、无地等这些意象,尝试用潜意识的方式表达对现实的不满、对亲情的失望、对前途的迷茫,以及自己独自前行的坚决。这篇文章融合了作者对于"地狱""天堂""无地"与"大欢喜"的禅悟,"自我"与"本我"的哲学,以及"梦"与"潜意识"的现代手法。这是作者用散文的形式表达诗的意境,是作者不断进行的写作方式的大胆实验与尝试。事实证明,这种方式也是成功的,并且在《影的告别》之外,作者又在《好的故事》《死火》《狗的驳诘》《失掉的好地狱》《墓碣文》《颓败线的颤动》《死后》《这样的战士》这些篇章里反复使用梦境,借助潜意识,用这种实验的笔触表达自己隐秘的精神世界。

灯下漫笔

鲁 迅

一

有一时,就是民国二三年时候,北京的几个国家银行的钞票,信用日见其好了,真所谓蒸蒸日上。听说连一向执迷于现银的乡下人,也知道这既便当,又可靠,很乐意收受,行使了。至于稍明事理的人,则不必是"特殊知识阶级",也早不将沉重累坠的银元装在怀中,来自讨无谓的苦吃。想来,除了多少对于银子有特别嗜好和爱情的人物之外,所有的怕大都是钞票了罢,而且多是本国的。但可惜后来忽然受了一个不小的打击。

就是袁世凯想做皇帝的那一年,蔡松坡先生溜出北京,到云南去起义。这边所受的影响之一,是中国和交通银行的停止兑现。虽然停止兑现,政府勒令商民照旧行用的威力却还有的;商民也自有商民的老本领,不说不要,却道找不出零钱。假如拿几十几百的钞票去买东西,我不知道怎样,但倘使只要买一枝笔,一盒烟卷呢,难道就付给一元钞票么?不但不甘心,也没有这许多票。那么,换铜元,少换几个罢,又都说没有铜元。那么,到亲戚朋友那里借现钱去罢,怎么会有?于是降格以求,不讲爱国了,要外国银行的钞票。但外国银行的钞票这时就等于现银,他如果借给你这钞票,也就借给你真的银元了。

我还记得那时我怀中还有三四十元的中交票,可是忽而变了一个穷人,几乎要绝食,很有些恐慌。俄国革命以后的藏着纸卢布的富翁的心情,恐怕也就这样的罢;至多,不过更深更大罢了。我只得探听,钞票可能折价换到现银呢?说是没有行市。幸而终于,暗暗地有了行市了:六折几。我非常高兴,赶紧去卖了一半。后来又涨到七折了,我更非常高兴,全去换了现银,沉垫垫地坠在怀中,似乎这就是我的性命的斤两。倘在平时,钱铺子如果少给我一个铜元,我是决不答应的。

但我当一包现银塞在怀中,沉垫垫地觉得安心,喜欢的时候,却突然起了另一思想,就是:我们极容易变成奴隶,而且变了之后,还万分喜欢。

假如有一种暴力,"将人不当人",不但不当人,还不及牛马,不算什么东西;待到人们羡慕牛马,发生"乱离人,不及太平犬"的叹息的时候,然后给与他略等于牛马的价格,有如元朝定律,打死别人的奴隶,赔一头牛,则人们便要心悦诚服,恭颂太平的盛世。为什么呢?因为他虽不算人,究竟已等于牛马了。

我们不必恭读《钦定二十四史》,或者入研究室,审察精神文明的高超。只要一翻孩子所读的《鉴略》,——还嫌烦重,则看《历代纪元编》,就知道"三千余年古国古"的中华,历来所闹的就不过是这一个小玩艺。但在新近编纂的所谓"历史教科书"一流东西里,却不大看得明白了,只仿佛说:咱们向来就很好的。

但实际上,中国人向来就没有争到过"人"的价格,至多不过是奴隶,到现在还如此,然而下于奴隶的时候,却是数见不鲜的。中国的百姓是中立的,战时连自己也不知道属于那一面,但又属于无论那一面。强盗来了,就属于官,当然该被杀掠;官兵既到,该是自家人了罢,但仍然要被杀掠,仿佛又属于强盗似的。这时候,百姓就希望有一个一定的主子,拿他们去做百姓,——不敢,是拿他们去做牛马,情愿自己寻草吃,只求他决定他们怎样跑。

假使真有谁能够替他们决定,定下什么奴隶规则来,自然就"皇恩浩荡"了。可惜的是往往暂时没有谁能定。举其大者,则如五胡十六国的时候,黄巢的时候,五代时候,宋末元末时候,除了老例的服役纳粮以外,都还要受意外的灾殃。张献忠的脾气更古怪了,不服役纳粮的要杀,服役纳粮的也要杀,敌他的要杀,降他的也要杀:将奴隶规则毁得粉碎。这时候,百姓就希望来一个另外的主子,较为顾及他们的奴隶规则的,无论仍旧,或者新颁,总之是有一种规则,使他们可上奴隶的轨道。

"时日曷丧,予及汝偕亡!"愤言而已,决心实行的不多见。实际上大概是群盗如麻,纷乱至极之后,就有一个较强,或较聪明,或较狡滑,或是外族的人物出来,较有秩序地收拾了天下。厘定规则:怎样服役,怎样纳粮,怎样磕头,怎样颂圣。而且这规则是不像现在那样朝三暮四的。于是便"万姓胪欢"了;用成语来说,就叫作"天下太平"。

任凭你爱排场的学者们怎样铺张,修史时候设些什么"汉族发祥时代""汉族发达时代""汉族中兴时代"的好题目,好意诚然是可感的,但措辞太绕湾子了。有更其直捷了当的说法在这里——

一,想做奴隶而不得的时代;

二,暂时做稳了奴隶的时代。

这一种循环,也就是"先儒"之所谓"一治一乱";那些作乱人物,从后日的"臣民"看来,是给"主子"清道辟路的,所以说:"为圣天子驱除云尔。"

现在入了那一时代,我也不了然。但看国学家的崇奉国粹,文学家的赞叹固有文明,道学家的热心复古,可见于现状都已不满了。然而我们究竟正向着那一条路走呢?百姓是一遇到莫名其妙的战争,稍富的迁进租界,妇孺则避入教堂里去了,因为那些地方都比较的"稳",暂不至于想做奴隶而不得。总而言之,复古的,避难的,无智愚贤不肖,似乎都已神往于三百年前的太平盛世,就是"暂时做稳了奴隶的时代"了。

但我们也就都像古人一样,永久满足于"古已有之"的时代么?都像复古家一样,不满于现在,就神往于三百年前的太平盛世么?

自然,也不满于现在的,但是,无须反顾,因为前面还有道路在。而创造这中国历史上未曾有过的第三样时代,则是现在的青年的使命!

二

但是赞颂中国固有文明的人们多起来了,加之以外国人。我常常想,凡有来到中国的,倘能疾首蹙额而憎恶中国,我敢诚意地捧献我的感谢,因为他一定是不愿意吃中国人的肉的!

鹤见祐辅氏在《北京的魅力》中,记一个白人将到中国,预定的暂住时候是一年,但五年之后,还在北京,而且不想回去了。有一天,他们两人一同吃晚饭——

"在圆的桃花心木的食桌前坐定,川流不息地献着山海的珍味,谈话就从古董,画,政治这些开头。电灯上罩着支那式的灯罩,淡淡的光洋溢于古物罗列的屋子中。什么无产阶级呀,Proletariat 呀那些事,就像不过在什么地方刮风。

"我一面陶醉在支那生活的空气中,一面深思着对于外人有着'魅力'的这东西。元人也曾征服支那,而被征服于汉人种的生活美了;满人也征服支那,而被征服于汉人种的生活美了。现在西洋人也一样,嘴里虽然说着 Democracy 呀,什么什么呀,而却被魅于支那人费六千年而建筑起来的生活的美。一经住过北京,就忘不掉那生活的味道。大风时候的万丈的沙尘,每三月一回的督军们的开战游戏,都不能抹去这支那生活的魅力。"

这些话我现在还无力否认他。我们的古圣先贤既给与我们保古守旧的格言,但同时也排好了用子女玉帛所做的奉献于征服者的大宴。中国人的耐劳,中国人的多子,都就是办酒的材料,到现在还为我们的爱国者所自诩的。西洋人初入中国时,被称为蛮夷,自不免个个蹙额,但是,现在则时机已至,到了我们将曾经献于北魏,献于金,献于元,献于清的盛宴,来献给他们的时候了。出则汽车,行则保护;虽遇清道,然而通行自由的;虽或被劫,然而必得赔偿的;孙美瑶掳去他们站在军前,还使官兵不敢开火。何况在华屋中享用盛宴呢?待到享受盛宴的时候,自然也就是赞颂中国固有文明的时候;但是我们的有些乐观的爱国者,也许反而欣然色喜,以为他们将要开始被中国同化了罢。古人曾以女人作苟安的城堡,美其名以自欺曰"和亲",今人还用子女玉帛为作奴的赞敬,又美其名曰"同化"。所以倘有外国的谁,到了已有赴宴的资格的现在,而还替我们诅咒中国的现状者,这才是真有良心的真可佩服的人!

但我们自己是早已布置妥帖了,有贵贱,有大小,有上下。自己被人凌虐,但也可以凌虐别人;自己被人吃,但也可以吃别人。一级一级的制驭着,不能动弹,也不想动弹了。因为倘一动弹,虽或有利,然而也有弊。我们且看古人的良法美意罢——

"天有十日,人有十等。下所以事上,上所以共神也。故王臣公,公臣大夫,大夫臣士,士臣皂,皂臣舆,舆臣隶,隶臣僚,僚臣仆,仆臣台。"(《左传》昭公七年)

但是"台"没有臣,不是太苦了么?无须担心的,有比他更卑的妻,更弱的子在。而且其子也很有希望,他日长大,升而为"台",便又有更卑更弱的妻子,供他驱使了。如此连环,各得其所,有敢非议者,其罪名曰不安分!

虽然那是古事,昭公七年离现在也太辽远了,但"复古家"尽可不必悲观的。太平的景象还在:常有兵燹,常有水旱,可有谁听到大叫唤么?打的打,革的革,可有处士来横议么?对国民如何专横,向外人如何柔媚,不犹是差等的遗风么?中国固有的精神文明,其实并未为共和二字所埋没,只有满人已经退席,和先前稍不同。

因此我们在目前,还可以亲见各式各样的筵宴,有烧烤,有翅席,有便饭,有西餐。但茅檐下也有淡饭,路傍也有残羹,野上也有饿莩;有吃烧烤的身价不资的阔人,也有饿得垂死的每斤八文的孩子(见《现代评论》二十一期)。所谓中国的文明者,其实不过是安排给阔人享用的人肉的筵宴。所谓中国者,其实不过是安排这人肉的筵宴的厨房。不知道而赞颂者是可恕的,否则,此辈当得永远的诅咒!

外国人中,不知道而赞颂者,是可恕的;占了高位,养尊处优,因此受了蛊惑,昧却灵性而赞叹者,也还可恕。可是还有两种,其一是以中国人为劣种,只配悉照原来模样,因而故意称赞中国的旧物。其一是愿世间人各不相同以增自己旅行的兴趣,到中国看辫子,到日本看木屐,到高丽看笠子,倘若服饰一样,便索然无味了,因而来反对亚洲的欧化。这些都可憎恶。至于罗素在西湖见轿夫含笑,便赞美中国人,则也许别有意思罢。但是,轿夫如果能对坐轿的人不含笑,中国也早不是现在似的中国了。

这文明,不但使外国人陶醉,也早使中国一切人们无不陶醉而且至于含笑。因为古代传来而至今还在的许多差别,使人们各各分离,遂不能再感到别人的痛苦;并且因为自己各有奴使别人,吃掉别人的希望,便也就忘却自己同有被奴使被吃掉的将来。于是大小无数的人肉的筵宴,即从有文明以来一直排到现在,人们就在这会场中吃人,被吃,以凶人的愚妄的欢呼,将悲惨的弱者的呼号遮掩,更不消说女人和小儿。

这人肉的筵宴现在还排着,有许多人还想一直排下去。扫荡这些食人者,掀掉这筵席,毁坏这厨房,则是现在的青年的使命!

一九二五年四月二十九日

作品赏析

鲁迅一生的创作中,杂文约占据80%。鲁迅是《新青年》作家的主将,又是《语丝》派的坛主之一。中国现代杂文,基本上是由这两个前后承接的流派开辟的。鲁迅正是这种文体的奠基人。他早期杂文分别收入《热风》(1925)、《坟》(1927)、《华盖集》(1926)和《华盖集续编》(1927)等杂文集中。他后期的杂文分别辑在《而已集》(1928)、《三闲集》(1932)、《二心集》(1932)、《南腔北调集》(1934)、《伪自由书》(1933)、《准风月谈》(1934)、《花边文学》(1936)、《且介亭杂文》(1937)、《且介亭杂文二集》(1937)、《且介亭杂文末编》(1937)。

《灯下漫笔》最初分两次发表,后收入杂文集《坟》中,合成一篇。

当时,鲁迅的思想正处于革命民主主义向马克思主义转变的过程中。一方面,进化论和个性解放思想在他头脑中仍占相当地位,他相信将来必胜于过去,青年必胜于老年;另一方面,俄国十月革命的启示和党领导的革命斗争的影响,也使他日益趋向于马克思主义的社会革命论。激烈的阶级斗争和青年不断分化的事实使他对进化论产生怀疑。严酷的斗争环境及其所滋生的孤独、彷徨感,也使鲁迅对黑暗现实和封建文化的批评比以往更为彻底、无情和犀利。《灯下漫笔》一文,就是在这样的时代背景和思想情绪下写成的。

本文的两部分在论证方法上有明显的相似之处,都是从身边发生的小事和感受起笔(作者自己的或者外国人的),提出问题,然后加以深入细致地分析阐述,最后推出警句式的论点和议题。第一部分从"我"兑换银元,明明赔了很多钱,却极易满足,使得作者警醒"我们极容易变成奴隶,而且变了之后,还万分喜欢"。由此剖析民族心理。中国人向来没有争取过人的价值,人民总是处于"想做奴隶而不得和暂时做稳奴隶"的状态。人们已经被奴役得麻木不仁,这正是军阀统治、帝国主义侵略的社会基础。因此鲁迅指出:我们不能老是满足于"古已有之",更不能神往三百年前的太平盛世。他唤醒人们,唤醒青年认识这种严酷的现实,去创造中国历史上未曾有过的第三样时代。接着第二部分进一步揭露了所谓的文明者和所谓的中国者,提出:只有扫荡这些食人者,掀掉这筵席,毁掉这厨房,才能完成青年的使命,创造一个中国历史上未曾有过的第三样时代。所以前后两部分是互为因果的关系,互为条件的关系。

《灯下漫笔》的艺术特色,是诗与政论的结合。分析精辟细致,论证充分周密,具有很强的逻辑性和说服力。除此之外,文章运用了反语、暗示和讽刺的手法。

推荐阅读

1. 《鲁迅杂文》,鲁迅著,浙江文艺出版社,2000年。
2. 《鲁迅杂文选讲》,北京大学中文系写作组编,山东人民出版社,陕西人民出版社,1973年。
3. 《鲁迅杂文辞典》,薛绥之著,山东教育出版社,1986年。

思考题

1. 概括鲁迅杂文有哪些特点。
2. 请概括鲁迅杂文的思想特征。
3. 试总结什么是"鲁迅精神"。

故都的秋

郁达夫

秋天,无论在什么地方的秋天,总是好的;可是啊,北国的秋,却特别地来得清,来得静,来得悲凉。我的不远千里,要从杭州赶上青岛,更要从青岛赶上北平来的理由,也不过想饱尝一尝这"秋",这故都的秋味。

江南,秋当然也是有的;但草木凋得慢,空气来得润,天的颜色显得淡,并且又时常多雨而少风;一个人夹在苏州上海杭州,或厦门香港广州的市民中间,混混沌沌地过去,只能感到一点点清凉,秋的味,秋的色,秋的意境与姿态,总看不饱,尝不透,赏玩不到十足。秋并不是名花,也并不是美酒,那一种半开、半醉的状态,在领略秋的过程上,是不合适的。

不逢北国之秋,已将近十余年了。在南方每年到了秋天,总要想起陶然亭的芦花,钓鱼台的柳影,西山的虫唱,玉泉的夜月,潭柘寺的钟声。在北平即使不出门去吧,就是在皇城人海之中,租人家一椽破屋来住着,早晨起来,泡一碗浓茶,向院子一坐,你也能看得到很高很高的碧绿的天色,听得到青天下驯鸽的飞声。从槐树叶底,朝东细数着一丝一丝漏下来的日光,或在破壁腰中,静对着像喇叭似的牵牛花(朝荣)的蓝朵,自然而然地也能感觉到十分的秋意。说到了牵牛花,我以为以蓝色或白色者为佳,紫黑色次之,淡红者最下。最好,还要在牵牛花底,教长着几根疏疏落落的尖细且长的秋草,使作陪衬。

北国的槐树,也是一种能使人联想起秋来的点缀。像花而又不是花的那一种落蕊,早晨起来,会铺得满地。脚踏上去,声音也没有,气味也没有,只能感出一点点极微细极柔软的触觉。扫街的在树影下一阵扫后,灰土上留下来的一条条扫帚的丝纹,看起来既觉得细腻,又觉得清闲,潜意识下并且还觉得有点儿落寞,古人所说的梧桐一叶而天下知秋的遥想,大约也就在这些深沉的地方。

秋蝉的衰弱的残声,更是北国的特产;因为北平处处全长着树,屋子又低,所以无论在什么地方,都听得见它们的啼唱。在南方是非要上郊外或山上去才听得到的。这秋蝉的嘶叫,在北平可和蟋蟀耗子一样,简直像是家家户户都养在家里的家虫。

还有秋雨哩,北方的秋雨,也似乎比南方下得奇,下得有味,下得更像样。

在灰沉沉的天底下,忽而来一阵凉风,便息列索落的下起雨来了。一层雨过,云渐渐地卷向了西去,天又晴了,太阳又露出脸来了;着着很厚的青布单衣或夹袄的都市闲人,咬

着烟管,在雨后的斜桥影里,上桥头树底去一立,遇见熟人,便会用了缓慢悠闲的声调,微叹着互答着说:

"唉,天可真凉了——"(这"了"字念得很高,拖得很长。)

"可不是么?一层秋雨一层凉啦!"

北方人念阵字,总老像是层字,平平仄仄起来,这念错的歧韵,倒来得正好。

北方的果树,到秋来,也是一种奇景。第一是枣子树;屋角,墙头,茅房边上,灶房门口,它都会一株株地长大起来。像橄榄又像鸽蛋似的这枣子颗儿,在小椭圆形的细叶中间,显出淡绿微黄的颜色的时候,正是秋的全盛时期,等枣树叶落,枣子红完,西北风就要起来了,北方便是尘沙灰土的世界,只有这枣子、柿子、葡萄,成熟到八九分的七八月之交,是北国的清秋的佳日,是一年之中最好也没有的 Golden Days。

有些批评家说,中国的文人学士,尤其是诗人,都带着很浓厚的颓废色彩,所以中国的诗文里,颂赞秋的文字特别的多。但外国的诗人,又何尝不然?我虽则外国诗文念得不多,也不想开出账来,做一篇秋的诗歌散文钞,但你若去一翻英德法意等诗人的集子,或各国的诗文的 Anthology 来,总能够看到许多关于秋的歌颂与悲啼。各著名的大诗人的长篇田园诗或四季诗里,也总以关于秋的部分,写得最出色而最有味。足见有感觉的动物,有情趣的人类,对于秋,总是一样的能特别引起深沉、幽远、严厉、萧索的感触来的。不单是诗人,就是被关闭在牢狱里的囚犯,到了秋天,我想也一定会感到一种不能自已的深情;秋之于人,何尝有国别,更何尝有人种阶级的区别呢?不过在中国,文字里有一个"秋士"的成语,读本里又有着很普遍的欧阳子的《秋声》与苏东坡的《赤壁赋》等,就觉得中国的文人,与秋的关系特别深了。可是这秋的深味,尤其是中国的秋的深味,非要在北方,才感受得到的。

南国之秋,当然是也有它的特异的地方的,譬如廿四桥的明月,钱塘江的秋潮,普陀山的凉雾,荔枝湾的残荷等等,可是色彩不浓,回味不永。比起北国的秋来,正像是黄酒之与白干,稀饭之与馍馍,鲈鱼之与大蟹,黄犬之与骆驼。

秋天,这北国的秋天,若留得住的话,我愿意把寿命的三分之二折去,换得一个三分之一的零头。

1934 年 8 月,在北平

作品赏析

郁达夫写了不少歌颂祖国河山、寄托爱国情思的散文,《故都的秋》就是其中的一篇。文章集中笔墨赞美了北国的秋天,字里行间渗透着作者深沉的爱国情怀。

古人的诗文中多以悲秋为基调,作者却能反其道而行之,以歌颂为主调,这是一种积极向上的感情。当时郁达夫虽脱离左联,退隐杭州,心中充满矛盾,但爱国感情、进取精神仍在。抗日战争开始后,他在香港、南洋群岛一带积极投入了抗日宣传工作,即是明证。

推荐阅读

1. 《郁达夫传》,刘炎生著,百花洲文艺出版社,1996年。
2. 《郁达夫选集》,郁达夫著,人民文学出版社,2001年。
3. 《郁达夫研究资料》,王自立、陈子善著,天津人民出版社,1982年。

思考题

1. 请总结《故都的秋》的艺术特色。
2. 结合《故都的秋》分析郁达夫散文的特点。
3. 对比分析郁达夫小说与散文的异同之处。

戏剧篇

话剧《雷雨》

作家简介

曹禺(1910—1996),原名万家宝,祖籍湖北潜江。1910年出生于天津一个封建官僚家庭。父亲万德尊曾留日,毕业于日本东京士官学校。辛亥革命后曾任黎元洪秘书,后来赋闲在家。曹禺自3岁起随继母看戏,这对他以后走上戏剧艺术的道路有着重要的影响。1922年曹禺进入南开中学读书。这所中学非常重视课外的学术文艺体育活动。1929年进入南开大学政治系学习,1930年转入清华大学西洋文学系,这使他有较多机会接触欧美文学名著,特别是希腊三大悲剧家埃斯库罗斯、索福克勒斯、欧里庇得斯,以及契诃夫、奥尼尔、莎士比亚等作家的作品。

1933年曹禺为中国现代文坛奉献了他的处女作《雷雨》,1934年7月刊登于《文学季刊》第一卷第三期。《雷雨》的问世,是中国现代话剧艺术开始走向成熟的标志。1933年大学毕业后,他先到保定一所中学做教师,不久又回到清华大学当研究生,专攻戏剧。1935年完成名著《日出》,1936年发表于《文季月刊》。从此奠定了曹禺在中国话剧史上艺术大师的地位。1936年到国立戏剧专科学校任教,写了《原野》。

抗日战争全面爆发后,他的创作发生较大的变化,1940年写了《蜕变》《北京人》,1947年,他又完成《艳阳天》。新中国成立后创作了历史剧《卧薪尝胆》(后改名为《胆剑篇》)(1960)和《王昭君》(1978)。

故事梗概

序幕:农历腊月三十的下午,在某教堂附设的医院里,通过一对护士的谈话可以得知,这里住着两个老女病人,一个总是在三十这天出来,而且一位姓周的老先生会在这一天探望两位,他是楼上疯女人的丈夫,但也十分关心楼下的那位。通过一对姐弟的谈话得知,这里是曾经的周公馆,而且十年前这里曾经有两男一女死在了同一个晚上。

第一幕:鲁贵和四凤在周公馆聊天,透露出鲁侍萍的即将到来。鲁侍萍,识字,讲脸,舍不得把自己的女儿叫人家使唤,可是鲁贵却扬扬得意地介绍女儿四凤在周公馆工作,有吃有喝,并利用四凤和周萍之间的事情,要挟四凤给他钱去赌博。鲁贵不喜欢侍萍带来的儿子——鲁大海。鲁大海也在周家的矿上做工,但是矿工的警察开枪,鲁大海领着工人打了工头,并罢工,这时作为工人代表也等在周公馆的门房。大海对作恶多端的周朴园充满了仇恨,并劝四凤回家,不要在周公馆做工。

周冲为鲁大海说话,周朴园却认为周冲什么都不懂。周冲想分一半学费给四凤,让她学习,却被周朴园打断,周朴园让周冲和周萍逼迫繁漪吃药,即使繁漪说自己没病,但周朴园坚持她脑子有问题,并请德国脑科医生给她看病。周萍想离开家逃到矿山去,周朴园同意。但是父子谈话间周朴园认为周萍做了对不起自己的事情,周萍以为自己的秘密暴露,最后才得知父亲是怪自己总是在跳舞场鬼混,整夜地不回家,周萍逃过一劫。

第二幕:繁漪和周萍的对话,暴露出两人的秘密,繁漪指责周朴园的专制和罪恶,指出周萍私生子的身份,批评周萍的薄情。周萍却在乱伦的罪恶之后开始想尽办法逃避,他提醒繁漪,她是周冲的母亲。

鲁侍萍在和四凤的聊天中透露出她不解为什么繁漪会邀请她来,并对周公馆的布置有种熟悉感。看到了女儿说的萍少爷母亲的照片后,她坚决要求四凤回家。繁漪支走四凤,并告诉鲁侍萍,周冲喜欢四凤并打算资助她上学,鲁侍萍答应带四凤回家,不希望四凤走自己的老路。繁漪告诉鲁贵要找人修花园的电线,怕电到人。周朴园和鲁侍萍经过一番对话,认出了对方,周朴园质问鲁侍萍是被谁指使,要辞退鲁贵、四凤和鲁大海。鲁侍萍要求见见周萍,同时大海也进到了客厅,大海发现其他三个代表已经签了复工合同,而大海不满周朴园收买工人代表,指责周朴园的种种恶行,周萍打了鲁大海,鲁侍萍拉着大海走了,四凤向周萍告别,繁漪问了四凤家地址,打算让周冲送衣服和钱去。

第三幕:晚上,风雨交加,电闪雷鸣。周冲送的钱,四凤拒绝,大海要求周冲远离四凤。鲁贵却收下钱。周萍晚上从窗户翻到了四凤房间,繁漪从外面关了窗户,被大海发现,鲁侍萍也发现了。

第四幕:鲁侍萍知道四凤和周萍之间的关系后,一开始不同意,但是四凤告诉母亲,她已经有三个月身孕,鲁侍萍最终同意他们离开,并要求四凤和周萍走后再也不要回来。繁漪锁了门,叫来了周冲,让他争取留下四凤;可是周冲知道四凤喜欢周萍,选择让周萍带走四凤,繁漪责骂周冲说他不是自己的儿子,并叫来周朴园,让周萍当着周朴园的面给侍萍这个妈叩头,周朴园误以为鲁侍萍说出了秘密,直接说出了鲁侍萍是周萍的生母,繁漪、周萍、四凤大惊,四凤夺门而出,繁漪让周冲追出去,很快传来了四凤和周冲的惨叫,周萍在书房开枪自杀,繁漪发疯,鲁侍萍也疯了。

作品赏析

30年后鲁侍萍来到女儿四凤工作的周公馆,却被周公馆熟悉的家具布置,和周老爷的生活习惯,唤醒她的往事。这是她曾经生活过、又被遗弃的周公馆。《雷雨》用倒序的时间方式把30年的时间压缩在24小时之内展开剧情,使得戏剧突集中,而且故事发生的地点也较为集中,一是周公馆,一是鲁贵家中,但是主要戏剧冲突地点是在周公馆。情节虽然不是单一的,但是受欧洲古典主义的戏剧"三一律"的影响,还是非常明显的。

《雷雨》还综合运用了其他西方的多种悲剧形式,当周朴园质问侍萍,是谁派来的,侍萍回答:"命,是不公平的命指使我来的。"侍萍当年被赶出家门,留下周萍,母子分离,带走体弱的大海,投海被救。而今自己的女儿却又回到周公馆做工,侍萍努力地与命运抗争,最终却回到了原点。女儿四凤与儿子周萍乱伦,儿子大海与周朴园亲父子站在两个对立面,她和周萍无法相认,从侍萍的角度看,很难说不是命运的捉弄。人物大胆反抗命运,却依然被命运女神扼住喉咙,让人产生同情、无奈、敬畏等感情,这是典型的古希腊"命运悲剧"的写法。从周萍的角度看,为了不再和繁漪纠缠,选择与四凤在一起,可是四凤也是他同母异父的妹妹,他为了逃避乱伦,又陷入另外一种乱伦关系里。这也是典型的"命运悲剧"。

作者把周朴园与鲁侍萍、周朴园与鲁大海、繁漪与四凤、周冲与四凤的关系设置在一个深刻的社会阶级矛盾中,这显然是易卜生"社会问题剧"的写法。尤其易卜生格外关注女性命运,剧中的女性在当时的社会,无法拥有独立的经济地位和思想,女性生存对男性的依赖性很大,所以剧中的女性都摆脱不了悲剧的命运。

剧中多次提到的闷热的天气、雷雨、闪电等自然现象,在剧中不仅仅是时间和气候的交代,更具有象征意味,象征着周朴园的罪恶、象征着时代的黑暗……自然意象的使用,明显受到奥尼尔戏剧的影响。而莎士比亚式的"性格悲剧"则着力表现在繁漪这个人物上。

繁漪是最具"雷雨"性格的人物,她是封建婚姻、封建家长制的牺牲品,又是受过新式教育的女性。在周公馆里,她反抗的方式是抗拒周朴园的家长专制、夫权,但是却是以和周萍乱伦的方式。为了拆散四凤与周萍而辞退四凤,锁住四凤的窗户让周萍与四凤的关系被鲁贵一家发现。鼓动周冲留下四凤,替自己拆散四凤和周萍,从而得到自己唯一的生活希望——周萍。可是周萍性格懦弱,他已经后悔和继母的乱伦,着急和四凤逃离周家,促使繁漪采取极端的报复。繁漪是曹禺最早在心目中形成的形象,文中充满激情的台词,大多都是出自繁漪之口,反抗、复仇、哀求、痛苦的语言从不同层面刻画了繁漪的性格。繁漪的悲苦和不幸,反映了周朴园的专制、冷酷和残忍,暴露了封建家庭的黑暗和罪恶。繁漪是一个被迫害者,是周朴园"理想家庭"的牺牲品。因此,对她的遭遇,我们应当给予同情。然而,用乱伦的方式即使表现了反抗,也是不可取的。"她的可爱,正在她的不可爱处",这是对这一形象独特性的最好的说明。

曹禺正是通过繁漪性格孤傲而命运多蹇的遭遇写出她性格的大开大合,完成她的性格表现的。她为追求自由爱情付出的代价毕竟太大了,因而她才能由亲而仇,由爱而恨;爱得执着,恨得强烈,成为"一片浇不息的火","一把犀利的刀",一个最富"雷雨"性格的人。

推荐阅读

1. 《曹禺传》,田本相著,东方出版社,2009年。
2. 《曹禺评说七十年》,刘勇、李春雨编,文化艺术出版社,2007年。
3. 《雷雨》,曹禺著,陕西师范大学出版社,2013年。

思考题

1. 在《雷雨》序中,曹禺声明他创作此剧时,"在发泄着被压抑的愤懑,毁谤着中国的家庭和社会";然而他同时又说,"《雷雨》对我是个诱惑。与《雷雨》俱来的情绪蕴成我对宇宙间许多神秘的事物一种不可言喻的憧憬"。你如何理解这两种创作心理状态(或指向)及其在剧作中的体现?

2. 《雷雨》的主人公是谁?说说你的理由。

3. 比较评析蘩漪与《日出》中陈白露两个人物各自的性格内涵。

4. 比较《雷雨》《日出》与《北京人》的戏剧结构艺术。

下篇 当代文学名作选析

小说篇

青春之歌

杨沫

作者简介

杨沫(1914—1995),原名杨成业,原籍湖南湘阴,生于北京。中国当代作家。她出生于没落的官僚地主家庭,中学时期广泛涉猎中外文学名著,后因家庭破产和反抗包办婚姻离家出走。1934年开始文学创作,在《黑白》杂志上发表首篇散文,其后作品多为反映抗日斗争的散文、通讯等。新中国成立后,杨沫于1950年出版了反映抗战生活的中篇小说《苇塘纪事》。自1951年始,她潜心创作长篇小说《青春之歌》,1958年正式出版。之后陆续出版了《东方欲晓》《芳菲之歌》《英华之歌》,自传《自白——我的日记》,散文集《不是日记的日记》《杨沫散文选》等。

故事梗概

主人公林道静出生于官僚地主家庭,生母是一个佃农的女儿,饱受苦难。林道静为了逃离利欲熏心的继母对自己人生道路的操纵,踏上了流亡之路。在杨家村小学投亲不遇,遭校长算计,走投无路欲投海自尽时,被"诗人兼骑士"的余永泽搭救,坠入爱河共建爱巢。然而,这种供养的生活让林道静深感忧虑,二人的思想分歧也在她遇到了共产党人卢嘉川,接触革命启蒙后逐渐加深。林道静参与爱国运动的行为遭到余永泽的百般阻挠,最后她终于在卢嘉川被捕的惨痛教训面前认清了现实,同余永泽分道扬镳,投入革命洪流中。她曾潜入农村地主家庭,还曾先后两次被捕入狱,最终在革命者江华和其他党员的指引帮助下,一步步克服自身的软弱性,领导学潮抗日救国,蜕变为一名坚定成熟的革命战士。

作品赏析

《青春之歌》是"十七年"文学中的"革命历史题材"小说之一,与《保卫延安》《林海雪原》《红日》《红岩》《红旗谱》一起被奉为"红色经典"。相对于其他革命历史题材小说,《青春之歌》既具有女性成长叙事的特点,又具有知识分子精神改造的阐释,同时也有人会将其看成女性爱情小说。但是左翼文学"革命＋爱情"的模式,放在女性自传性质的小说里,也显得自然而生动。

《青春之歌》带有明显的自传性质,这使得人们对于作者杨沫与女主人公林道静和余永泽的原型——张中行以及余永泽的形象,格外关注。分清杨沫、叙事者、主人公以及他们的关系的研究,一直都是热点问题。

林道静的形象,是小资产阶级革命知识分子向无产阶级革命战士发展的"典型人物"。这是自小说1958年发表以后就有的论断。而这种发展,也伴随着林道静的成长历程。

第一次成长,是单纯无依的林道静逃离继母的包办婚姻,远赴北戴河投靠表哥而不遇,被小学校长余敬唐留下,想献给县长。林道静得知实情后,心灰意冷投海自杀时被北大学生余永泽救下,两人随后相知相爱。余永泽的英雄救美,这是单纯的才子佳人的爱情套路。可是林道静却表现出追求自由、摆脱封建家庭、敢于反抗的性格。而与此同时,通过林道静的视角也展示了,当时被欺凌的林道静的母亲,秀妮爷孙的悲惨命运,北戴河避暑的富人们的为富不仁,饥饿投海的山东母子,"华人与狗不得入内"的美国牌匾。这都展现了林道静生活的时代背景,为以后林道静走上革命道路埋下了伏笔。

第二次成长,是林道静在共产党人卢嘉川的引领下,看清了余永泽的自私与极端个人主义,从而与余永泽决裂。林道静的爱国热情被激发,参加学生运动,替卢嘉川贴发传单。这时林道静脱离了以余永泽为中心的小家庭,摆脱了传统的贤妻良母的枷锁,开始追求思想的进步与革命的事业。

第三次成长,是林道静经历了胡梦安的威胁、戴瑜的出卖,先后两次入狱,这不仅没有摧毁林道静的意志,反而坚定了她走上革命道路的信心。狱友林红教会了林道静斗争的方式,江华指导林道静成为一名合格的党员。作者还安排了林道静不仅积累了农村的革命斗争经验,还克服重重困难,在北京开展领导学生的革命活动,团结各阶层知识分子,壮大革命队伍。这是当时大多数革命知识分子所走过的共同的成长之路。

从女性成长叙事的角度来看,这部小说的不足在于,林道静成长的各个阶段都无法摆脱男性扮演的拯救者和引领者,林道静身上带有男性的凝视和认同"十七年"主导的男性话语。

余永泽的形象,是作品中塑造的知识分子群像之一。在小说中,既有卢嘉川、江华、林红这样的共产党的知识分子形象,又有林道静及王晓燕父女同情人民、崇尚爱国的知识分子形象,也有余永泽这样出生于大地主家庭,追随胡适,"不谈主义""不谈问题",闭门读书的极端个人主义知识分子形象,还有张蔚如、戴瑜这样肤浅、虚荣,又经不起考验,出卖革命的知识分子形象。而余永泽形象的争议在于,他既是当时极端个人主义的代表,是被批判教育改造的对象,他的形象是20世纪30年代大部分知识分子的典型代表,同时他又是"十七年"批判的胡适思想的追随者,所以在小说中他的形象是极其不讨喜的。但是在现实中,这个人物的原型张中行,在"文革"中并没有对杨沫落井下石,明显文人风骨不变,十分难得。解析这个人物,有助于加深对文学的虚构性、艺术性的理解。

推荐阅读

1. 《杨沫文集》,杨沫著,北京十月文艺出版社,1992年。
2. 《我的母亲杨沫》,老鬼著,同心出版社,2011年。

思考题

1. 请以《青春之歌》为例,分析革命历史题材小说的特点。
2. 分析林道静的形象。

创业史

柳 青

作者简介

柳青(1916—1978),原名刘蕴华,陕西吴堡县人,当代著名小说家。1934年进入西安高中后开始学习写作,试译外国作品。1935年参加"一二·九"学生运动,编辑进步学生刊物《救亡线》,从事抗日救国的街头宣传工作。1936年加入中国共产党,并发表第一篇小说作品《待车》。西安事变后,任《学生呼声》杂志主编和《西北文化日报》副刊编辑。1938年在陕甘宁边区文化协会工作,次年上前线,在连队充任教育干事和记者。1940年后在延安文艺界抗敌协会从事短篇小说创作,后结集为《地雷》,它代表了柳青早期的创作实践。1942年参加延安整风运动,在毛泽东《在延安文艺座谈会上的讲话》精神鼓舞下,在陕北米脂县任乡文书,1947年根据这时期的生活积累,创作了第一部长篇小说《种谷记》,这也是我国现代文学史上反映老解放区农村农工互助活动的第一部长篇小说。1951年他完成了第二部长篇小说《铜墙铁壁》,这两部作品为他创作《创业史》提供了正反两方面的经验。他参加创办了《中国青年报》,任编委和副刊主编。1952年毅然离开北京返回陕西,任中共长安县委副书记,并在长安县皇甫村安家落户,长达14年之久。1954年开始创作《创业史》(第一部),1956年出版散文特写集《皇甫村三年》,1958年创作了中篇小说《狠透铁》,1959年,《创业史》第一部面世。20世纪60年代初,柳青继续进行《创业史》第二部的写作。1977年6月出版了第二部上卷,并在《延河》上发表了下卷前四章。《创业史》原计划写四部,最终未能完成。

故事梗概

创业史(第一部)

梁三老汉拼死拼活,累弯了腰,也没把家业创立起来;梁生宝精明能干,创家立业的锐气比他继父大百倍,拼命干了几年,到头来也被逼得离开稻地钻了终南山。两代人的创业悲剧,使梁三老汉认命了,人前人后,他再也不提创立家业的事。可做梦也没想到,1950年冬天,共产党居然给他分下了十来亩稻地,已近暮年的梁三,干涸了的心田又萌起了创业的企望。他坚信,有生宝前几年那股拼劲,梁家一定能创起业来。不久,老汉痛苦地发现,当过民兵队长、入了党的生宝创立家业的劲头再也没有他忙着办工作的雄心大。老汉曾经三番五次掏出心来规劝生宝,然而,那一番番热切的话,像是给汤河滩的石头说了一样。到了1953年的春天,梁生宝更完全沉湎在互助组的事务中去了。梁三老汉无法理解生宝的举动,不时在心里暗暗鄙夷这位不愿发家致富的"梁伟人"。

聪慧、漂亮的徐改霞得知生宝不顾村里人的议论、讥笑和父亲的唠叨、争吵,坚持到郭县去为互助组买新稻种的消息后,不禁为自己爱慕着的心上人担忧。她想,自己已经21岁了,不如休学和生宝一起搞互助组更好。正当她犹豫不决之际,当过农会主席的郭振山却劝她等待机会到西安进工厂。是很快和生宝好呢?还是参加国家建设去?改霞举棋不定。一个星期六后半晌,改霞到邻村找她二姐求教,途中,与刚从郭县归来的生宝不期而遇,生宝那热烈的目光,使姑娘的心情更加矛盾起来……

蛤蟆滩有"三大能人":郭振山、郭世富、姚士杰。早已习惯于村里每个人都听话的郭振山竟没想到,今年为帮助困难户度春荒的活跃借贷居然这么难搞!土改刚结束,不久前因担心被定成富农而千方百计讨好他的富裕中农郭世富居然一颗粮食也不往外借;富农姚士杰更是处心积虑地与他作对。他觉得土改结束得太早了,离开轰轰烈烈的群众运动,农村工作简直就是寸步难行。

梁生宝分完稻种,就忙着组织互助组进山割竹子。为了不让姚士杰、郭世富看互助组的笑话,他迅速同区供销社订好了销售扫帚的合同。预支来二百五十元,使乡亲们不再受饥饿的煎熬。

蛤蟆滩仅有的两个共产党员不一条心。梁生宝忙着办互助组、替大伙担风险;郭振山憋足劲一心一意发家致富。去年冬天,郭振山准备买二亩地,为这事,他在整党会上作了三次检讨;最近,他嘴里高喊活跃借贷,暗中却把自家的粮食投给私商做生意,结果挨了乡支书一顿批。向来把"在党"看得高于一切的郭振山,在病中渐渐意识到由于自己的自私行为,他在蛤蟆滩人们心目中已经没有地位了,富农对他似乎不再有所畏惧;贫农对他好像也没有什么指望;连刚入党不久的梁生宝也不再来请教他,求他指点他们进山应注意的事项……他终于想通了:自己既不愿积极响应党的号召,就不能像土改时那样好叫人表扬了。他决定闷着头过日子,等待着生宝互助组最后弄成什么样子再说话。梁三老汉把这一切都看在眼里,他既不满意生宝所为,又为生宝担忧。

当改霞听说生宝竟然组织起一大帮人准备进终南山,勇敢地回击自发势力的挑战时,她那经郭振山开导后形成的考工厂的决心便动摇了。她在生宝进山前找到了和他谈话的机会,委婉地告诉他她想去参加工业建设。她心里想,只要生宝反对,哪怕一百个郭振山来鼓动,她也不去工厂了。可惜,生宝完全误解了姑娘的一番心意。他想改霞既然有意考工厂,自己怎么能去改变她的良好愿望!于是,他突然变得和她疏远起来,不容她解释便面部发灰,生硬地和她告别,忙他的进山工作去了。

数天后,生宝带着大伙向秦岭深山进发。改霞认为他骄傲了,甚至认为他太自私,要不,怎么一提考工厂,他就用那种令人难堪的态度对待自己!爱情上的失意,加上郭振山的一再鼓动,改霞坚定了考工厂的决心。可是,当她赶到县城报考,听了县干部关于农村青年盲目流往城市的一席话之后,上进心极强的改霞深深为自己的行为和缺乏主见而内疚,也后悔那天和生宝谈话时耍了花招。她没有报名,径直回了家。她思前想后,忽然发现:长期引导她的郭振山,并非那样值得尊敬。

姚士杰、郭世富互相打气,决心暗中与梁生宝较量较量。姚士杰甚至采用嫁祸于人的卑鄙手段陷害生宝,不久,他又借机制造事端,分裂了生宝的互助组,其中一户退组后主动找姚士杰搭伙种地。姚士杰心里好不畅快!

立夏前夕,生宝顺利地回到蛤蟆滩。面对着两户退组的事实,他毫不动摇,并很快又发展了两户入组。生宝办事的气魄,使梁三老汉服气,使郭振山妒火中烧,至于姚士杰、郭世富,则不免时时心惊肉跳。

改霞每天夜里在小路上转悠,她希望尽早碰见生宝。第四天晚上,两人终于相遇了。改霞一番推心置腹的话语,使生宝很快谅解了她。然而,事业心极强的生宝竟然对改霞说:现时太忙,秋后再思量两人的事!改霞流下了不被理解的眼泪,从根本上怀疑两个强性子结亲,是不是能好……

1953年冬,粮食统购统销开始了。梁生宝互助组自报出售了余粮五十石;郭世富春天那股神气,现在完全收敛了,他土改时期吃不下饭的那种病又发作了;姚士杰气急败坏,虽然心里不服输,但在现实面前只好再次低下了头;郭振山在统购粮食入库中,再次充分显示了他的魄力和组织才能,他有心将功补过,可是当他听说全区第一个农业生产合作社的主任竟是梁生宝时,倔强的大眼睛竟被泪水罩住了。忘不掉那次不愉快的幽会的改霞终于不辞而别,到西安当铸工学徒去了,梁三老汉呢,想起了自己创业的苦难史,从心眼里佩服继子梁生宝的创业壮举……

作品赏析

《创业史》以梁生宝互助组的发展历史为线索,通过对蛤蟆滩各阶级和各阶层人物之间尖锐、复杂斗争的描写,深刻地表现了我国农业社会主义改造运动中农村阶级关系及各阶层人与人之间关系的新变化、新排列、新组合,完整地展示出我国农业合作化的历史风貌和农民群众精神世界的巨变,特别是他们对待千百年遗留下来的私有制的态度和情感的变化。也可以说,农业合作社的发展史,实际上是一部创业者的心灵史。这也是这部小说具有永恒的生命力的原因。

《创业史》深邃宏大的艺术构思与内容的真实性、广阔性密切联系,使作品具有了"史诗"的规模与特点。柳青充分认识到农业合作化这一题材的史诗性价值,以"创业史"来概括农村的历史性革命,即农业合作化运动不仅是重大历史变革事件,而且是与前人的"创业史"具有承接意义的历史发展中的一段链条。《创业史》之所以被誉为"史诗",最根本的原因是作家选取了这一时代最尖锐、最重大的题材,营造出深厚的史诗内涵。作品揭示了中国社会历史中富有规律性的发展方向,展现出农村乃至全国范围内阶级势力消长变化的必然性。

《创业史》的艺术特色:第一,宏伟的史诗结构,一般设置两条主线,一是情节线,一是性格发展线;二者经纬穿插或交错并行。《创业史》第一部由题序、上卷、下卷、结局四部分组成,题序和结局分别放在卷首和卷尾,形成相对封闭完整的格局。同时这部作品也是最能体现"性格对立"这一叙事艺术特点的长篇小说。《创业史》表现了一种开阔、浑厚、热烈而细密的艺术风格。作家笔触细腻、精雕细琢,大处见宏伟,小处见精致。史诗内涵和史诗框架表现其艺术风格的宏伟,而在描写语言上则表现出细腻和精致。第二,柳青很注重人物心理描写。《创业史》中,柳青真实深刻而又细致入微地写出了农村社会各阶层人物复杂、丰富而又发展变化着的心理活动,突出了人物鲜明的个性和情感活动的特点。柳青善于将叙述语言和人物内心独白,将文学语言和生活语言,将人物言行和作家的评说,将诗性和哲理糅合在一起,在作品中成功塑造了梁生宝、梁三老汉等一些典型人物的形象。梁生宝是一位勤恳务实、公道能干、远见卓识的社会主义道路带头人的形象;梁三老汉是一个既勤劳、善良、正直,又保守、自私、眼光短浅的老一代农民的典型。

推荐阅读

1. 《柳青精选集》,柳青著,北京燕山出版社,2006年。
2. 《柳青研究论集》,段建军主编,西北大学出版社,2016年。

思考题

1. 请结合作品思考《创业史》的史诗性特点。
2. 分析梁生宝和梁三老汉的形象特点。

浮　躁

贾平凹

作者简介

贾平凹(1952—),原名贾平娃。陕西丹凤人。1967年初中毕业回乡务农。1972年被推荐到西北大学中文系学习。在校期间广泛涉猎中外文学名著并开始文学创作。1975年到陕西人民出版社文艺部当编辑。1982年起任陕西省作协副主席、西安市文联主席等职。创作的长篇小说有《浮躁》《白夜》《废都》《土门》《高老庄》《怀念狼》《秦腔》等,散文集有《贾平凹散文大全》(五卷本),并有论文集《平凹论文集》《静虚村散叶》等。

故事梗概

商州边境的州河两岸多山,山光秀丽、物种繁多,是少有的胜境。州河流过两岔镇,这条曲曲弯弯的河流养育了这个边陲小村镇里的一方人。照说这样好的风水颇出人才,可两岔镇却连年干旱,以至这块风水宝地成为商州最贫穷的地方。

然而,在州河上下最大的一处村落——仙游川里,却福荫着两个大家族,一为巩家,另一则是田家。20世纪40年代,巩家的巩宝山与田家的田老六、田老七组成游击队参加革命,新中国成立后两家的内亲外戚、三朋四友皆因此得福,出了不少干部,仙游川成了有名的干部村。而巩家的巩宝山更因此任地区专员,田家的田有善则任县委书记,田、巩两家自此成为地方上最有势力的人家,相互间免不了明争暗斗。

州河河岸到晚上经常有鸟叫声,声如犬吠,这是本地独有的景观且极受乡人崇敬,并把这鸟命名为"看山狗"。矮子画匠之子金狗的名字便是由此而来,金狗的人生从一开始便因他前胸那一如"看山狗"形状的青痣而带上了传奇的色彩。金狗20世纪50年代生人,从小水性好,更因此救过被丢到回水潭的两岔镇公社副社长田中正的命。金狗喜好弄船,常去村口摆渡船的韩文举那儿玩。韩文举有侄女小水,自小美丽能干,七岁便擀得一手好面条,金狗与小水自小便较他人更为亲近,长大后金狗应征参军,在军中当通讯干事,五年后复员回乡,也干上了河运;而其间小水却在与下洼村的孙家少年结婚的当天便因丈夫病逝成了寡妇,回到仙游川与伯伯韩文举相守过活。

小水的朋友英英是田中正的侄女,在镇上商店有份工作,一直令小水羡慕。田中正给小水安排了乡政府炊事的工作,小水和韩文举皆感激。在做了几天的活后,小水却意外地发现了田中正和英英的娘私通。此时农村实行责任制，田中正升为副乡长，趁包产到户之机仗势占了田亩盖房子，使村里人皆愤愤不平、心生嫌隙。韩文举在酒醉中扯出从小水那里知道的田中正与其嫂嫂的丑闻，被常来渡口与他吃酒说笑的雷大空听去，据此到县上告了田中正。田中正指使乡信用社信贷员蔡大安提着礼物去找县委书记田有善求情，最终非但没被罢官反而升了官，家里的房子也轰轰烈烈盖起来，成了村里最扎眼的建筑。小水担心因此得罪了田中正，只得辞去工作，去白石寨外爷麻子铁匠的打铁铺帮忙。

这时村里年轻的一辈以金狗领头重新撑起多年失散的梭子船，在州河里跑起了河运。在州河里冒险需要担负着很大的风险，常有人为此而丧命，但同时却能比父辈侍弄一亩三分地赚取到更多的利益。适逢田中正代理乡长，为建功绩收编了船只和人，并找金狗作为船运主力成立了乡河运队。同时田中正将亲信蔡大安、田一申安插于河运队中任队长，两人彼此牵制、相互斗争，并借河运队从中谋取私利，金狗将他们的种种行径都看在眼里。金狗的朋友大空之前上告田中正不成，做起卖假老鼠药的生意，并怂恿他一起做，这样钱才来得多，且告诉金狗，如今镇上的人什么都干，暗娼就数不清，金狗不愿意掺和这些下三烂的事情。河运队兴旺了，乡民因入股也过上了比之前富裕的日子。

田中正得势后，不愿意娶英英的娘，在田一申的牵线之下姘上了风流女子翠翠，两个女人都逼着田中正结婚。这时县里下发了两个《州城日报》招收记者的名额，田中正就计划将这两个名额给英英和翠翠的弟弟，以摆平家中的事务。金狗十分符合招收记者的推荐条件，蔡大安向金狗报信，金狗使计让英英的娘撤掉了翠翠弟弟的名额，以此有了出人头地的希望。而田中正迫于政治影响，娶了英英的娘，翠翠却死了，田中正新婚之夜听说噩耗，赶去看翠翠，心生无限的怨恨。他暗下决心要在仕途上出人头地。

金狗与小水两人情投意合，小水为金狗的光明前途高兴，正无限憧憬着两人未来的生活。此时，金狗通过了《州城日报》的考核，而英英却因表现不佳未被录用。英英在气愤之时也因此对金狗另眼相看，对金狗发起了恋爱的攻势。趁着招工结果还未公布，英英更以招工名额挟持威逼不明就里的金狗。金狗虽然对此感到愤怒，但英英的热情和妖娆却令他不能把持，冲动之下金狗和英英发生了关系。在金狗的心目中，小水是菩萨，而英英是小兽，而小兽的媚爱却令金狗陷落了。最终，金狗一人被录取了，他无奈中和英英定了亲。

金狗在自己的野心和良知之间挣扎，一方面想依附权势出人头地，一方面却又仇恨这帮人的权势。和英英订婚的晚上，金狗上船去白石寨，到了却没有勇气去见小水。遭受爱情变故打击的小水最终谅解了金狗，还主动找金狗，将代表着自己心意的第三枚纽扣给了金狗，让他心安理得地去报社，金狗带着愧疚踏上了去州城的路。

小水谅解了金狗，却迎来自己更为艰难的处境。城里纷纷传言说她被人抛弃了，英英对小水变本加厉地加以羞辱。小水的外爷麻子铁匠为此气急而亡，小水只身一人更加孤苦。失去了麻子外爷，久未有金狗的音信，再加上英英的种种言说，小水内心意识到自己失去了金狗，她将生活希望放在了一直在铁匠铺帮工的福运身上。在"成人节"庙会的晚上，小水将自己交给了这个她先前并不看重的蠢笨的丑陋的男人，一个月后两人结婚了。

来到州城的金狗，自卑又自强，城里人带着歧视的目光看待他，他将一门心思都放在自己的工作上。离开两岔镇后，英英很快就被金狗忘却了，他几次都无视英英热情的来信。但他对小水的思念和内疚却始终如影随形，给小水写了三封信却因不知小水搬离铁匠铺而都无法寄到。对于州城和报社内的种种"怪事",金狗都悉心地观察,虽然许多事情令金狗困惑,但也使他逐渐接受了社会上的行事方式。金狗在州城时,社里同事老袭的妻子石华时常照料他的生活,金狗在石华身上常能辨出小水的影子,而金狗的才华也让石华动心,两人最终发生感情并越轨。金狗对自己的行为感到恐慌,却无法控制自己的欲望,一再和石华纠缠。

　　此时,报社需要一个人去偏远的东阳县写致富报道,许多记者不愿意到边远山区,金狗自告奋勇去采访。然而金狗在这个号称致富的山村却目睹了许多农民仍然没有真正解决温饱的现状,在金狗犹豫是否据实报道时,小水出嫁的消息让他坚定了写自己想写东西的信念,这样才不会辜负自己为这份事业所付出的代价。金狗回报社后报道了当地农民生活的真实情况,却遭到主编的斥责,未予发表。金狗一气之下将稿件转投到《人民日报》。金狗的报道得到中央的重视,他成了名记者。出名后的金狗还是无法适应州城的生活,他在这种看似光鲜的新的生活中隐隐感到了自己山民的质朴正在逐渐丢失,而产生不安,他想遏制一些可怕的东西在自己脑中的滋长,主动要求离开州城,到白石寨记者站任驻站记者,决心以笔墨的力量来制约权势。英英为了挽留金狗的感情,曾写信给报社领导举报金狗见异思迁、抛弃在乡下的未婚妻,要求组织上批评教育或者让他退回农村。却在听说金狗回乡后又后悔不迭,极力讨好金狗。金狗回仙游川向英英十分明确地拒绝了婚事,让田中正记恨在心。老画匠感叹孩子年轻不懂得人情世故,这晚金狗心情烦躁,只听见"看山狗"的叫声。

　　雷大空从广州贩银元回乡被查没,穷得身无分文了。他便和小水两口子搭伙做河运生意,日子也逐渐顺利起来。乡河运队收入减少了,田中正为挤垮私人河运,偷运起木材来,断了福运在山里的货源。金狗知情后,几经周旋给工商局送去了消息,乡河运队的船被扣押了。

　　田中正在小水身上看到了翠翠的影子,心生邪念,时常趁福运走船来骚扰。这晚福运和大空回家,得知此事,怒火中烧,刻意躲在房中等待田中正上门。当田中正再次来骚扰小水时,愤怒中大空剁去其一根脚趾头。田中正吃了亏,恼羞成怒命人捏造假罪状抓捕大空入狱。小水几经周折证实证人的口供都是伪证,将材料呈交公安局却没有音信。金狗以记者的身份带小水见了田有善和公安局长,他们因畏惧笔杆子的力量,最终释放了大空,而金狗和田中正的矛盾因此进一步激化。金狗虽在几件事情上击败了田中正,维护了公正,内心却感到羞辱,因为他赢得并不光明正大。在这个过程中金狗做了许多违心的事,为工商局写正面报道、逢迎田有善、利用记者身份恫吓公安局长……而这种油滑是一个正派的农民的儿子所不应该做的,他对自己能否真正完成对官僚主义的斗争产生了怀疑。

　　雷大空出狱后,与在狱中结交的同伴一起贷款做起了贸易。将铁匠铺改造为白石寨城乡贸易联合公司。公司主要是买空卖空,钱财来得容易,规模也不断扩大。金狗在和大空叙谈后,明白他生意的门道,少不了贿赂权力,欺诈客商。金狗被大空事业的成功撩拨得眼热,但同时他也意识到大空的公司必不长久。之后金狗发现大空的公司在和巩宝山的女婿联合经营,金狗怒斥大空沉溣一气,并打算揭露巩宝山"州保公司"的内幕。然而在深入地了解之后,金狗发现里面牵扯了层层黑幕及庞大的关系网,这令金狗再次感到个人力量的渺小。刺激之下金狗回到了州城,重新开始了和石华的颓废生活,但又憎恶所有和权力、金钱相关的人的丑陋,在他心里天下只有小水是干净的。

经过思考,金狗深刻地体会到目前社会变局中人心的浮躁,遂动笔揭露社会经济活动中的裙带关系和皮包公司。同时,金狗联络州城报社机关和各县记者站的年轻记者,组织起了"州城青年记者学会",但为欠缺经费而苦恼。大空找到他,要求以宣传为条件为学会提供了一万元的赞助。县委书记田有善指示金狗撰文宣传雷大空的公司,作为抓改革的典型,金狗百般推诿。田有善见金狗一直拖延,震怒之下命令县通讯干事写了宣传文章。宣传的力量使雷大空在省里都出了名,而田有善也借此获得了升迁的机会。大空不愿意被田家利用,发达后处处与田家作对,他出钱招收河运队的船工,搞垮河运队;在县里更是财大气粗,敢和县委书记比威风,成了有名的"混世魔王"。

当年在战场上与田老六浴血奋战的省军区许司令,因梦见田老六而感到不安,下令要在白石寨为田老六建纪念亭,并刻碑来安抚亡灵。田有善为巩固田家势力,十分重视自家先辈烈士纪念碑的修立,让县上必须拿出代表当地的稀罕之物来招待许司令。田中正授意蔡大安找乡民猎取野物,福运不擅狩猎却被蔡大安强拉进山。在出猎中没有配枪的福运被熊拍死,正在孕中的小水听说这个消息后十分痛苦,她拒绝了县里的安抚费用。得知福运死讯的金狗安慰小水为肚中福运的孩子保重身体,并立誓要为福运申冤。在纪念碑落成宴会上,金狗观察到巩宝山和田有善的不睦,他思索着白石寨一连串的事,以一股怒不可遏的情结将修碑立亭一切鲜为人知的内幕写成材料交给还留驻在白石寨的巩宝山。巩宝山正愁没有依据和田有善斗,遂雷厉风行地与金狗对此事展开了调查,田有善和田中正因此受到了处分。金狗因此被奉为官僚主义的克星。

无处可去的小水暂时在大空的公司里工作,不久生下了福运的孩子。大空等人为孩子张罗大摆宴席,贺客盈门。是日,韩文举大为高兴,觉得自己也活得出人头地了。金狗趁酒说出了内心压抑已久希望和小水结婚的心愿,小水听闻后一时不知所措。

大空的不法生意终于败露,在被捕后他将公司成立至今行贿的记录一一招供,反而招来杀身之祸,不久传来他于狱中自杀的消息。金狗也因为与大空有钱财纠葛而被牵连入狱,判刑七年。小水拖着产后虚弱的身体,为金狗四处奔波,她寄了材料给巩宝山,希望借其之力为金狗平反。然而巩家自身牵扯其中,自然明哲保身不作努力。百般无奈之下,小水只能托与麻子外爷有交情的樊伯,让他在看守所担任所长的老表帮忙对金狗多加照顾,并在天天黄昏无人时于监狱的砖墙下为金狗唱州河行船的号子给他鼓励。

金狗从狱中托樊伯给小水传出字条,让小水找石华营救。石华为金狗动用了一切省上高干的关系,甚至为此让曾经对她追求未遂的许司令的儿子许文宝借机侮辱。石华的屈辱换来省里调查组对此事的重新调查,巩家女婿被逮捕,巩宝山被撤销专员职务,金狗终于被无罪释放。出狱后的金狗将保存在小水手中那本雷大空写着行贿记录的笔记本交给了州城公安局,帮助调查组揭出了田有善一伙人的问题。巩宝山落井下石,趁机起诉,巩、田两家互相攻击,却使事情彻底暴露,社会舆论哗然。田有善也被撤销了职务,巩、田两家的势力皆一落千丈。巩、田两家记恨金狗,暗中勾结报社主编让金狗被撤掉记者的职务,金狗便辞职重新操起了行船的旧业,并与小水结婚,生活和美。

一年后巩、田两家大户的势力在地方逐渐消散,但州河自改革以来,就不再安静,世风日下,人情淡薄。金狗与州河上两个有文化、有气魄、识水性的年轻人——银狮、梅花鹿搭伙行船,成为州河里运货最多、读书最多、行路经事最多的组合。金狗在生意红火后,执意将梭子船换成机动船,却引来保守的老画匠的不满,埋怨金狗过于招摇,小水也为此心神不定,夜里特意去拜问阴阳法师,阴阳法师让小水放心,说金狗必成一番大事。回家的路上,小水看见天生异象,月晕显出彩圈,风声四起,犬吠声声,正是州河史无前例洪水暴发的前夜。

作品赏析

长篇小说《浮躁》1987年发表于《收获》第1期,它是作者商州系列小说的一个完美的休止符,一部集大成作品。《浮躁》是从宏观的角度,较为全面地显示出城乡改革(尤其是农村改革)所面临的政治上、经济上,以及文化心理上的重重障碍。《浮躁》看起来是家族势力与农民改革者之间的冲突,实际上抒写了我们这个时代的一种普遍的精神特征——浮躁。作家从文化视角深刻地分析了浮躁状态的深层次原因,即主体精神的高扬与低层次的文化水平之间的强烈矛盾。小说较为成功地展示了特定时代的社会心态,结构复杂却脉络清晰,形象众多却富有个性。作者似乎未经提炼地展示生活的自然流程,使整个艺术界显得繁复驳杂。作品没有致力于典型环境中典型性格的塑造,而是突出人物的社会文化行为、文化心理特征。作品有比较强的主体感受介入。

《浮躁》创造了一系列极富"文化层"意义上的个性形象,如金狗、雷大空、田有善、巩专员等。金狗是从浮躁走向良性,即深沉、坚实、完善方向的代表;雷大空则是从浮躁走向恶性,即浅薄、盲目、失落方向的代表。这种完善和破灭的趋势取向,从本质上来说是势所必然、互相补充的。

《浮躁》在总体的艺术构思上表现出一种象征性。从表层意义上揭示了金狗的命运及其在州河厚实的土地上的归宿,其深层意义在于在金狗的奋斗历程中,负载着一种民族文化心态的象征表现,这使小说通篇体现出超越文字表层之上的艺术魅力,从而传递出作家对历史、文化、民俗、时代、生命、艺术多方面的思考。

推荐阅读

1. 《贾平凹文集》,贾平凹著,陕西人民出版社,2008年。
2. 《贾平凹之谜》,孙见喜著,四川文艺出版社,1991年。
3. 《贾平凹的小说与东方文化》,王仲生著,陕西人民出版社,1992年。

思考题

1. 以《浮躁》为例,谈谈改革文学的特点。
2. 以《浮躁》为例,说说贾平凹"商州系列"小说的特点。

秦　腔

贾平凹

故事梗概

在一个叫清风街的村庄里演变着近30年的历史,小说背景是"文革"前夜。清风街有白家和夏家两大户,白家早已衰败,但白家却出了一个著名的秦腔戏曲演员白雪,白雪嫁给了夏家的儿子。夏家家族两代人主宰着清风街,而两代人在坚守土地与逃离土地的变迁中充满了对抗和斗争。夏君亭将修建市场的工程交给堂弟庆满,但他还得兼顾其他族姓,尤其是其中敢出头说话的人的利益,夏君亭将村鱼塘、砖瓦窑承包给"恶人"三踅,换取他对自己工作的支持。此外他的决策基本上是独立的,在符合国家政策大方向的前提下,对全体村民和自己的政绩负责。然而,村民的支持既有家族公共的因素,也有个人利益的因素,如夏天义的5个儿子,在秦安与夏君亭修地还是建市场的争论中,已经决定了支持秦安,但因为修地要损伤自己家坟地却又无言地支持了君亭。夏天义是新中国成立50余年以来的体制和意识形态所塑造的精神偶像神话,他与清风街新现实的冲突越来越大,影响也越来越薄弱,包括对自己的5个儿子。退休还乡的乡镇干部夏天礼贩卖银元的事早已成为家族的羞耻。退休返乡教师夏天智乐善好施,儿子夏风是市县领导都器重的名作家,儿媳是出生大家的知名秦剧演员,他自己又是秦腔的研究、爱好者,可以说得天时、地利、人和之便,更有资格成为夏氏家族和清风街新的人望,然而残疾孙女的出世,儿子夏风的离婚,都使他颜面尽失,并因不治之症而逝。作品以白、夏两大户以及芸芸众生的生老病死、悲欢离合,真实而生动地再现了中国社会大转型给农村带来的激烈冲击和变化,给农民带来的心灵慌乱和撕裂。

作品赏析

乡村不仅是一个地理空间、社会空间,在文学史上它还是一个独特的文化空间。贾平凹先生的《秦腔》完成了一次对中国农村守望的最后凭吊。贾平凹是个农民,也是一个颇有忧患意识的平民型作家。他早先的作品就曾表现出了明显的忧患意识。在20世纪80年代前期的"商州系列"里,他就感觉到都市对乡村的冲击和现代对传统的侵蚀。这种痛苦的现代化进程在《秦腔》中进一步得到了强化。

熟悉农村生活的贾平凹在长篇小说《秦腔》中,用作家的笔触把自己熟悉的清风街的农民生活全景式地展现在读者面前,他用对土地的亲和之感生动地表现出了对处于式微瓦解状态的乡村文明与传统文化的凭吊和惋惜。这是一杯蕴含着深情关怀的酒,他以此来祭奠和慰藉清风街近二十年来的亡人,也以此来告别他所热爱并即将远去的传统文化。

小说《秦腔》讲述的是整个清风街的故事,清风街的支柱是夏家,夏家的支柱是夏天义和夏天智。原任支书夏天义想趁他在任时把七里沟的土地淤成,可清风街上的人只有哑巴、疯子引生跟随他淤地,越来越多的人离开土地,进城务工。夏天义沉痛地感受到"天底下最不亏人的就是土地啊,土地却留不住了他们!"与此形成强烈对比的是现任支书君亭改建的农贸市场的繁荣,这一旧一新展现了两代人两种不同的生存方式。小说以一种悲凉的笔调写出了乡村自然经济的解体和商品经济的繁荣。

秦腔植根于农村,与农民的生活息息相关。刚出生的小孩听见秦腔就不再哭闹;人病得傻了,不会说话,却记得戏文;就连狗的吼叫也要顺着秦腔的节奏;尤其是文中的夏天智更是一生迷恋着秦腔、秦腔脸谱,孙女出生他要拉一段胡琴,儿子和儿媳离婚要放一段《辕门斩子》,和二哥夏天义聊天要伴着"苦音双锤代板",临死更是要听一听秦腔才肯咽气。可以说,日常生活的生与死、喜与悲都与秦腔相交融。然而这个古老的剧种也不免被现代文明所淹没,陈星的流行音乐吸引了村里越来越多的年轻人。贾平凹一点一滴地写出了农耕文明的瓦解,传统文化的消逝。当村口的酒楼、小姐、流行歌曲作为现代化变迁的一种症候时,城市辐射出的魔力不可思议地操纵着农民的沉浮。夏天义对土地、躬耕的向往,夏天智对秦腔、脸谱的热爱,都将随着他们日渐苍老的身形褪去。他们是一种文化的符码,他们的没落既可以看作是民间精神、民间文化的衰败,也可以看作是中国乡村最有生命力的部分的消失。小说在夏天义被山体滑坡埋入七里沟中落幕,这是真正的叶落归根,也隐喻了老一代农民对土地的执着。贾平凹的成功之处不仅在于他感性地展现了现代文明对传统文明的解构或同化,更重要的是,他在辛酸和迷惘中为我们找到了乡村在现代化进程中的归宿:无论作家或人们怎样固守着对于传统文明的那份情感执着,乡村都不会停下它现代化进程的脚步。《秦腔》为他几经波折的情感历程画上了句号,因为他不得不承认乡村正在走上一条异于它的不归路。

在当代文坛上,《秦腔》是一部看似传统,实则十分新潮的长篇小说,它对当前西化式的追求,商业化、技术化的写作是一种勇敢的挑战。这是作者从 20 世纪 80 年代初期就察觉到的"以中国传统美的表现方法,真实地表达现代中国人的生活和情绪",并不懈追求的丰厚报偿,也是作者在小说民族化道路上又一座醒目的碑石。

推荐阅读

1. 《秦腔》,贾平凹著,作家出版社,2012 年。
2. 《平凹自述:我是农民》,贾平凹著,中国社会出版社,2013 年。
3. 《贾平凹纪事》,辛敏著,陕西师范大学出版社,2012 年。

思考题

1. 试分析作品中夏天义的人物形象。
2. 试分析作品的乡土情怀体现在哪里。
3. 小说在艺术手法上有什么特点?

现实一种

余 华

作者简介

余华(1960—),生于浙江杭州,中国当代作家。1977年中学毕业后,从事5年的牙医工作。1983年开始发表作品,1984年正式进入浙江省海盐县文化馆。1984年始在《北京文学》等杂志发表短篇小说,其中《星星》获当年北京文学奖。1987年发表《十八岁出门远行》,后发表《四月三日事件》和《一九八六年》。1988年发表《世事如烟》《现实一种》等作品,和苏童、叶兆言、格非、孙甘露、北村一起,被誉为中国先锋文学的代表作家。

1989年出版第一部小说集《十八岁出门远行》。1991年出版了第二部小说集《偶然事件》。同年出版了第一部长篇小说《在细雨中呼喊》。台湾远流出版公司出版了小说集《世事如烟》。1992年出版第二部长篇小说《活着》。同年出版了第三部小说集《河边的错误》。

1995年长篇小说《许三观卖血记》出版,同年发表短篇小说《我没有自己的名字》。1997年出版《黄昏里的男孩》。1998年《活着》《许三观卖血记》《在细雨中呼喊》重新出版,德文版《活着》获意大利第十七届格林扎纳·卡佛文学奖。2000年随笔集《内心之死》和《高潮》出版。2002年出版随笔《灵魂饭》和小说集《我没有自己的名字》。2005年获得中华图书特殊贡献奖。

故事梗概

小说一开始就写山岗和山峰两兄弟的家里,连着下了一星期雨,家里有个长年吃素的老母亲,会抱怨骨头发霉,会抱怨胃里长青苔,会抱怨小孙子皮皮吃了她腌制的咸菜。皮皮四岁,在家里大人都去上班的时候,走到堂弟躺着的摇篮里,学着爸爸山岗对妈妈那样,对着堂弟扇耳光,听他哭声的变化,又去掐脖子,直到对方没有充满激情的哭声了,只不过张着嘴喘气,他觉得索然无味便走开,又去看下雨。

天晴了,他抱着堂弟想去看太阳,可是抱了一会儿就抱不动,松开了手。他渴了,找到了水,喝了几口后,看到堂弟躺在地上,他的脑袋上有血像弯曲的蚯蚓一样流了出来。他回到房间睡着了。老母亲在家感受着自己的骨头断裂,感受着胃里的青苔,她老眼昏花地看到外面地上有东西,走近看清了是她的孙儿,吓了一跳,赶紧回屋。

孩子的母亲担心孩子出事,提前回家,却对着躺在地上的流着血的孩子,不敢相认,一直在家里找东西,最后出门去找山峰,山峰抱着孩子去了医院,又抱着孩子回了家。回家后山峰质问谁把孩子抱出去的,打了妻子,妻子茫然地哭泣,点头或者摇头。摇晃母亲,母亲埋怨自己骨头要被摇断了,而皮皮承认是自己抱出去的。山峰要打皮皮,山岗拦住了他,并挨了山峰很多拳头,回到屋里,他拿出全部存折,山峰拒绝了他。山岗领着皮皮交给弟弟山峰。山峰逼着皮皮舔干净那摊血迹,随后一脚踢飞了皮皮,皮皮再也没有起来。

山岗买了肉骨头,并带回来一条狗,熬了肉骨头,把山峰绑在了树上,脚上涂满了烧烂的肉骨头,还有太阳穴,狗不停地舔舐山峰的脚底和脑袋,山峰开始大笑,笑到最后死了。山峰的妻子,在山岗被处决以后,冒充山岗的妻子,将山岗的遗体捐献了出去,山岗的器官移植大都失败了,但是睾丸和肾移植却成功了,而移植睾丸的年轻人后来生下了一个十分壮实的儿子。山岗后继有人。

作品赏析

小说讲述的是兄弟仇杀的故事,余华将故事设计为一种盲目的冲动,揭开中国传统伦理"兄友弟恭"背后互相仇杀、血腥争斗的罪恶的一面。

皮皮对堂弟无缘无故的施虐,既是孩童对大人模仿的本能,又是一种欣赏、玩味和游戏的态度。他是暴力文化所孕育的"恶之花",人性之恶在他眼里是人之常情。

如果说皮皮摔死堂弟还带有下意识的成分,那么山峰对皮皮的仇杀,则全然是兽性大发。他全然不顾皮皮不过是个四岁的孩子,固执地抱着杀人偿命的念头,先是逼皮皮去舔净婴儿的血,然后踢飞皮皮。而最令人惊心动魄的是山岗对山峰的复仇。他精心策划的复仇,把人性的狡诈与残忍推向了极端,他还煞有介事地问弟弟:"什么事这么高兴?"事后还不动声色地回答弟媳的痛斥:"我只是把他绑上,并没有杀他。"杀人的"不是我,是那条狗"。

家里的老祖母以及各自的妻子在杀人中扮演的角色也十分耐人寻味。而小说的结尾,山岗身上的大多数器官都没有移植成功,生殖器官的移植却成功了,山岗一家的暴力的种子以极其荒诞的方式延续下去,象征着混乱与暴力会绵延不绝。

《现实一种》与传统的故事讲法不同,余华在叙述这一令人惊心动魄的灾变与毁灭时所用的语调却是惊人的冷漠与淡然。余华说:"我寻找的是无我的叙述方式。"这种叙述,使得一系列的杀戮都是在很平常的既不充满愤怒也不充满悲怆的愉快状态下进行的。作者也不去交代事情的前因后果对人物心理的影响,而只描写人物的外部动作、简单的感觉与直接的生理反应,正是有意识地将笔下的人物描写为失去理智的动物,这不但符合小说中那种盲目仇杀的情节,也符合他对世界与人性的观念。同时,作者借助这个叙述者提供了观察世界的另一种视角。他仿佛跳出了这个世界,从天外俯视世间的愚昧与凶残。这也表明了作者对这个世界的绝望与愤怒已经达到了无以复加的程度。

从《十八岁出门远行》的成名,到《现实一种》《古典爱情》《爱情故事》《河边的错误》《鲜血梅花》,余华力图在每一个中篇里,颠覆一种传统的叙述方式,无论是成长故事、仇杀故事、侦探故事,还是武侠故事,余华的冷漠叙述极好地实现了对历史、时间、理性、爱情和伦理的彻底颠覆。除了主体性的颠覆,余华的先锋性还表现在对传统文类的颠覆。余华通过对经典叙述模式的戏仿,使阅读者无法在认同的过程中完成自己的期待,从而对传统的叙述产生间离、疏远和困扰,进而产生对经典叙述模式的质疑,以达到向既定的文化秩序挑战的目的。

推荐阅读

1. 《现实一种》,余华著,作家出版社,2012年。
2. 《文学:想象、记忆与经验》,余华著,复旦大学出版社,2011年。

思考题

1. 结合作品谈谈《现实一种》的主题。
2. 你如何评价余华此类风格的创作。

活　着

余　华

故事梗概

我在乡间收集民间歌谣,在那里遇到了一个名叫福贵的老人,听着他对同样叫福贵的牛吆喝,勾起了我的兴趣,之后他就给我讲述了他的故事。

福贵是个有一百多亩地的阔少爷,每天由雇工长根背着上私塾,后来上妓院、嫖妓、赌博。妻子家珍温柔贤惠,是城里米行陈老板的女儿,可是福贵却每日由胖妓女背着从米行门前招摇过市。赌博赊账使得福贵根本不知道自己输了多少钱,龙二出千从沈先生手上赢了赌场,也赢了福贵,即使最后家珍顶着孕肚劝福贵,也没能把福贵从赌桌上劝回家。福贵彻底输了家产,老爹也死了,妻子家珍也被娘家接走了。福贵只好找龙二租了五亩地,成为龙二的佃户,开始种地。

家珍在生下有庆半年后,回到家里。这样过了一年后,福贵的母亲生病了,福贵去城里请大夫,却被人拉去当壮丁,遇到了老全和春生,打仗被解放军俘虏后,福贵才得以回家。

回到家的福贵发现,他娘在他被拉去当壮丁两个月就去世了,女儿凤霞在一次高烧后就不再说话了。而村里土地改革,福贵得到了之前租种的五亩地,龙二作为大地主又威胁佃农,被枪毙了。

为了送有庆上学,凤霞12岁被送走,结果自己又跑回来了。家珍长期营养不良,得了软骨病,有庆五年级了,献血的时候,被抽血过量,心跳停止了。

凤霞嫁给了万二喜,二喜实在、细心、勤快。两人婚后生活很幸福。但是凤霞生孩子后,大出血死了。福贵感慨自己的一双儿女都是生孩子上死的,有庆死是别人生孩子,凤霞死在自己生孩子。家珍在凤霞死后三个月也死了。而二喜在儿子苦根四岁那年,被两排水泥板夹死了。苦根七岁多,生病在家吃豆子却撑死了。

福贵终于攒够了钱,买了一头老牛,相依为命。

作品赏析

余华在20世纪80年代的小说中,主要是用语言将一种完全个人化的真实变成一种对所有他人的真实,向读者展示的是一个语言场景。这场景已经与世界变得相互陌生和隔离,与世界的对应关系已经消失,所以一开始便以另一种现实形态出现在所有先锋派小说作家中。余华是在主题和叙事上最"冷酷"的一个。死亡成为他描写最多的主题。小说以一种冷静的笔调描写死亡和暴力、血腥和冷酷,在此基础上揭示人性的残酷和存在的荒谬。他是基本沿着残雪生存探索的路子走的。

余华文体转型之后的代表作《活着》和《许三观卖血记》两部长篇充分体现了20世纪90年代初其小说写作在文体上的新特点。作家开始在洞悉、把握现实生活乃至存在世界结构的前提下建立起自己的艺术表达结构,不再刻意于虚构设置,采用装饰性、技术性的形式因素,使小说的文本结构与现实世界的存在形态能形成和谐、默契的对应关系。站在民间立场上使小说的语体呈现出朴素、柔和又蕴含灵性和审美情趣的独特的语感、语调,创造出一种独具一格、具有艺术魅力的自由语体。

《活着》是余华从先锋派向现实主义转型的一部力作。作品贯穿着作者早期一贯的冷漠叙事风格。作品在40多年的时间跨度中展开故事,抗日战争、解放战争、"大跃进"、人民公社、"文化大革命"等构成了一幕幕苦难的人生图景。作品虽然名为"活着",却是一部死亡的记录,整个作品成了一部由死亡连缀成的生命悲剧。但是我们却感受不到恐怖、阴森和杀气。相反,过去作品中人物的陌生化、神经质、绝望感与残酷性被一种人间温情、依恋和对生命的热爱取代。作者竭力在苦难中寻找温馨,福贵的家人之间就有一种在苦难中生长出的温情和关爱。正是这种感情使得接二连三的死亡事件并不让人觉得十分阴郁,反而充盈着一种澄澈的悲悯。

余华在《活着》里的情感表达上,悲悯与温情代替了冷酷、暴力与死亡。在人物塑造上,人物从梦境回到现实中来。在叙述风格上,重返民间与传统,又开始像惯常一样讲故事,安排情节。语言朴素、简约,呈现出日常话、口语化。

《活着》表现的是一种"生存的苦难",表现了当代农民在不断被掠夺的过程中的生命力。从此,余华开始关注普通人的日常生存状态,关心他们的生存哲学、日常伦理和道德观念。这一转变典型地体现在他的《许三观卖血记》中。余华的作品中没有英雄,也没有所谓的伟大,而平凡人苦难的一生,也不值得歌颂。但是作者用细腻的笔触所书写的是平凡的人们如何在拼命地活着。"人是为活着本身而活着,而不是为活着之外的任何事物而活着"。轰轰烈烈是一种活法,而如福贵般坚毅地活着,如野草般拥有百折不挠的生命力,是更多人得以存在、延续的本真。

小说的叙述分两部分,即采风者"我"的第一人称叙述和福贵的自传。双重叙述方式的灵活运用使余华从自己过去的叙述模式中摆脱出来。采风人的叙述袭用了余华过去的话语方式,描写、抒情、议论,各种错落的句式仍然保留了知识分子的语体习惯。相比之下,福贵的叙述则平白如话。他质朴的语言,以平实的民间姿态呈现一种淡泊而又坚毅的力量,并加入了含而不露的幽默和温情。而采风者"我"也在福贵的故事中,从一开始的玩世不恭变成后来的安定与从容,而读者被带领着成为采风者和福贵对话的旁观者,这是作者在叙述上精心设计的"间离效果"。这样的效果使读者不是直接目睹福贵的苦难人生,而是能站在一定的距离之外,超乎苦难血腥之上,看到人类生命不可摧毁的意志力和对苦难的承受力,并领略叙事投射出来的超越与静穆的审美韵味。

推荐阅读

1. 《在细雨中呼喊》,余华著,作家出版社,2012年。
2. 《活着》,余华著,作家出版社,2012年。
3. 《余华精选集》,余华著,北京燕山出版社,2011年。

思考题

1. 结合作品谈谈《活着》的主题。
2. 你如何评价余华的文学成就。

游园惊梦

白先勇

作者简介

白先勇(1937—),回族,美籍华裔作家、生于广西南宁。1956年从建国中学毕业,1965年取得艾奥瓦大学硕士学位后,白先勇到加州大学圣塔芭芭拉分校教授中国语文及文学,并在那里定居,1994年退休。代表作有短篇小说集《寂寞的十七岁》《台北人》《纽约客》,散文集《蓦然回首》,长篇小说《孽子》等。其中《台北人》入选20世纪中文小说100强排第7位,是仍在世作家作品的最高排名)。

故事梗概

主人公艺名蓝田玉。她现在大约四十出头,以前在南京,清唱出身,最擅长唱昆曲,当年钱鹏志大将军在南京得月台听到她唱《游园惊梦》动了心,便把她娶回去做填房夫人。在这畸形的婚姻下,她与钱将军的参谋郑彦青私通,然而她的情人却最终被自己的亲妹妹抢走。如今,守寡多年且已丧失青春年华与富贵社会地位的钱夫人,远离旧日的相知朋友,独自居住在台湾的南部。小说一开始即写蓝田玉由台南赴台北参加窦夫人的家宴,从登门一直写到离席。在唱戏的姐妹中,窦夫人以前只是别人的姨太太,连自己的生日都需要蓝田玉出面请宾客给她过,自己都没有能力,也无法在南京过生日。可是到了台湾,窦夫人被扶正,而且随着丈夫的升迁成了新贵,但蓝田玉在钱将军去世后,在台湾过得很是落魄。小说的暗线写她整个赴宴过程中的心态,表现过去贵妇人与现在老妇人的不同。

作品赏析

作者在这篇小说里,苦心经营制造"梦"的意象。梦境和仙境,十分相像,只有一点差异:仙境是永恒的,梦境是短暂的。人类往往不愿面对"人生有限""世事无常"的悲苦事实,却躲藏进"一切如故"的自欺幻想里。

小说的主人公蓝田玉由一位昆曲艺人一跃成为将军夫人,也曾经风华蹁跹,显赫一时,"筵席之间,十有八九的主位,倒是她占先的。"然而这一切都是"从前钱鹏志在的时候",现在她不过是一个落魄夫人,王谢堂前的燕子,落入了百姓人家。

显赫与没落,构成刺激性的对照。对于没落,是无奈的现实,钱夫人无力去改变,于是就只剩下追忆与怀恋,自己并不能超脱出来,把这一切视若浮云。窦公馆门前两旁的汽车,大多是公家的黑色小汽车。"钱夫人坐的计程车开到门口她便命令司机停了下来",这一细节动作,表现钱夫人还很在意自己的面子,遮掩自己没落的现实。在宴会中,钱夫人几次有意识地或潜意识地回忆起自己风华蹁跹时候的场景,与现实的宴会作比照,折射出钱夫人对过去的怀恋。

作者对过去生活的追忆更多的是在心理情感上对故乡的眷恋。在这里,故乡不仅是祖国大陆、旧时家园,而且是一种情感,一种对旧时在心理上的认同感、归属感。

白先勇对于中国的传统文化是有着深刻的认同感的,在《游园惊梦》这部小说里择取昆曲票友聚会也是有象征意义的。在20世纪60年代,作为"中国表演艺术中最精致最完美的一种形式"的昆曲也已经式微了,受到欧美电影等新兴文化的强烈冲击。小说中坚持喜爱和追忆昆曲这种传统艺术的,都是一些从大陆败走的遗民,如钱夫人、窦夫人、余参军等。他们既是政治上的遗民,也是传统文化上的遗民。台湾本土的人脱离大陆本土文化的母体,对这些传统文化并没有多高的欣赏能力,也就没有多少眷恋。人心不古作为一种现实,文化遗民们无力去改变,便只有承认,而他们对昆曲的坚持和喜爱,仅仅是对故旧文化的怀念,也是作者文化乡愁的表现。

作者复杂的情绪几经解构和晕染,最终汇为一条主旋律的精神内涵——怀旧,或者说乡愁。这种怀旧包含三个层次结构,一是对过去生活的怀恋与追忆,二是对故乡心理情感的眷念,三是对故旧文化传统的依恋。

推荐阅读

1. 《台北人》,白先勇著,广西师范大学出版社,2010年。
2. 《纽约客》,白先勇著,广西师范大学出版社,2010年。
3. 《孽子》,白先勇著,广西师范大学出版社,2010年。
4. 《张爱玲与白先勇的上海神话》,符立中著,上海书店出版社,2011年。

思考题

1. 作品为何名为"游园惊梦"?
2. 这篇小说与传统小说在结构上有什么不同?
3. 谈谈你对作品中怀旧情绪的理解。

红高粱

莫 言

作者简介

莫言(1955—),原名管谟业,山东高密人,中国当代著名作家。"文革"中辍学后务农,1976年入伍。20世纪80年代初开始发表作品。1981年,莫言在《莲池》上发表处女作《春夜雨霏霏》。1984年至1986年在解放军艺术学院文学系学习,后曾在解放军总参政治部工作。在小说《白狗秋千架》中,莫言第一次写到了故乡——高密东北乡。此后他的所有小说几乎都围绕高密东北乡展开。1985年发表成名作《透明的红萝卜》,1986年在《人民文学》上发表《红高粱》,引发轰动。2009年发表《蛙》。2012年莫言获得诺贝尔文学奖,成为有史以来首位获得诺贝尔文学奖的中国籍作家。2016年,当选中国作协第九届全委会副主席,2020年出版中短篇小说集《晚熟的人》。他的其他主要作品还有《欢乐十三章》《天堂蒜薹之歌》《爆炸》《怀抱鲜花的女人》《酒国》《丰乳肥臀》《檀香刑》《生死疲劳》等。

故事梗概

抗战初期,"我"奶奶——山东高密县某村一个美丽的姑娘九儿,被贪财的父亲嫁给有麻风病的单扁郎。轿子走到青杀口,突然窜出一个劫道的,劫了轿夫的工钱,又要抢我奶奶。轿夫余占鳌带头结果了劫道人。三天后,我奶奶回门路过高粱地,蒙面的余占鳌将她拉进高粱地里,两个人激情迸发,从此,余占鳌成了我爷爷。不久,单家父子死了,我奶奶撑起单家的烧酒作坊。我爷爷在一坛刚酿好的酒里撒了一泡尿,后来这酒成了好酒。我奶奶给它取名叫"十八里红"。经过一番波折,两人终于成为夫妻。我爹九岁那年,日本鬼子来了。他们为了修路,用刀逼着乡亲们踩倒高粱,又将我罗汉大叔吊在树上,逼着狗肉铺的伙计剥他的皮。我奶奶让伙计们喝下埋了九年的十八里红,大家唱着《酒神曲》去埋雷炸日本鬼子。我奶奶在家做了一桌子饭菜,等着犒劳得胜回来的我爷爷他们。等到黄昏不见动静。我奶奶挑着担子去送饭,被日本军车上的鬼子用机枪打死。高粱地里发出怒吼声,我爷爷和众伙计冲向日本军车,日本军车被炸飞了,乡人们全死了。痴呆的余占鳌,站在女店主的尸体旁,放声高歌……

作品赏析

《红高粱》发表于1986年。小说以独特的艺术视角和鲜活生动的表现方式,引起了文学界的关注。此后,莫言又陆续发表了《高粱酒》《高粱殡》《狗道》《奇死》等中短篇小说,最后合成为一部长篇小说《红高粱家族》。其中,《红高粱》是最为精彩的。根据这部小说改编的同名电影于1988年在第38届柏林国际电影节获得柏林金熊奖。

《红高粱》讲述的是一个抗日故事。对于抗日战争的描写在中国当代文学中并不少见,但《红高粱》与以往革命历史战争小说有很大的不同,它是以虚拟家族回忆的形式出现的。即以现代人的自我意识,审视、陈述往昔的人生故事,主要是爷爷奶奶们的传奇经历。整个小说的情节是由两条故事线索交织而成的:一条是抗日的故事线条(一支人民武装力量伏击日军汽车队),另一条是余占鳌与戴凤莲(即"我"爷爷和奶奶)的爱情故事。作者以他的家乡山东高密农村为背景,写出"最美丽最丑陋、最超脱最世俗、最圣洁最龌龊、最英雄好汉最王八蛋、最能喝酒最能爱"的故乡风貌,宣泄出他"极端仇恨"和"极端热爱"的狂烈情绪。余占鳌和戴凤莲的爱情是一条贯穿线索,其间穿插写了罗汉大叔、玲子、单扁郎、冷麻子等人的故事,同时将这些故事统一在与日寇进行的殊死战斗中,表现了生气勃勃的生命意识和强烈的爱国精神。

《红高粱》成功地塑造了余占鳌和戴凤莲的形象。"我"爷爷余占鳌是位粗犷彪悍、血气方刚的男子,少年时代曾杀死侮辱自己的和尚。在与"我"奶奶相爱以后,又杀死单家父子当上了土匪。日寇占领了家乡,他率领乡民在墨河伏击日军汽车队,击毙了日军少将,在浴血奋战中显露出英雄本色,谱写他生命的最辉煌的乐章。奶奶戴凤莲本是穷苦人家的女儿,16岁被父亲用一匹骡子的价钱卖给麻风病患者单扁郎为妻,她不满这种畸形的婚姻,新婚之夜怀揣剪刀保护自己的贞洁。婚后三天回娘家被余占鳌劫入高粱地,她"以蔑视人间法规的不羁心灵"大胆地与余占鳌相爱,充分显示了她是勇敢的有着自由追求的女人。其后她成为酒坊的女老板,又是余占鳌抗日的好帮手。最后在带领妇女们给战士送饼的路上被日寇枪弹击中壮烈牺牲,年仅30岁。小说真切地表现了这样一种壮美的人生:他们虽然有些愚昧狭隘,粗野狂暴,甚至杀人越货,有着可怕的习性,但他们正义、果敢、坚忍、忠诚,有着生命的激情和英雄气概,敢于为生存而斗争;他们在刀光血影之中,在敌人强暴面前,充满了对土地、对红高粱、对家乡、对母亲、对亲人、对人生、对生活的伟大而圣洁的爱心;他们生存着也为生存而奋斗着,他们爱着也为爱而奋斗着。总之,在作者笔下的余占鳌、戴凤莲、刘罗汉等人身上,体现了一种积极的中华民族"酒神"精神,表现出强烈的民族爱国主义和英雄主义。和以往一些描写抗日战争的小说如《吕梁英雄传》《新儿女英雄传》等不同,莫言摆脱了旧有的表现战争的观念,没有受传统政治的影响,而是以民间文化视角切入历史。土匪司令余占鳌,既缺乏阶级觉悟,又没有明确的政治意识,对国民党没好感,对共产党也没有认识,终其一生,都没有蜕掉匪气。但他作为一个中国人,却具有一种直觉的抗暴本能和民族爱国意识。"谁是土匪?谁不是土匪?能打日本就是中国的大英雄。"余占鳌正是在这样的思想的支持下,带领他的部队在墨河边,同日军浴血大战。尽管他全军覆没,戴凤莲也不幸牺牲,只留下父子二人,但他们所表现的中华民族的威武不屈的英雄精神,却令人不能不为之击节赞赏。

小说在叙事人称上,第一人称和第三人称叠合在一起。在语言运用上,《红高粱》追求一种富有力度的表达,一切都服从主题的自由创造和审美快感。重视感觉,大胆运用丰富的比喻、夸张、通感等修辞手法,强调对语言色泽的选择和气势的营造。将强烈的生命意识、具有民间传奇色彩的题材与上述不同艺术手段的融合,使这部中篇小说获得了巨大的成功。

推荐阅读

1. 《莫言作品精选》,莫言著,长江文艺出版社,2012年。
2. 《红高粱家族》,莫言著,上海文艺出版社,2012年。
3. 《生死疲劳》,莫言著,作家出版社,2012年。
4. 《莫言研究》,陈晓明编,华夏出版社,2013年。

思考题

1. 《红高粱》与传统抗日小说有什么不同?
2. 结合作品分析余占鳌的人物形象。
3. 小说在艺术手法上有什么特点?

蛙
莫 言

故事梗概

小说以我的姑姑——万心为主,写了"赤脚医生"的姑姑,经过培训,成了村里的妇产科医生,被乡亲赞颂是"送子观音"。姑姑曾经的恋人是名空军飞行员,但是却叛逃去了台湾,对姑姑及其家人造成了巨大的打击。姑姑后来被任命为计划生育办公室主任,兢兢业业地工作,但是村里的人都躲着她。我是万足,和王仁美结婚后,王仁美希望能生一个男孩,可是姑姑不允许超生,在大月份坚持引产,造成一尸两命,姑姑非常愧疚,后来把她的助手小狮子介绍给我,婚后却一直不育。姑姑晚年每当听到蛙声,常会以为是经她手流产的孩子的啼哭;而我的好友陈鼻,曾经村里有名的万元户,也因为妻子超生后,失去了妻子,一度穷困潦倒,后来又利用新的超生手段牟取暴利。

作品赏析

《蛙》是一部触及国人灵魂最痛处的长篇力作。

小说由剧作家蝌蚪写给日本作家杉谷义人的5封书信组成,其中前4封信是4部长篇叙事文,最后一封信则是同名的一部9幕话剧,在艺术上极大拓展了小说的表现空间。

整部作品以从事妇产科工作五十多年的乡村女医生姑姑的人生经历为线索,用生动感人的细节和深刻的自我反省,展现了新中国近六十年波澜起伏的"生育史",揭露了当下中国生育问题上的混乱景象,同时也深刻剖析了以叙述人蝌蚪为代表的中国知识分子卑微、尴尬、纠结、矛盾的灵魂世界。

《蛙》的来源,作者解释说:它是娃娃的"娃"、女娲的"娲"的同音字,"蛙"在民间也是一种生殖崇拜的图腾。很多民间艺术上都有"蛙"的图案,因为蛙是多子多育的繁衍不息的象征。"'娲'与'蛙'同音,这说明人类的始祖是一只大母蛙,这说明人类就是由蛙进化而来,那种人由猿进化而来的说法是完全错误的……"这是小说中姑姑对"我"说的一段话。可以说是莫言让小说最主要的人物姑姑解释了"蛙"在小说中的象征意义。

小说在形象描述国家为了控制人口剧烈增长、实施计划生育国策所走过的艰巨而复杂的历史过程的同时,成功塑造了一个生动鲜明、感人至深的农村妇科医生形象。以乡村医生别无选择的命运,折射着我们民族伟大生存斗争中经历的困难和考验。小说以多元视角呈现历史和现实的复杂苍茫,表达了对生命伦理的思考。叙述和戏剧多文本的结构方式建构宽阔的对话空间,从容自由、机智幽默,体现作者强大的叙事能力和执着的创新精神。

在《蛙》形式主义的叙事幕布之后,演绎的是一出历时六十年的民间生育悲剧。其情节分别从传统、人性、社会、命运等维度诠释悲剧的性质,暗示悲剧的根源,隐喻这种悲剧如今正以新的形式不断上演。

莫言用书信、叙事文和话剧这三种不同文体合成了一部小说,来呈现东北乡六十年间发生的一个个生育悲剧。这种叙事形成了相互映衬、相得益彰的悲剧审美效果。莫言借蝌蚪之名,以参与者、写作者、经历者、思考者的多重体验来正视自我之丑和人性之恶,描绘出在一成不变的生育观念影响下的民众不可克服的弱点和病态人格所导致的大众悲剧。

推荐阅读

1. 《莫言小说文体研究》,管笑笑著,北京师范大学出版社,2016年。
2. 《莫言作品海外传播研究》,姜智芹著,南京大学出版社,2018年。

思考题

1. 如何从社会纬度和命运纬度来分析《蛙》的悲剧性。
2. 试分析莫言获得诺贝尔文学奖的原因。

长恨歌

王安忆

作者简介

王安忆(1954—),祖籍福建同安,生于江苏南京。中国当代作家、文学家,现任中国作协副主席、复旦大学教授。1972年,考入徐州文工团工作。1976年发表散文《向前进》。1987年调上海作家协会创作室从事专业创作。代表作有小说《69届初中生》《米尼》《伤心太平洋》《小鲍庄》《荒山之恋》等。1996年发表个人代表作《长恨歌》,获得第五届茅盾文学奖。2004年《发廊情话》获第三届鲁迅文学奖全国优秀短篇小说奖。2013年获法兰西文学艺术骑士勋章。

故事梗概

上海一条普通的弄堂中有一个普通的女孩王琦瑶,她面容姣好,身着阴丹士林蓝的旗袍,身影袅袅。漆黑的额发掩盖着一双会说话的眼睛,喜爱追逐潮流,讲究小情小调,矜持自恃,心比天高。她是上海弄堂的心,是小女儿情态的代表。这样的王琦瑶,有着俘获人心的魅力。

在王琦瑶众多的同学中,吴佩珍是她最贴心的朋友。吴佩珍并不美丽,甚至有点自卑,王琦瑶的友情在她看来不免有了恩赐的味道,因此她忠实地崇拜着王琦瑶,并随时准备奉献自己的热诚。此时的上海,"片场"顶着罗曼蒂克的光环,无疑是女学生们心之向往的地方,为此吴佩珍特意拉拢在片场做照明工的表哥,安排她们到片场见识一番。从此,片场就成为她们常去的地方,也成为王琦瑶人生道路的第一个转折点。

凭借着姣好的面容,王琦瑶获得了第一次试镜的机会,扮演一位旧式婚礼中的新娘。伴随着紧张的拍摄准备,她的心也紧张到了极点,预设的种种表情都只剩一片木然。失败的试镜经历使16岁的王琦瑶蒙上了感伤的阴影,她总是躲着吴佩珍,仿佛以此来回避记忆的打扰,二人的关系也由亲到疏,最终失落了友谊。一个月后,导演出于补偿的心理,介绍了摄影师程先生为王琦瑶拍照。程先生,26岁,在一家洋行做职员,学的是铁路,真心爱的是照相。王琦瑶如约而至,这次的拍照经历比试镜成功许多,随后她的一张照片还用在了《上海生活》的封二上,题名为"沪上淑媛"。如此一来,"沪上淑媛"王琦瑶不仅成了女校的名人,更走进了上海的千家万户。

光环下的王琦瑶一如往昔,有所不同的是,她身边的女伴不再是吴佩珍,而是蒋丽莉。蒋丽莉出身工厂主家庭,功课容貌皆一般,好读小说,遣词造句,浓艳多情。她们的交情始于蒋丽莉的生日晚会,此后便愈发亲近,王琦瑶几乎要被拉拢为蒋家的一员,最终甚至应邀搬进蒋丽莉家中同住。一九四六年的上海气象平和,沉浸在欢情之中。为了给河南水灾筹募赈款,社会发起了"上海小姐"的选举。程先生和蒋家母女都极力建议王琦瑶参加竞选,怀着跃跃欲试的心情,王琦瑶在半推半就中也就顺势而为了。接下来的时间里,竞选就成为蒋家母女和程先生的头等大事,从服装选择,到发型设计,再到拉选票,王琦瑶反而成为最不劳心劳力的那一个。她从一个青涩的学生开始蜕变为成熟端庄的美女,轻松地亮了一个相就摘得"上海小姐"选美比赛的第三名,俗称"三小姐"。

王琦瑶的美虽不明艳,但却深入人心,温和、厚道,还有一点善解人意,是真实的美,生活化的美。恰是这一点打动了程先生。程先生表面上一直在帮助王琦瑶,实际暗地里爱慕着她。程先生的心思王琦瑶也并非不知,却有意每次约会都拉上蒋丽莉作伴,既是为了化解尴尬,也是炫耀自己的社交成果。对于程先生,王琦瑶是说不上爱的,只觉得他是个垫底的,虽微不足道,却也是无着无落里的一个依靠,因此总是若即若离地保持着联系。而蒋丽莉却将程先生看作天赐的缘分,眼里、心里都是他的影子,情到浓时也不免向王琦瑶哭诉。在三人角力中,王琦瑶是当之无愧的操控者。然而纸终究包不住火,随着蒋丽莉发现程先生为王琦瑶题词的照片,真相终于水落石出,蒋丽莉的爱情和友情被同时摧毁了,王琦瑶也落寞地搬出了蒋家。

王琦瑶本该重新回归上海的旧式弄堂,做起闺阁中的寻常女子,而李主任的出现打破了这一安宁,成为她人生中又一转折点。李主任真名张秉良,是军政界的一位大人物,也是"上海小姐"的评委之一。在决赛现场,王琦瑶娇媚而不造作,坦白、率真、老实的风情唤起了他的怜惜之意,因此便借百货公司开张的契机,点名请王琦瑶来剪彩。在女人这件事情上,李主任总是当机立断,直入主题的,几次吃饭、看戏之后,便俘获了王琦瑶的芳心。对王琦瑶而言,李主任是大世界的人,是主宰者,带给她前所未有的安全感和荣耀感,满足自己对于爱情的全部幻想,因此,她将身心交付给这个男人,不久之后,王琦瑶做了军政大员李主任的"金丝雀",她从少女变成了真正的女人。"爱丽丝公寓"里的华美娇艳是与寂寞同生的,王琦瑶的生命也只有在李主任来时才被点亮,其余时刻,她能做的只有无尽的等待。时局渐紧,李主任来的次数越来越少,王琦瑶陷入了前所未有的恐慌,她拼命想要抓住什么,却终究还是和李主任失之交臂。留给她的只有一盒金条,以及报纸上罹难者名单中刺眼的字迹:张秉良,死于北平至上海的飞机坠毁事故。

在这次变故之后,王琦瑶选择逃离上海,随外婆一起回到坞桥老家。坞桥是避难者的圣地,任世道变化,也保持着最初的本质,能叫人参透生命的佛理。在这个与世无争的江南小镇,阿二的出现勾起了王琦瑶对于往昔的追忆。阿二是坞桥的孤独者,他受过教育,渴望走出坞桥,却因时局动荡而不得不留在这里。王琦瑶的到来拯救了他的苦闷,同为不该属于坞桥的一类人,他们便更多了一份亲近。阿二对王琦瑶的爱是纯洁的少年之爱,无所欲求,几近膜拜,只为有朝一日能够足够强大,便毅然决然地离开了坞桥,投入外面世界的洪流之中。阿二的离去再度撩拨着王琦瑶的上海心,她感受到家的召唤,于是王琦瑶决定回到上海,即便是曾经的苦痛和未来的迷茫她都愿意承担。

王琦瑶回到了上海,住进平安里39号楼,她考取了注射执照,以帮人打针为生。街坊邻居中她与严家师母最为亲近,在严家师母的介绍下,王琦瑶认识了她的表弟——康明逊。康明逊是家中唯一的男孩,但因是二太太所生,从小就很会察言观色,心思周全。三人相谈甚欢,相约到王琦瑶处打麻将。是日,康明逊带来了他的牌友萨沙——他是革命的混血儿,父亲在派往苏联学习时和一个苏联女人结婚,后来父亲牺牲,母亲回了苏联,他便被寄养在上海的祖母家。从这次牌局之后,王琦瑶家就成了他们的聚点,打麻将、喝下午茶、围炉夜话,亲近得如同家人一般,无论窗外的世界如何变换,平安里39号的灯光永远安宁。一来二去,康明逊和王琦瑶之间产生了微妙的情愫。在康明逊眼里,王琦瑶美丽、聪慧,总能给予他心灵上的慰藉。而康明逊坚强外表下孤立无助的内心也激起了王琦瑶的怜惜,她对他不仅是爱,还是体恤。因此,在明知康明逊"没办法"的前提下还是将自己献给了他。他们不愿去谈论渺茫的未来,然而王琦瑶的怀孕打破了本来平静的生活。终究,康明逊还是没有勇气背叛封建家庭,王琦瑶也只得为孩子另谋他路。她想到了让萨沙来顶替。在几番有预谋的缱绻后,王琦瑶告诉萨沙自己怀了他的孩子。然而这一切没能瞒过精明的萨沙,最终他选择了逃离,而王琦瑶也怀着对萨沙的愧疚以及对康明逊深切的爱,决定生下这个孩子。康明逊和萨沙的相继离去使王琦瑶的生活重新回归平静,直到她再次遇见了程先生。程先生尚未娶妻,对于王琦瑶他还是有着难以割舍的深情。1960年的上海是一个食欲旺盛的年代,为了节省开销,他们便搭帮过起了日子。程先生义无反顾地照顾着王琦瑶的起居,直到她顺利诞下女儿薇薇。在朝夕相对的日子里,王琦瑶充满了感激,甚至想着只要他开口,自己断不会拒绝。然而程先生从不在她那儿过夜,因为他明白,对于自己,王琦瑶只有报恩,没有爱,尽管等待了半生,他也不愿接受这施舍的结局。

除了程先生之外,蒋丽莉的出现也勾起了王琦瑶恍若隔世的记忆。蒋丽莉自觉与封建家庭决裂参加了革命,和纱厂的军代表结了婚,育有3个孩子,是十足的革命者,时刻向共产党靠拢。对于丈夫和孩子,她没有太多的感情,反倒在王琦瑶和程先生的身上倾注了一生的爱,因为他们是旧时光的见证者。雷厉风行、敢爱敢恨的蒋丽莉最终没能抵抗病魔的侵袭,死于恶瘤,带着对程先生无尽的爱意,以及对王琦瑶爱恨交加的复杂感情,撒手人寰。1966年的夏天,风波诡谲,"文化大革命"的巨浪席卷着上海,程先生也被裹挟其中。他被诬陷为一个情报特务,相机是他的武器,而那些登门求照的女人则是他一手培养的色情间谍。搜查、逼供、关押,程先生终于不堪重负,选择了自杀。蒋丽莉和程先生的离去再次斩断了王琦瑶和过去的纠葛,她独自飘零在日新月异的上海,没有过去,没有未来,只有女儿是她与外界唯一的联系。1976年,薇薇15岁,具备了时代新人的普遍特点,追赶潮流,缺乏独立的思想,叛逆浮躁,与母亲王琦瑶的关系始终不好。劫后余生的上海时刻彰显着崭新的姿态,到处是狂欢的激情,而这在王琦瑶看来却是杂乱无章、粗制滥造的,她成了旧上海潮流经典的活化石。最后,当女儿出嫁,陪同丈夫小林远赴美国求学,王琦瑶的生活再次回归平静,形单影只。

"老克腊"的出现成为她人生中的又一转折点。所谓"老克腊"指的是在全新的社会风貌中,始终保持着上海的旧时尚,以固守为激进的一类风流人物。王琦瑶认识其中的一个,人称"老克腊",26岁,是一所中学的体育老师,生长在20世纪80年代,却醉心于三四十年代旖旎的上海风光。在"老克腊"看来,王琦瑶是旧上海风情的最佳代表,精致美丽得没有年纪。而"老克腊"身上新式潇洒与旧式内涵的结合也让王琦瑶在不知不觉间为之倾心,充满怜惜。虽然年龄相差甚远,但他们之间还是发生了荒唐的不伦恋。出于对衰老的恐惧和对青春的留恋,王琦瑶拼命想要抓住这最后一根"救命稻草",然而"老克腊"对虚无的未来充满恐惧,最终不顾王琦瑶的苦苦哀求,毅然离开了她。

王琦瑶的身边常来往的只剩下女儿的朋友张永红,以及张的男朋友——长脚。长脚为人阔气,外表斯文,自称有雄厚的家庭经济背景,实则是依靠炒汇、套汇、贩水产等伎俩艰难支撑门面。在经济窘迫之时,他听信传言,认为王琦瑶家中有丰厚的黄金和美元,便趁着夜色潜入她家,企图盗取。然而这一切都被王琦瑶看在眼里,她厉声斥责着长脚无耻的贪念,不料却激怒了他,多年的隐忍和利益的诱惑一齐涌上心头,长脚掐死了王琦瑶,随后便消失在了茫茫夜色之中。

作品赏析

王安忆的这部小说,取名《长恨歌》,很难不让人探究其与白居易歌咏李隆基和杨玉环爱情的《长恨歌》是否属于同一类表达"此恨绵绵无绝期"的情感篇章,而作家却有意在小说中消解了爱情的主题。

在上海弄堂、闺阁、鸽子、流言里走出的弄堂女儿王琦瑶,获得"上海小姐"第三名,成为国民党要员的情妇,"爱丽丝"公寓里的金丝雀。这段叙事代表着各种势力在上海的交汇与较量,而上海生活代表的王琦瑶很有种表面奢华、身不由己却乐在其中的庸俗。

《长恨歌》中不同的男性形象,是女性不同爱情婚姻的化身。一直守在她身边的程先生实实在在爱着王琦瑶,可是对于美丽的女人来说,他的存在和守护是可有可无的。随着战事的逼近,李主任飞机坠毁,结束了王琦瑶被人圈养的生活。他们之间以一盒金条作为结束,这份感情更多是权色交易,很难说是爱情。逃离上海的王琦瑶与阿二之间,更多的是同病相怜的惺惺相惜,在爱情成熟之前,阿二就选择了离开。王琦瑶又遇到了康明逊和萨沙。王琦瑶对康明逊由怜生爱,甚至为他生子,可是软弱的康明逊与精明的萨沙,都没办法给王琦瑶一个圆满的爱情和家庭。身不由己的康明逊和王琦瑶的爱情结局,就像是李杨爱情的翻版。独自生下女儿的王琦瑶和程先生重逢并搭伙过日子,是爱情败给了现实。"文革"中,程先生被诬陷,最终自杀。程先生所代表的相濡以沫的陪伴也被迫终止。而"老克腊"是王琦瑶想要留住过往的美丽与岁月的代表,但是"老克腊"却选择逃离。这是王琦瑶爱情生活的绝响。

作家将王琦瑶置身于一个时代剧变的环境中,每个男性的出现都是当时女性生活方式的一种选择。不懂得爱情的时候,贪慕虚荣地与李主任一起生活;懂得了爱情的时候与康明逊又无法相守;经历了生活的艰难,与程先生相濡以沫的生活也极其短暂。王琦瑶将自己的幸福与未来寄予任何男性身上,最终都以失败而告终。

除去这层女性主义的诠释,我们还可以从地域书写或者海派文学的角度解析。在作家看来,"上海是一个女性形象,她是中国近代诞生的奇人,她从一个灯火阑珊的小渔村变成了'东方巴黎',黑暗的地方漆黑一团,明亮的地方又流光溢彩得令人目眩,她真是一个神奇的人。在经历过历史的风横雨狂之后,她有一种美人迟暮的感觉,她终于倒地死去了,在旧的上海的尸骸上又生长出一个崭新的上海。"(王安忆《重建象牙塔》,上海远东出版社,1997)所以王琦瑶又具有象征性,象征着"上海旧梦"的幻象,是上海这座"东方魔都"曾经的文化形象和文化品格。

王安忆对于上海的书写,经常被用来与张爱玲笔下的上海加以比较。张笔下的上海是十里洋场的贵族余辉,王笔下的上海则是弄堂生活的投射;张笔下的女性是从封建家庭走出的半旧不新的悲剧人物,王笔下的女性带有被时代裹挟沉浮的悲剧,虽然有些觉醒,但是不足以改变自身命运;张笔下的男性具有遗老遗少的气味,王笔下的男性具有鲜明的不同时代烙印。

王安忆鲜明的地域书写特色,鼓舞了越来越多的作家对都市生活的关注。都市小说、女性书写、重写历史等,成为20世纪90年代小说发展的趋势,而《长恨歌》是其中的佼佼者。

推荐阅读

1. 《长恨歌》,王安忆著,南海出版公司,2003年。
2. 《桃之夭夭》,王安忆著,云南人民出版社,2009年。
3. 《月色撩人》,王安忆著,云南人民出版社,2009年。

思考题

1. 试分析作品中王琦瑶的人物形象。
2. 分析作品开头景色描写的作用。
3. 小说在艺术手法上有什么特点?

白鹿原

陈忠实

作者简介

陈忠实(1942—2016),生于西安市灞桥区,1965年初发表散文处女作《夜过流沙河》,1979年加入中国作家协会,出版《陈忠实小说自选集》三卷、《陈忠实文集》七卷及散文集《告别白鸽》等40余种作品。《信任》获1979年全国短篇小说奖,《渭北高原,关于一个人的记忆》获1990—1991年全国优秀报告文学奖,1993年出版的第一部长篇小说《白鹿原》获第四届茅盾文学奖,在日本、韩国、越南翻译出版。曾十余次获得《当代》《人民文学》《长城》《求是》《长江文艺》等各大刊物奖。曾任中国作家协会副主席、陕西省作协主席及西安工业大学陈忠实文学研究中心主任。

故事梗概

白鹿原的故事开始于清末。在陕西关中平原上的白鹿村,世代面朝黄土背朝天的人们有着自成一体的古老而朴素的思想体系,相信老一辈人传下的办法错不了。秉承"不孝有三,无后为大"的族长白嘉轩从16岁娶了头房媳妇开始,短短几年间六娶六丧,弄得心力交瘁,耗尽大半家财,仍初衷不改。他从山里娶回第七个女人吴仙草,同时带回罂粟种子。由罂粟引种成功骤然而起的财源兴旺和两个儿子相继出生带来的人丁兴旺,彻底扫除了白家母子心头的阴影和晦气。

白嘉轩在去请阴阳先生的路上,无意间发现了传说中的"白鹿仙草"。借助冷先生的撮合,谋到了白鹿家的那块风水宝地。随即给父亲迁坟。白嘉轩怀里揣着一个修复祠堂的详细周密的计划走进了鹿子霖家的院子。随着家大业大,麻烦也跟着来了。白鹿两家为了争地引发斗殴。在深得白鹿村人尊重的乡村郎中冷先生的劝解和学识渊博有圣人之风的嘉轩姐夫朱先生致书调解下,两家很快和解,重归于好。他们的事迹迅速传开,为白鹿村赢得了"仁义白鹿村"的美名。在友好和谐欢乐的氛围之下,白嘉轩带领白鹿村修复祠堂,兴建学堂。学堂开学后,鹿子霖的长子鹿兆鹏和次子鹿兆海,白嘉轩的儿子孝文和孝武以及凭借自己诚实勤劳深得白家人敬重的长工鹿三的儿子黑娃都进了学堂念书。几年后,白嘉轩的三子孝义和女儿白灵相继出生。白家和白鹿村众人一样过着平静而充实的生活。直到白灵满月后的一天夜里,冷先生从城里带回了革命党造反的消息,长久的宁静才被打破。

白狼出没,省城和县城里军阀的频繁更替让白鹿原陷入恐慌之中。此时,朱先生及时制定《乡约》,白嘉轩率先履行成为楷模。从此,村子里偷摸赌博打架之类的事件几近绝迹,白鹿村人个个都变得文质彬彬起来。

被县府任命为白鹿镇保障所乡约的鹿子霖一上任就受命为县里征税,引来村民的不满。在白嘉轩的暗中组织下,村民们到县城交农具罢工。虽然最终达到目的,但为首的鹿三等人却被抓了起来。仗义的白嘉轩投案自首不成,求助姐夫朱先生,终于赎回了被捕的人。在"交农"事件前后的一年多里,《乡约》的条文松弛了。白嘉轩重新整顿族规,惩治违反《乡约》的族人。冷先生为了弥合一系列事件所引起的白鹿两家逐渐出现的裂痕,将自己的两个女儿分别许给白鹿两家。

时光流逝,白鹿村里的第二代渐渐成长起来。最受宠的白家小女儿白灵聪慧异常,开了村里女娃上学堂的先河,长大后不顾家人反对,以死相逼,终于进了城里的新式学校念书。鹿兆鹏和白孝文于私塾毕业后进入白鹿书院进一步学习。他们走后,本就不爱念书的黑娃就收拾东西离开了学堂外出闯荡。黑娃到渭北郭举人家干活打工,与郭举人的二房田小娥产生感情,如胶似漆。不久,黑娃就带着年轻貌美的小娥私奔回到白鹿村。老实本分的鹿三坚决否认两人关系,白嘉轩也明令禁止让田小娥进祠堂,黑娃只得和田小娥在村东头一孔破窑洞里安家。在新式学堂冲击下,白鹿学院学生流失难以为继,孝文和孝武从白鹿书院回到白鹿村。白嘉轩命二儿子孝武进山跟着岳父经营药材收购,让长子孝文成亲留在家里以便将来统领家事继任族长。受新思想影响的鹿兆鹏不同意家里安排的婚事,虽在父亲威逼下完婚,却没几天就跑回城里,一年不回白鹿原。直到次年春天,白鹿镇第一所新学校建成,作为校长的鹿兆鹏才回到原上。

原外军阀混战,一队士兵流窜到白鹿原,声称受刘军长之命向乡民征粮。鹿兆鹏鼓动黑娃等人假借白狼之名放火烧了粮仓。但是这些士兵依然要征粮。朱先生重新回到白鹿书院,组织起来一个九人县志编撰小组。又有一伙乌鸦兵前来征粮,从征粮到逼粮最后发展到抢粮食,百姓也从怨声载道到闭口不言,白鹿原之上弥漫着恐怖的气氛。西安城里战事吃紧,爱女心切的白家人心急如焚,白嘉轩急急赶到城里看望宝贝女儿白灵,却发现她和鹿兆海在一起。两个相爱的年轻人白灵和鹿兆海用一枚铜元决定了以后的人生,选择了不同的政党。

鹿兆海在补堵被围城的军队用枪炮轰塌的城墙豁口时,挨了枪子儿,白灵几乎天天都到临时抢救医院去看望他。鹿兆海出院的时候加入了共产党。

在白鹿原办公房重建完工的庆祝仪式上,国民党县党部书记岳维山告诉众人,鹿兆鹏既是共产党员又是国民党员,引起了包括鹿子霖在内与会者的阵阵惊叹。被兆鹏派遣去城里参加农民运动讲习所的黑娃归来后,成功地在白鹿原掀起一场旷世未闻的"风搅雪"。在兆鹏的鼓励下,黑娃带领革命三十六兄弟成立农民协会,砸了祠堂,批斗贪赃的总乡约田福贤和鹿子霖等,铡杀作恶多端的碗客庞克恭和三官庙的老和尚,滋水县的政局陷入混乱,淳朴民风备受挑战。"四·一二"后国共分裂,田福贤和鹿子霖等人重新掌权,疯狂惩治农民协会骨干,兆鹏和黑娃被迫逃进山里。为阻断共产党在原上的活动以及抓住兆鹏和黑娃,田福贤动员逃走的农协会员回来宽大处理。思夫心切的田小娥求鹿子霖帮忙,取得县里承诺，让黑娃回村。鹿子霖借机常去小娥的窑洞过夜寻欢，不料被光棍狗蛋发现。鹿子霖设计使狗蛋撞入陷阱，狗蛋和小娥一起被抓，白嘉轩按《乡约》把二人用刺刷打了一顿。后鹿子霖唆使田小娥勾引白孝文作为对白嘉轩的报复。经历磨难的黑娃加入土匪，为报当日之仇洗劫了白家，并打断了白嘉轩的腰。原在城里上学的鹿兆海此时加入国民党，随军开往前线，由于思想上的尖锐对立，他和白灵之间的感情产生了难以消弭的裂痕。送兆海离开后，白灵留在城里继续生活，毕业以后以教员的公开身份，和鹿兆鹏假扮夫妻开展地下工作，通过兆鹏的介绍加入了共产党，并且渐渐对兆鹏产生感情。在共同的斗争生活中，两人感情日渐深厚，终于正式结为伉俪。孝文受小娥蛊惑，常常去窑洞与之苟合。鹿子霖借冷先生之口故意让白嘉轩知道此事。发现真相的白嘉轩差点气死，严厉惩罚孝文以正门风并断然与之绝情分家。小娥备受良心煎熬，鹿子霖却幸灾乐祸，两人闹崩。

　　一场异常的年馑降临到白鹿原上。孝文地里粮食歉收，向父亲借粮遭到拒绝，他只得将田地房屋都卖给鹿子霖换钱。得了钱的孝文没有拿回家，而是和小娥两人抽大烟挥霍了，害得孝文媳妇活活饿死。钱很快就被二人挥霍一空，无奈之下，孝文只好外出乞讨。鹿子霖和田福贤见他可怜，荐举他参加了县保安大队。到滋水县保安大队仅仅一月，孝文身体复原了，信心也恢复了。他第一次领饷之后，就去酬答指给他一条活路的恩人田福贤和鹿子霖，并打算把剩余的钱给小娥，但小娥却神秘地死了。不久，黑娃悄然潜回寻找小娥，发现小娥遇害后，向鹿子霖和白嘉轩寻仇，不料最后得知是父亲鹿三杀死了小娥，无奈只得伤心回山里去了。

　　白鹿原又一次陷入毁灭性的灾难之中，一场空前的大瘟疫在各个村庄蔓延，大量村民在瘟疫中丧生。鹿三的妻子和嘉轩的妻子仙草都染上瘟疫而死，鹿三也遭鬼魂缠身。据说，这场瘟疫是小娥的阴魂作祟。鹿子霖乘机煽动村民胁迫白嘉轩为小娥修庙塑身，重新装殓。白嘉轩坚决拒绝，并在朱先生的支持下造塔祛鬼镇邪，瘟疫果真结束了。在保安团当兵的白孝文已升任营长，他倔强的父亲在姑父朱先生的劝说下，终于又认回这个儿子。同时，他做了一件震动朝野的大事——擒获土匪头子黑娃。但在黑娃兄弟的胁迫下又不得不暗中帮助黑娃逃跑。自此，他和黑娃的恩怨算是一笔勾销了，之后，黑娃还在孝文的劝说下归顺国民党，做了三营长。孝文回乡祭祖，打算重建被鹿子霖拆毁的房子。远在城里的白灵却出事了。她组织学生大闹会场，用砖头砸伤了给学生训话的中央教育部陶部长，作为首犯被通缉。白家因此遭到了军统的搜查。兆海利用自己的身份把白灵送出城。她到了根据地，在后来的清党肃反中被活埋。

　　兆海在中条山抗日阵亡的消息传回白鹿原，白鹿原乡民奉之为民族英雄，为他举行了前所未有的隆重葬礼。受兆海感染，朱先生等八位在白鹿书院修县志的老先生也决心投笔从戎，上阵杀敌。兆鹏将国共窝里反的真相告诉朱先生，朱先生失望之余，从此闭门谢客，专心编撰县志，不问世事。日寇投降后，国民党的剿共和征丁征粮在白鹿原引起恐慌。鹿子霖因受兆鹏的牵连被捕入狱，他老婆为救他而将房子和田地卖给了白孝文。黑娃决定重新做人，并拜朱先生为师。随后，在朱先生的陪同下他携新婚妻子高玉凤回家祭祖，白鹿村以最高规格迎宾仪式接待了他。不久后，他的父亲鹿三去世。鹿子霖出狱后本已心灰意冷，然而一天一位少妇来访，留下兆海的儿子后离开。有了孙儿的鹿子霖重拾生存的信念，于是找到田福贤，重回村里任职，誓把坐监时卖掉的土地一块一块赎回来。朱先生终于将《滋水县志》编纂完成，由于没有经费，只印了几本分头送给编书者。心事落地的朱先生很快就谢世了。全原的人扶老携幼倾巢而出跪在雪地里为他送葬。

1949年5月20日，鹿兆鹏回到滋水县策动起义成功，解放了滋水县。白孝文、黑娃因领导起义有功，被任命为县长和副县长。不料半年后，黑娃被白孝文当作反革命镇压，最终与田福贤和岳维山被一同处决。台下陪斗的鹿子霖深受刺激，他变成了痴呆。白嘉轩双手拄着拐杖，盯着鹿子霖的眼睛说："子霖，我对不住你。我一辈子就做下这一件见不得人的事，我来生再给你还债补心。"

作品赏析

《白鹿原》是陈忠实的代表作，获第四届茅盾文学奖。这是一部渭河平原50年变迁的雄奇史诗，一轴中国农村斑斓多彩、触目惊心的长幅画卷。

《白鹿原》以渭河平原上白鹿村的历史变迁为背景，围绕白、鹿两家几代人的争夺和冲突，全方位地展示了从清末到新中国成立五十年间中国政治的、经济的、文化的生存状态。作为一部民族的"秘史"，小说较少正面触及阶级斗争和社会矛盾，而是从文化哲学的高度，将政治意识形态、革命历史与儒家文化、宗法礼仪、民情风俗以及性与暴力结合在一起，以文化史诗的框架，完成对20世纪上半叶中国社会政治风云演变史的叙述。其中白嘉轩这一典型形象是作为民族文化的人格代表被着力塑造的，在他身上复杂地凝聚着民族文化的温情与乖谬。作为白鹿村的一族之长，其道德人品完全符合宗法家长的规范，耕读持家，行善积德，即使是在动荡不安的年代里，他也不忘修祠堂、立族规、办学校、兴家业，使村里的人们能够安居乐业；同时作为长者，白嘉轩又大有忠孝仁义、温柔敦厚的儒者风范。但是他性格中也有保守、虚伪、专断乃至残酷的一面，俨然一个卫道者形象，这在鹿子霖、白孝文、黑娃、田小娥等人所遭遇的家法族规中可见一斑。通过这一人物，作者向我们展示了民族文化的精髓与糟粕相生相克的状态，并寄托了对民族文化价值取向的深沉思考和探索。

《白鹿原》以西北黄土地上一块沉积着丰厚民族传统文化内涵的坡原为特定时空，从文化视角切入，将半个世纪的政治斗争、社会矛盾放到浓厚的文化氛围特别是民间、民族的宗法文化氛围中加以表现，显示了作者力图把已被绝对化了的"阶级斗争"还原为文化冲突的努力。作为一部具有史诗品格的长篇小说，它与以往传统历史小说的最大不同就是叙事立场和态度上的文化性和民间性。正是这种文化性和民间性，使《白鹿原》获得了"民族秘史"和"民族心灵史"的品格。

陈忠实以其凝重、苍茫、悲壮、深沉的史诗风格，在《白鹿原》创作中有意识地突破了传统现实主义的理性疆界，把潜意识、非理性、魔幻手法、死亡意识、性暴力等现代主义因素融入其中，内容深沉丰厚，思想博大精深，艺术瑰丽神奇，结构博大宏伟，情节跌宕起伏，曲折多变，繁而不乱，使这一作品被认为是"九十年代初在社会主义长篇创作领域所出现的难得的艺术精品"。

推荐阅读

1. 《白鹿原》,陈忠实著,人民文学出版社,1993年。
2. 《原下的日子》,陈忠实著,北京十月文艺出版社,2008年。
3. 《俯仰关中》,陈忠实著,江苏文艺出版社,2010年。
4. 《陈忠实的文学人生》,王仲生、王向力著,陕西师范大学出版社,2012年。

思考题

1. 试分析作品中白嘉轩的人物形象。
2. 试分析作品的"史诗性"体现在哪里。
3. 小说在艺术手法上有什么特点?

戏剧篇

茶　馆

老　舍

第一幕

时间　一八九八年（戊戌）初秋，康梁等的维新运动失败了。早半天。
地点　北京，裕泰大茶馆。
人物　王利发　刘麻子　庞太监　唐铁嘴　康　六　小牛儿
　　　松二爷　黄胖子　宋恩子　常四爷　秦仲义　吴祥子
　　　李　三　老　人　康顺子　二德子　乡　妇　马五爷
　　　茶客甲、乙、丙、丁　小　妞　茶房一二人

〔幕启：这种大茶馆现在已经不见了。在几十年前，每城都起码有一处。这里卖茶，也卖简单的点心与菜饭。玩鸟的人们，每天在遛够了画眉、黄鸟等之后，要到这里歇歇腿，喝喝茶，并使鸟儿表演歌唱。商议事情的，说媒拉纤的，也到这里来。那年月，时常有打群架的，但是总会有朋友出头给双方调解；三五十口子打手，经调人东说西说，便都喝碗茶，吃碗烂肉面（大茶馆特殊的食品，价钱便宜，作起来快当），就可以化干戈为玉帛了。总之，这是当日非常重要的地方，有事无事都可以来坐半天。

〔在这里，可以听到最荒唐的新闻，如某处的大蜘蛛怎么成了精，受到雷击。奇怪的意见也在这里可以听到，像海边上都修上大墙，就足以挡住洋兵上岸。这里还可以听到某京戏演员新近创造了什么腔儿，和煎熬鸦片烟的最好的方法。这里也可以看到某人新得到的奇珍——一个出土的玉扇坠儿，或三彩的鼻烟壶。这真是个重要的地方，简直可以算作文化交流的所在。

〔我们现在就要看见这样的一座茶馆。

〔一进门是柜台与炉灶——为省点事，我们的舞台上可以不要炉灶；后面有些锅勺的响声也就够了。屋子非常高大，摆着长桌与方桌，长凳与小凳，都是茶座儿。隔窗可见后院，高搭着凉棚，棚下也有茶座儿。屋里和凉棚下都有挂鸟笼的地方。各处都贴着"莫谈国事"的纸条。

〔有两位茶客，不知姓名，正眯着眼，摇着头，拍板低唱。有两三位茶客，也不知姓名，正入神地欣赏瓦罐里的蟋蟀。两位穿灰色大衫的,宋恩子与吴祥子,正低声地谈话,看样子他们是北衙门的办案的(侦缉)。

〔今天又有一起打群架的,据说是为了争一只家鸽,惹起非用武力解决不可的纠纷。假若真打起来,非出人命不可,因为被约的打手中包括着善扑营的哥儿们和库兵,身手都十分厉害。好在,不能真打起来,因为在双方还没把打手约齐,已有人出面调停了——现在双方在这里会面。三三两两的打手,都横眉立目,短打扮,随时进来,往后院去。

〔马五爷在不惹人注意的角落,独自坐着喝茶。

〔王利发高高地坐在柜台里。

〔唐铁嘴趿拉着鞋,身穿一件极长极脏的大布衫,耳上夹着几张小纸片,进来。

王利发　唐先生,你外边蹓蹓吧!

唐铁嘴　(惨笑)王掌柜,捧捧唐铁嘴吧!送给我碗茶喝,我就先给您相相面吧!手相奉送,不取分文!(不容分说,拉过王利发的手来)今年是光绪二十四年,戊戌。您贵庚是……

王利发　(夺回手去)算了吧,我送给你一碗茶喝,你就甭卖那套生意口啦!用不着相面,咱们既在江湖内,都是苦命人!(由柜台内走出,让唐铁嘴坐下)坐下!我告诉你,你要是不戒了大烟,就永远交不了好运!这是我的相法,比你的更灵验。

〔松二爷和常四爷都提着鸟笼进来,王利发向他们打招呼。他们先把鸟笼子挂好,找地方坐下。松二爷文绉绉的,提着小黄鸟笼;常四爷雄赳赳的,提着大而高的画眉笼。茶房李三赶紧过来,沏上盖碗茶。他们自带茶叶。茶沏好,松二爷、常四爷向邻近的茶座让了让。

松二爷　常四爷　您喝这个!(然后,往后院看了看)

松二爷　好像又有事儿?

常四爷　反正打不起来!要真打的话,早到城外头去啦;到茶馆来干吗?

〔二德子,一位打手,恰好进来,听见了常四爷的话。

二德子　(凑过去)你这是对谁甩闲话呢?

常四爷　(不肯示弱)你问我哪?花钱喝茶,难道还教谁管着吗?

松二爷　(打量了二德子一番)我说这位爷,您是营里当差的吧?来,坐下喝一碗,我们也都是外场人。

二德子　你管我当差不当差呢!

常四爷　要抖威风,跟洋人干去,洋人厉害!英法联军烧了圆明园,尊家吃着官饷,可没见您去冲锋打仗!

二德子　甭说打洋人不打,我先管教管教你!(要动手)

〔别的茶客依旧进行他们自己的事。王利发急忙跑过来。

王利发　哥儿们,都是街面上的朋友,有话好说。德爷,您后边坐!

〔二德子不听王利发的话,一下子把一个盖碗搂下桌去,摔碎。翻手要抓常四爷的脖领。

常四爷　(闪过)你要怎么着?

二德子　怎么着?我碰不了洋人,还碰不了你吗?

马五爷　（并未立起）二德子，你威风啊！
二德子　（四下扫视，看到马五爷）喝，马五爷，您在这儿哪？我可眼拙，没看见您！（过去请安）
马五爷　有什么事好好地说，干吗动不动地就讲打？
二德子　嗻！您说的对！我到后头坐坐去。李三，这儿的茶钱我候啦！（往后面走去）
常四爷　（凑过来，要对马五爷发牢骚）这位爷，您圣明，您给评评理！
马五爷　（立起来）我还有事，再见！（走出去）
常四爷　（对王利发）邪！这倒是个怪人！
王利发　您不知道这是马五爷呀？怪不得您也得罪了他！
常四爷　我也得罪了他？我今天出门没挑好日子！
王利发　（低声地）刚才您说洋人怎样，他就是吃洋饭的。信洋教，说洋话，有事情可以一直地找宛平县的县太爷去，要不怎么连官面上都不惹他呢！
常四爷　（往原处走）哼，我就不佩服吃洋饭的！
王利发　（向宋恩子、吴祥子那边稍一歪头，低声地）说话请留点神！（大声地）李三，再给这儿沏一碗来！（拾起地上的碎磁片）
松二爷　盖碗多少钱？我赔！外场人不作老娘们事！
王利发　不忙，待会儿再算吧！（走开）

〔纤手刘麻子领着康六进来。刘麻子先向松二爷、常四爷打招呼。

刘麻子　您二位真早班儿！（掏出鼻烟壶，倒烟）您试试这个！刚装来的，地道英国造，又细又纯！
常四爷　唉！连鼻烟也得从外洋来！这得往外流多少银子啊！
刘麻子　咱们大清国有的是金山银山，永远花不完！您坐着，我办点小事！（领康六找了个座儿）

〔李三拿过一碗茶来。

刘麻子　说说吧，十两银子行不行？你说干脆的！我忙，没工夫专伺候你！
康　六　刘爷！十五岁的大姑娘，就值十两银子吗？
刘麻子　卖到窑子去，也许多拿一两儿八钱的，可是你又不肯！
康　六　那是我的亲女儿！我能够……
刘麻子　有女儿，你可养活不起，这怪谁呢？
康　六　那不是因为乡下种地的都没法子混了吗？一家大小要是一天能吃上一顿粥，我要还想卖女儿，我就不是人！
刘麻子　那是你们乡下的事，我管不着。我受你之托，教你不吃亏，又教你女儿有个吃饱饭的地方，这还不好吗？
康　六　到底给谁呢？
刘麻子　我一说，你必定从心眼里乐意！一位在宫里当差的！
康　六　宫里当差的谁要个乡下丫头呢？
刘麻子　那不是你女儿的命好吗？

康　六　谁呢？

刘麻子　庞总管！你也听说过庞总管吧？伺候着太后，红的不得了，连家里打醋的瓶子都是玛瑙作的！

康　六　刘大爷，把女儿给太监作老婆，我怎么对得起人呢？

刘麻子　卖女儿，无论怎么卖，也对不起女儿！你糊涂！你看，姑娘一过门，吃的是珍馐美味，穿的是绫罗绸缎，这不是造化吗？怎样，摇头不算点头算，来个干脆的！

康　六　自古以来，哪有……他就给十两银子？

刘麻子　找遍了你们全村儿，找得出十两银子找不出？在乡下，五斤白面就换个孩子，你不是不知道！

康　六　我，唉！我得跟姑娘商量一下！

刘麻子　告诉你，过了这个村可没有这个店，耽误了事别怨我！快去快来！

康　六　唉！我一会儿就回来！

刘麻子　我在这儿等着你！

康　六　（慢慢地走出去）

刘麻子　（凑到松二爷、常四爷这边来）乡下人真难办事，永远没有个痛痛快快！

松二爷　这号生意又不小吧？

刘麻子　也甜不到哪儿去，弄好了，赚个元宝！

常四爷　乡下是怎么了？会弄得这么卖儿卖女的！

刘麻子　谁知道！要不怎么说，就是一条狗也得托生在北京城里嘛！

常四爷　刘爷，您可真有个狠劲儿，给拉拢这路事！

刘麻子　我要不分心，他们还许找不到买主呢！（忙岔话）松二爷（掏出个小时表来），您看这个！

松二爷　（接表）好体面的小表！

刘麻子　您听听，嘎登嘎登地响！

松二爷　（听）这得多少钱？

刘麻子　您爱吗？就让给您！一句话，五两银子！您玩够了，不爱再要了，我还照数退钱！东西真地道，传家的玩艺！

常四爷　我这儿正咂摸这个味儿：咱俩一个人身上有多少洋玩艺儿啊！老刘，就看你身上吧：洋鼻烟，洋表，洋缎大衫，洋布裤褂……

刘麻子　洋东西可是真漂亮呢！我要是穿一身土布，像个乡下脑颏，谁还理我呀！

常四爷　我老觉乎着咱们的大缎子，川绸，更体面！

刘麻子　松二爷，留下这个表吧，这年月，戴着这么好的洋表，会教人另眼看待！是不是这么说，您哪？

松二爷　（真爱表，但又嫌贵）我……

刘麻子　您先戴两天，改日再给钱！

〔黄胖子进来。

黄胖子　（严重的沙眼，看不清楚，进门就请安）哥儿们，都瞧我啦！我请安了！都是自己弟兄，别伤了和气呀！

王利发　这不是他们,他们在后院哪!

黄胖子　我看不大清楚啊!掌柜的,预备烂肉面,有我黄胖子,谁也打不起来!(往里走)

二德子　(出来迎接)两边已经见了面,您快来吧!

〔二德子同黄胖子入内。

〔茶房们一趟又一趟地往后面送茶水。老人进来,拿着些牙签、胡梳、耳挖勺之类的小东西,低着头慢慢地挨着茶座儿走;没人买他的东西。他要往后院去,被李三截住。

李　三　老大爷,您外边蹓蹓吧!后院里,人家正说和事呢,没人买您的东西!(顺手儿把剩茶递给老人一碗)

松二爷　(低声地)李三!(指后院)他们到底为了什么事,要这么拿刀动杖的?

李　三　(低声地)听说是为一只鸽子。张宅的鸽子飞到了李宅去,李宅不肯交还……唉,咱们还是少说话好,(问老人)老大爷您高寿啦?

老人　(喝了茶)多谢!八十二了,没人管!这年月呀,人还不如一只鸽子呢!唉!(慢慢走出去)

〔秦仲义,穿得很讲究,满面春风,走进来。

王利发　哎哟!秦二爷,您怎么这样闲在,会想起下茶馆来了?也没带个底下人?

秦仲义　来看看,看看你这年轻小伙子会作生意不会!

王利发　唉,一边作一边学吧,指着这个吃饭嘛。谁叫我爸爸死的早,我不干不行啊!好在照顾主儿都是我父亲的老朋友,我有不周到的地方,都肯包涵,闭闭眼就过去了。在街面上混饭吃,人缘儿顶要紧。我按着我父亲遗留下的老办法,多说好话,多请安,讨人人的喜欢,就不会出大岔子!您坐下,我给您沏碗小叶茶去!

秦仲义　我不喝!也不坐着!

王利发　坐一坐!有您在我这儿坐坐,我脸上有光!

秦仲义　也好吧!(坐)可是,用不着奉承我!

王利发　李三,沏一碗高的来!二爷,府上都好?您的事情都顺心吧?

秦仲义　不怎么太好!

王利发　您怕什么呢?那么多的买卖,您的小手指头都比我的腰还粗!

唐铁嘴　(凑过来)这位爷好相貌,真是天庭饱满,地阁方圆,虽无宰相之权,而有陶朱之富!

秦仲义　躲开我!去!

王利发　先生,你喝够了茶,该外边活动活动去!(把唐铁嘴轻轻推开)

唐铁嘴　唉!(垂头走出去)

秦仲义　小王,这儿的房租是不是得往上提那么一提呢?当年你爸爸给我的那点租钱,还不够我喝茶用的呢!

王利发　二爷,您说的对,太对了!可是,这点小事用不着您分心,您派管事的来一趟,我跟他商量,该长多少租钱,我一定照办!是!嗻!

秦仲义　你这小子,比你爸爸还滑!哼,等着吧,早晚我把房子收回去!

王利发　您甭吓唬着我玩,我知道您多么照应我、心疼我,决不会叫我挑着大茶壶,到街上卖热茶去!

秦仲义　你等着瞧吧!

〔乡妇拉着个十来岁的小妞进来。小妞的头上插着一根草标。李三本想不许她们往前走,可是心中一难过,没管。她们俩慢慢地往里走。茶客们忽然都停止说笑,看着她们。

小　妞　(走到屋子中间,立住)妈,我饿!我饿!

〔乡妇呆视着小妞,忽然腿一软,坐在地上,掩面低泣。

秦仲义　(对王利发)轰出去!

王利发　是!出去吧,这里坐不住!

乡　妇　哪位行行好?要这个孩子,二两银子!

常四爷　李三,要两个烂肉面,带她们到门外吃去!

李　三　是啦!(过去对乡妇)起来,门口等着去,我给你们端面来!

乡　妇　(立起,抹泪往外走,好像忘了孩子;走了两步,又转回身来,搂住小妞吻她)宝贝!宝贝!

王利发　快着点吧!

〔乡妇、小妞走出去。李三随后端出两碗面去。

王利发　(过来)常四爷,您是积德行好,赏给她们面吃。可是,我告诉您:这路事儿太多了,太多了!谁也管不了!(对秦仲义)二爷,您看我说的对不对?

常四爷　(对松二爷)二爷,我看哪,大清国要完!

秦仲义　(老气横秋地)完不完,并不在乎有人给穷人们一碗面吃没有。小王,说真的,我真想收回这里的房子!

王利发　您别那么办哪,二爷!

秦仲义　我不但收回房子,而且把乡下的地,城里的买卖也都卖了!

王利发　那为什么呢?

秦仲义　把本钱拢在一块儿,开工厂!

王利发　开工厂?

秦仲义　嗯,顶大顶大的工厂!那才救得了穷人,那才能抵制外货,那才能救国!(对王利发说而眼看着常四爷)唉,我跟你说这些干什么,你不懂!

王利发　您就专为别人,把财产都出手,不顾自己了吗?

秦仲义　你不懂!只有那么办,国家才能富强!好啦,我该走啦。我亲眼看见了,你的生意不错,你甭再耍无赖,不长房钱!

王利发　您等等,我给您叫车去!

秦仲义　用不着,我愿意蹓跶蹓跶!

〔秦仲义往外走,王利发送。

〔小牛儿搀着庞太监走进来。小牛儿提着水烟袋。

庞太监　哟!秦二爷!

秦仲义　庞老爷!这两天您心里安顿了吧?

庞太监　那还用说吗?天下太平了:圣旨下来,谭嗣同问斩!告诉您,谁敢改祖宗的章程,谁就掉脑袋!

秦仲义　我早就知道！

〔茶客们忽然全静寂起来，几乎是闭住呼吸地听着。

庞太监　您聪明，二爷，要不然您怎么发财呢！

秦仲义　我那点财产，不值一提！

庞太监　太客气了吧？您看，全北京城谁不知道秦二爷！您比作官的还厉害呢！听说呀，好些财主都讲维新！

秦仲义　不能这么说，我那点威风在您的面前可就施展不出来了！哈哈哈！

庞太监　说得好，咱们就八仙过海，各显其能吧！哈哈哈！

秦仲义　改天过去给您请安，再见！（下）

庞太监　（自言自语）哼，凭这么个小财主也敢跟我逗嘴皮子，年头真是改了！（问王利发）刘麻子在这儿哪？

王利发　总管，您里边歇着吧！

〔刘麻子早已看见庞太监，但不敢靠近，怕打搅了庞太监、秦仲义的谈话。

刘麻子　喝，我的老爷子！您吉祥！我等了您好大半天了！

（搀庞太监往里面走）

〔宋恩子、吴祥子过来请安，庞太监对他们耳语。

〔众茶客静默了一阵之后，开始议论纷纷。

茶客甲　谭嗣同是谁？

茶客乙　好像听说过！反正犯了大罪，要不，怎么会问斩呀！

茶客丙　这两三个月了，有些作官的，念书的，乱折腾乱闹，咱们怎能知道他们捣的什么鬼呀！

茶客丁　得！不管怎么说，我的铁杆庄稼又保住了！姓谭的，还有那个康有为，不是说叫旗兵不关钱粮，去自谋生计吗？心眼多毒！

茶客丙　一份钱粮倒叫上头克扣去一大半，咱们也不好过！

茶客丁　那总比没有强啊！好死不如赖活着，叫我去自己谋生，非死不可！

王利发　诸位主顾，咱们还是莫谈国事吧！

〔大家安静下来，都又各谈各的事。

庞太监　（已坐下）怎么说？一个乡下丫头，要二百银子？

刘麻子　（侍立）乡下人，可长得俊呀！带进城来，好好地一打扮、调教，准保是又好看，又有规矩！我给您办事，比给我亲爸爸作事都更尽心，一丝一毫不能马虎！

〔唐铁嘴又回来了。

王利发　铁嘴，你怎么又回来了？

唐铁嘴　街上兵荒马乱的，不知道是怎么回事！

庞太监　还能不搜查搜查谭嗣同的余党吗？唐铁嘴，你放心，没人抓你！

唐铁嘴　嗻，总管，您要能赏给我几个烟泡儿，我可就更有出息了！

〔有几个茶客好像预感到什么灾祸，一个个往外蹓。

松二爷　咱们也该走啦吧！天不早啦！

常四爷　嗻！走吧！

〔二灰衣人——宋恩子和吴祥子走过来。

宋恩子　等等！

常四爷　怎么啦？

宋恩子　刚才你说"大清国要完"？

常四爷　我，我爱大清国，怕它完了！

吴祥子　（对松二爷）你听见了？他是这么说的吗？

松二爷　哥儿们，我们天天在这儿喝茶。王掌柜知道：我们都是地道老好人！

吴祥子　问你听见了没有？

松二爷　那，有话好说，二位请坐！

宋恩子　你不说，连你也锁了走！他说"大清国要完"，就是跟谭嗣同一党！

松二爷　我，我听见了，他是说……

宋恩子　（对常四爷）走！

常四爷　上哪儿？事情要交代明白了啊！

宋恩子　你还想拒捕吗？我这儿可带着"王法"呢！（掏出腰中带着的铁链子）

常四爷　告诉你们，我可是旗人！

吴祥子　旗人当汉奸，罪加一等！锁上他。

常四爷　甭锁，我跑不了！

宋恩子　量你也跑不了！（对松二爷）你也走一趟，到堂上实话实说，没你的事！

〔黄胖子同三五个人由后院过来。

黄胖子　得啦，一天云雾散，算我没白跑腿！

松二爷　黄爷！黄爷！

黄胖子　（揉揉眼）谁呀？

松二爷　我！松二！您过来，给说句好话！

黄胖子　（看清）哟，宋爷，吴爷，二位爷办案哪？请吧！

松二爷　黄爷，帮帮忙，给美言两句！

黄胖子　官厅儿管不了的事，我管！官厅儿能管的事呀，我不便多嘴！（问大家）是不是？

众　　　嘛！对！

〔宋恩子、吴祥子带着常四爷、松二爷往外走。

松二爷　（对王利发）看着点我们的鸟笼子！

王利发　您放心，我给送到家里去！

〔常四爷、松二爷、宋恩子、吴祥子同下。

黄胖子　（唐铁嘴告以庞太监在此）哟，老爷在这儿哪？听说要安份儿家，我先给您道喜！

庞太监　等吃喜酒吧！

黄胖子　您赏脸！您赏脸！（下）

〔乡妇端着空碗进来，往柜上放。小妞跟进来。

小　妞　妈！我还饿！

王利发　唉！出去吧！

乡　妇　走吧，乖！

小　妞　不卖妞妞啦？妈！不卖啦？妈！

乡　妇　乖！（哭着，携小妞下）

〔康六带着康顺子进来，立在柜台前。

康　六　姑娘！顺子！爸爸不是人，是畜生！可你叫我怎办呢？你不找个吃饭的地方，你饿死！我不弄到手几两银子，就得叫东家活活地打死！你呀，顺子，认命吧，积德吧！

康顺子　我，我……（说不出话来）

刘麻子　（跑过来）你们回来啦？点头啦？好！来见见总管！给总管磕头！

康顺子　我……（要晕倒）

康　六　（扶住女儿）顺子！顺子！

刘麻子　怎么啦？

康　六　又饿又气，昏过去了！顺子！顺子！

庞太监　我要活的，可不要死的！

〔静场。

茶客甲　（正与乙下象棋）将！你完啦！

——幕落

作品赏析

《茶馆》发表于1957年《收获》创刊号，是老舍戏剧创作的代表作，也是中国当代戏剧文学作品的名作。

《茶馆》全剧共三幕戏，以北京裕泰茶馆为窗口，通过王利发、秦仲义、常四爷等人物生活的变化，展现了中国从清朝末年到抗战胜利后这五十多年的社会风云变幻，表达了作者确立的"葬送三个时代"的创作主题。

《茶馆》的三幕戏，分别写了三个时代，第一幕以1898年戊戌政变失败为背景，展示清王朝的腐朽黑暗；第二幕以袁世凯死后军阀混战、民不聊生为背景，展示民国初年社会状况；第三幕以抗战胜利后，国民党统治为背景，暴露国民党统治更加黑暗的现实。三幕戏诅咒了三个黑暗、反动的时代，为旧社会敲响了丧钟，也预言了新中国的即将诞生。

《茶馆》在艺术上的最大成就是在戏剧结构上的创新。全剧没有统一的贯串全剧的中心故事情节，而是采用"人像展览式"的戏剧结构，以人物带动故事，让众多人物活动在一个具有特定时代特色的话语场——茶馆里，让出场人物在这个话语场中展示自己的生活，以此来展示特定的社会生活风貌。在具体方法上采用主要人物自壮到老，贯串全剧；次要人物父子相承；烘托人物招之即来、挥之即去的办法，将50年来社会历史用三个横断面及七十多个人物表现出来，以大茶馆的小社会特征展示大社会的历史变迁。

《茶馆》中的人物形象中,王利发、秦仲义和常四爷是三个贯串全剧始终的主要人物,作品通过对他们命运的描写来揭示戏剧主题。

王利发在第一幕是个才20多岁的青年。他继承父业,做了裕泰茶馆的掌柜。他的处世哲学是"我按着父亲遗留下来的老办法,多说好话,多请安,讨人喜欢,就不会出大岔子。"作为一个生活在下层的小业主,他是个诚信本分、恭顺谨慎的"顺民",又是一个处世圆滑、精明干练的商人。对有权势的人,他不敢得罪,所以免不了被敲诈勒索。作为买卖人,他有自私的一面;作为下层人,他又有善良正义的一面。他一生的追求就是希望祖传老字号茶馆能开下去并生意兴隆,但他生不逢时。为了让茶馆生存下去,他也顺应时代变化进行改良,不断改变茶馆的经营方式。虽然他小心勤劳,苦心经营,但结果还是每况愈下。到了抗战胜利后,国民党统治时期,他的茶馆终于被人霸占,他被逼得上吊自杀。老舍通过对一个精明干练、善于经营的小商人悲剧命运的写照,否定了旧的时代。

常四爷是个吃皇粮的下层旗人。他性情刚烈,正义耿直,富有爱国思想,"一辈子不服软,敢做敢当,专打抱不平",只盼"国家像个样儿""不受外国人欺侮"。在第一幕里,只因说了一句"大清国要完",就被当作谭嗣同的同党,关进了监狱一年多。到第三幕,70多岁的他靠卖花生米为生。"我爱咱们的国家,可是谁爱我呢?"常四爷的发问,表达了他对旧时代的绝望。

秦仲义是个顺应"维新""改良"潮流产生的民族资本家,一心想走"实业救国"的道路,依靠发展民族工业使国家富强,摆脱受人欺侮的境地。但他几十年虽苦苦经营,黑暗势力也步步紧逼。他的工厂,先被日本人以"合作"为名占领了,国民党回来了又以"逆产"为名将工厂没收、拆毁,使他彻底破产。"实业救国"梦也彻底破碎。他对王利发自嘲地诉说:"有了钱啦,就吃喝嫖赌,胡作非为,可千万别干好事!告诉他哪,秦某人七十岁了才明白这点大道理!他是天生的笨蛋!"秦仲义的命运也是对旧时代的强烈控诉。

《茶馆》的戏剧语言富有北京地方色彩,具有丰富的表现力,是极富个性化的语言,一两句话就可以勾勒出一个人物形象及个性的轮廓。第一幕里对二德子和马五爷对话的安排、第三幕对马处长的语言设计,都是话语不多,但传神地透露了人物的社会身份、性格特征,呈现出"开口就响"的艺术效果。同时,《茶馆》的戏剧语言还具幽默风趣的特征。这种语言上的幽默对整个作品的悲剧性起了调侃的作用,也增加了对社会的讽刺功能,对提升整个戏剧的演出效果、增加戏剧的观赏性起到了重要作用。

推荐阅读

1. 《方珍珠》,老舍著,晨光出版公司,1950年。
2. 《龙须沟》,老舍著,人民文学出版社,1953年。
3. 《老舍研究》,王本朝著,重庆大学出版社,2013年。

思考题

1. 谈谈《茶馆》与传统戏剧有什么不同。
2. 谈谈王利发的人物形象。
3. 结合作品谈谈《茶馆》的"京味"体现在哪些方面。

绝对信号

高行健

作者简介

高行健(1940—),法籍华裔剧作家、小说家、翻译家、画家、导演、评论家。1962年毕业于北京外国语大学法语专业,1987年移居法国,1997年取得法国国籍。因"其作品的普遍价值,刻骨铭心的洞察力和语言的丰富机智,为中文小说和艺术戏剧开辟了新的道路"而荣获2000年诺贝尔文学奖,并因此成为首位获得该奖的华裔作家。直至2010年,他的作品已经被译为36种文字。代表作有小说《灵山》《一个人的圣经》,戏剧《绝对信号》《车站》等。

故事梗概

此剧是反映青年生活的无场次话剧,剧情围绕主人公黑子被车匪胁迫登车作案,在车上遇见昔日的同学小号、恋人蜜蜂和忠于职守的老车长逐步展开,产生出一系列复杂的矛盾冲突,由此展现了每个人的思想、观念与生活态度。最后在车匪铤而走险即将造成列车颠覆的生死关头,每个人都做出了自己的选择,承担了各自的责任,使列车避免了事故。本剧启发人们去思考人与社会的依存关系,思考自己和自己生活的道路。

作品赏析

《绝对信号》发表于《十月》月刊1982年第5期,由北京人民艺术剧院在1982年11月以小剧场的形式首演于北京,成为20世纪80年代"探索戏剧"的代表作。

剧本虽以车匪胁迫黑子作案为情节线索,却侧重描写了人物的心理变化,刻画出生活的境遇给青年人造成的苦闷以及他们在爱情、友谊、权利、职责等观念面前的思索。剧中人物内心活动十分复杂、激烈,既有自我审视又有互相探索。为了深入揭示和外化人物的心理活动,作者运用回忆、想象等手法,让现实时空与心理时空相互交替、转换,并运用了"内心的话"的手法,在强调与运用戏剧艺术假定性上做了有益的尝试。

《绝对信号》的艺术创新一方面体现在一种主观化的时空结构方式上。情节的展开不单单依循传统戏剧的"现在进行式"的客观时序,即在通常情况下,戏剧总是会按照时间顺序来展现正在发生的事件,但在《绝对信号》中,却既展示了正在车厢里发生的事件,同时又不断通过人物的回忆闪出过去的事件,或把人物的想象和内心深处的体验外化出来,使实际上没有发生的事件也在舞台上得到展现。如黑子在车上与蜜蜂重逢后,舞台上经过光影和音响的变化而把时间拉回到过去,演出了他与蜜蜂的相爱、迫于生存的烦恼和他被车匪拉拢、怂恿的心理变化;又如当列车三次经过隧道时,舞台全部变暗,只用追光打在人物的脸上,分别展示了黑子、蜜蜂和小号想象的情景,使三个人之间的内心矛盾和盗车之前的紧张心态得到有力度的刻画。另一方面,也体现在更为深刻地揭示了人物内在的性格特征。由于这种打乱正常时序的时空表现,在舞台上便出现了现实、回忆和想象三个时空层次的叠化和交错,从而使整出戏呈现出异常的主观色彩,剧情的发展也更加贴近于人物的心理逻辑。与此相关的是,剧中增加了"内心表现"的成分,除了把人物内心的想象和回忆外化为舞台场面之外,还多次以夸张的形式出现人物之间的"内心的话",以人物的内心交流或心理交锋来推动剧情的发展。如黑子和蜜蜂在车厢里相逢时,舞台全暗,只有两束白光分别投在他们身上,他们在火车行进的节奏声和心跳的"怦怦"声中进行心灵的交谈。又如车长和车匪在最后亮牌之前的心理交锋,舞台上的人物都定格不动,两人展开一番激烈的内心较量。

《绝对信号》在20世纪80年代初期的文坛上出现,其最大的意义可能就在于它为人们提供了一种新颖的审美感受,它在形式与技巧创新的层面上为中国当代文学开拓了新的向度,构成了中国现代主义文学兴起过程的一个特殊环节。

推荐阅读

1. 《野人》(选自《高行健戏剧集》),高行健著,群众出版社,1985年。
2. 《车站》(选自《高行健戏剧集》),高行健著,群众出版社,1985年。

思考题

1. 结合作品谈谈这部话剧与传统话剧有什么不同。
2. 作品如何实现把人物的内心活动外向化?
3. 你如何评价这部话剧创新的舞台模式?

幸遇先生蔡

沙叶新

作者简介

沙叶新(1939—2018),江苏南京人,回族,国家一级编剧。著名剧作家,上海人民艺术剧院院长。历任中国戏剧家协会常务理事、中国戏剧家协会创作委员会副主任。1987年创作的话剧《耶稣·孔子·披头士列侬》发表于《十月》杂志1988年第2期,同年4月由上海人民艺术剧院首演。该剧获加拿大"1988年舞台奇迹与里程碑"称号。其剧作《假如我是真的》《大幕已经拉开》《马克思秘史》《寻找男子汉》及小说《无标题对话》等,曾引起强烈反响。

故事梗概

第一幕:蔡元培第一天就用布告的形式,要求学生遵守校规,进行革新,并且自己亲自在门口迎接新旧各派的学者教授们!第二幕:蔡元培在北大发表就职演讲,提出"兼容并包"的治校原则,同时发扬学术精神,让各派教授各抒己见,为后来辞退两名外教埋下伏笔。第三幕:通过与小伙计的对话,彰显蔡元培提倡教育、鞠躬尽瘁的高尚品德。辞退两名外教带来负面影响,蔡元培捍卫校长的职责。第四幕:学校革新遇到阻力,蔡元培病中依然为学校前途担忧!第五幕:五四新文化运动中,北大处于风口浪尖,作为中国人蔡元培希望学生参加爱国运动,作为校长他又肩负保护学生的责任,处于两难矛盾中,突显蔡元培的不易!

作品赏析

这部作品是沙叶新应北大之邀,为北大100周年校庆而写。本剧题目是北大最初校歌(吴梅词曲)的一句歌词。蔡元培与北京大学是一个相当"热门"的话题。与之相关的大部分研究,如蔡元培在北大革新的背景、具体过程及后世影响等,学界都已有了较为一致的判断。在某种程度上,蔡元培已被视为近代以来中国大学校长的典范。

这出话剧最出彩的是第二幕,蔡元培就职演讲,提出北大的百年校训"兼容并包",并且在演讲之中就突显学术自由、思想自由的特点,让学者、教授、学生百家争鸣,给学术思想一个宽松的环境。这是一个比较值得肯定的教育理念。这也是蔡被公认为大学校长典范的一个原因。同时，作为校长，面对外教的趾高气扬，蔡元培回答得不卑不亢，把一个校长的气度、一名中国人应有的尊严都在几个人物的简单台词中表现出来，可见沙叶新人物形象塑造的功底之深。

虽然这出戏剧不是沙叶新最好的作品，但之所以选这出戏，主要是希望通过本剧来学习真正的教育家崇高的精神和治学理念。直至今日，蔡元培的治学方式依然不过时，值得学习。

推荐阅读

1. 《陈毅市长》，沙叶新著，上海文艺出版社，1980 年。
2. 《耶稣·孔子·披头士列侬》，沙叶新著，上海文艺出版社，1989 年。

思考题

1. 沙叶新戏剧的特点是什么？
2. 《幸遇先生蔡》的艺术特点有哪些？

附录一　当代文学名词浅释

伤痕文学

　　伤痕文学是粉碎"四人帮"后最先出现的一种文学现象。它是指那些以揭露、控诉"十年动乱"造成中国人民深刻伤痕为题材的文学作品。"文化大革命"中,林彪、"四人帮"倒行逆施所造成的历史性灾难是中国人民永远不会忘记的。当这场动乱结束之后,人们痛定思痛,必然会对那段历史进行多方面的认识和反映。于是,一批以揭示"十年动乱"带给民族的灾难和人民心灵创伤的作品便应运而生,成为这一时期文学创作的主潮。

　　伤痕文学大都是悲剧故事,通过叙述人们在"文革"中的不幸、灾难和创伤,控诉"四人帮"对人民犯下的滔天罪行。它的主要特点:一是具有鲜明的政治批判意识;二是具有浓重的悲剧风格;三是具有强烈的宣泄情绪。不少作品是对"文化大革命"的判词,注重描写事实而缺乏更深刻的理性思考。

　　伤痕文学的开山之作,是刘心武1977年11月在《人民文学》上发表的短篇小说《班主任》。这篇小说最早深刻地揭露了"左"倾思潮对广大青少年精神世界的严重毒害和腐蚀,着力在一个"好"学生的灵魂深处找出病源,喊出了"救救被'四人帮'坑害的孩子"的呼声。卢新华于1978年8月发表的《伤痕》,通过对一个家庭在"文化大革命"中不幸遭遇的描写,较为典型地反映了社会上成千上万受害者心灵上所遭受的创伤,引起了人们的强烈共鸣。随之而出现的有陈国凯的《我应该怎么办》、张洁的《从森林里来的孩子》、郑义的《枫》、方之的《内奸》、从维熙的《大墙下的红玉兰》、陈世旭的《小镇上的将军》、竹林的《生活的路》、莫应丰的《将军吟》、周克芹的《许茂和他的女儿们》等一批直接表现"十年动乱"中的苦难、抗争和各种人物悲剧命运的作品。王亚平的《神圣的使命》,从维护还是破坏社会主义法制的角度,提出了为冤假错案平反的问题。

　　伤痕文学以其题材重大、主题尖锐和形象鲜明的特点,在新时期文坛上率先举起了现实主义的旗帜,促进了新时期文学创作向现实主义的复归。它扫荡了"文革"时期充斥于文界的"瞒"和"骗"的虚假文风,敢于正视社会现实中的"阴暗面",开始显示其独立思考社会问题的勇气,初步恢复了文艺的真实性。伤痕文学的影响远远超出了文艺界。

反思文学

　　所谓反思文学,是针对伤痕文学而言的。1978年党的十一届三中全会之后,随着我国社会生活的向前发展,文学创作向着新的领域前进。揭露"四人帮"的罪恶、倾诉积怨的伤痕文学已经不能满足人们审美意识的需要了。1979年《人民文学》第二期发表茹志鹃《剪辑错了的故事》之后,便出现了反思文学。1979年和1980年是反思文学的高潮,

1981年和1982年,反思文学走向深化。高晓声的《李顺大造屋》、张一弓的《犯人李铜钟的故事》、张贤亮的《灵与肉》、谌容的《人到中年》、王蒙的《布礼》《蝴蝶》,以及李国文的《冬天里的春天》、古华的《芙蓉镇》等,都是从一个较为复杂的角度真实地反映生活,多方面地再现我国社会生活艰难曲折的历史进程,总结政治生活领域里的历史经验和教训。反思文学带有再评价、再认识的性质,它不再是仅把眼光局限于"文化大革命",而是把读者引向人物的过去,引向"文革"以前的年代,亦即人们对十年、二十年间曲折的历史行程的回顾与反省。反思文学是伤痕文学的拓展、延伸和深化,也可以说是伤痕文学发展的必然结果。尽管反思文学在思想艺术上仍存在着某些不足,但它恢复了文学的现实主义传统,把人民的命运放在最中心的地位来思考、来表现,这在文学史上有着不可磨灭的意义。

寻根文学

寻根文学是1985年前后兴起的一种文学思潮,是在改革开放后中国走向现代化的路途上,在传统与现代、东方文化与西方文化尖锐冲突中诞生的。王蒙在1982—1983年间发表的一组《在伊犁》系列小说,是寻根文学的先声。到了1984—1985年间,寻根文学蔚为大观,出现了一批优秀作家和作品。张承志的《北方的河》、阿城的《棋王》《孩子王》《树王》、韩少功的《爸爸爸》《归去来》、王安忆的《小鲍庄》、莫言的《红高粱》、郑义的《老井》、郑万隆的《老棒子酒馆》、李锐的《厚土》、李杭育的《最后一个渔佬儿》、贾平凹的"商州系列"小说等,都不同程度地引导人们重新认识我们民族的生命力量,深入思考我们民族久远的历史文化传统和文化心理。比如阿城的"三王",展示了完全不同的文学世界,直指中国文化的内核。棋、字、树,都是中国文化中人格的象征。贾平凹以表现秦汉文化精义,高扬秦汉雄风为目标。郑义的小说(《老井》)使人们看到儒家文化"天行健,君子以自强不息"的伟丈夫精神。李杭育提出"吴越文化"的口号,熔士大夫的清雅孤独与越民的机智狡黠为一炉,写出了不少优秀作品。寻根文学创造了独特的审美形态,基本倾向是立足于我们自己的民族土壤,发扬我们传统民族文化中的优秀因素,从文化背景来把握我们民族的思想感情和理想价值,努力创造具有真正民族风格和民族气派的文学。寻根文学在艺术风格上呈现出多样化,并重视对中国传统文化中意象理论的重新发现和运用。寻根文学在创作过程中也暴露出某些不足,即对现实生活不应有的冷淡情绪,使这些作品的社会意义受到一定影响;对"文化"的理解狭窄化,偏向于民间文化、地域文化(如李杭育的葛川江流域文化、贾平凹的商州文化、韩少功的湘西楚文化、张承志的中亚草原文化以及阿城对老庄文化、王安忆对儒家文化的发掘),无形中束缚了自己的创造力;同时过多地重视传统文化中优秀的因素,而对其局限的一面则缺乏应有的批判和改造。

意识流文学

意识流,原是一个心理学名词,得名于美国心理学家威廉·詹姆士的一篇论文,其将人的意识比作流动的"河流"或"流水"。1887年法国作家爱德华·迪雅丹创作的长篇小说《月桂树已砍尽》被认为是第一部意识流小说。20世纪20年代起,意识流技巧在小说、诗歌和戏剧等领域得到了很大的发展,成为一种流行的创作方法,并在小说创作方面形成了一个独立的流派。法国小说家普鲁斯特的《追忆似水年华》,爱尔兰小说家乔伊斯的《尤利西斯》,美国小说家海明威的《乞力马扎罗的雪》等,都可以作为意识流小说的代表作品。意识流小说写作手法的主要特点:一是直接显示人物意识的原始轨迹,把人的意识、心理作为作品的中心。二是通过感觉、情绪、联想、想象、梦幻、内心独白等形式,让人物自己直接展示他的意识活动与心灵秘密。三是大跨度的时空跳跃性。以作者所见、所闻、所感为触发点展开自由联想:天上地下、历史现实、现在未来、无边无际、千变万化、互相切入、纵横交织,极大地突破了时间和空间的限制,为读者展示出无比广阔、无比丰富、无比奇妙的艺术世界。结构方式多呈辐射状态。四是语言与文体标新立异。

在我国,王蒙是较早将意识流手法运用于新时期小说创作的作家。他的《夜的眼》《海的梦》《春之声》《风筝飘带》《布礼》《蝴蝶》《杂色》《相见时难》等作品,吸收了某些意识流的手法,拓展和丰富了现实主义文学的表现领域和表现方法,但与西方意识流小说《喧嚣与骚动》《波浪》等作品是有本质区别的。作家张贤亮在创作中试用了"中国意识流加中国式的拼贴画"的方法,也取得了一定的成功。

荒诞小说

荒诞小说和我国古代的志怪小说有相似之处。在西方现代主义文学中,荒诞派是存在主义思想直接影响下的产物,其作品的基本主题是表现"人生是荒诞不经的",人的存在是毫无意义的。早在20世纪20年代,奥地利作家卡夫卡的小说中就宣扬人生的荒诞感。20世纪50年代法国荒诞派戏剧出现之后,荒诞文学达到了高峰,并被欧美许多国家的作家竞相效仿。荒诞派放弃理性手段和推理思维,对作品的情节布局、人物发展、高潮的酝酿等不予考虑,着意追求以荒诞的形式表现人生的荒谬和人类处境的尴尬,作品带有浓厚的颓废意识和悲观绝望的基调。20世纪60年代后期,荒诞派开始走向衰落。我国当代文坛自20世纪80年代以来出现的荒诞小说是受到了西方荒诞派文学的影响的,但它绝不是西方荒诞派小说的翻版和模仿,而是渗入了某些荒诞意识,运用了某些荒诞手法,程度不一地含有荒诞成分。较之传统的现实主义作品,明显地具有不规则、不和谐的审美意向乃至惊世骇俗的思想内涵。徐星的《无主题变奏》、谌容的《减去十岁》、王蒙的《冬天的话题》等,寓真实于荒谬怪诞之中,人物事件被夸张、变形,甚至达到形象化的抽象程度,但这并非是非理性、无意识的表现,而是作家在清醒意识指导下的自觉创造。如谌容的《减去十岁》虚拟了一个荒诞的故事:鉴于十年"文革"的耽误,上面将要下发一个文件,为每人减去十岁。于是一群不同年龄、不同性别、不同处境的人为之雀跃欢呼,并认真地算计起来,行动起来,或想重返官位,或要重新组织家庭,或从头安排妙龄青春,或欣喜的同时怅然若失。作家巧妙地借助一假定形式,使在年龄问题上的社会群体心理真实生动地表露出来,充分显示了作品对社会心理的洞察和对生活状态中内在情感思绪的深刻把握。

魔幻现实主义小说

魔幻现实主义最早来源于拉丁美洲,是拉美"爆炸文学"中的重要流派之一。它开始于20世纪30年代,成熟于50年代,到60—70年代则达到了高峰。代表作家有危地马拉的米格尔·安赫尔·阿斯图里亚斯、哥伦比亚的加西亚·马尔克斯等,代表作品如《最明净的地区》(富恩特斯)、《扳道工》(阿雷奥拉)、《百年孤独》(马尔克斯)等。魔幻现实主义在表现手法上大量吸收古印第安传统文化和黑人中的神话传说,揉进了拉美奇异的自然现象和宗教迷信的描绘,同时将现实置于一种虚幻的环境和氛围之中,通过多角度叙述、人物内心独白和意识流的主观时序以及象征、寓意等手法,变现实为神话、变现实为梦幻、变现实为荒诞,从而给现实披上一层光怪陆离的魔幻的外衣,造成一种似真非真、似梦非梦、虚虚实实、真真假假的独特风格。在马尔克斯的《百年孤独》中,出现死人复活、鬼魂与活人对话、天降花雨、蕾梅黛丝升天和会飞的地毯等情节。魔幻现实主义小说顺应了当代拉美社会和历史发展潮流,基本上反映了拉美的现实,在现阶段有一定的进步意义,这种小说和创作手法不仅在拉美大陆为广大读者所喜闻乐见,在世界其他国家也受到欢迎。我国新时期小说创作也对魔幻现实主义手法采取积极借鉴的态度,出现了一批较有影响力的作品,扎西达娃、马原、韩少功等作家借助魔幻小说手法,创作出一种新的小说样式,显示了我国小说艺术和文学格局的多元化景象。这些作品,如扎西达娃的《西藏,系在皮绳扣上的魂》《西藏,隐秘岁月》、马原的《冈底斯的诱惑》、色波的《幻鸣》、李启达的《巴戈的传说》、刘伟的《没上油彩的画布》等,用当代人的思想意识观照生活,写现实的生机和历史的陈迹。通过感情方式上的交汇,编织了一个新鲜、神奇、怪异的艺术世界,看似光怪陆离,不可思议,实则非魔非幻,合情合理,给读者带来了新的欣赏趣味。

先锋诗

先锋诗是继朦胧诗之后在中国当代诗坛出现的一种诗歌流向,与朦胧诗一起,同属于新的诗潮。也可以说,先锋诗是朦胧诗后的骚动与诗美的嬗变,是对朦胧诗的继承和发展。朦胧诗是新时期的第一只春燕,是一次诗歌的革新运动。它可贵的功绩在于,把诗从政治工具中解放出来,恢复了诗的现实主义传统和审美特质。诗人们用他们富有鲜明时代特色和个性的创作,把新诗推向了一个新的阶段。但是朦胧诗派所特别关注的是群体人的社会意识,而个体人的生命意识在他们的诗中没有得到充分的表现,诗中的"自我",多呈现一代人对自我价值从失落到寻觅的心理历程,而没有能够体现出改革开放时期更为复杂多变的现代人躁动不安的灵魂。20世纪80年代中期出现的先锋诗,则完全表现了一种新的审美意识和价值观念。先锋诗派认为"诗是生命瞬间的展开","一首诗使人获得美感,只因为它自身是一种生命,是灵魂的撞击"。同时先锋诗派还认为,语言与生命是同构关系,他们不去追求新鲜意象和精致的修辞,而是追求灌注着生命意识的语感、语调、语势,追求语言与生命相互融合的美感。先锋诗派的代表诗人有韩东、于坚、车前子、老木、西川、李亚伟、宋琳、王小龙、廖亦武、翟永明等。但是由于先锋诗派创作倾向的极端化、过分强调随意性,以致束缚了自己的手脚,也未出现具有继往开来气魄的力作。

新写实主义小说

新写实主义是开端于20世纪80年代后期的一种小说思潮。它不同于历史上已有的现实主义,也不同于现代主义"先锋派"文学。《钟山》杂志于1989年第3期上开辟"新写实小说大联展",正式确定了"新写实主义"的名称。该刊卷首语中做了如下说明:"所谓新写实小说……是近几年创作低谷中出现的一种新的文学倾向。这些新写实小说的创作方法仍是以写实为主要特征,但特别注重现实生活原生形态的还原,真诚直面现实,直面人生。虽然从总体的文学精神来看,新写实小说仍可划归为现实主义的大范畴,但无疑具有了一种新的开放性和包容性,善于吸收、借鉴现代主义各种流派在艺术上的长处。"参照这类小说创作状态,新写实小说的基本特征概括如下:一是在观照生活方面,新写实不是居高临下地俯视生活,而是采取平视现实的艺术视角,作品具有人物平民化、生活平实化的鲜明特点。普通人的习性和心理,日常生活的自然形态(原生态)和流程,是新写实小说作者关注的中心。新写实作家极力排除对生活主观化的过滤和理想化的追求,再现生活现实的本真和实情。二是在表现形式方面,新写实小说追求不露斧痕的技巧,采取一种客观描述的叙述方式,把主观融化在客观之中,把故事消解在常态之中,避免创作主体(作家)的激情外露和主观评价,让生活事实本身去表现自己,陈述自己,显现自己,作品具有一种浓重的实录生活的纪实意味。三是在艺术观(创作观)方面,新写实小说作者在创作追求中,普遍表现出一种深沉的悲剧意识。作家们看到了生活既是人的广阔天地,又是人的无形牢笼的双重特性,看到了人的多情、灵动与现实的无情、冷酷的永恒矛盾,从而进行深刻的人生反思。

由此可见,新写实的"新",是相对于当代写实小说的一般状态而言的。与当代写实小说强调"典型化"和表现历史本质的主张相区别,是更加世俗化的"现实",注重写普通人的日常琐碎生活,冷静地展示下层社会的生存状态:现实的窘况,无奈的苦笑,灰色的人生,阴暗的灵魂。新写实主义小说的代表作家及代表作品有池莉的《烦恼人生》《太阳出世》、刘震云的《塔铺》《新兵连》《一地鸡毛》、刘恒的《狗日的粮食》《伏羲伏羲》等。

附录二　历届茅盾文学奖获奖名单

第一届(1977—1981 年)

《许茂和他的女儿们》	周克芹
《东方》	魏　巍
《将军吟》	莫应丰
《李自成》(第二卷)	姚雪垠
《芙蓉镇》	古　华
《冬天里的春天》	李国文

第二届(1982—1984 年)

《黄河东流去》　　　　　李　准
《沉重的翅膀》(修订本)　张　洁
《钟鼓楼》　　　　　　　刘心武

第三届(1985—1988 年)

《平凡的世界》　　　　　路　遥
《少年天子》　　　　　　凌　力
《都市风流》　　　　　　孙　力、余小惠
《第二个太阳》　　　　　刘白羽
《穆斯林的葬礼》　　　　霍　达

第四届(1989—1994 年)

《战争和人》(一、二、三)　王　火
《白鹿原》(修订本)　　　陈忠实
《白门柳》(一、二)　　　刘斯奋
《骚动之秋》　　　　　　刘玉民

第五届(1995—1998 年)

《抉择》　　　　　　　　张　平
《尘埃落定》　　　　　　阿　来
《长恨歌》　　　　　　　王安忆
《茶人三部曲》(一、二)　王旭烽

第六届(1999—2002 年)

《张居正》　　　　　　　熊召政
《无字》　　　　　　　　张　洁
《历史的天空》　　　　　徐贵祥
《英雄时代》　　　　　　柳建伟
《东藏记》　　　　　　　宗　璞

第七届(2003—2006 年)

《秦腔》　　　　　　　　贾平凹
《额尔古纳河右岸》　　　迟子建
《湖光山色》　　　　　　周大新
《暗算》　　　　　　　　麦　家

第八届(2007—2010 年)

《你在高原》　　　　　　张　炜
《天行者》　　　　　　　刘醒龙
《蛙》　　　　　　　　　莫　言
《推拿》　　　　　　　　毕飞宇
《一句顶一万句》　　　　刘震云

第九届(2011—2014 年)

《江南三部曲》　　　　　格　非
《这边风景》　　　　　　王　蒙
《生命册》　　　　　　　李佩甫
《繁花》　　　　　　　　金宇澄
《黄雀记》　　　　　　　苏　童

第十届(2015—2018 年)

《人世间》	梁晓声
《牵风记》	徐怀中
《北上》	徐则臣
《主角》	陈　彦
《应物兄》	李　洱

第十一届(2019—2022 年)

《雪山大地》	杨志军
《宝水》	乔　叶
《本巴》	刘亮程
《千里江山图》	孙甘露
《回响》	东　西